Hasso G. Stachow

Der kleine Quast

Roman

Droemer Knaur

1. bis 50. Tausend

© Droemersche Verlagsanstalt Th. Knaur Nachf. München/Zürich 1979
Umschlaggestaltung: Graupner + Partner, München
Satz: Appl, Wemding
Druck und Bindung: Freiburger Graphische Betriebe, Freiburg
Printed in Germany
ISBN 3-426-19015-X

Herbert Quast hat mir diese Geschichte während zwölf langer Gespräche erzählt. Namen von Männern und Frauen sind erfunden, Bezeichnungen von Orten und Schauplätzen abgewandelt, Daten verschoben. Die Ereignisse entsprechen den Tatsachen. Herbert Quast hat das Protokoll gelesen und bestätigt.

H. G. S.

1

Autor: Würden Sie sagen, Sie seien um Ihre Jugend betrogen worden?

Quast: Anfangs war ich glücklich. Ich hatte genug Zeit zum Träumen,
          und es gab wenig Verbote, die mich einschränkten. Trotzdem:
          Wird das mit der glücklichen Jugend nicht übertrieben? Vieles
          noch nicht wissen, vieles nicht kennen, vieles nicht können, zu
          vielem zu jung sein … Und dann die Stumpfheit der Erwach-
          senen.
          Wir sind damals in die Romantik der Lagerfeuer geflohen, ganz
          gleich, welche Zeichen die Wimpel trugen, die darüber flatterten.

Blaue Tinte riecht anders als rote. Der Tintenfleck auf der Bank
könnte eine richtige Spinne sein. Man muß aufpassen, daß in der
Schreibfeder kein Fussel hängt, sonst sieht die ganze Heftseite
verschmiert aus. Das F in Sütterlin ist kein Buchstabe, sondern
eine Frau mit langem Rock und einer Schleife im Kreuz, und das
M ist wie Rauchkringel, die aus einem Schornstein kommen.
Karl-Günther dreht kleine Kugeln aus tintegetränktem Lösch-
papier und schnippst sie hinter Blaschkes Rücken mit dem Fe-
derhalter gegen die Wand. Dort bleiben sie hängen und sehen
aus wie Ungeziefer.
Elfriede hält die Hand mit den Grübchen in den Fingerwurzeln
über ihr Diktatheft, damit der dumme Eduard nicht abgucken
kann. Der ist rot vor Ärger, weil er nicht weiß, wie man Buchs-
baum, Boxen und Ochsen schreibt.
Es ist aufregend, in das feste, weiße Papier mit den grauen Linien darin seine Buchstaben zu schreiben. Es ist, als ob man über
einen Strand läuft, der eben von den Wellen glattgeleckt worden
ist. Ach, Sommerferien an der Ostsee. Ach, Misdroy. Und Ban-
sin. Und Ahlbeck …

Wie war der letzte Satz, was hat Blaschke vorgelesen? Jetzt geht er zum Fenster, tut, als ob er hinausglotzt – und dreht sich plötzlich um. Hat er einen beim Abschreiben ertappt? Nein, niemand. Nun putzt er inbrünstig seinen Kneifer.

Eduard scharrt nervös mit den Füßen, und schon scharren die anderen auch. Wie unruhig sie sind. Und wie betreten sie alle gucken. Hilde schneuzt sich. Es klingt wie eine Trompete. Draußen bellt ein Hund. Ein blauer Brummer knallt gegen die Scheibe; zu blöde, das Fenster ist doch offen.

Blaschke diktiert den letzten Satz. Er betont so übertrieben wie einer von den Parteirednern, deren Stimmen aus dem Lokal »Zur letzten Molle« zum Fenster heraustönen. Sein Gebiß knackt schon wieder. »So, Herrschaften, Hefte zu! Rumprecht, einsammeln! Aber sorgfältig!« Die Klingel schnarrt. Sie quirlen durcheinander, stürzen plappernd hinaus, aber so unbeschwert wie sonst sind sie nicht. Die Achtjährigen drängen sich auf dem Schulhof zusammen. So eine Gemeinheit! Da hat der Blaschke ein Diktat schreiben lassen und es nicht, wie sonst üblich, am Vortage angekündigt. Und das, kurz bevor es Zeugnisse gibt. Keiner hat sich vorbereiten können, und die meisten von ihnen, die alles andere als Musterschüler sind, spüren nun schon förmlich die Stockhiebe und Ohrfeigen, die ihnen wegen der schlechten Note in Deutsch drohen.

Der kleine Quast steht am Rande der Gruppe. Er hat wirre weißblonde Haare und sieht aus, als ob er staunt. Schmalbrüstig steckt er in einem karierten Hemd. Aus der zu weiten Hose staksen dünne braune Beine. Auch die Stiefel sind auf Zuwachs gekauft. Herbert Quast trägt dazu grobe Wollstrümpfe, die er heruntergerollt hat. Am Knie hat er ein schmutziges Pflaster. Er scharrt mit der Stiefelspitze im Sand und blickt mit großen Augen und hochgezogenen Brauen von einem zum andern. Er braucht sich keine Sorgen zu machen. Der Deutschunterricht macht ihm Spaß, Diktate und Aufsätze fallen ihm leicht. Und wenn Blaschke von der Schlacht bei Tannenberg, 1914, erzählt, dann können Quast die Deutschstunden gar nicht lange genug dauern, dann bekommt er ein rotes Gesicht vor Aufregung,

seine Augen leuchten, und seine Mimik spiegelt die Schlachten-
schilderung getreulich wider.

Jetzt drücken die kindlichen Züge nichts als Betroffenheit und
Empörung aus. Er ist erfüllt von Mitgefühl. Hier ist Unrecht
geschehen. Und Unrecht, auch wenn es ihn nicht betrifft, Unrecht versetzt den kleinen Quast in hellen Zorn. Er zieht seinen
Freund Karl beiseite. Karl hat einen runden, kahlgeschorenen
Schädel und über der Stirn eine Lage streichholzlanger blonder
Haare. Er hat eine Zahnlücke, durch die er seine Zunge steckt.
Am spitzen Kinn hat er eine schorfbedeckte Schramme. Er kaut
auf einem Grashalm. Sein grünes Hemd plustert sich. Er trägt
eine abgeschnittene Männerhose, die mit groben Stichen gesäumt ist und bis über die großen Kniescheiben hängt. Die beiden Jungen stehen an dem Maschendrahtzaun, der die Johannis-
und Stachelbeersträucher des Schuldieners vor flinken Schüler-
fingern schützt. Im Hintergrund, neben der Tonne voller Regenwasser, blähen sich Bettücher und Unterhosen an der Wäsche-
leine. Quast raunt: »Die Hefte müssen weg!« Karl nickt:
»Blaschke hat sie in den Schrank getan. Er sieht sie erst morgen
früh durch.« – »Heute nachmittag also.« – »Gut, Herbert.«

Gegen vier Uhr steigen die beiden über den hohen Zaun, der das
Schulareal von der Außenwelt trennt. Das Gitter hat Eisenspit-
zen, und die Backsteinpfeiler mit den Zinnen darauf sehen aus
wie Festungstürme. Die beiden Jungen lauern zwischen den Kiefern, die den Weg zum Tor des schlichten, schwarz-roten Gebäudes flankieren. Der Schuldiener ist nicht da, seine Frau klappert
in der Küche mit Geschirr. Das Tor ist offen. Sie schleichen die
Steintreppe hinauf. Der Handlauf des Geländers hat alle halbe
Meter einen Messingknopf, damit niemand ihn als Rutschbahn
benutzen kann. Die Holzdielen sind abgetreten. Dort, wo sie auf
den Boden genagelt sind, haben sie einen Buckel um den Nagel-
kopf herum. Es riecht nach dem Öl, mit dem das Holz getränkt
ist. Auf dem Absatz steht ein Emaillespucknapf, gefüllt mit gelbem Sand.

Das Klassenzimmer am Ende des grüngestrichenen Flures ist
nicht verschlossen. Die Tür knarrt. Sie horchen; es bleibt still,

dann rumpelt draußen ein Pferdefuhrwerk übers Kopfsteinpflaster. Im Zimmer hängt Mief aus Fußbodenöl, Staub, Asche aus dem plumpen Eisenofen, Schweiß. Quast wirft einen Blick durchs hohe Fenster: Dunst liegt über den Dächern der Bürgerhäuser, die von den Kronen der Kiefern, Erlen, Linden und Buchen eingerahmt sind. Die Kringel und Rosetten der Ziergitter auf den Hauben der Türmchen und Erker, die Schnörkel der Wetterhähne und -fahnen stehen filigran vor dem rosa-bläulichen Nachmittagshimmel. Kein Blatt rührt sich. Die Schranktür, hinter der die Hefte liegen, ist mit einem einfachen Schloß verriegelt. Sie ziehen daran, es knackt laut und hallt wie ein Donnerschlag. Sie erstarren, halten den Atem an. Aber draußen bleibt alles ruhig. Da liegt der Heftstapel, her damit. So, und jetzt weg! Sie drücken die Tür zu, lauschen auf den Gang hinaus. Die Treppe hinunter. Nun das Tor einen Spalt geöffnet. Niemand ist auf dem Pflasterweg, niemand auf der Straße zu sehen. Die Frau des Schuldieners klappert noch immer in der Küche. Quast, die Hefte unterm Arm, flüstert: »Ich geh' vor. Damit keiner uns zusammen sieht!« Jetzt an den Kiefern entlang, die Hefte unter dem Gitter hindurchgeschoben. Ein Klimmzug, nicht abrutschen! Nun auf dem Eisenkringel abstützen, Vorsicht, die Spitzen! Quast springt auf den Bürgersteig.

Und da, nur drei Meter entfernt, steht plötzlich Schaper vor ihm und fragt lauernd: »Was machst du denn hier?« Quast stellt sich vor den Heftstapel, aber Schaper hat ihn schon gesehen. »Hau ab!« sagt Quast. »Das geht dich nichts an! Und halt bloß die Schnauze!« Aber Schaper bekommt kleine Augen und grinst niederträchtig. Er durchschaut die Situation.

Schaper ist ein langer Junge mit abgekauten Fingernägeln, fleckiger Haut, rotgeränderten, weißgrauen Augen, einer spitzen Nase, an der immer ein Tropfen hängt, und einer aufgesprungenen Unterlippe. Schaper ist – in Quasts Augen – verschlagen, schadenfroh und unzuverlässig. Er hat Quast beim Fußballspielen von hinten in die Kniekehle getreten und dem Karl falsch vorgesagt. Quast hat angewidert Saftarsch zu Schaper gesagt, und Lehrer Blaschke hat den kleinen Quast dafür an den Ohren gezogen. Sie haben miteinander gerungen, und Schaper hat verloren, obwohl er versucht hat, Quast zu beißen. Sie können sich nicht ausstehen.

Karl lehnt unbemerkt hinter einem Kiefernstamm und preßt die Lippen zusammen. Jetzt sieht er, wie Quast drohend auf Schaper losgeht. Der rennt ein paar Meter davon, schlendert dann, die Hände in den Taschen, die Straße entlang, pfeift vor sich hin und dreht sich noch einmal mit scheelem Blick zu Quast um.

Schaper ist schlecht in Deutsch. Bestimmt hat er ein mieses Diktat geschrieben. Wird er petzen oder nicht? Wird sein Haß auf Quast die Oberhand behalten, oder wird er sich damit begnügen, an einer schlechten Note vorbeigerutscht zu sein?

Quast und sein Freund Karl hocken in einer Senke des sandigen Ödlandes. Es erstreckt sich vom Stadtrand mit den Bauhöfen, Kohlenplätzen, Futtermittellagern, Tischlereien, Schmieden, Pferderemisen und Kuhställen bis zum Horizont. Rötlich leuchten die Kiefernstämme, gelbe, braune und graue Sandflächen wechseln mit Placken dürren Grases. Kühl weht der Abendwind. Die beiden graben mit bloßen Händen eine Grube, sie zerknüllen und zerreißen die Hefte und machen ein Feuer daraus, das rasch in sich zusammenfällt. Sie schweigen vor sich hin und stochern in der Asche. »Du hältst morgen das Maul und weißt von nichts, klar?« sagt Quast. Karl nickt. Er sieht Quast betreten an. Ihn hat Schaper nicht bemerkt. Aber was wird mit Quast geschehen?

Als Quast am nächsten Morgen kurz vor acht in die Klasse stürmt, ist er guter Dinge. Schaper wäre ja dämlich, wenn er petzen würde, hat Quast sich überlegt. Und was hat er schon davon, wenn er ihn reinreißt? Quast hat Phantasie. Aber wie abgründig die menschliche Natur ist, kann er sich nicht vorstellen. So wird er blaß vor Schreck.

Denn da steht Blaschke. Daneben Schaper, mit einem breiten, hämischen Grinsen im roten Gesicht: der Wahrer der Gerechtigkeit. Die Schüler sitzen still, gebannt. Blaschkes Kneifer funkelt goldgerändert auf der Knollennase. Quast leugnet nicht. »Warum gerade du, Quast, du hast doch gute Noten in

11

Deutsch?« Quast antwortet nicht. Er blickt die Reihen der Mitschüler entlang. Die Angst, in letzter Minute noch eine schlechte Note zu bekommen, ist von ihnen genommen. Denn selbst wenn Blaschke noch einmal ein Diktat schreiben ließe – überraschen kann er sie nicht mehr. Nun dürfen sie ein Schauspiel genießen. Schadenfrohe Erwartung des Strafgerichtes, selbstgerechter Abscheu gegen den Dieb, Hohn über den Dämlack, der sich hat erwischen lassen, tiefe Befriedigung, nicht selbst dort vorn am Pranger zu stehen – das alles drückt sich in den Gesichtern aus. Nur Karl starrt rachedurstig diesen Schaper an. Und Renate Hübner, die immer mit langhängenden Lockenkringeln und rosa Schleifen herausgeputzt ist, das Zirkuspferd, wie Quast sie nennt, hat den Kopf seitlich geneigt, und die feuchten, vorstehenden Augen zerfließen vor Mitleid.

Hätte Quast sich nur dickeres Unterzeug angezogen. Aber jetzt liegt er über der Bank. Blaschke hat geprüft, ob der Rohrstock – er nennt ihn »Der gelbe Onkel« – auch elastisch genug ist. Bedächtig drückt er Quasts Kopf tief über die bekleckste Pultplatte hinunter. Stünde Schaper nicht daneben – Quast würde den Tränen freien Lauf lassen. Die brennenden Schläge werden durch die dünne, von seiner Großmutter genähte Leinenhose, die im Familienkreis als luftig und strapazierfähig zugleich gelobt wird, nicht gemildert. Blaschke schlägt mit aller Kraft. Hier gilt es ein Exempel zu statuieren. Und Quast beißt die Zähne zusammen. Aber das Wasser steht ihm schließlich doch in den Augen. Als er zu seinem Platz wankt, denkt er verzweifelt und tröstlich zugleich: Bei Langemarck haben sie noch mehr aushalten müssen.

Ein Jahr später, an einem Frühsommernachmittag, hat der kleine Quast wiederum Anlaß, sich mit Gedanken an Langemarck, Tannenberg, Douaumont und Annaberg selbst Trost zu spenden. Er spürt kaum noch seine Beine, eine Blase an der linken Ferse glüht wie Feuer. Warum rutschen die Tornisterriemen nur immer weg? Der fellbezogene Affe ist für den Neunjährigen viel zu groß, die Briketts darin drücken auf die magere Wirbelsäule. Die Haare kleben auf der Stirn, Schweiß ätzt die

Augen. Quast atmet schwer. So hat sein Herz noch nie gehämmert. Zwischen den Zähnen knirscht der mehlige, gelbgraue Sand der märkischen Heide, der Mund ist trocken und pelzig. Er hat Durst. Rudi, der dunkle, schweigsame Junge, der in grüner Khakiuniform neben ihm marschiert, mustert ihn scharf. Merkt er, daß Quast nichts mehr zuzusetzen hat, daß er nicht mehr mag? Aber jetzt noch schlappmachen? Nein. Da vorn, wo die Schneise auf das Roggenfeld stößt, ist das Ziel des Zwanzig-Kilometer-Marsches.

Also Kopf hoch, Brust raus. Quast will lächeln, aber über eine Grimasse kommt er nicht hinaus. Jetzt noch vier Schritte, noch drei, zwei, nun der letzte: Durch!

Günther Hellwart, genannt Heller, tritt zwischen Kiefernstangen hervor. Er blickt den keuchenden, schwankenden Knaben ernst durch die dicken Gläser seiner Nickelbrille an. Borstige, kurzgeschnittene Haare stehen vom viereckigen Schädel ab. »Herbert Quast, ich gratuliere. Du hast die Probe bestanden. Jetzt darfst du unsere Uniform tragen!«

Sie haben Quast seit der Geschichte mit der verschwundenen Klassenarbeit haben wollen. Nun, nach dieser Aufnahmeprüfung, bei der sie, wegen der entführten Diktathefte, auf eine Mutprobe verzichtet haben, ist Herbert Quast Mitglied der Evangelischen Jungschar geworden. Aber er bleibt es nur ein paar Wochen. Dann wird er Pimpf und gehört zum Deutschen Jungvolk. Die Evangelische Jungschar ist geschlossen Hitlers Jugendbewegung beigetreten.

Der kleine Quast, Jahrgang 1924, ist ein neunjähriges Kind, als Deutschlands brauner Rausch beginnt. Er trägt ein schwarzes Halstuch mit geflochtenem Lederknoten zum braunen Hemd, eine kurze, schwarze Hose und Bundschuhe, und sein Leben ist fortan geprägt von Geländespielen, Heimabenden, Sportfesten, Führerschulungen und Gepäckmärschen.

Ihn schwindelt, wenn er die Erzählungen von den unbesiegten deutschen Frontsoldaten hört, vom verräterischen Dolchstoß durch die Roten, von der Knebelung des Vaterlandes durch das

13

Versailler Diktat. Und er muß tief durchatmen, wenn er sich vorstellt, daß er und seine Kameraden eines Tages antreten werden, um seinem Land in den Augen der Welt wieder den Rang zu verschaffen, der ihm gebührt.

Wald und Feld, Wiesen und Bäche, Sonne und Regen – das alles waren für das Stadtkind Herbert Quast bisher blasse Eindrücke gewesen, gleichgültig gesammelt auf Spaziergängen mit Erwachsenen. Nun erregt es ihn, wie das Wetter ihn herausfordert, wie Hänge und Moore Kräfte in ihm wecken, wie die endlosen stoppeligen Felder, die drohende Schwärze tropfender Regenwälder ihn bei Märschen und nächtlichen Streifzügen ohnmächtig und ängstlich machen wollen. Quast genießt es, in Uniform die verhaßten Kleidervorschriften und -verbote von Schule und Familie zu umgehen.

Er ist tief beeindruckt, wenn sie abends beim gelben Licht von Zeltlampen in der Scheune eines Bauernhofes zusammensitzen. In den Ställen rumort das Vieh. Der Wind hat sich gelegt. Durch das offene Tor sehen sie die Abendsonne zwischen Gewölk versinken. Es riecht nach Heu, nach Stallmist, nach Holzrauch, nach dem Kakao, der, mit frisch gemolkener Milch zubereitet, im verbeulten Fahrtentopf zwischen ihnen dampft. Auf einer Zeltbahn ein Berg dicker Brotscheiben, vor aller Augen von einem riesigen runden Laib heruntergeschnitten. Die Bäuerin hat ihn selbst gebacken, und der Anblick seiner tiefbraunen Kruste entfesselt, zusammen mit dem Nußgeruch der Landbutter, Quasts Hunger bis zur Qual. Nach dem Essen singen sie, und Knechte und Mägde stehen auf der Tenne und summen dazu: »Kein schöner Land in dieser Zeit als hier das unsre weit und breit. Wo wir uns finden wohl unter Linden zur Abendzeit.« Wenn dann die Nachtfeuchte sie frösteln macht, wenn sie sich in ihre Decken wickeln und tief ins Heu hineinschmiegen, dann wünscht Quast nur noch, daß es immer so bliebe.

Und dann die Tage voller Abenteuer. Einmal ist der kleine Quast dazu ausersehen, die Fahne der »Chatten« zu rauben. So heißt ein Fähnlein, eine Gruppe von rund einhundert Jungen, mit denen sie sich bei Geländespielen schon mehrmals gemessen haben. Während Karl und zwei andere sich am hellen Vormittag an das Chattenlager anschleichen, ein Zelt umstürzen und dadurch die Posten ablenken, werfen sich Willi Schulze und Gerd Prüfer auf die Fahnenwache. Der kleine Quast entreißt indes dem Posten die Fahne. Er rafft das schwarze Tuch mit der weißen Rune zusammen. Dann rennt er wie ein Wiesel in den Wald hinein und schleift die sperrige Stange hinter sich her. Ehe die Überfallenen sich besonnen haben, hat er die Fahnenstange auseinandergeschraubt und ist auf dem Pfad zum eigenen Lager, zum Fähnlein »Widdember«. Er wird mit Jubel empfangen.

Doch noch ehe sie den Triumph auskosten können, melden sich Späher: »Sie kommen! Sie wollen sich ihr Feldzeichen wieder holen!« Hinter einer Bodenwelle vor ihren Zelten, auf einer Lichtung zwischen Kiefernwäldern, preßt Quast sich an den Boden, links und rechts von ihm die anderen. Da kommen die Chatten, eine braun-schwarze Woge. Aus dem Wald ertönt das Trompetensignal: »Kartoffelsupp, Kartoffelsupp, den ganzen Tag Kartoffelsupp. Supp-supp-supp!« Mit heiserem Geschrei schnellt das Fähnlein »Widdember« hinter der Bodenwelle hoch. Die Linien prallen aufeinander, sind in Sekundenschnelle aufgelöst in wogende Knäuel. Einer kleinen Gruppe der Chatten gelingt es, in Richtung des gegnerischen Lagers durchzubrechen. Aber ihr stellt sich die Lagerwache entgegen. Quast hält einen Jungen an den Füßen fest. Karl versucht, seine Hände an den Boden zu pressen. Der andere ist bärenstark. Da ertönt wieder ein Trompetensignal: »Das Ganze ... halt!« Sie helfen ihrem Gegner hoch, loben seine Kraft. Der spuckt Sand aus und meint, sie seien auch nicht schlecht. Überall stehen und hocken keuchende Jungen, einige halten sich den Kopf, manche humpeln.

Eine halbe Stunde später sitzen sie alle vereint im großen Kreis. Unter ihnen Quast, mit schmerzenden Gliedern und leuchtenden Augen. Der Wald rauscht, Vögel jubilieren, über das Gras geht in sanften Wellen der Wind dahin. Und es schallt zum Himmel: »Kameraden, die Trompete ruft, heute heißt es wandern! Morgen scheint die Sonne uns in Rußland oder Flandern.«

Der politische Unterricht dagegen langweilt Quast, weil seine Vorgesetzten vieles von dem nicht erklären können, was sie vortragen. Was heißt das nun: Brechung der Zinsknechtschaft? Eine Bank, die Geld verleiht, muß doch dabei etwas verdienen. Woher sollen denn die Gehälter für Bankbeamte kommen, wie Karls Vater einer ist? Wie verabreden sich die Juden, wenn sie die Völker ausbeuten? Es gibt doch Millionen Juden, und nach Quasts Beobachtungen ist es schon schwer, in einer fünfköpfigen Familie Übereinstimmung zu erzielen. Warum hört er Lob über die Diplomaten des Britischen Empire und ihre Schachzüge zum Ruhme ihres Landes, wenn man sie wenig später als doppelzüngige Schufte darstellt? Heiligt nun der Zweck die Mittel oder nicht? Warum werden die Polen so verächtlich gemacht? Waren sie nicht über Jahrhunderte hinweg sich selbst treu geblieben, auch wenn man ihr Land immer wieder zerstückelt hatte? »Noch ist Polen nicht verloren!« – ist das nicht sogar in Deutschland zum geflügelten Wort geworden? Und ist nicht Treue eine der edelsten Tugenden? Es gibt mehr Rätsel als Lösungen. Aber, davon ist der kleine Quast überzeugt, der »Führer« weiß die richtigen Antworten.

Ja, er ist auch dann noch davon überzeugt, als er eines Morgens auf dem Schulweg vor dem Wäschegeschäft gegenüber an der Ecke SA-Leute in den Scherben der Schaufensterscheibe stehen sieht. An die Tür ist mit weißer Farbe das Wort »Jude« geschmiert. Menschengruppen stehen herum und starren. Weshalb die Genugtuung bei den einen? Von den beiden verhuschten Alten, die manchmal hinter der Auslage aufgetaucht waren, ist nichts zu sehen. Was hatten sie getan? Wem konnten die beiden schon schaden? Weshalb der Abscheu bei den anderen? Wegen der Posten in Braun etwa? Oder auch wegen der Alten? Eine dicke Matrone sagt: »Wenn das der Führer wüßte ...« Darauf ein Mann im Regenmantel: »Sie wissen wohl nicht, daß überall die Synagogen brennen!« Nun eine Greisin: »Und zu wat soll det jut sin?«

Quast würde gern noch zuhören, aber er muß zur Schule. Zu wat soll det jut sin? Die Worte gehen ihm nach. Aber, beruhigt er sich, der Führer weiß schon, wozu.

Ein einziges Mal versucht der kleine Quast, sich nicht auf die Schulung zu verlassen und sich ein genaues Bild zu machen. Er fragt während des politischen Unterrichts, ob er das Kommunistische Manifest, das angeblich so viel über den bolschewistischen Weltfeind aussagt, nicht selbst einmal studieren dürfe. Aber das hören die Jung-Ideologen gar nicht gern, und aus dem Kreis der Kameraden treffen ihn kalte, mißtrauische Blicke. Ob er kein Vertrauen in die Weltanschauung des Führers habe, heißt es. Da gibt er sich zufrieden. Vielleicht versteht er tatsächlich vieles noch nicht, weil er ein Kind ist? Er kommt sich unwissend und bedeutungslos vor, obwohl er sich den behäbigen Bourgeois überlegen dünkt. Und je älter er wird, desto glühender will er sich erproben, bewähren.

Aber es hilft nichts, zunächst einmal muß er durchs Abitur. Und das ist hier, in der Oberschule des Provinzstädtchens im Warthegau, genauso schwierig wie in Berlin, wo sein Oberrealgymnasium inzwischen zur Polizeikaserne geworden ist. Wenn Quast auch ganz auf die Zukunft hin lebt, die Klassenarbeiten werden heute geschrieben, Französisch, Mathe, Physik werden heute abgefragt.

Da sitzt er mit dem dicken Franz zusammen und paukt Latein. »Cäsar befahl, die Brücke abzubrechen ...« Franz nickt. »Ein ganz Gerissener, dieser Cäsar. Meinst du, er hat's mit Vercingetorix wirklich so schwer gehabt?« Quast sagt: »Ich weiß nicht. Natürlich mußte er vor seinen Leuten in Rom angeben. Je gefährlicher seine Gegner, desto genialer seine Siege.« Aus dem Volksempfänger, den Franz wegen Platzmangels oben auf den Schrank gestellt hat, tönt es: »Sing ein Lied, wenn du mal traurig bist.« Und Franz sagt: »Ich wünschte, vor Moskau wäre es auch so. Erst der Schock. Großdeutschland hält den Atem an. Und dann, zack, der geniale Schachzug. Aber mein Vater sagt, sie sitzen in der Falle.« Sie schweigen beide. Starren aus dem Fenster auf die Höfe der flachen Kleinstadthäuser, in denen nun, Ende 1941, nicht mehr nur Polen und Volksdeutsche wohnen,

sondern auch Reichsdeutsche, Baltendeutsche, Wolhyniendeutsche, Bessarabiendeutsche, Bukowinadeutsche, Banater Schwaben und Siebenbürger Sachsen. Starren auf Holzstapel, starren auf die Muster, die das Wasser an einer schadhaften Regenrinne entlang in den Mauerputz zeichnet. Aus dem Radio schrillt es: »Am Abend auf der Heide, da küßten wir uns beide.« Franz sagt versonnen: »Du, ich möchte der Helga mal so ganz gemütlich an ihre Titten fassen ...« Da plärrt der russische Störsender in die Musik hinein: »Däär Füührer lüügt! Moskau wärdet ihr niiemals sähen! Miiettelaabschnitt – dräihundärtsechsundaachtzig Panzär – värlooren! In einär Woche! Dräihundärtsiieben Gäschüütze – värlooren! Und siiebenundaachtzigtausend Tootä – värlooren! Dääär ...« Es rauscht im Lautsprecher. Dann tönt es hohl: »... Maassängraab! Allää!« Quast legt im Zeitlupentempo den Bleistift weg, und Franz stöhnt: »Verflucht ...« Dann schaltet er das Radio ab und stößt Quast an: »Laß uns boxen. Komm!«
Boxen gehört zu den Sportarten, die im Abitur geprüft werden. Franz ist ehrgeizig. Er ist ein schlechter Boxer. Er hat Quast gedrängt, mit ihm zu trainieren. Der ist viel leichter als Franz, aber er ist flink und schlägt genau. Sie wollen beim Abi gegeneinander antreten, und Quast hat versprochen, Franz nicht so träge aussehen zu lassen, wie er tatsächlich ist.
Ein paar Minuten später stehen sie in Turnzeug auf der Diele der Wohnung, die einem polnischen Hauptmann gehört. Er ist verschollen.
»Nimm doch die Deckung hoch, Dicker!« ruft Quast. »Und jetzt den Cross! Nicht so tief ... Steh nicht rum wie 'n Sack! Beweg deine fetten Beine! Sidestep! Wenn du so langsam auf die Helga losgehst, tappst du ins Leere, Mensch. Und links und rechts. Und eins, zwei, eins, zwei!« Nach fünf Minuten sind sie außer Atem. Sie starren sich keuchend an, unfähig, die Arme mit den unförmigen Zwölf-Unzen-Handschuhen noch zu heben. Aber ihre Augen leuchten vor Übermut.

Da ist Gudrun. Quast trifft sich mit ihr draußen vor der kleinen Stadt. Dort, wo die Straße einen Knick macht und in einen Hügel einschneidet. Es ist kalt. Dünner Schnee liegt über den Feldern.

Vor ein paar Tagen hatten sie Lieder für die Weihnachtsfeier eingeübt. Zusammen mit der siebten Klasse, in der über die Hälfte Mädchen sind. Quast hatte sich einlullen lassen von den süßen Melodien. Er hatte sich verträumt umgesehen. Und sein Blick war hängengeblieben an diesem zarten Profil in den langen blonden Haaren, an der heiteren Ernsthaftigkeit.

Gudrun sagt: »Meine Mutter hat gemeckert. Bei dem Wetter raus. Und: Es wird schon dunkel. Und so weiter. Zu blöde!« Gudrun hat eine rotgefrorene Nase. Ihre Unterlippe ist steif vor Frost. Quast weiß genau, die Zeit, der Ort, das Wetter – alles ist gegen ihn, sogar Gudruns Geplapper. Doch er mußte sie einfach sehen, allein mit ihr sein. »Komm, laß uns ein bißchen gehen!« Er steckt ihren Arm in seine Ellenbogenbeuge. Aber sie sind beide vermummt, und es ist nicht Nähe, die er spürt, es sind Schichten von grobem Stoff. Es ist nichts Zärtliches in der Geste, sondern Komisches. Sie sind beide plötzlich beklommen. Quast weiß nicht, wie er anfangen soll. Ich mag dich? Ist doch klar! Magst du mich? Blödsinn, noch zu fragen! Wenn ich dich nicht sofort küsse, werde ich verrückt? Er ist doch schon verrückt!

Quast nimmt Gudrun einfach in den Arm, küßt sie. Aber das, was glühend, fordernd sein sollte, wird nur eine eisige, unbeholfene Annäherung. Er hat auf einmal einen Tropfen an der Nase. Ihre Augen tränen im schneidenden Wind. Gudrun hat die erfrorene kußähnliche Berührung zwar erwidert, aber jetzt sagt sie: »Ziemlich kalter Wind, nicht? Und schon dunkel. Und die Straße ist so glatt.« Quast nickt unglücklich. Gudrun sagt: »Du, morgen abend. Nach dem Singen. Bring mich nach Hause. Meine Eltern kommen später ...« Quast sagt erst: »Ja.« Dann: »Ach, kann nicht. Training!« Sie fragt: »Und nachmittags? Ich bin bei Lilo. Hol mich ab!« Quast guckt gequält: »Kann nicht. Hab' Dienst.« Gudrun sieht ihn merkwürdig an. »Was willst du eigentlich?« – »Dich!« – »Und wie stellst du dir das vor?« Quast zuckt mit den Schultern. Sie fragt: »Was ist am Sonntag?« Quast antwortet mutlos: »Bin ich in Wreschen. Turnwettkampf gegen die Unteroffizier-Vorschule.« Gudrun sagt: »Du spinnst!« Und dreht sich um. Ohne ihn anzusehen, sagt sie: »Ich will nach Hause!«

Quast ist nicht das, was man einen strahlenden Liebhaber nennt. Aber das berührt ihn nur oberflächlich. So wie fast alles, was um ihn herum vor sich geht, nicht in ihn eindringt.

Da ist der Ring, Rynek sagen die Polen, der Hauptplatz des Städtchens. In der Mitte das zweistöckige Rathaus von klassizistischer Strenge. Schinkel hat es erbaut. Zu einer Zeit, als es noch die Provinz Posen-Westpreußen gab. Da sind die schmalbrüstigen Bürgerhäuser. Da das erste Hotel am Platze, das Deutsche Haus. In der Nähe die Alte Apotheke. Stara Apteka ist noch deutlich unter der neuen deutschen Aufschrift zu lesen. Da ist, in einer Seitenstraße, die sich zu einer dreieckigen gepflasterten Fläche erweitert, die katholische Kirche. Katholisch, das heißt hier polnisch.

Der rote, neugotisch-kalte Backsteinbau ist immer dicht besetzt. Und an dem Tag, an dem morgens um vier die arbeitsfähigen Polen zur Zwangsarbeit im Reich aus den Häusern getrieben und unter dem Schluchzen und den tränenverschleierten Blicken ihrer Angehörigen auf Lastwagen verladen worden sind, stehen die Menschen während der Predigt bis weit in den Vorplatz hinein. Düster, todernst, mit Mienen, hinter denen der Haß brodelt.

Besonders den Volksdeutschen, deren jahrelang aufgestauter Widerwille gegen alles Polnische nun ungehemmt über die Ufer tritt, sind solche Bekundungen des ungebrochenen Patriotismus der Polen ein Dorn im Auge.

Quast hat es eilig. Gleich beginnt der Unterricht. Und er haßt es, zu spät zu kommen. Doch bei dem, was er nun beobachtet, vergißt er die Schule, wenn auch nur für ein paar Minuten.

Der Pole ist ein älterer Mann. Sein Anzug aus grobem, verwaschenbraunem Tuch ist ihm zu groß. Die Schirmmütze geht ihm bis zu den leicht abstehenden Ohren. Die Wangen sind eingefallen, der Hals ist rötlichbraun, hager und ledern, die Hände sind knochig und krumm. Er stolpert auf dem unebenen Bürgersteig, der die Straße zum Ring säumt, und erschrickt dabei. Zwei junge Männer in SA-Uniform kommen ihm entgegen. Sie haben feiste, rote Gesichter. Wie sie wichtigtuerisch im Gleichschritt daherspazieren, wirken sie erschreckend kräftig, gesund und gewalttätig. Besonders, weil sie die Arme vom Körper wegspreizen.

Einer der beiden geht auf den Polen zu und ohrfeigt ihn unversehens, mit weit ausholenden Schlägen: »Warum ziehst du nicht Mitze, wie alle Polen, wenn sie deutsche Uniform sehen? Warum gehst du nicht in Rinnstein, wie befohlen, wenn Deutsche kommen in Uniform?« – »Bin ich gestolpert, habe ich nicht gesehen!« stottert der Pole. Er zittert, seine Miene ist düster. »Wirst du gleich besser sehen, Schwein, verstocktes!« Und links und rechts klatschen wieder die Schläge des jungen Burschen in das verhärmte Bauerngesicht. Die Mütze fliegt davon. Hilflos reißt der Pole die Arme hoch.

Quast zittern plötzlich die Knie. Der alte Pole hat doch überhaupt keine Chance! »Aber …«, sagt er laut. »Nicht doch. Nicht schlagen!« Der eine SA-Mann dreht sich um: »Du fängst auch gleich eine, Polenfreund!« Jetzt dreht sich auch der andere um. In den Augen der beiden glitzert nackte Vernichtungslust. Der Pole nutzt die Gelegenheit und verschwindet. Seine Mütze liegt auf dem Kopfsteinpflaster. Quast sagt: »Ich … ich hab' mich erschrocken. Was ist denn los?« Der eine sagt: »Braucht dich nich' zu kimmern, bleeder Kopp!« Quast geht benommen weiter. Er schämt sich für die beiden. Er schämt sich, weil er feige ist.

Aber als Geographielehrer Bimbach fünf Minuten später zu ihm sagt: »So, Quast, nun erzählen Sie uns doch mal was über die ›Bottleneck-Positions‹ des Britischen Empire. Nehmen Sie erst einmal die im Mittelmeer«, da hat er den alten Polen vergessen.

Erst am Abend, als nach dem Turntraining die Erschlaffung einsetzt, steigen in Quasts Erinnerung die Ereignisse des Tages hoch.

Die Jungen quirlen im Umkleideraum neben der Turnhalle durcheinander, schlüpfen in die Pullover aus kratzender Wolle und in die Hosen, aus denen sie herausgewachsen sind und die sie deshalb Hochwasserhosen nennen.

Schließlich treten sie hinaus in die kalte Nacht, atmen tief und blinzeln, froh, dem Geschrei, dem harten Licht und dem Dunst aus Schweiß und Fußbodenöl entronnen zu sein.

Quast sieht plötzlich wieder die erbarmungswürdige Angst in den Augen des alten Polen vor sich, die Hoffnungslosigkeit in der Haltung des verbrauchten Körpers, sieht die protzigen Bewegungen der jungen Männer und die genießerische Bosheit in den Gesichtern.

Er sagt zu Franz: »Du, wir haben doch gelernt, der einfache Mann ist gut und tapfer. Früher ist er ausgebeutet worden und mißbraucht. Ein armer, anständiger Hund ...« – »Ja«, sagt Franz, »und ...?«

Quast berichtet von seinem Erlebnis und fragt: »Sag mal, ich verstehe eins nicht. Woher kommen nun eigentlich diese schreckliche Rachsucht, diese unheimliche Phantasie bei den so guten und so anständigen einfachen Leuten, wenn's darum geht, ihresgleichen zu quälen?«

Sie trotten nachdenklich dahin und wissen beide keine Antwort. Müde und fröstelnd trennen sie sich.

Quast war tief bewegt gewesen von Glück und feierlichem Ernst, als der Krieg ausbrach. Angezettelt, wie er überzeugt ist, von den Erbfeinden im Westen, mit Hilfe der polnischen Unruhestifter, geschürt von jüdischen Plutokraten und Brunnenvergiftern. Heute kleben große Karten an den Wänden seiner schmalen Stube. Polen. Frankreich. England mit den Bombenzielen. Norwegen. Jugoslawien. Griechenland. Kreta. Afrika. Schließlich Rußland. Gut, daß die Wolga drauf ist, denkt er. Und der Kaukasus. Und das Kaspische Meer. Die Nadeln, mit denen er die eroberten Gebiete absteckt, werden knapp. Er ist nun siebzehn. Und er kennt nur eine Sorge: Hoffentlich kommt er noch rechtzeitig an die Front. Sollte Deutschland das Ziel, Weltmacht zu werden, ohne Herbert Quast erreichen wollen? Undenkbar!

22

2

Autor: Kam Ihnen das Soldatenleben nicht unerträglich ordinär vor?

Quast: Das ganze Leben ist ordinär. Da bleibt einem nur noch, seinen eigenen Stil zu pflegen.

Autor: Aber waren Sie nicht zu jung für diese Belastung?

Quast: Man ist immer zu jung, zu alt, zu müde, zu blöd, zu krank, wenn's drauf ankommt. Aber wer fragt danach?

Der Kurfürstendamm in Berlin wirkt Anfang 1942 noch recht friedlich. Das Grau und Blau der Uniformen mischt sich wie selbstverständlich ins Straßenbild. Es mag sein, daß die Gesichter der Frauen ernster, die der Männer angestrengter aussehen, Quast bemerkt davon nichts. Er ist vor wenigen Tagen achtzehn Jahre alt geworden, wenn er auch wie sechzehn aussieht. Er hat sein Reifezeugnis in der Tasche und ist auf dem Weg zum Wehrbezirkskommando. Er will nicht zum Arbeitsdienst, er will sich freiwillig zum Militär melden, als Offiziersanwärter. Zur Infanterie, der Königin der Waffen.
Ein Eckgebäude. Dort, wo die Grolmann- und die Uhlandstraße in den Kurfürstendamm einmünden. Ein graues Treppenhaus, kalt, unpersönlich. Ein paar Schreiber stolzieren über den Flur. Einer hat nur einen Arm.
Pappschilder an den Türen. Buchstaben A bis K. Buchstaben L bis R. Buchstaben S bis Z.
Quast klopft an, tritt ein, grüßt zackig. »Heil Hitler, Herr Oberfeldwebel, ich heiße Herbert Quast, ich wollte mich hier melden. Freiwillig. Ich ...«

Über eine Barriere hinweg trifft ihn der belustigte Blick eines grauhaarigen Mannes in zerknautschter Uniform. »Nu ma janz langsam. Wie is der Name?« Nach fünf Minuten steht Quast wieder im Treppenhaus. Er soll innerhalb einer Woche Papiere beibringen. Den arischen Nachweis, vom Vater diese Unterlagen, von der Mutter jene. Von der Hitlerjugend andere. Von der Schule ... und so weiter. Der Oberfeldwebel will mich schikanieren, denkt Quast. Schon das Wort »beibringen« macht ihn krank vor Wut. Wo soll er innerhalb einer Woche die Dokumente herbekommen? Sein Vater ist in Brünn, dienstverpflichtet für die Kriegswirtschaft. Oder in Königsberg. Weiß der Teufel. Seine Mutter in Posen. Seine Schwester irgendwo im Westen. Seine Lehrer im Warthegau. Die Wohnung in Berlin ist schon lange nichts weiter als eine Schlafstelle.

Quast schafft es nicht. Als er dem Oberfeldwebel nach einer Woche nur einen schmalen Aktendeckel mit Dokumenten auf das Schreibstubenpult legt, sieht er an dessen Grinsen gleich: Das hat der Kerl schon vorher gewußt. Quast protestiert. Er bittet höflichst, eine Ausnahme zu machen – vergebens. Der Traum vom Offizier ist ausgeträumt, noch bevor er begonnen hat.

»Nu hör mal uff zu quasseln, mein Junge. Ick hab dir die Papiere für Potsdam fertich jemacht. Hier mußte unterschreiben!« Quast zögert. »Also paß mal uff. Mit det Offizierwerden, det jeht seit 'n paar Tage sowieso nich' mehr so einfach. Außerdem: Det kannste immer noch werden. Später. Du bist intelligent und kannst reden. Du bist der jeborne Nachrichtenmann. Du jehst nach Potsdam. Dann kannste an't Wochenende nach Hause und brauchst deine Kragenbinde nich' mit de Wurzelbürschte uff'n Kasernhof schrubben. Du wirst mir noch janz schön dankbar sein. Und jetzt wird hier unterschrieben!« – »Jawohl, Herr Oberfeldwebel!« Quast unterschreibt gehorsam, aber nicht überzeugt.

Er knirscht mit den Zähnen. Aber er begehrt nicht mehr auf. Dazu ist er viel zu verwirrt. Er hat sich für einen echten Deutschen gehalten. Und das bedeutet für ihn: Abkömmling der

nordisch-germanischen Rasse. Das Wühlen in den Familienpa-
pieren aber hatte ein unerwartetes Ergebnis gehabt: In seinen
Adern fließt nicht nur pfälzisches und schwedisches Blut, son-
dern auch russisches und polnisches. So hat er es lesen können.
Er ist ein Mischling, schließt er daraus. Und sein weißblondes
Haar, das nur allmählich dunkler wird, ist vielleicht gar kein
Zeichen germanischer Herkunft, sondern slawisch.

Quast ist froh, daß der Oberfeldwebel sich überhaupt nicht für
seine Familienpapiere interessiert. Er beschließt, sie gründlich
wegzupacken und mit niemandem darüber zu reden. Und es
wird noch lange dauern, bis Quast lernt, zwischen Rasse und
Charakter zu unterscheiden. Quast sammelt seine Dokumente
mit flinken Händen ein und macht eine straffe Ehrenbezeigung
vor dem Grauhaarigen. Der ist gar nicht beeindruckt, sondern
sagt nur: »Schon jut!«

Dieser Oberfeldwebel mit dem knittrigen Gesicht, den braunen
Zähnen und der schlecht sitzenden Uniform ist einer von denen,
die wollen, daß Quast den Krieg überlebt. Aber das weiß Quast,
der mürrisch und schwunglos die Treppe hinuntergeht, nicht.

Vor dem eiskalten, muffigen Kasernenklima hat er keine Angst.
Er kennt es. Er hat schon ein paar Wochen Wehrausbildung
beim Infanterieregiment 67 in Spandau hinter sich. Damals, mit
15 Jahren, als er Jungzugführer war. Er hat damals Geländebe-
schreibung gelernt. (»Ich befinde mich auf grasbewachsenem
Ödland.«) Er hat Schießen gelernt (»Der Schütze liegt in sich
gerade, aber schräg zum Ziel.«) Er hat bei einer Geländeübung
einen Stoßtrupp führen dürfen und ahnt die Grundlagen preußischen Denkens. (»Ich versuche, zuerst das weiße Haus neben
dem Kugelbaum zu erreichen.« – »Falsch! Es heißt: ›Ich erreiche
mit meinem Stoßtrupp …‹« – »Jawoll, Herr Unteroffizier!«)
Aber jetzt ist er doch etwas beklommen: Seine Soldatenzeit hat
begonnen!

Da stehen sie in der Kaserne. Vierzig Mann. Mit Köfferchen und
Pappkartons, und alle mit offenem Hemdkragen. Denn kaum
waren sie in Kolonne durchs Tor getrottet, da hatte der Unterof-

fizier der Wache gebrüllt: »Schlips ab! Den könnt ihr wieder umbinden, wenn wa den Kriech jewonnen ham.«

Dann hockt er mit zwanzig Mann im Funksaal. Vor sich ein Paar Kopfhörer, einen Schreibblock, einen Bleistift. Vorn, am Summer mit der Funktaste, sitzt gelangweilt ein Unteroffizier und sagt: »Did-da ist Anton, da-did-did-did ist Berta, da-did-da-did ist Cäsar, klar? Ick wiederhole: Did-da, da-did-did-did, da-did-da-did! So. Und nu Kopfhörer auf. Ick jebe. Ihr schreibt mit.«

Quast klemmt den Kopfhörer auf. Plötzlich piepst es darin. Aber die Zeichen rauschen an seinen Ohren vorbei. Wo, um Himmels willen, hört ein Morsezeichen auf, wo fängt das andere an? Vor ihm der Schreibblock. Darauf sein Name: »Funker Quast«. Sonst bleibt das Blatt leer.

Zehn Minuten später erfährt Quast: Er ist nicht funktauglich. Er wird Fernsprecher. Ab zur dritten Kompanie, nach nebenan. Rote Backsteingebäude, Schlacke auf dem Exerzierplatz, in den Stuben dreistöckige Betten. Aus dem Fenster sieht man das Bornstedter Feld. »Da haben schon die Grenadiere vom Alten Fritzen geschwitzt, und da werdet auch ihr schwitzen, bis euch das Wasser in der Kimme kocht, das schwöre ich euch!« Mit diesen Worten ist das Verhältnis zwischen dem Ausbilder, einem pfiffigen, gehässigen Obergefreiten mit Hornbrille und riesigem Mund, und den verschüchterten Rekruten festgelegt.

Sie müssen eines Tages ihre Spinde auf den Kasernenhof tragen, weil der Unteroffizier vom Dienst Staubflocken in einem Wäschefach entdeckt hat. Einige empören sich, ein paar schluchzen vor Erschöpfung und ohnmächtigem Zorn. Quast lacht. Er weiß nicht, ob er die ausgeklügelten Schikanen oder die dummstolzen Gesichter der Ausbilder komischer finden soll.

Die Rekruten müssen nachts, nach dem Zapfenstreich um zehn, wieder aus den Decken und in Ausgehuniform auf dem Flur antreten, weil unter einem Tischbein ein Brotkrümel gefunden wird. Als sie endlich, schnaufend und schnurgerade nach einer Fuge in den ausgetretenen Bodenfliesen ausgerichtet, in dem hallenden Korridor stehen, entdeckt man, daß einer von ihnen seinen Taschenkamm nicht dabeihat, also sollen sie sich nun fünf

Minuten später feldmarschmäßig auf dem Hof aufbauen. Zwei Mann teilen sich ein Spind, und so wiehern die Ausbilder vor Vergnügen, während in der Stube die Rekruten darum kämpfen, im Gewühl den richtigen Stahlhelm und die richtigen Stiefel zu erwischen. Als sie nach einer halben Stunde schweißgebadet im Laufschritt zurückkommen, sind in der Stube sämtliche Spinde umgestürzt. Der Obergefreite steht grinsend in der Tür und sagt, wer einen solchen Misthaufen hinterlasse, der müsse endlich mal Ordnungmachen lernen. Todmüde, zitternd und mit pfeifendem Atem räumen sie auf. Sie haben nun erlebt, was die »Alten« einen Maskenball nennen. Es ist inzwischen ein Uhr. Vier Stunden später wird geweckt.

Jeden Morgen spielt sich das gleiche ab: Der Pfiff ertönt auf dem Flur. Sofort lassen sich alle, und mögen sie auch noch so tief geschlafen haben, aus den Pritschen auf den Stubenboden rollen, auch die aus den obersten der dreistöckigen Holzgestelle. Die Tür springt auf. Breitbeinig, die Hände in den Hüften, mit lauernd vorgestrecktem Kopf, steht der Ausbilder im Rahmen. Wer in diesem Augenblick noch im Bett liegt, wird notiert: Feuerwache am Wochenende. Kein Stadturlaub. Und das, noch bevor der Stubendienst seine Meldung heruntergerasselt hat: »Stube zwölf, belegt mit fünfzehn Mann. Alles auf und gesund. Stubendienst Funker Lawnitzak!«

Kein Wunder, daß sich alle aus den Betten fallen lassen wie Wanzen von der Stubendecke.

Alle sind ausgehöhlt vom Mangel an Schlaf. Selbstverständlich nicken die ersten von ihnen ein, wenn sie nach Frühsport und Morgenappell in den Lehrsaal einrücken, um russische Lehrfilme über Nahkampf und Tarnung zu sehen. Keiner ist frisch genug, um zu fragen, warum die beste Armee der Welt auf russische Filme angewiesen ist. Stammen die nicht von den Untermenschen aus dem Osten, wie die Propaganda tönt? Keiner konzentriert sich auf den Lehrstoff, der einmal über Tod und Leben entscheiden kann. Sie kämpfen gegen den Schlaf und lernen nichts.

Es tut Quast leid, wenn beim Exerzierdienst auf dem Schlackenplatz jedesmal einige von ihnen in der Hitze umfallen. Er findet es blödsinnig, Soldaten zu überfordern, bevor sie überhaupt etwas vom Krieg gesehen haben. Quast nimmt es hin, findet die Ausbilder allerdings primitiv und, mehr noch, unmenschlich. Wenn als erstes Exerzieren auf dem Dienstplan steht, wenn sie, die nervösen Mägen mit Kommißbrot, brandig schmeckender Marmelade und wäßrigem Kaffee vollgestopft, mit benagelten Stiefeln auf den Kasernenhof hinunterdröhnen, dann haben viele schon weiche Knie aus Angst vor den Torturen, die bevorstehen. Am rechten Flügel der Kompanie, die noch mit »Rührt euch!« auf dem Schlackenplatz steht, die Ausbilder. Unter den Stahlhelmrändern geht der Blick der Rekruten verstohlen zu ihnen, die dort so furchtbar breit und anmaßend versammelt sind und sich nun mit schmierigem Grinsen und widerlichem Spaß an Einzelheiten erzählen, was sie in der vergangenen Nacht mit ihren Mädchen getrieben haben. Wie Vergewaltiger kommen sie den Jungen vor. Eben haben sie sich noch ihre Weiber gefügig gemacht, und nun werden sie mit der gleichen Freude an der Gewalt ihre Untergebenen in die Knie zwingen. Gib einem Macht über andere, denkt Quast, schon kommt der Satan ans Licht.

So wie beim Ausbilder Schack, einem Stabswachtmeister, der seit fünfzehn Jahren in der Kaserne und für die Kaserne lebt. Kaum haben sie sich auf die Klappsitze des Lehrsaals fallen lassen, kaum laufen die ersten Meter des Films, dann watschelt Schack im Schutz der Dunkelheit leise und gebückt an den Bänken entlang. Hat er einen Rekruten mit geschlossenen Augen entdeckt, dann zischt er: »Name?« und: »Ssonnabend, Ssonntag Feuerwache!« Schack ist stolz auf seine Methode. Er hat immer Erfolg. Auch bei Quast. Stabswachtmeister Arschloch, denkt Quast und sieht Schack dabei lächelnd an, als der am Bleistiftstummel leckt und in einer Art Keilschrift den Namen notiert. Er hätte zwar wetten können, die Augen offen gehabt zu haben. Aber bei Schack war er längst dran, dieser junge Spritzer, der lachte, anstatt vor ihm, einem altgedienten Stabswachtmeister, zu zittern.

Feuerwache. Etwa hundert Mann, die Wachen für das ganze Areal, stehen im offenen Viereck zwischen den Backsteinklötzen. Ringsum herrscht diese merkwürdige Verlassenheit und Leere, die sich auch zwischen der skurrilen Häßlichkeit von Fabrikhallen ausbreitet, nach Feierabend. Und auf Bahnhöfen, wenn die Schlußlichter des letzten Zuges in der Ferne verschwinden. Vorn der Offizier vom Dienst, daneben die Unteroffiziere vom Dienst. Einer der Korporale erklärt monoton den Gebrauch der Feuerpatsche. Alle haben leere Gesichter. Keiner macht sich die Mühe, Aufmerksamkeit vorzutäuschen. Ringsum kein Marschtritt, kein Waffenklirren, keine Kommandos, kein Rumpeln von Gerätekarren: Wochenende in der Kaserne.

Quast steht locker, Standbein, Spielbein, bereit, die Einweisung mit geringstem Kraftaufwand durchzustehen. Plötzlich wird er aufmerksam. Genau gegenüber, zehn Meter vor ihm, ein bleiches Gesicht. Das ist doch … richtig, Eberhard, ein Klassenkamerad aus Berlin. Quast zwinkert. Eberhard zwinkert zurück. Quast macht ein Zeichen. Eberhard nickt. Endlich: Weggetreten! Eberhard sagt nicht ›Hallo‹, nicht ›Na, alter Junge‹ oder ›Ich wer’ verrückt‹, als er Quast müde die Hand gibt. Er sagt: »Ich bringe mich um!« Nicht verzweifelt, nicht pathetisch. Ganz schlicht: »Ich bringe mich um.« – »Mensch, Eberhard, was ist denn los?« – »Ich halte das nicht mehr aus!« – Was hältst du nicht mehr aus?«

Sie stehen sich gegenüber, in den neuen grünen Drillichjacken, die so billig glänzen, die Schiffchen auf den Kopf gequetscht. Die ausgebeulten Hosen hängen an ihnen herunter, die Stiefel sind ausgelatscht.

Der Kasernenhof ist inzwischen leer geworden. Auf der weiten Fläche wirken die beiden verloren.

Eberhard schluchzt auf: »Ich kann die Schikanen nicht ertragen!« – »Das geht vorbei! Die paar Wochen …« – »Bis dahin bin ich kaputt! Dieser Grotzke, der läßt mich kriechen, wenn er mich nur sieht. ›Der Herr Abiturient‹, sagt er, ›der feine Pinkel, Sie wissen doch alles besser, dann zeigen Sie uns doch mal, wie man das Mannschaftsklo saubermacht.‹« – »So eine blöde Sau.

Der kann's eben nicht fassen, daß er was zu sagen hat. Der überschlägt sich. Reg dich nicht auf!« – »Du hast gut reden. Aber der Kerl wühlt dauernd in meinem Spind. Mensch, wenn ich schon sehe, wie der mit seinen Dreckschaufeln meine Bücher anfaßt …« – »Aber das bringt dich doch nicht um, Menschenskind!« – »Doch. Das bringt mich um. Und kaum liege ich flach, dann bläst er sich auf. ›Ick bin aus 'ne Arbeiterfamilie. Ick hab' bloß Volksschule. Ick hab' schon uff'n Bau jestanden, da hat Ihn' die Mammi noch die Kacke abjewischt …‹ Herbert, das stell dir doch mal vor!« – »Junge, er weiß es doch nicht besser! Überleg doch mal: Dritter Hinterhof. Die Bude ewig dunkel. Der Alte arbeitslos. Die Mutter abgeschuftet. Immer zwei Geschwister in einem Bett. Dieser Mief! Und zum Frühstück nur trocken Brot und 'ne Maulschelle. Und wenn dann einer sowieso schon 'n miesen Charakter hat … Da haste deinen Grotzke!« – »Was geht mich seine Kindheit an? Korporal ist er. Heute. Und er will mich kaputtkriegen. Und er hat's auch geschafft …« Eberhard wird von Schluchzen geschüttelt. »Ich tu' ihm sogar noch 'n Gefallen. Ich häng' mich auf. Am Spülkasten. Im Mannschaftsklo, seinem Lieblingsspielplatz. Und mit diesen blöden Hosenträgern. Da hat er dann was für seinen Proletengeschmack!« – »Na, na!« – »Doch, Herbert, ich mach' es wahr!«

Quast bekommt es mit der Angst zu tun. Dieses schlaffe, bleiche Gesicht. Das Zucken um den Mund. Diese Mutlosigkeit in den Augen. Diese zittrigen Hände. Eberhard ist wirklich am Ende. »Paß mal auf, Eberhard. Du weißt doch, wie wir dich in der Klasse immer bewundert haben. Immer Haltung. Immer gemessen, ruhig, besonnen. Das war unheimlich gut. Und einer wie du, der darf einem solchen Schinder einfach den Gefallen nicht tun, sich seinetwegen aufzuhängen. Du, das ist einfach nicht dein Stil! Wegen einer solchen Kreatur willst du dir das Leben nehmen? Willst da hängen, im Klosett, in diesem Gestank von Ammoniak und Teer und Scheiße? Eberhard! Mann! Komm zu dir!« In Eberhards Augen glimmt etwas. Ekel, Trotz, Wut, Haß. Was auch immer – es ist Lebenswille. Quast atmet auf. Er legt seinen Arm um Eberhards Schulter. Der wischt sich die Augen, lächelt

30

schief. Quast denkt: Wenn ich ihn noch länger ansehe, dann bin ich es, der heult. Und Eberhard sagt leise: »Weißt du, ich hab' mir's bei den Preußen ganz anders vorgestellt …«

Ein paar Tage später sieht Quast seinen Deutschlehrer, Urban. Im verschossenen, grauen Drillich. Die Jacke spannt. Die Hose ist zu weit, die Ärmel sind zu kurz, die Mütze hängt auf dem Hinterkopf. Urban ist ein gepflegter Mann gewesen, klein, rundlich, mit polierten Fingernägeln, immer im dunklen Anzug mit Weste. Er sprach sehr schnell, sehr witzig, manchmal zynisch, wenn sie ihm zu dumm kamen. Er war souverän, ein Herr. Jetzt steht er in der Schlange an der Essenausgabe, zwischen zertretenen Kartoffeln, in der mageren roten Faust das Kochgeschirr, und starrt an die Wand. Quast spricht ihn nicht an. Das will er ihm nicht antun.

Irgendwann in diesen Wochen, die im Gleichmaß von Drill, Geländeübungen, Gerätekunde und endlosen Appellen vergehen, in diesen Wochen, die sich so nebelhaft in der Erinnerung einnisten, wird Quast zum Kompanieführer gerufen, einem breiten Mann mit fleischigem Gesicht, der leicht schwitzt. Er sitzt an einem Tischchen in einem Schlauch von Zimmer. In einer Ecke das Feldbett mit einer groben graubraunen Decke über dem Fußende. »Quast, ich habe Sie zum ROB-Lehrgang angemeldet. Sie haben das Abitur, und wir brauchen Offiziere.« ROB – das heißt Reserve-Offiziers-Bewerber. – »Herr Leutnant, ich weiß doch noch gar nichts. Die paar Wochen …« – »Ach was. Gehen Sie zum Spieß, und holen Sie sich Ihren Laufzettel. Heute abend sind Sie beim Lehrgang, keine Widerrede!«

ROB – das paßt dem Rekruten Quast auf einmal nicht mehr. Er will an die Front. Und nun ein Lehrgang? Und wieder in eine Kaserne? Außerdem: In seinem Spind liegt ein Brief des Großvaters, die Antwort auf seine Mitteilung, er sei nicht als Offiziersbewerber, sondern als Funker in die Armee eingetreten. »Das schadet gar nichts«, schreibt der ehemalige Hauptmann des königlich-preußischen Heeres. »Krieg ist kein Spaziergang. Überzeuge dich erst einmal, ob dir der Waffendienst überhaupt liegt.« Abgesehen davon, daß der alte Herr, der nun zu bedächtigem Handeln rät, seinem Enkel oft genug und stundenlang von den Stahlgewittern der Materialschlachten erzählt und die Frontschweine als strahlende, ihre Offiziere als die strahlendsten Helden gezeichnet hat – unrecht hat er vielleicht nicht. Aber dann trabt Quast doch mit dem Laufzettel durch die Flure. Kleiderkammer, Waffenkammer, Furier, Schreibstube – erst wenn er überall abgefertigt ist, darf er losmarschieren.

Am Abend ist er wieder in einer Kaserne. In einer modernen diesmal. Bei den alten Backsteinblöcken macht die Patina der Jahrhundertwende den einschüchternden Anstaltscharakter erträglich. Die neue Kaserne ist nichts weiter als beklemmend spießig. Sie biedert sich so richtig an, denkt Quast, mit ihren gemütlichen steilen Dächern und den unscheinbaren Portalen.

Die Aufgabe, die Quast erwartet, sieht er schwärmerisch verklärt. Offizier sein, hat er gelernt, das heißt Vorbild sein, alles besser können, mehr sein als scheinen. Da spuken noch die Schwertworte in ihm herum, die ihn als Zehnjährigen so tief beeindruckt hatten, als er endlich das schwarze Halstuch tragen durfte: »Jungvolkjungen sind hart, schweigsam und treu. Jungvolkjungen sind Kameraden. Des Jungvolkjungen Höchstes ist die Ehre!«

Aber hier paßt das alles nicht. Hier riecht alles nach Ehrgeiz, nach Karriere. Hier ist jeder hart und schweigsam gegen den anderen und treu dem eigenen Ehrgeiz. Kameraden? Das hört man hier nicht gern.

Quast ist der jüngste in seinem Zug. Er fühlt sich wie ein Kind unter Erwachsenen. Er versteht diese Welt nicht, in der man sich so zurückhaltend, ja feindselig gibt. Alle ROBs sind älter als er, dreiundzwanzig, fünfundzwanzig. Einige haben schon Fronterfahrung. Die bilden eine Gruppe für sich und sind merkwürdig verschlossen.

Die Unterhaltungen der anderen ergeben für Quast keinen Sinn. Die Überheblichkeit, die rigorosen Ansichten – worauf gründen sie? Quast ist mit jünglingshaftem Ernst bereit zu lernen, ist offen, neugierig. Doch die anderen verwirren ihn mit ihren fertigen Meinungen. Sie spielen Elite, aber sie sind es nicht, denkt er. Und wenn von Frauen die Rede ist, von Strumpfhaltern, von Besoffenmachen, Umlegen, Durchziehen, dann ist Quast erschrocken und abgestoßen in seiner Unerfahrenheit.

Auch auf den Dienst kann er sich keinen Reim machen. Wozu dieses stundenlange Exerzieren? Warum lernen sie nicht, wie man eine Gruppe Menschen unter wechselnden Bedingungen führt? Wie sieht denn nun der Ernstfall wirklich aus?

Aber Quast hat auch Spaß. Quast kann marschieren. Den Fünfzigkilometermarsch mit Gefechtseinlagen hält er selbst dann durch, als er eine Zeitlang das Maschinengewehr, ein MG 34, schleppen muß. Quast kann schießen. Es fasziniert ihn, wenn er hier den Zeigefinger krümmt und dort, hundert Meter weiter, der Pappkamerad plötzlich ein Loch im Stahlhelm hat. Ja, es macht ihm Spaß. Der Karabiner liegt griffig in seiner Hand. Das Seitengewehr rastet geschmeidig in die Halterung ein. Es klingt satt, wenn eine Patrone ins Patronenlager hineingleitet. »Schieß du, ich springe! Auge auf, Finger lang, Kopf hoch, ruhig absetzen. Robben und gleiten! Hier Vermittlung Kastanie, sprechen Sie noch, sprechen Sie noch? Ich trenne! Der Feldklappenschrank 16 heißt FK 16, weil er im Jahre 1916 in die deutsche Armee eingeführt wurde.« Das alles ist logisch, zweckmäßig und sinnvoll.

Es scheint Quast, als lebe er in einer Welt, in der selbst die Überraschungen eingeplant sind. So gesehen, ist alles in Ordnung.

3

Autor: Man könnte meinen, Ihnen waren damals die Preußen noch nicht preußisch genug.

Quast: Ja, ich glaubte, kluge Vorschriften und Befehle führen zu richtigem Tun. Mir war nicht klar, daß die Sprache ein unvollkommenes Mittel der Verständigung ist und der Dienstrang nichts über die Fürsorge für Untergebene und einen anständigen Charakter aussagt.

An einem nieseligen Frühwintermorgen wird der Exerzierdienst abgebrochen. »Zu Oberleutnant Ellberg, einzeln!« Schließlich ist Quast dran. Ein Lehrsaal. Leere Bankreihen. Auf der Schreibfläche der vordersten Reihe: Ellberg, Oberleutnant und Parteigenosse. Er läßt ein Bein, im tadellos geputzten Reitstiefel aus weichem Leder, lässig baumeln. Neben seiner Mütze, mit den Handschuhen darin, eine weiße Holztafel. Darauf, exakt angeordnet, jeder Teilnehmer des Lehrganges mit Foto, Personalien, Zeichen, die Quast nicht deuten kann. Er sieht Ellberg an, diesen großen, drahtigen, undurchsichtigen Mann mit dem eckigen Kopf, dem lippenlosen Mund, den kalten blauen Augen und dem dünnen blonden Haar.

»Sie sind«, sagt Ellberg, und es klingt wie ein Fanfarenstoß, »ein schlechter Soldat.« Draußen dröhnt eine Lastwagenkolonne vorbei. »Und das ist eine Sauerei. Denn Sie könnten ein verdammt guter Soldat sein.« Die Fahrer der beiden letzten Lkw schalten runter. Motoren und Getriebe jaulen. »Warum sind Sie es nicht?« Quast antwortet nicht. Was soll er darauf erwidern? Er steht still. Die Hände an der Hosennaht. Kinn rangenommen.

Dann sagt er: »Ich tue, was mir befohlen wird, Herr Oberleutnant!« – »Ja, das schon. Aber mehr nicht. So etwas merkt man doch!«

Ellberg sieht aus dem Fenster, wendet sich wieder Quast zu. »Stehen Sie bequem, Quast.« Das Lkw-Gedröhn verhallt zwischen den Kasernenblöcken. »Sie wollen Offizier werden?« – »Nein, Herr Oberleutnant!« – »Nein? Ich höre wohl nicht recht. Nein?« – »Nein, Herr Oberleutnant, so nicht!« – »Wie nicht? Also das müssen Sie mir genauer erzählen.« Ellberg ist freundlich, und Quast freut sich, daß sich ein so einflußreicher Mann für seine Gedanken interessiert. Er erzählt. »Nehmen wir einmal an, Herr Oberleutnant, ich bestehe jetzt den Lehrgang.« – »Gut, nehmen wir mal an.« – »Dann komme ich zur achtwöchigen Bewährung an die Front. Aber – angenommen – ich komme gar nicht richtig an die Front. Ich komme zu einer Regimentsvermittlung in einen ruhigen Abschnitt. Da gibt's ein paar Obergefreite, die denken, der ROB da, der wird uns unseren Betrieb auch nicht stören. Dann schießt mal schwere Artillerie herüber. Dann gehen ein paar Kabel kaputt. Dann brülle ich: Störungssucher raus. Dann sagt einer von den Oberschnäpsern: Längst passiert. Kabel ist geflickt! Spätestens da merke ich, die wissen viel mehr als ich. Aber da ist noch der Regimentskommandeur. Dem habe ich im Kasinobunker ein paarmal blitzartig Feuer für die Zigarre gegeben. Dem habe ich immer klar und deutlich geantwortet. Und wenn ich nach acht Wochen in die Heimat fahre, dann habe ich eine prima Beurteilung. Die Fernsprechvermittlung hat geklappt, und ich habe das Zeug zum Vorgesetzten. So steht es jedenfalls in meinen Papieren.« Ellberg sitzt ganz still und verzieht keine Miene. Quast hat sich für seine Darstellung erwärmt und erzählt drauflos. »Dann geht's auf die Nachrichtenschule. Ich bin einigermaßen intelligent, ich bin gut trainiert, ich stehe den Schliff durch. Ich kriege das, worauf alle in diesem Lehrgang so unheimlich scharf sind: die Leutnantsschulterstücke. Ich jubele: Alle Mädchen warten schon auf mich. Alle Untergebenen müssen mir Ehrenbezeigungen machen. Und dann treten wir auf dem Hof der Nachrichtenschule an. Fünfzig junge Offiziere. Zwei Leutnants werden aufgerufen. Rechts raus: Ab zur Nachrichtentruppe. Und die anderen achtundvierzig, die werden versetzt. Zur Infanterie.« Quast holt Luft. Ellberg sitzt ganz ruhig. »Und vierzehn Tage später, Herr Oberleutnant, stehe ich irgendwo an der Front. Meine Kompanie ist noch dreißig Mann stark. Die Russen kommen. Meine Leute sehen mich an. Sie erwarten Befehle von mir. Aber ich, Herr Oberleutnant, weiß nicht, was ich befehlen soll. Ich habe hier nämlich Schaltpläne und Konstruktionen auswendig gelernt. Dabei darf ich den Feldfernsprecher, dessen Innenleben ich nun kenne, gar nicht öffnen, wenn er hin ist. Und das Funkgerät Berta nicht. Und Cäsar nicht. Und Dora auch nicht. Ich kenne Trägerfrequenz und permanenten Bau und überschlagenden Einsatz. Aber eine Handgranate habe ich nur ein einziges Mal geworfen. Mit der Null-Acht habe ich nur ein einziges Mal geschossen. Eingraben und tarnen habe ich nicht gelernt. Ich soll ja Nachrichtenoffizier werden. Aber ob ich's werde, ist zweifelhaft, denn fast alle Offiziere werden bei der Infanterie gebraucht. Sicher ist nur eins: Das, was ich dann da draußen wissen muß, das habe ich hier nicht gelernt.« Quast atmet hastig. Während er gesprochen hat, ist ihm der ganze Wahnsinn dieser Ausbildung erst richtig klargeworden.

Ellberg steht langsam auf. Tritt ganz dicht an Quast heran. Fragt leise und lauernd: »Na, Quast, darüber haben Sie doch sicherlich schon mit Ihren Kameraden gesprochen, was?« – »Nein, Herr Oberleutnant. Ich habe nur immer genau zugehört, wenn andere sich unterhalten haben. Meine Kameraden haben alle mit sich selbst zu tun!« – »Aber Sie, Sie übersehen die Lage, was?« – »Nur, soweit sie mir bekannt ist, Herr Oberleutnant!« – »So? Und was ist Ihnen bekannt? Ich will Ihnen mal etwas sagen: Das ist Wehrkraftzersetzung! Sie meinen doch nichts anderes, als daß wir hier Kanonenfutter züchten!« Ellberg stemmt die Arme in die Hüften. »Sie untergraben die Moral der Truppe! Und so etwas in meinem Lehrgang! Sie sind ja ein destruktives Element; ein ganz mieser Hund sind Sie!«

Ellberg marschiert, federnd vor unterdrückter Wut, den Gang

zwischen den Bankreihen entlang. Draußen wird exerziert. »Links schwenkt ... marsch! Geratte ... aus! Abteilung ... halt! Und zack! Und stehen! Gut so!« Ellberg geht auf die Tafel zu, auf der das taktische Zeichen für einen bespannten Fernsprech-trupp halb verwischt ist, stürmt mit langen Schritten zu Quast zurück, sagt, erst leise und gepreßt, dann immer lauter werdend: »Sie denken zuviel, Quast. Der Führer irrt sich. Die Generäle irren sich. Die Armee irrt sich. Nur der Funker Quast irrt sich nicht. Das meinen Sie doch, nicht wahr? Na gut. Auf Leute wie Sie hat die deutsche Wehrmacht gerade noch gewartet. Dann wollen wir mal dafür sorgen, daß Sie nicht mehr zum Nachden-ken kommen. Die Scheiße wird Ihnen bald am Halse stehen. Darauf gebe ich Ihnen mein Wort!«

Oberleutnant Ellberg haßt ihn plötzlich, das hat der Funker Quast begriffen. Er hat Quast angeschrien, er hat ihm gedroht. Aber er hat seine Geschichte nicht widerlegt. Ist Ellberg selbst nicht von dem überzeugt, was er tut? Und was hat er mit seiner Drohung gemeint? Quast hat ein mulmiges Gefühl und be-schließt, besonders wachsam zu sein.

Wachtmeister Bendack ist der Schleifer des Lehrganges. Ein kräftiger, stiernackiger Mann, der immer grinst und riesige Hände hat. Die fleischige Stirn hat tiefe Querfalten. Denken ist Bendacks Leidenschaft nicht. Bendack ist dem Oberleutnant Ellberg für Disziplin und Ordnung im Lehrgang verantwortlich. Wenn Ellberg – so wie jetzt – beiläufig bemerkt, der Funker Quast sei nachlässig und alles andere als ein Soldat, dann weiß Bendack, was die Glocke geschlagen hat.

Als Quast das dritte Mal bei einem Appell auffällt, da weiß auch er es. Er kann seine Stiefel noch so blank putzen, Bendack findet sie stumpf. Er kann seine Hose noch so sorgfältig ausbürsten, Bendack findet sie schmutzig.

Beim Schießen ist es nicht so einfach. Quast erzielt mal dreißig, mal dreiunddreißig von sechsunddreißig möglichen Ringen. Daraus kann Bendack beim bösesten Willen keinen Fehler kon-struieren. Und beim Exerzieren? Werden bei Gasalarm die Maskenfilter kontrolliert, dann sitzt Quasts Filter fest im Gewinde – zu Bendacks Enttäuschung. Immer wieder hofft er, Quast bei einer unerlaubten Atemerleichterung zu ertappen. Mit einem Streichholz im Ventil oder mit losgedrehtem Filter. Doch Bendack hat Pech. Müssen sie im Entengang über den Hof watscheln, den Karabiner an den ausgestreckten Armen vorgehalten, dann ist Quast nie unter den letzten zehn, die das Ganze noch einmal machen müssen. Aber Bendack weiß, was von ihm erwartet wird. Er stellt schließlich fest, daß Quast beim »Auf, marsch, marsch – hinlegen!« nicht richtig abrollt. Also jagt er Quast eine dreiviertel Stunde lang über den Hof. Doch damit bekommt er ihn nicht klein. Bendack, der grobe, stiernackige Schleifer, mag den kleinen Funker Quast insgeheim gut leiden. Quasts Gewehrgriffe sind ohne Fehl, sein Exerziermarsch ist schneidig, seine Antworten kommen laut, schnell und deutlich. Und, Bendack ist ehrlich genug, es sich einzugestehen, wie Quast sich da geschmeidig in die Schlacke des Exerzierplatzes wirft, wie er vorbildlich über das linke Knie abrollt, dabei das Gewehr sorgsam haltend wie einen kranken Säugling – da kann Bendacks Schleiferherz nur lachen. Das ist meine Schule, denkt er gerührt, und der Strom seiner sadistischen Einfälle versiegt. Er schickt Quast schließlich, weil Ellberg den kleinen Quast leiden sehen will, hundertfünfzig Meter weit an die Kasernenmauer und läßt ihn schreien: »Ich bin Soldat, ich bin gern Soldat, mit mir hat der Führer einen guten Fang gemacht!« Quast schreit sich die Lunge aus dem Leib. Und Bendack steht mit schiefem Kopf und offenem Mund da wie ein Ertaubter: »Haben Sie was gesagt? Ich höre nichts!« Und Quast schreit weiter, und Bendack hält mit blödem Gesichtsausdruck seine rote Pranke ans Ohr.

So bekommt Quast täglich eine Lektion. Er hat es wörtlich genommen, als Ellberg ihn aufgefordert hat, zu erzählen. Nun lernt Quast, daß er einem Vorgesetzten nicht das sagen darf, was er denkt, auch wenn es ihm befohlen wird, sondern das, was der Vorgesetzte hören will. Quast ist fast immer durchgeschwitzt, hat einen hochroten Kopf, Ellenbogen und Knie sind aufgescheuert, er ist heiser. Seine Brille hängt schief auf der Nase, und er humpelt. Aber er will es von der sportlichen Seite sehen. Und im Sport war er immer gut. Mag Ellberg ihn für einen miesen Hund halten. Daß er ein schlapper Hund ist, soll er ihm nicht nachsagen. Außerdem ahnt Quast, daß Bendack ihn schont. Bendack bringt es nun einmal nicht über sich, ein so gelungenes Produkt seiner Erziehung kaputtzumachen.

Und Quast, der Einzelgänger, hat Freunde gewonnen. Ein paar vom Lehrgang helfen ihm, die Uniform zu reparieren, das Gewehr zu reinigen, die Stiefel zu putzen. Es entsteht in diesem Haufen von Strebern tatsächlich so etwas wie Kameradschaft. Sie sind bereit, alles zu tun, damit Quast den Lehrgang besteht. Aber sie haben die Rechnung ohne Ellberg gemacht.

Vierzehn Tage später. Die jungen Nachrichtenrekruten sollen ihre Grundausbildung mit einem Einwochenmanöver beenden. Und die Offiziersbewerber vom Lehrgang Ellberg werden an Schwerpunkten eingesetzt, um ebenfalls zu zeigen, was sie gelernt haben. Quast erhält das Kommando über einen Vermittlungstrupp. Schon beim Geräteempfang hat er ein ungutes Gefühl. Die Gerätekarren wackeln. Feldfernsprecher fehlen. Das Werkzeug ist verbraucht und schartig. Und er bekommt einen Einsatztermin, der selbst dann nicht einzuhalten ist, wenn sein Trupp die schweren Karren kilometerweit im Laufschritt ziehen würde. Sie marschieren die Nacht hindurch und erreichen den Einsatzort zu spät. Sie sollen eine Divisionsvermittlung aufbauen. Ein Manöverschiedsrichter erschwert die Lage, indem er erklärt, der Feind sei am Waldrand eingesickert. Und der Stab warte dringend auf Verbindung.

Jetzt nur ruhig bleiben, sagt sich Quast. Also: Zwei Mann mit dem leichten MG links raus an den Wald, damit wir keine Überraschung erleben. Dann muß ein Deckungsloch für den Klappenschrank gebuddelt werden. Halt, nein, den Schrank hier auf den Baumstumpf. Dicht daneben gräbt ein Mann. Inzwischen kann bereits Fernsprechverkehr vermittelt und später das Ding in die fertige Deckung hineingehoben werden. Nun brechen auch schon von allen Seiten die Bautrupps aus dem Dickicht, wickeln ihre Kabel um den nächsten Baum, brüllen dazu: »Leitung zwotes Bataillon, Leitung Artillerieabteilung drei, Leitung …« und klemmen einen Zettel unter die Kabelschleife, damit nichts verwechselt wird. Wie die Heinzelmännchen haben Quasts Leute den Abspannbock gebaut, an dem alle Kabel kunstvoll geordnet und bezeichnet werden, um von dort zum Vermittlungsschrank geführt zu werden.

Dann sieht Quast ihn: Oberleutnant Ellberg. Neben ihm der Manöverleiter, ein Oberst, klein, straff, kerzengerade. Ein scharfer Hund, das merkt man schon von weitem. Quast sieht von ihm zunächst nur einen riesigen Pelzkragen. Darin, unter einer schrägsitzenden Mütze, einen hageren Geierkopf mit Hakennase. Reiterbeine in langen Stiefelröhren fallen Quast auf, die Reitpeitsche in der knochigen Hand mit den Altersflecken, die Spange zum EK aus dem Ersten Weltkrieg. Ellberg beugt sich zum Oberst herunter, deutet auf Quast. Der Oberst hebt ruckartig den Kopf und runzelt die Stirn.

Dann geht es recht schnell. »Wo ist der Führer der Vermittlung?« gellt es schon aus zwanzig Meter Entfernung. »Hier, Herr Oberst!« Quast läuft vor, macht Meldung, wird eiskalt gemustert. »Warum ist der Klappenschrank nicht eingegraben?« – »Vermitteln war mir zunächst wichtiger als graben. Die Truppe braucht als erstes Nachrichtenverbindung, Herr Oberst!« – »Ach, Ihnen war das wichtiger? Bei Ihnen piept's wohl?« – »Nein, Herr Oberst, die Verständigung ist auf allen Leitungen ungestört!« – »Also, das ist doch die Höhe! Und wo ist der Prüfapparat?« – »Wir haben keinen, Herr Oberst. Ich vermute, der Apparat ist an der Front!« – »So, Sie vermuten. Und wie prüfen Sie?« – »Ich klemme diesen Feldfernsprecher hier ab, Herr Oberst, und prüfe kurz durch!« – »Waas tun Sie? Dann fehlt doch der Vermittlungsapparat, Menschenskind!« – »Jawohl, Herr Oberst.« – »Und wenn Sie den brauchen?« – »Dann klemme ich um, Herr Oberst. Ich darf Herrn Oberst mal erklären, wie das funktioniert: Dies ist der Pluspol, dies der Minuspol. Und wenn ich jetzt das Kabel …« Der Oberst gibt einen kehligen Laut von sich. Reckt das Kinn wütend aus dem Pelzkragen empor. »Es ist nicht zu fassen! Erklärt der Kerl mir Elektrotechnik!« Die Reitpeitsche sticht an Quast vorbei. »Aber hier, was sollen die Papierfetzen am Abspannbock? Haben Sie nicht gelernt, daß an jede Leitung ein Knochentäfelchen mit dem Vermerk der Gegenstelle gehört!?« – »Jawohl, Herr Oberst, gelernt schon. Aber vielleicht hat die deutsche Wehrmacht nicht mehr genug Knöchelchen,ich meine – Täfelchen? Die sind vielleicht im Einsatz …« Der Oberst schwillt rot an. Seine Stimme hebt sich. »Eine verfluchte Schlamperei ist das!« – »Jawohl, Herr Oberst, das ist eine Schlamperei.« – »Ach, halten Sie doch das Maul. Überhaupt, da fehlen doch Leute …?« Ein Schiedsrichter tritt betroffen hinzu, will den Oberst über die Lage aufklären: »Feind ist von links eingesickert, Herr Oberst. Ein MG mit zwo Mann …« Der Oberst winkt ungeduldig ab. »Scheißegal!« Nichts darf seine Raserei stören. Und zu Quast gewandt: »Mit Ihnen mache ich kurzen Prozeß. Ich lasse Sie versetzen, zur Strafe. Wegen völlig ungenügender Leistungen. Und wegen renitenten Verhaltens gegen einen Vorgesetzten!«

Ellberg, hinter dem Oberst stehend, sieht Quast mit zusammengekniffenen Augen und heruntergezogenen Mundwinkeln an. Oberst Geierschnabel ist noch nicht fertig. Er schreit: »Sie kommen nach Rußland, mein Freund!« – »Jawohl, Herr Oberst«, antwortet Quast, Trotz und Triumph in der Stimme, »genau dazu habe ich mich freiwillig gemeldet, Herr Oberst!« Der Mann am Klappenschrank hinter den Offizieren nickt feixend mit dem Kopf. Der Oberst starrt mit halbgeöffnetem Mund auf Quast. Ein Speichelfaden zieht sich von Oberlippe zu Unterlippe. Ellberg sieht durch Quast hindurch.

Eine Woche später wird Quast feldmarschmäßig ausgerüstet. Aber der Transport nach Rußland verzögert sich. Und so begegnet Quast dem Krieg, wo er ihn am wenigsten erwartet.
Er hat Ausgang bis zweiundzwanzig Uhr. Er ist von Eberhard zum Abendbrot nach Hause eingeladen worden. Eberhards Familie bewohnt eine weitläufige, elegante Wohnung am Lietzen-

see in Charlottenburg. Parkett, echte Teppiche, schwellende Vorhänge, wertvolle Gemälde, chinesische Vasen, feinprofilierte Türen, Türbeschläge mit Jugendstilornamenten, Täfelungen mit Intarsien: Alles atmet Großzügigkeit und Wohlhabenheit. Quast genießt die Umgebung, den Gegensatz zur Enge und Kargheit der Kasernenstuben. Das Essen ist bescheiden, aber gut, Geschirr und Besteck sind kostbar. Eberhards Vater ist auf Reisen, er hat, wie Quasts Vater, in der Kriegswirtschaft zu tun. Die Mutter, eine Dame, stellt Quast präzise Fragen. Quast selbst ist dabei unwichtig. In welcher kulturlosen Welt, mit welch ungehobelten Menschen muß ihr Sohn jetzt leben, das interessiert sie. Sie läßt die Jungen bald allein. Es trifft noch ein Freund Eberhards ein, Quast kennt ihn flüchtig aus Sportwettkämpfen.

Und dann kommt Eberhards Schwester, Margot, ein jungenhaftes Mädchen mit kurzen, lockigen Haaren und langen Beinen, die sich in der Gesellschaft der Jungen besonders salopp gibt. Soll ja keiner glauben, sie sei beeindruckt von den drei Soldaten, die fachmännisch tun und großtuerisch Erfahrungen mit Waffen und Gerät austauschen. Margot gefällt Quast wegen ihrer Selbstsicherheit. Das feine braune Haar, die zarten Hände, die rätselhaft-faszinierenden Wölbungen in der Bluse – Quast ist ein bißchen verzaubert.

In diese Stunden voller Geblödel und unbekümmertem Lachen hinein ertönen die Sirenen. Fliegeralarm. Die kriegerische Unterbrechung macht die drei noch lustiger. Sie schalten das Grammophon mit den amerikanischen Jazzplatten ab und stolpern lachend in den Keller, sauertöpfisch beäugt von älteren Menschen, die sich in Wintermäntel und Pelzjacken verkriechen. Wenige Minuten später bellt die Flak, dann bebt die Erde von Bombeneinschlägen. Nach etwa zwanzig Minuten brüllt eine aufgeregte Stimme in das Kellerlabyrinth hinein: »Wir haben Brandbomben im Dach!« Die Jungen jagen die Treppe hinauf, lassen die entsetzten Rufe der Alten hinter sich, nehmen zwei Stufen auf einmal. Schon sind sie im Dachstuhl. Die Ziegel sind durchlöchert. Das Dach ist teilweise abgedeckt. Rötlicher Schein liegt über allem. Sie entdecken die Brandbomben. Eine ist in eine Kiste mit Löschsand gefallen, die andere in einen Ausguß. Zwei Blindgänger liegen auf den Bodenbrettern einer winzigen Dienstbotenkammer.

Die achteckigen Stäbe in Thermosflaschengröße sind es jedoch nicht, die sie plötzlich still werden lassen. Der Blick durch die Dachsparren nimmt ihnen den Atem. Überall Brände, Rauchwolken bis zum Horizont. Sie sind tief erschrocken. Schweigend steigen sie zur Straße hinunter. Sie bleiben eng beieinander, doch jeder ist allein mit sich.

Ziegelbrocken, Putz und Glassplitter knirschen unter den Stiefeln. Unordentlich gekleidete Menschen hasten an ihnen vorüber, verschmutzt, mit aufgelösten Mienen und wirren Haaren. Sie tragen Möbel und Koffer auf einen Platz vor einem Wohnblock, dessen Dach in Flammen steht. Ein Eckhaus ist in sich zusammengestürzt. Über der Trümmerhalde Menschen, bedeckt mit rötlichem Staub. Sie verständigen sich mit heiseren Rufen, während sie wie Ameisen Mauerbrocken auseinanderzerren und abtragen. Eine schluchzende Frau beugt sich über zwei Gestalten, die verkrümmt auf dem Pflaster liegen, ziegelrot und kalkweiß überpudert. Jenseits der Querstraße ein vornehmes Haus mit gepflegter Fassade, hohen, schmalen Fenstern und einem Säulenportal. Es ist in dichten, schwarzen Rauch gehüllt. Dumpf bersten die Fensterscheiben. Margot drängt sich an Quast. Sie zittert. Im Feuerschein leuchtet die Täfelung des Salons auf, Gemälde, ein Kronleuchter, Portieren – dann leckt die Lohe in langen, gelbroten Zungen aus den Fensterhöhlen, es knistert so laut, daß sie ihren aufgeregten Atem nicht mehr hören. Quast zieht Margot fest an sich. Sie schluckt und lehnt den Kopf an seine Schulter. Er hat einen Kloß in der Kehle.

Da stehen sie, zwei ängstliche Kinder mit rußigen Gesichtern, die nicht fassen können, was geschieht.

4

Autor: Haben Sie denn gar nicht gemerkt, wie barbarisch das ganze
         militärische System war?

Quast: Nein. Ich habe gemeint, ein System ist immer so gut oder so
         schlecht, wie es gehandhabt wird. Es war ja schon in der Penne
         so: Bei guten Lehrern schrieb man gute Arbeiten, und der Unter-
         richt machte Spaß.

Der Marschtritt dröhnt. Die nagelbesetzten Sohlen knallen auf
das Kopfsteinpflaster. Zwischen den Kolonnen rumpeln Feldkü-
chen über die Gleise des Güterbahnhofs, werden mit lautem
Hauruck auf flache Waggons geschoben und verkeilt. Die Kompanien werden verladen. Aufschrift auf den rot-schwarz-ver-
schmierten Güterwagen: »Acht Pferde oder dreißig Mann«. Das
Stroh in den Waggons ist frisch und so staubig, daß die Männer
husten müssen, als sie sich endlich über die Rampe schwerbe-
packt ins Halbdunkel schieben. Es riecht nach Pferdemist, nach
Waffenfett, nach Leder, nach Kommißbrot, Zigaretten, Aus-
puffqualm, klammen Uniformstücken. Und die schwere Lokomotive taucht die ganze Szenerie in ein Gemisch von Dampf,
Rauch und Maschinenöl, als sie, ein mächtiges Gebirge aus grau-
schwarzem Eisen, an dem endlosen Transportzug entlangfaucht,
um sich an die Spitze zu setzen. »Räder müssen rollen für den
Sieg« steht in weißer Schrift auf dem Tender. Satt glänzt oben
die Kohle. Wasser läuft in langen Fahnen über die zerbeulte
Flanke hinunter. Die Bahnhofsgebäude, Güterschuppen,
Werkstatthallen – alles in der gleichen wilhelminischen Impo-

44

nier-Architektur. Roter und gelber Backstein, Zinnen, Türmchen. Schilder mit strengen, umständlichen Texten.

Die dreißig Mann versuchen, sich in dem engen Gehäuse so bequem wie möglich einzurichten, die meisten in sich gekehrt, knurrig, manche nervös. Es ist wie immer, wenn eine Gruppe von Menschen zusammengepfercht wird. Da sind die Umsichtigen und die Rücksichtslosen, die Träumer und die Tölpel mit den zwei linken Händen, die Händler, die Tauschgeschäfte vorschlagen, und die Witzereißer, die Ängstlichen und die Schwätzer. Und die Organisierer, die sofort wissen, wo es Tee, Brot, Zigaretten gibt. Dreißig Mann auf der Reise in den Krieg.

Fünf Tage später rollt der Zug nachts in Gatschina ein. Sie frösteln, die Knochen schmerzen, weil sie sich in der Enge des Wagens kaum haben bewegen können, einigen ist übel, sie haben fetten Speck zum Kommißbrot bekommen. Oder ist es Aufregung? Angst? Schwerfällig setzt die Marschkolonne sich in Bewegung, Gewehre klappern gegen Gasmaskenbüchsen, filzbezogene Feldflaschen gluckern, die neuen Tornisterriemen knirschen. Sie ziehen an Holzfassaden vorüber, an Artillerie- und Troßkolonnen entlang, über weite Plätze. Am Horizont zuckt und flackert es in unregelmäßigen Abständen. Dumpfes Grollen wie von einem fernen Gewitter schwillt an, verweht: die Leningrader Front. Klotzig hebt sich ein Kasernengebäude gegen den Nachthimmel ab.

Drinnen graue Flure, graue Säle, Reihen von zweistöckigen grauen Eisenbetten, graue Decken, schwaches Licht – sie trotten folgsam wie eine Herde, wohin die heiseren Befehle der Korporale sie lenken. Der Übermut, der in den langen Stunden des Bahntransports hochgebrandet war wie in einer Schulklasse, ist längst verflogen. Sie sind froh, das Gepäck abwerfen zu können. Eine halbe Stunde später sinken sie in Schlaf, in den Ohren noch das Ruckeln des Waggons, das Quietschen der Kupplungen, das Schlagen der Schienenstöße, vor den Augen noch die zerfetzten Lokomotiven und Wagen neben dem Bahndamm, die Streckenposten mit ihren schmutzigweißen Stahlhelmen in den Palisadenbefestigungen. Die skurrilen Wegweiser in den Straßen mit

45

den taktischen Zeichen, den Tarnnamen, das Schild mit dem Vermerk »Nach St. Petersburg 42 km« und »Nach Berlin-Mitte 1600 km«. Die vermummten Kanoniere auf den Protzen, die versuchen, aus ihren Zigarettenkippen mit hochgezogenen Stirnen und spitzen Fingern den letzten Rauch herauszulutschen. Der schlaksige Leutnant, seine angestrengten Augen unter der zerquetschten Feldmütze, die russische Maschinenpistole mit plumpem Kolben und rundem Magazin.

Am nächsten Morgen regnet es, Windböen schlagen die Türen zu, reißen den Jungen die Flüche vom Mund. Sie stehen, wiederum beladen und beengt durch das Gepäck, auf einem weiten Hof, neben Bergen von Schutt, alles ist grau, schwärzlich-braun, fleckig-weiß. Jetzt entdecken sie auch Trümmer, verkohltes Gebälk. Aber sie haben nicht viel Zeit, sich umzusehen. Vor ihnen hat sich eine Gruppe von Männern versammelt: Obergefreite, Unteroffiziere, ein Oberleutnant. Ein Trupp Soldaten in fleckigen Tarnanzügen stapft vorbei. Einer hat in der Kapuze hinten unter der Mütze ein Kommißbrot, die Stahlhelme haben sie am Koppel, den Riemen so über die Patronentasche gestreift, daß der Helm wie eine Beule an der Hüfte klebt.

Von den Männern, die so lässig und scheinbar uninteressiert vor ihnen stehen, tragen einige Waffenröcke, manche Mäntel, andere wiederum, zu schmutziggrünen Hosen, Oberteile von Winterkampfanzügen. Einige die weiße, andere die grün-braun-fleckige Seite außen. Einer von ihnen hat einen Wolchowstock in der Hand, einen dieser zweieinhalb Finger starken, schwarzen, spazierstocklangen Holzstäbe, die um so wertvoller eingeschätzt werden, je mehr weiße, filigrane und phantasievolle Schnitzereien sie aufweisen. Neben einem anderen steht eine Tragtasche, aus der eine Cognacflasche hervorragt. Die Gesichter wirken übermüdet, sind fahl, die Haare unter den Mützen ungepflegt, alle tragen grau-weiß-verschmierte Gummistiefel. Quast studiert neugierig die Auszeichnungen. Verwundetenabzeichen, Eiserne Kreuze, Sturmabzeichen, Krimschilder, rumänische, bulgarische Medaillenbänder. Das Metall angelaufen, die Bänder speckig.

Die Frontsoldaten picken ihre Leute aus der Kolonne der Jungen heraus, als seien sie auf einem Sklavenmarkt. »Zehn Mann zur Zweihundertfünfzehnten!«, »Sechzehn Mann zur Hundertsiebzigsten!«, »Acht Mann zur Hundertzweiunddreißigsten!«, »Zwölf Mann zur Zweihundertsiebenundzwanzigsten!«, »Zehn Mann ... acht Mann ... zwanzig Mann ...«

Die Nummern der Divisionen sagen Quast nichts. Ein Unteroffizier fragt ihn barsch: »Funkausbildung? Tempo? Klappenschrank? Schweres Feldkabel?« Und schon ist Quast zu einer Gruppe von acht Mann eingeteilt, mit der er wenig später zwischen Munitionskisten in einem Waggon hockt. Die Männer der Division, der sie nun zugewiesen sind, sehen gleichgültig über die Neuen hinweg und starren nach draußen in die regnerische Öde.

Quast hat sich auf zwei Kisten Werfermunition eingerichtet. Es zieht eisig zur Waggontür herein. Umladeplätze mit Materialstapeln, Panjewagen und Schneezäunen neben den Abstellgleisen, Zufahrtswege in knöcheltiefem braunem Schlamm und endlose kahle Birkenwälder, die sich unter Windstößen ducken, ziehen an seinem Blick vorüber. Quast ist neugierig und ein bißchen aufgeregt. Er weiß nicht, was nun geschehen soll, aber er ist mit allem einverstanden, was man ihm befehlen wird.

Wann hat er schon Momente des Zweifels gehabt? Er kann sie an den Fingern einer Hand abzählen. Damals, der eine, bei der Führerschulung. Dann, als sein Klassenkamerad Albert Hirsch, ein blonder Hüne, der einen unheimlich schnellen linken Haken schlug, plötzlich einen schwedischen Wimpel an sein Fahrrad montierte und erklärte, seine Familie wandere nach Schweden aus. Und das Jungvolk sei leider immer nur an seinen Familienpapieren und nicht an seinem linken Haken interessiert gewesen. Er sei Halbjude. Für Quast bedeutete das nichts Schlimmes. Daß Isidor Warschauer, den sie Itzig nannten und der im Sport eine Null und auch sonst träge und ängstlich war, daß Isidors Platz in der Klasse eines Tages leer blieb und es hieß, die Warschauers seien nach Amerika gegangen, das war Quast gleich. Aber

Hirsch, so'n prima Kerl? Der hatte doch mit dem, was sie beim Jungvolk über die Juden gehört hatten, überhaupt nichts zu tun. An einem schummerigen Herbstnachmittag hatten sie darüber gestritten, ob die Torpedorohre auf dem Heck deutscher Panzerschiffe im modernen Seekrieg noch sinnvoll seien. Sie hatten sich die Köpfe heiß geredet. Und dann war Albert plötzlich schweigsam geworden. Er hatte Quast seinen schwedischen Wimpel geschenkt. Und am nächsten Tag war er nicht mehr zum Unterricht gekommen.

Für Quast, der die antisemitische Propaganda nicht verstand und die Juden nur aus der Sportperspektive sah, blieben die Hintergründe rätselhaft. Sein Onkel hatte einmal von seinem Freund, einem Juden, berichtet, der im Weltkrieg das EK Eins bekommen hatte. Damit war für Quast erwiesen, daß man nicht alles wörtlich nehmen mußte, was die Propaganda sagte. Das hatte der Führer in »Mein Kampf« ja selbst geschrieben.

Die Kontroverse mit Ellberg, die Quast erschüttert hatte, war für ihn jetzt nichts als eine Panne. An der Front, davon war er inzwischen überzeugt, würde nicht so unsinnig gehandelt und gedacht wie in Ellbergs ROB-Lehrgang. Quast lebte in der Unschuld der Ahnungslosen.

Obwohl ... Vor anderthalb Jahren waren sein Freund Fritz und er die Suarezstraße in Charlottenburg entlanggegangen. Es war etwa in Höhe der Feuerwache gewesen, als Fritz plötzlich gesagt hatte: »Du, Frille hat geschrieben, aus Rußland ...« – »Mensch, prima. Was erzählt er denn?« Fritz hatte sich umgeschaut und geraunt: »Das darfst du niemandem weitersagen! Ehrenwort?« – »Ehrenwort!« Fritz hatte einen zerknitterten Briefbogen aus der Brusttasche geholt, und Quast hatte die wenigen Zeilen gelesen. Hatte erfahren, daß Frille gern an die Singabende zurückdachte, daß es schwer war dort in Rußland, besonders mit den russischen Panzern, die unheimlich intelligent gebaut und gefährlich seien, und hatte gelesen: »... dürfen wir niemals diesen Krieg gewinnen. Was hier im Namen unseres Deutschland geschieht, ist schrecklich. Was hier Deutsche wehrlosen Menschen antun, nur weil sie Juden sind, unbeschreiblich. Und wir haben gesungen und an eine bessere, gerechtere Welt geglaubt, die wir bauen wollten.« Quast hatte Fritz den Brief schnell zurückgegeben, voller Entsetzen. Und Fritz hatte gesagt: »Frille war immer so'n Idealist. Und da hat es wohl irgendeine Schweinerei gegeben. Das kann er so gar nicht gemeint haben, wie's da steht. Deshalb: eisern Schnauze halten!« Gewiß, Frille war ein Idealist, aber eigentlich nicht mehr als sie alle. Sie bewunderten ihn, er war heiter und strahlend, und er verzauberte sie mit seiner Gitarre und sang die alten Landsknechtslieder so, daß man sich nach Helm, Schwert und Feldgeschrei sehnte.

Noch wenn Quast nach einem Singabend nach Hause hastete, wenn sie kein Ende hatten finden können, wenn das Gedröhn der Stadt schon abgeklungen war, dann sang er leise vor sich hin: »Weit laßt die Fahnen wehen, / wir woll'n zum Sturme gehen / frei nach Landsknechts Art. / Laßt den verlornen Haufen / voran zum Sturme laufen, / wir folgen dichtgeschart.«

Das, was Frille da geschrieben hatte – nein, das konnte einfach nicht sein. Doch Quast würde Frille nie danach fragen können, denn Frille war vierzehn Tage danach gefallen.

Nun ist Quast selbst in Rußland. Er kauert in einem Transportzug, der von Gatschina nach Tosno fährt. In ein Gebiet hinein, von dem die deutschen Militärgeologen – so etwas gab es, wie Quast, viel später allerdings, erfuhr – geschrieben haben, es sei weder im Sommer noch im Winter zum Kriegführen geeignet. An Quast ziehen in langen Reihen die Birkenkreuze eines Divisionsfriedhofs vorbei. Frauen mit Kopftüchern und lumpigen Kleidern heben Gruben aus. Ein Stapel Kreuze, frisch gezimmert, türmt sich daneben. Quast blickt daran vorbei. Bald, denkt er, werde ich nun wirklich wissen, was hier los ist.

Aber Quast muß sich gedulden. Auch nach dem Ausladen. Er kann den Tatendrang nur mühsam zügeln. Während die erfahrenen Landser sich träge dösend an sonnenwarme Blockhauswände lehnen, an Zigaretten und Tabakpfeifen saugen und froh sind, sich nicht bewegen zu müssen, sucht Quast die Spannung. So wie jetzt: Er kniet hinter einer jungen Birke, reißt den Karabiner hoch, geht von oben ins Ziel und macht den Finger krumm. Der Schuß peitscht, und die Konservendose, die er in eine Astgabel geklemmt hat, hüpft ins Unterholz. Quast ist zufrieden mit sich. Zehn Schuß, acht Treffer, das ist nicht schlecht.

Es taut, Schneereste pappen unter seinen Sohlen. Aus dem Mischwald, in dem es tropft und knackt, tritt er auf den Weg mit den schlammig ausgefahrenen Rinnen. Das Gewehr umgehängt, die Hände in den Taschen, trottet er, mit unregelmäßigen Schritten den Pfützen ausweichend, zurück ins Dorf. Vorbei an dem Doppelgrab mit dem verwitterten Schild »Zwei unbekannte deutsche Flieger«. Unter Birken hindurch, deren Äste schon im ersten Grün zu schimmern beginnen. Auf die Pionierbrücke zu, vor der ein Dutzend Gräber liegen. Ganz vorn das Kreuz mit dem durchlöcherten Stahlhelm und der Inschrift »Hier ruht der tapferste Unteroffizier der 96. Division«.

Am Horizont grummelt es, und Quast pfeift leise vor sich hin. Sonntagmorgen. Der vierte, seit Quast der zwoten Kompanie zugeteilt worden ist.

Quast hat bisher noch keinen bewaffneten Russen gesehen. Die Zivilbevölkerung, in deren armseligen Häusern sich die Männer der Zwoten breitmachen, lebt schlecht und recht im Schatten. Gerissen nutzen die Landser die Dienstbereitschaft der alten Männer und Frauen aus, ebenso gerissen machen die Russen sich unentbehrlich. Die Bauern verhalten sich den Deutschen gegenüber scheu und gutmütig. Dazu paßt das freundlich-rauhe, manchmal großspurige Gebaren der Landser, besonders Kindern gegenüber. Mit Brot, Tabak und Süßigkeiten erkaufen die Soldaten sich Handreichungen und manchmal auch Sympathie. Zumindest mildern sie so den Haß gegen sich, die Eindringlinge. Die Neuen glauben Mitleid zu spüren, wenn eine alte Russin ihnen mit Nadel und Faden hilft. Sie mögen wohl wie Kinder auf die alten Frauen wirken, wenn sie mit tödlichen Waffen herumstolzieren und kaum wissen, was sie tun.

Die jungen Russinnen sind in sogenannten Frauenhäusern kaserniert, in Arbeitskommandos eingeteilt und werden von einer

Feldküche verpflegt. Die Frauenkommandos befestigen Wege, schneiden Holz und heben Gräber aus, in denen bald, wie sie vermutlich hoffen, ihre Bewacher liegen werden.

Quast hat inzwischen gelernt, daß er »Ersatz« ist. In die Gespräche, die seine Kameraden vom Funktrupp des Unteroffiziers Max führen, wird er selten verwickelt, und wenn er auch noch so neugierig fragt. Sie sprechen einen Jargon, der sich in der gemeinsamen Erfahrung vieler Gefechte gebildet hat, sie lachen, wenn ein Stichwort fällt, das ihm nichts bedeutet. Und ihm etwas zu erklären, hat keiner Lust. Wer will schon die Lichtjahre überbrücken, die den jungen Quast von den Alten trennen. Denn so heißen sie bei den Neuen: die Alten. Manche sind sogar schon dreißig Jahre alt.

Aber »Ersatz« sein, das bedeutet noch etwas anderes. So haben die Neuen ihre gut gepflegte Bewaffnung aus den Waffenkammern der Heimat zunächst einmal abgeben müssen. Dafür haben sie Karabiner von der Kompanie erhalten. Warum, sollen sie bald erfahren. Zunächst tun sie ihren Dienst. Gerätepflege, Funkdienst (der Quast besonders Spaß macht. Denn Wehrmachtpsychologen haben ihn kurz vor dem Abtransport nach Rußland nach einer Prüfung zum idealen Funker erklärt. Und dann die Frage angeschlossen, welche Idioten ihn zu den Fernsprechern eingezogen hätten), dazu Exerzierdienst in knöcheltiefem Schlamm, Heranschaffen von randvollen Kochgeschirren für den gesamten Funktrupp über einen überschwemmten Steg der strudelnden Tigoda, Ausrüstungsappelle, Aushilfe bei der Pflege des zusammengewürfelten Fahrzeugparks (wobei die Neuen die Splitter- und Einschußspuren in Windschutzscheiben und Karosserien ehrfurchtsvoll betrachten) und schließlich Waffenappelle.

In aller Unschuld treten sie an. Die Gewehrläufe sorgfältig durchgezogen, die Schäfte gewissenhaft mit Waffenfett verstrichen. »Kammer auf, Schloß raus. Gewehr vorzeigen!« Der Spieß, Hauptwachtmeister Briegel, macht sich selbst die Mühe, die Waffen durchzusehen.

Und dann kommt es. »Was ist denn das für eine Röhre?« – »Karabiner 98 k, Herr Hauptwachtmeister!« – »Quatschen Sie nicht! Ich will wissen, woher die Rostnarben kommen!« – »Ich habe den Karabiner vor vierzehn Tagen hier auf der Waffenkammer so empfangen, Herr Hauptwachtmeister!« – »Was? Wollen Sie etwa behaupten, eine derart verrottete Waffe bei dieser Kompanie bekommen zu haben? So ein Klugscheißer! Will seinen Spieß für dumm verkaufen! Unteroffizier, schreiben Sie den Mann auf. Zwei Strafwachen!« Sie sind sprachlos. Denn die Neuen trifft es alle. Ausnahmslos.

Später durchschauen sie das Spiel. Die Jungen sollen Wache schieben, nachts im Straßenschlamm herumstapfen, mit tränenden Augen gegen Schnee und Regen ins Dunkel starren. Das ist unausgesprochenes Gesetz. Eigentlich muß jeder aus der Kompanie ran. Aber wenn man alle, die unangenehm aufgefallen sind, ins Wachkommando steckt, dann kann man die anderen schonen. Also läßt man die Neuen auffallen. Man verteilt an sie Waffen, die bei Gefechtseinsätzen einem Armeebefehl entsprechend aus Schlamm und Wasser aufgesammelt, gegen Sonderzuteilungen von Wodka bei Instandsetzungswerkstätten abgeliefert und, repariert, an die Truppe wieder ausgegeben worden sind. Der Dreck ist abgewaschen, beschädigte Teile ersetzt. Aber Rostnarben? Darauf kommt es nicht mehr an, wenn man auf fünfzig Meter oder weniger treffen muß. Allerdings – wer mit einem solchen Karabiner zum Waffenappell antritt, der fällt auf. Und die Neuen fallen auf. Immer und immer wieder.

Da hat Quast Hundewache, zwischen zwei und vier Uhr morgens, mit Oskar, der auch einer von den Neuen ist. Sie kontrollieren die Dorfstraße. Es stürmt. Neben der Straße ein unregelmäßiges Klopfen. Eine Tür, ein Fenster, von den Böen gegen den Rahmen geworfen? Das muß aus dem verlassenen Holzbunker neben dem Schlammweg kommen. Also: »Oskar, sieh doch mal nach, und stell das ab. Ich warte hier oben. Aber mach schnell.« Oskar verschwindet. Quast steht fröstelnd und tritt von einem Bein aufs andere. Die Minuten verrinnen. Oskar läßt auf sich warten. Quast ruft in die Bunkeröffnung hinein. Keine Antwort. Was macht der Kerl da unten? Wenn da nun ein Partisan lauert? Oder pustet Oskar vielleicht eine schnelle Zigarette? Oder pennt er? »Oskar!« Keine Antwort. Quast steigt mit entsichertem Gewehr hinunter. Leuchtet um die Ecke herum. Da steht Oskar, stößt Zigarettenrauch aus der Nase. »Du Idiot, komm rauf!« Und da ertönt hinter ihnen die Stimme des Wachhabenden: »Das habe ich gern. Anstatt die Kompanie zu bewachen, schlafen die Herren hier unten. Kein Wunder, daß ich Sie stundenlang im ganzen Dorf suchen muß. Na, Sie wissen wohl, was das für Sie bedeutet!« Sie wissen es. Sie wissen, daß Erklärungen nichts nützen. Sie finden die blöden Übertreibungen des Unteroffiziers unerträglich. Aber sie sind froh, daß sie beide mit je fünf Strafwachen davonkommen. Selbstverständlich immer zwischen zwei und vier Uhr morgens. Eines Abends, als Quast nicht schlafen kann, weil er sich hier, zehn Kilometer hinter der Front, verraten und verkauft vorkommt, blättert er im Wachjournal, und schließlich beginnt er, es Zeile für Zeile zu lesen. Die Karbidlampe faucht leise, auf den Pritschen schnarchen die anderen. Oskar brabbelt im Schlaf. Es riecht nach kaltem Rauch und Zigarettenstummeln. Und Quast liest. »Wachtmeister Gustav Heberle im Frauenhaus II im Bett einer Russin aufgefunden.« Das ist das erste Mal, daß der Wachtmeister Gustav Heberle auf Quast Eindruck macht. Sie haben gelernt: Wer die beiden Frauenhäuser ohne Befehl betritt, hat mit strengster Bestrafung zu rechnen. Die Frauen schlagen Alarm. Doch was tut Wachtmeister Heberle? Er, der verhaßte Eroberer, legt sich seelenruhig zu einer Russin ins Bett und wird nur durch Zufall bei einer der gelegentlichen Kontrollen entdeckt. Alarm hat es keinen gegeben. Im Gegenteil, die Frauen hatten versucht, Heberle zu verstecken. Das ging aus dem Bericht des Wachoffiziers hervor. Die Russinnen schienen mit Heberles Besuch einverstanden gewesen zu sein. Seltsam. Denn nach allem, was Quast erfahren hat, sehen die jungen Russinnen der Arbeitskommandos die Landser nicht einmal von der Seite an. Quast denkt: Dieser Heberle muß schon ein toller Kerl sein.

5

Autor: Hatten Sie nicht erbärmliche Angst, als Sie an die Front kamen?

Quast: Doch, Angst hatten alle. Und ich dachte, es ist ja keine Kunst, mutig zu sein, wenn man nicht vorher zittert.

Autor: Aber die Toten ...

Quast: Ich hatte einfach nicht genug Phantasie, mir vorzustellen, daß ich selbst da läge. Wenn wir mehr Vorstellungskraft hätten, wäre die Welt wohl friedlicher, meinen Sie nicht auch?

Mitte April. Oberleutnant Strehling, der hemdsärmelige, witzige, ausgefuchste Chef, ist in Urlaub. Leutnant Schuster vertritt ihn, ein junger Mann, der aussieht wie eine Mischung aus Buchhalter und Landpfarrer. Die Neuen stehen in Linie vor der Front der Kompanie. Jeder empfängt von Schuster einen markigen Händedruck. Dann redet er. Seine Stimme klingt bewegt. Pflichterfüllung, Vaterland, Bewährung, Gehorsam, seinen Mann stehen ... Quast seufzt. Er hat einfach keine Lust mehr, große Worte zu hören, er ist sauer. Sie sind zu Gefreiten befördert worden. Aber Quast blinzelt in den Frühlingshimmel und denkt: Gefreiter hin, Gefreiter her – irgend etwas muß geschehen, damit ich von dieser Behörde im Grünen wegkomme. Schöne Worte helfen da nicht.

Sie treten zurück in die Kompanie. Der feierliche Teil des Appells ist vorüber. Briegel verliest Hinweise, Befehle, Versetzungen. Hoch oben im Blau zieht ein Aufklärer seine Bahn, die Sonne scheint den Soldaten auf den Rücken, ihre Wärme dringt durch das grobe Tuch. »... hat sich die Division entschlossen, wieder einen Lauschtrupp aufzustellen. Sie wissen, welche Verdienste sich diese Trupps in der Vergangenheit erworben haben. Also, Freiwillige vortreten!«

Briegel macht eine Pause, schielt hoch. »Na, was ist? Keiner?« Quast blickt sich um. Die Kompanie steht gelangweilt, beleidigend gelassen. Mochte doch der Spieß noch so langsam und auffordernd die Front der Männer entlangblicken. Freiwillig? Kommt nicht in Frage! »Na schön. Bis heute dreizehn Uhr ist Zeit.« Quast raunt seinem Nebenmann zu: »Lauschtrupp, was ist denn das?« – »Scheiße.« Der Nebenmann macht mit steilem Daumen eine Bewegung nach oben: »Himmelfahrtskommando!« – »Ist denn einer von euch dabeigewesen?« – »Alle hinüber!« Wieder eine von diesen Aufschneidereien der Alten, denkt Quast. Und er weiß endlich, wie er seinem eintönigen Dasein mehr Farbe geben kann.

Zehn Minuten später tritt Quast in das Halbdunkel der Bauernkate, von der aus Hauptwachtmeister Briegel seinen Papierkrieg führt. »Na, Quast, wollen Sie sich vielleicht Ihre Gefreitenwinkel hier auf der Schreibstube abholen?« – »Nein, Herr Hauptwachtmeister.« Quast holt tief Luft. »Gefreiter Quast meldet sich zum Lauschtrupp!« Der Schreibstubengefreite legt seinen Bleistift hin. Briegel sagt gedehnt: »So, so, freiwillig ...« und blinzelt. In seinen kalten, gelben Augen glimmt etwas. Für einen Augenblick denkt Quast: Hat der vielleicht doch etwas Menschliches? »Also gut, um sechzehn Uhr feldmarschmäßig hier auf dem Weg vor der Schreibstube. Lassen Sie sich Ihren Laufzettel geben. Klar, Gefreiter Quast?« – »Sonnenklar, Herr Hauptwachtmeister!«

Quast macht kehrt, erlöst, beschwingt. Jetzt passiert endlich etwas. In der Blockhaustür hält ihn einer an, den er bisher nur vom Sehen kennt. »Tag, Quast. Ich heiße Hassel. Hab' mich auch eben gemeldet, zum Lauschtrupp Heberle!« – »Was, Heberle macht das? Dieser tolle Hecht?« Quast kommt sich vor, als habe er das Große Los gezogen. Den Weg zur Unterkunft legt er im Laufschritt zurück. Er stößt die Tür auf. Da sitzen sie: Unteroffizier Max und der Funktrupp. Sie hängen über der Tischplatte und löffeln ihr Essen. Einige in Unterhemden mit Hosenträgern.

Einer in einem häßlichen Zivilpullover. An einer Tischecke steht Quasts gefülltes Kochgeschirr. »Ihr Essen ist schon kalt, Quast. Wo stecken Sie denn?« fragt Max. Die anderen blicken nicht auf. »Gefreiter Quast meldet sich ab. Zum Lauschtrupp!«

Alle halten in ihren Bewegungen inne, legen ihre Klapplöffel hin. Blicken langsam hoch. Unteroffizier Max steht auf. »Sag bloß, du warst schon auf der Schreibstube.« – »Jawoll, Herr Unteroffizier.« – »Mist. Tja, dann hat's wohl keinen Zweck mehr, das zu bereden. Dann müssen wir gleich zum praktischen Teil übergehen. Also: Deine Unterwäsche in Ordnung? Deine Socken? Hast du einen ordentlichen Pullover? Sind deine Gummistiefel nicht viel zu weit? Denk dran, daß du damit rennen mußt!« Alle erheben sich, kramen in ihrem Gepäck. Plötzlich hat Quast neue Unterhemden. Socken ohne Stopfstellen. Alle nennen ihn du. Sehen ihn seltsam an. Tauschen seine alte, eingerissene Zeltbahn gegen eine neue. Schenken ihm Fußlappen. »Wirst du brauchen, im Sumpf.« Und als er sich schließlich schwerfällig, bepackt wie ein Lastesel, in Bewegung setzt, da stehen sie alle neben der engen Tür, schlagen ihm auf die Schulter. »Sei nicht zu mutig, Junge.« – »Denk zuerst an dich selbst.« – »Steck schön den Kopf weg.«

Nachdenklich trottet Quast dahin. Irgendwie, überlegt er, sind sie doch alle unheimlich nett. Warum tun sie bloß so, als würden sie mich nie wiedersehen? Diese Alten sind wirklich komisch.

Zehn Minuten vor vier stehen fünf Männer auf dem Sandweg: der Lauschtrupp. Heberle selbst, mittelgroß, untersetzt, rotgesichtig, ein breites Lachen, hellgraue Augen, große Hände, bedächtige, zielbewußte Bewegungen. Nichts Zackiges, eher das Lockere eines Athleten. Er sieht sie an wie ein Bauer, der ein paar Ochsen kauft. Selbstverständlich hat er sich über sie erkundigt. Nun vergleicht er. Sehr soldatisch mag ihm der kleine Quast nicht vorkommen, dieses schmale Kind, das neugierig hinter der Drahtbrille hervorlugt. Rührend eifrig, bereit, jede Herausforderung anzunehmen. Und ahnungslos. Mit einem Seufzer wendet Heberle sich den anderen zu. Da ist Hapf, eckig, hager, umständlich und nervös, mit spitzem Kinn und kleinem Mund darüber. Dann Hassel, Abiturient aus Heidelberg, mit rosigen Wangen, großer Hornbrille, stumpfer Nase und leicht vorstehenden grauen Augen. Groß und muskulös. Und dann Sand, dicklich, gemütlich, immer grinsend, mit frechen Bemerkungen. Rheinländer. Kettenraucher.

»Die Dolmetscher stoßen bei der Funkzentrale zu uns«, sagt Heberle und sieht auf die Uhr mit dem schwarzen Zifferblatt. Sie stehen, nicht sehr stramm, mit »Augen links«, während Heberle, auch er nicht sehr stramm, den Trupp bei Hauptwachtmeister Briegel abmeldet. Die beiden scheinen sich nicht zu mögen. Und Quast ist nicht der einzige, der triumphierend den Hauptwachtmeister angrinst, als sie ihre Sachen auf einen Panjewagen laden und Heberle schließlich »Rechts um, ohne Tritt – marsch« sagt. Briegel verschwindet in seinem Blockhaus.

Der Himmel verfärbt sich grünlich-rosa, tintige Wolkenfetzen hängen tief. Aus Wald und Dickicht strömt feuchte Kälte. Die Schatten werden lang. Ein leichter Wind läßt Zweige und trockene Blätter rascheln. Am Horizont donnert es unaufhörlich. Der Panjewagen knarrt. Sie stapfen dahin und schweigen. Das Dorf verschwindet hinter den Wipfeln.

Die Blockhütte liegt abseits vom Bunkerdorf im dichten Laubwald. Sie ist eng und dunkel. Die Männer hocken auf Brettern und Munitionskisten. An der schmalen Tischbohle lehnt Unteroffizier Hansen, der Spezialist, der sie mit ihrer zukünftigen Tätigkeit vertraut machen soll. Er ist ein zierlicher, sensibler Mann. Seine Haare stoßen auf den Uniformkragen, in dem sich ein gelber Schal bauscht. Er begleitet seine Worte mit eleganten Handbewegungen und spricht nicht von gewöhnlicher Gefahr oder gemeiner Gewalt, sondern nur von Raffinesse, Geschick, Geduld, Gefühl. Hansen wirkt wie ein Kunsterzieher. So bescheiden er ist, dieser Feinmechaniker des Kriegshandwerks – sie sind alle von ihm beeindruckt. Auch Unteroffizier Lieven, ein kühler, zynischer Balte, und Hans, der zappelige ehemalige Rotarmist aus der wolgadeutschen Sowjetrepublik, die beide als Dolmetscher zum Lauschtrupp gekommen sind.

Endlich erfährt der Trupp nun, um was es geht. Sie sind betroffen, als sie hören, daß sie sich auf ihren Geheimauftrag nichts einzubilden brauchen. Die Deutschen haben den Russen nach dem Nichtangriffspakt unter vielem anderen auch rund hundert Lauschgeräte geliefert. Es kann also sein, daß sie selbst belauscht und dann angegriffen werden. Sie erfahren von Hinterhalten und Minenfallen, deren Opfer andere Trupps geworden sind.

Nachdem Hansen sie erst einmal ernüchtert hat, setzt er sie nun ins Bild. »Wir hören den feindlichen Fernsprechverkehr in vorderster Linie ab. Und zwar mit dem Lauschempfänger hier. LE 40 heißt das Ding. Es ist nichts weiter als ein empfindlicher Verstärker.« Hansen zeigt auf den grauen Kasten, auf den er sich lässig stützt. Der Kasten sieht aus wie ein plumpes Funkgerät aus den dreißiger Jahren. »Von unserem LE 40 legen wir schweres Feldkabel direkt auf dem Erdboden aus. Und zwar in sogenannten Schleifen. Möglichst nah an die russische Hauptkampflinie heran. Und dann führen wir die Schleife wieder zu unserem LE 40 zurück. Da, wo die Kampflinien eine Beule haben – zu uns herein oder zum Russen hinein –, da ist's am besten. Da liegt unsere Schleife zu den Fernsprechleitungen des Iwans nicht nur frontal, sondern auch parallel. Kapiert?« Sie nicken. Quast fragt ungeduldig: »Und dann?« Hansen sagt: »Alles der Reihe nach!« und fährt fort: »Unsere Schleife nimmt nun alle Ströme auf, die in der Erde entlangkriechen. Hier in den Sümpfen ist es feucht wie in der Waschküche. Und das mag der elektrische Strom. Dem sind Freund oder Feind piepegal. Der vagabundiert dorthin, wo's am leichtesten geht. Mit unserer hübschen Schleife nehmen wir nun die Stromstöße auf, die durch Erdreich und Leitungen laufen. Mehr passiert ja in so 'ner Leitung auch gar nicht, wenn man ins Fernsprechermikrofon quatscht. Wißt ihr ja. Der Witz ist: Trotz aller Isolierschichten breitet sich, wie gesagt, ein Teil des Stromes nach allen Seiten hin aus. Denn so 'ne Isolierung scheuert mit der Zeit durch. Oder sie wird durch Splitter angerissen. Oder sie ist einfach alt und brüchig. Auf jeden Fall, der Strom kriecht ins Gelände.

Diese Kriechströme verstärken wir.« Hansen klopft auf den grauen Kasten. »Mit dem LE 40 hier. Und dann lauschen wir mit!« Er macht eine Pause und fummelt eine Zigarette aus einer knittrigen Packung. Dann sagt er: »Natürlich hat das Ganze seine Haken. Die Schleife muß so dicht an den Iwan ran, daß man möglichst viel und laut genug mitkriegt. Und so weit weg, daß man ihm nicht auf die Füße tritt, wenn man 'ne Störung sucht. Auch für euch Dolmetscher ist der Lauschtrupp kein Druckposten. Denn natürlich hört man ganze Bündel von Gesprächen durcheinander. Laute, leise, verzerrte, kristallklare, russische und deutsche. Sortieren muß man da schon.«

Sie schleppen, um sich zu überzeugen, das Gerät in das Sumpfgelände hinaus, in die Nähe der Rollbahn mit ihren Leitungsmasten und Kabelsträngen, legen provisorisch eine Schleife, stöpseln den Kopfhörer ein – und sind erschrocken: Kristallklar wie aus dem Fernsprecher dröhnen ihnen die Stimmen entgegen. Pionierführer, Quartiermeister, Luftwaffenverbindungsstab. Befehle, Zoten, Anfragen, Beschwerden, Flüche, Gelächter – sie bekommen alles aus erster Hand. Hansen hat nicht übertrieben.

Daß Heberle dann immer und immer wieder prüft, wie leise sie sich im Gelände bewegen, wie gut sie jede Deckung ausnutzen, das allerdings scheint ihnen übertrieben. Am Tage würden sie wohl kaum ins Niemandsland gehen. Und nachts, so meinen sie, sind ohnehin alle Katzen grau. So grau jedenfalls wie die »Weißen Nächte«, die Sommernächte in dieser Nordregion, von der es zum Polarkreis näher ist als nach Berlin. Heberle läßt sie in Reihe über eine Grasfläche gehen und schreit von Zeit zu Zeit: »Hell!« Und im gleichen Augenblick müssen sie in genau der Bewegung verharren, in der sie sich befinden. Da stehen sie wie die Schaufensterpuppen und kommen sich blöde vor, und wenn einer von ihnen zuckt, weil wieder eine von den hunderttausend Mücken zusticht, die sie umschwirren, dann brüllt sich Heberle die Kehle heiser und behauptet, das sei Kameradenverrat.

Und alles wegen der Leuchtzeichen, die der Iwan über dem Niemandsland und der Hauptkampflinie hochgehen läßt und in deren kalkweißem Licht man angeblich noch die kleinste Bewegung erkennen kann. Für bare Münze nehmen sie das nicht. Da ist, so denken sie, bestimmt nur die gleiche Hysterie im Spiel, mit der sich damals ihre Heimatausbilder und zuletzt die Alten wichtig gemacht hatten.

In den Wäldern steht der Wasserdampf wie graue Watte. Es regnet leise, stundenlang. Als sie aufgebrochen sind, im Morgengrauen, hat es angefangen. Zuerst hat ihnen noch der Panjewagen geholfen. Später dann, als sie von der Rollbahn abbiegen in einen breiten, mit Knüppeln ausgebesserten Waldweg hinein, müssen sie sich Tornister, Decken, Gerät, Sammler, Kabeltrommeln, Gewehre, Gasmasken, Zeltplanen, Brotbeutel und Feldflaschen aufpacken und anhängen. Alles ist klamm und glitschig, das Leder gequollen. Der Panjefahrer hat sich mit einem Grunzen verabschiedet und ist mit seinem Karren im Dunst verschwunden. Sie stehen im Matsch und sehen sich mißmutig an. Dann setzen sie sich träge in Marsch. Eine Zeitlang nimmt sie eine Zugmaschine mit, dann stehen sie auf einem rutschigen, holprigen Knüppeldamm, zwischen dessen Bohlen Wasser hochquillt. Gleitet einer von ihnen aus und kommt dabei einem anderen in die Quere, dann gibt es gereizte Worte. Schweiß vermischt sich mit Regenwasser. Quast kommt sich halb blind vor, seine Brille beschlägt ständig.
Daß es nun an die Front zum ersten Einsatz geht, daran denkt keiner. Kaum fällt ihnen auf, daß immer mehr Bäume ohne Wipfel oder von Einschlägen und Splittern angefetzt sind, daß im Dickicht neben dem Weg ein paar Meter Gatterzaun, ein steinerner Kamin, ein Wagenrad davon zeugen: Hier hat es ein Dorf gegeben, hier haben einmal Menschen friedlich gelebt.
Die Pausen, die sie machen, um ein Stück Kommißbrot, einen Schluck lauwarmen Kaffee zu sich zu nehmen, sind kurz. Durch Nässe und Kälte kühlen ihre Körper aus und werden steif. Also weiter. Lieber marschieren und schleppen. Dann fallen ihnen die ersten kreisrunden Teiche neben dem Damm auf. Granattrichter. Reste von zersplitterten Bohlen, die durch frisch behauene

Stämme ersetzt sind, lassen erkennen, wie gut das russische Feuer gelegen hat. Schilder mit taktischen Zeichen tauchen auf. Aus dem Grummeln am Horizont ist längst ein an- und abschwellendes Stakkato von Abschüssen und Einschlägen geworden. Durch das Rauschen des Regens schlurrt es aus dem Hinterland über sie hinweg. Heberle erläutert wortkarg: »Unsere Einundzwanziger.« Und wenn sie es längst nicht mehr erwarten, dann branden weit vor ihnen im Wald hohl die Einschläge auf.

Ein Kübelwagen jagt vorbei und bespritzt sie mit Dreck. Sie bringen kaum noch Kraft für einen Fluch auf. Heberle studiert die Schilder, weist nach rechts in eine leicht ansteigende Schneise hinein. Flache Erdhügel unter geschundenen Bäumen. Davor ein Kradmelder, die Zigarette im Mundwinkel, vom Stahlhelm tropft die Nässe. Neben ihm ein Posten mit Zeltbahnumhang. Sie stellen ihr Gepäck ab, müde, fröstelnd. Nur bald ins Trockene, das ist ihr einziger Gedanke. Heberle, der in einem der Bunker verschwunden ist, kommt wieder herauf, hinter ihm ein Feldwebel in fleckiger Uniform ohne Koppel, den Kragen hochgeklappt, den Sturmriemen über den Augenschutz des Stahlhelms gezogen. Er sieht kurz und ohne eine Miene zu verziehen zu ihnen herüber. Quast hört: »... eigentlich in den Bunker da drüben.« Er zeigt auf eine Lichtung, wo aus einem Erdhaufen dicke zersplitterte Stämme nach allen Richtungen in den Himmel ragen. »Volltreffer, heute morgen. Vier Tote.« Deshalb also sieht auch die braune Erde so zerwühlt, sehen auch die Bäume so seltsam zerzaust aus. Sie stolpern den schmalen Treppeneinstieg eines weiter abgelegenen Erdhügels hinab, unter dem man zwei Lagen dicker Stämme ahnt. Es ist so eng, daß sie sich gegenseitig behindern, als sie die tropfnassen Sachen abstreifen. Ein winziger Bunkerofen, aus einem Kanister und aus Blechstreifen zusammengeklempnert, strahlt einen Hauch von Wärme ab. An der Schmalseite des Brettes, das einen Tisch ersetzen soll, sitzt ein Obergefreiter mit offener Jacke. Er hebelt mit dem Seitengewehr eine Büchse Sardinen auf und taucht Kommißbrot ins Öl. Kauend und mit hochgezogenen Augenbrauen sieht er ihnen zu, wie sie umeinanderzappeln und mit klammen Fingern Knöpfe, Haken und Verschlüsse zu lösen versuchen. Heberle sagt: »Ich gehe jetzt nach vorn, Lage peilen. Unser Einsatzbunker ist morgen früh frei. Der Einweiser wartet drüben.« In diesem Augenblick hören sie in der Ferne, durch das leiser werdende Rauschen des Regens hindurch, merkwürdige Geräusche. So, als würden aus einem Dutzend Flaschen die Korken gezogen.

Der Obergefreite, an dessen Ärmel sie inzwischen bewundernd ein Panzervernichtungsabzeichen entdeckt haben, sagt kauend: »Gehst besser jetzt nicht raus!« – »Wieso?« fragt Heberle. »Der Abendsegen«, sagt der Obergefreite und schiebt sich eine Ölsardine in den Mund.

Im gleichen Augenblick kracht es ohrenbetäubend. Sie gehen in die Knie. Der Bunker schwankt. Splitter, Erdbrocken, Äste und Holzstücke klatschen draußen in den Matsch. Der Obergefreite nimmt die nächste Ölsardine. In der Ferne flappt es wieder. Und wieder bebt die Erde. Die Bunkertür flattert. Hastige Schritte patschen oben vorbei. Eine helle Stimme sagt: »Scheiß-Iwan.« Gewehrschüsse klackern in der Ferne wie Kieselsteine auf ein Blechdach. Dann ist es ruhig. Der Regen hat aufgehört. Der Obergefreite zündet sich eine Zigarette an und nickt Heberle zu. Der dreht sich zu ihnen um: »Bis gleich.« Sie sitzen auf ihren Pritschen, zu erschrocken und zu erschöpft, als daß sie etwas sagen könnten. Der Obergefreite lehnt sich zurück, fummelt in den Zähnen und schließt die Augen.

Dann greift er in das schmutzgeränderte Unterhemd, betrachtet mit einem halboffenen Auge, was er erwischt hat. Es knackt. Er schließt das Auge, rülpst, ist plötzlich eingeschlafen. Auf der Jacke schimmert das Infanterie-Sturmabzeichen, das EK Eins und das Verwundetenabzeichen.

Quast muß sich unwillkürlich kratzen, nachdem ihm klar geworden ist, daß er der Vernichtung einer Laus durch einen Experten zugesehen hat. Er ist verwirrt. Die Helden, die sie in der Wochenschau in den Heimatkinos bestaunt haben – diese Helden haben eigentlich ganz anders gewirkt.

6

Autor: Sie müssen sich doch wie ein Nichts vorgekommen sein in diesen
         Wäldern und Sümpfen ...?

Quast: Im Gegenteil. Ich habe wirklich geglaubt, es kommt auf mich an.
         Aber überschätzen wir uns nicht alle? Das gehört zum Jungsein.

»Diese langen, ovalen Dinger hier, das sind keine Graubrote,
sondern Sandrücken.« Heberle fährt die Umrisse auf der Karte
mit einem Grashalm nach. »Da stehen Kiefern drauf und Kus-
seln. Und drumherum Sumpfgras. Das gelbgrüne Zeug, ihr wißt
schon. Da ist bis zum Winter die deutsche HKL langgelaufen.
Dann ist der Iwan eingebrochen. Hier und hier und hier. Und
hier hat er unsere vorderste Linie aufgerollt. Da mußten unsere
in die zweite Linie zurück. Der Iwan hat sich in unserer ersten
eingerichtet. Bunkereingänge dichtgemacht. Oder Postenstände
draus gezimmert. Und von seiner Seite aus neue Eingänge ge-
graben. Ja, und wir haben unsere paar Bunker auch fein als
vorderste Linie ausgebaut. So, und hier, dieser Sack hier, da ist
der Iwan reinspaziert zu uns, bis in den Moorwald, und hier über
die Lichtung. Deshalb macht die HKL hier 'n scharfen Knick.
Und – in – diesem – Knick ...« Heberle klopft mit dem Halm auf
die Karte, »... da liegt unser Bunker. Da führen alle Fernsprechleitungen vom Iwan dran vorbei, nach vorn zu seinen Kompanie-
gefechtsständen, zu seinen Artilleriebeobachtern, den VBs.
Und, nach hinten, zum Bataillon und den Batterien. Das ist ein

Vorteil für uns. Wenn wir da Schleifen legen, da müssen wir einfach was hören. Aber 'ne ungetrübte Freude ist das nicht. Die Ecke steckt dem Iwan im Fleisch wie ein Stachel. Und den versucht er ab und zu abzukneifen. Deshalb auch der MG-Stand gleich am Bunker. Na ja, das ist alles, was ihr wissen müßt!« Heberle sieht sie an. »Noch Fragen?«

Hapf hebt die Hand. »Wie weit ist's bis zum Iwan?« – »Vorm Bunker achtzig Meter. Alles Trichter und voll Draht. Da kommt kein Schwanz rüber.« – »Und an den Flanken, in der Beule?« fragt Quast. Heberle: »Angeblich begehbar. Hier hundert Meter etwa, hier zweihundert. Und hier höchstens fünfzig, aber da ist tiefer Sumpf.« Hassel fragt: »Minen?« – »Eigene Minenpläne gibt's nicht mehr. Und die Minen vom Iwan …« Heberle hebt die Schultern. »Wir müssen eben aufpassen!« Er zündet sich mit dem Sturmfeuerzeug eine Zigarette an. Er hat seine Beschreibung beendet. Bedächtig faltet er die Karte zusammen. Die Männer schweigen nachdenklich.

Noch in der Nacht ist Heberle wieder nach vorn gegangen. Im Morgengrauen marschiert nun der Trupp los. Nur mit dem nötigsten Gepäck beladen. Sie werden geführt von einem spindeldürren Unteroffizier. In einem seiner Stiefel steckt eine Stielhandgranate. Den Stahlhelm trägt er wie einen Henkelkorb in der Hand. Bald merken sie, wie spröde und unvollkommen Heberles Beschreibung gewesen ist. Vom unberechenbaren Störungsfeuer der russischen Granatwerfer hatte er nichts gesagt, von diesem Fauchen vor dem Einschlag, diesem Gebrüll, wenn die Splitter flach über die Erde hinwegjagen und der Luftdruck einem den Atem wegreißt. Und von den schmalen, schwankenden Lattenrosten, über die man dahinbalancieren muß, unter sich schwarze Moorbrühe. Auch nichts davon, daß es zwischen Bunkern und Postenständen keinen Schutz gibt gegen das Gewehr- und MG-Feuer, das ins Geäst klackert.

Die Bäume sind in etwa zwei bis vier Meter Höhe abgefetzt. Dazwischen sind waagerecht Drähte gespannt und daran mannshohe Tannen und Sträucher geflochten oder angelehnt: Schutz gegen Sicht, sonst nichts! Alle zwanzig bis fünfzig Meter liegt ein

Bunker oder ein Postenstand wie der Buckel einer Schildkröte im Morast. Parallel zu der Tannenblende verläuft der Pfad, auf dem sie nun entlanghüpfen. Darum hat Heberle gestern abend ausgesehen, als habe man ihn durch den Schlamm gezogen, darum ist er so kurzatmig gewesen, denkt Quast. Von Zeit zu Zeit geht eine Leuchtkugel hoch, oder ein Leuchtfallschirm segelt durch die Schwärze. Dann gibt der Unteroffizier ein Zeichen: »Stehenbleiben!« Denn selbstverständlich entstehen durch das dauernde Schießen Löcher in der Blende. Und auf die kurze Entfernung können die Russen dann jede Bewegung dahinter erkennen und ihr Feuer dorthin konzentrieren.

Der Bunker. Vor der Treppe und dem tiefer gelegenen Eingang eine splittrige Bohlenwand. Darüber eine Balkenlage. Plötzlich schimmert in der Schwärze ein Gewehrlauf, und eine gepreßte Stimme ruft: »Halt! Parole?« Ihr Führer antwortet: »Landshut!« Das russische Feuer kommt von allen Seiten, deshalb auch die Schutzwand vorm Eingang, deshalb der Postenstand im Türstollen und nicht daneben. Innen ist es qualvoll eng. Modergeruch, schmale Pritschen, schmutzige Wolldecken, der Ofen aus einem Benzinfaß gebastelt, mit verbrannten Brotkrümeln darauf. Unter dem Fußbodenrost stinkendes Moorwasser. An Wänden und feuchtschimmernden Stützbalken Nägel mit Waffen daran. Munitionskisten, Kochgeschirre, Hindenburglichter, Karbidlampen. In den Kasten hineinragend und in einer Nische zweistöckige Pritschen, darauf schnarchende Bündel. An einem der Pfosten, unter der tropfenden Balkendecke, eine zerknautschte Leutnantsmütze. Paspelierung rot, Artillerie. An der Wand eine Panoramakarte mit Gradeinteilung, auf der Quast das Wort »Burma-Straße« erkennt, daneben ein Scherenfernrohr. Den vorgeschobenen Beobachter der Artillerie und seinen Funker übernehmen sie also auch, als Untermieter.

Schnell ist das Gepäck abgeworfen und das Gerät aufgebaut. Dann gibt es plötzlich eine Pause. Ein Stocken in den Bewegungen, einen Wimpernschlag lang. Sie sehen sich gegenseitig an, und sie denken alle dasselbe: Jetzt sind sie vorn. Endlich. Es kann losgehen.

Jeden Morgen gegen sechs läuft einer von ihnen nach hinten, zum Bataillon, wo eine Kopie ihrer Nachtmeldung erwartet wird. Ein Kradmelder vom Armeekorps bringt dann Original und Kopie dem Ic der Division und zum Korps. Jeden Vormittag schöpfen sie mit Marmeladeneimern das Moorwasser aus, das zwischen den Fußbodenrosten des Bunkers hochgequollen ist. Dann machen sie eine Lagebesprechung. Jeden Mittag zwischen zwölf und drei Uhr holt einer von ihnen Essen und Post und bringt die Zwischenmeldung nach hinten, in der auch Aktionen erwähnt sind, die der Trupp in der Nacht unternehmen wird. Am Nachmittag pflegen sie Werkzeug, Geräte und Waffen. Jede Nacht flicken sie mehrmals die zerschossenen Schleifen. Nach diesem Routineplan wird ihr Dienst ablaufen, sobald die Schleifen innerhalb und vor der deutschen Stellung gelegt sind. Das ist der Inhalt der Meldung, die Heberle am nächsten Tag nach hinten an die Kompanie schickt. Nüchterne Formeln, die besagen, daß ein Lauschtrupp seine Aufgabe erledigt.

Quast hat sich an die Blende geschlichen und betrachtet das Vorfeld im Morgenlicht. Dort, wo das Astverhau sich verdichtet, wo das Hellgrün über Braun in Schwarz übergeht, sind die Russen. Dahinter eine blauschwarze Waldkulisse, darüber weißlichblauer Himmelsdunst. Ein Sandrücken leuchtet gelb, zum Moor hin in Grau übergehend. Bündel von Schilf rascheln im Hauch des Maiwindes, in dem der Geruch von Verwesung, Harz, Rauch, Pulver, faulendem Laub sich mischen.

Quast lauscht dem Peitschen der Gewehrschüsse, dem Hacken der Maschinenwaffen, dem giftig-hellen Klang der detonierenden Wurfgranaten, dem wellenartigen Verebben der Echos, die zum knarrenden Baß absinken, je mehr sie in den Wald hineinrollen, dem Pitsch-Pitsch der Explosivgeschosse. Er hört das Wispern und Knistern, das Rascheln der Ratten im Unterholz. Das Raunen im Gras, das Knacken und Klatschen der Splitter, Holz- und Erdkrümel in den Zweigresten. Das Patschen der Gummistiefel im Brackwasser, das Klappern und Klirren von Waffen und Munitionskästen. Das ferne Poltern und Brummen der Transportkolonnen auf beiden Seiten. Die verwehenden

Rufe, die Wortfetzen. Die Minuten plötzlicher, drohender Stille. Und das Aufbranden des Lärms. Dazwischen, Quast glaubt seinen Ohren nicht zu trauen, Laute von verwirrender Süße: das »Tschacktschack« der Wacholderdrosseln, das »Tinktinktink« und das ängstliche »Iiiiih« der Amseln, dazwischen die Tannenmeisen mit ihrem zarten »Sisisisi«. Hoffentlich, denkt er, sind sie nur auf der Durchreise, die armen Kerlchen. Quast kann sich nur schwer lösen. Aber er kriecht vorsichtig zurück.

Zwei Stunden später. Quast ist zufrieden mit sich. Er hatte nämlich eine Begegnung, an der er sein grimmiges Vergnügen gehabt hat. Jetzt sitzt er in der Nähe des Bataillonsgefechtsstandes und laust sich. Er beeilt sich, damit die Mücken sich nicht auf seiner nackten Haut festsetzen, und schmunzelt dabei. Er hat nämlich beim Bataillon, wo er die Meldung abgegeben hat, Hauptwachtmeister Briegel getroffen. Der war gekommen, um die verlorenen Söhne seiner Kompanie zu betreuen, und war merkwürdig milde gewesen. Er hatte sich immer wieder umgesehen, hatte mit gefurchter Stirn einen Trupp von Verwundeten betrachtet, war blaß geworden, als fünfzig Meter weiter ein Artilleriegeschoß in den Wald gefahren war, ein Ausbläser, der mit langem, hohlem Röhren seinen gefährlichen Inhalt ausgepustet hatte.

»Brauchen Sie was, Gefreiter Quast?« – »Was meinen Sie damit, Herr Hauptwachtmeister?« – »Na ja, Marketenderware.« – »Ach so. Ja. Ein paar gute Zigarren, Herr Hauptwachtmeister. Wissen Sie, die Marke, die mir der Kommandeur anbietet, wenn wir unseren Morgenplausch haben, die ist mir zu schwarz. Leicht, blond, hocharomatisch sollten sie sein. Erste Klasse, Sie verstehen?« – »Selbstverständlich, Quast.« – »Und dann brauche ich Rasierklingen, denn der Iwan sieht gern glatte deutsche Gesichter.« – »Aber klar, lieber Quast. Umgehend!« Hauptwachtmeister Briegel hatte tatsächlich lieber Quast gesagt. Über ihnen hatte es dann dieses schlurrende Geräusch gegeben, so, als ob jemand tausend Schlitten über trockenen Kies zieht. Der Hauptwachtmeister hatte sich erst tief geduckt und sich dann hingeworfen. Hatte Quast von unten her angesehen. Und Quast hatte dagestanden und gesagt: »Aber, aber. Kommen Sie hoch,

Herr Hauptwachtmeister. Das sind unsere!« Und während drüben Rauchwolken hochquollen und die Erde bebte, hatte der Hauptwachtmeister sich frostig verabschiedet. Quast lacht laut auf und zieht das ausgeleierte Hemd mit den Schmutzrändern wieder an.

Das Mittagslicht dringt tief in das Grün hinein und sprenkelt weiße Flecken auf den Pfad, der sich durch die Wildnis hindurchwindet. Der Pfad besteht aus armdicken Hölzern, die wie Sprossen auf rohbehauene Holme genagelt sind. Wie eine Leiter auf dem Eis, die ein Gewicht auf eine möglichst große Fläche verteilt und das Einsinken verhindert, so schwebt hier der Pfad auf dem Morast. Er sinkt nicht ein, auch wenn bei jeder Belastung das Wasser darunter schwappt – so wie jetzt, unter Quasts Schritten. Sein Helm ist mit Erde beschmiert und an den Rändern abgescheuert. Der Riemen ist hart und dunkel von Schweiß. Eine Tarnjacke aus grobem, grünfleckigem Gewebe hängt an ihm herunter und läßt erkennen, wie schmal seine Schultern sind. An den Knien der schmutziggrünen Hose und an den Stiefeln aus schwarzem Gummi sind Klumpen von Morast angetrocknet. Quasts Konturen lösen sich im Blattgewirr ringsum auf.

Ich muß aufpassen, ermahnt sich Quast, ich muß scharf aufpassen, wenn ich an die Rennbahn komme! Er bewegt sich jetzt schon, hier auf dem Knüppelpfad, flink, leise und lauernd. Das ist das Gemeinsame aller Männer in diesem Dickicht, der Russen wie der Deutschen, daß sie, ganz gleich, womit sie beschäftigt sind, und sogar im Schlaf, horchen und wittern, weil sie der tödlichen Überraschung zuvorkommen wollen. Jetzt ist Quast dort, wo den Bäumen nicht nur die Wipfel fehlen, sondern wo sie abgesetzt und aufgesplittert sind. Es hätte hier, hinter der HKL, nach Holz duften müssen, nach Harz und Saft. Aber seit den Kämpfen im Winter liegen Hunderte toter Männer unter dem Astgewirr im Moor und lösen sich darin ebenso auf wie Holz und Laub und Nadeln. Man kann sie nicht begraben, sie liegen im dichten Minenfeld. Quast empfindet die süßlichschwere Wolke vergehenden Fleisches nur noch selten. Sie gehört zum Wald wie der spitze Summton der Mückenschwaden, wie der Lärm von Abschüssen und Einschlägen. Wenn Quast mit den Gummistiefeln ausrutscht, knirschen die Bohlen, und das Wasser spritzt hoch. Jedesmal rückt er dann, mit zusammengekniffenen Lippen, den Rucksack zurecht, den er am Verpflegungswagen eine halbe Stunde zuvor sorgfältig gepackt hat. Erst die Brote und die Margarinedosen, dann die Hartwurst, die Feldflaschen mit dem Kaffee, obendrauf Post und Meldeformulare. Dazwischen das Isolierband. Er hält die Arme steif vom Körper ab, denn in jeder Hand trägt er drei Kochgeschirre. Sie sind bis zum Rand mit Gulaschnudeln gefüllt und nicht mit Dekkeln verschlossen, denn nur so bekommt er drei in eine Faust. Die dünnen Drahtbügel schneiden tief ins Fleisch. Spuren von Schweiß brennen auf seiner Stirn, aber er kann sie nicht abstreifen. Langsam kriechen die salzigen Tropfen hinunter ins Halstuch. Quast verhält einen Atemzug lang den Schritt. Der Knüppelpfad endet splitterig über einer flachen, kreisförmigen Mulde. Der Boden ist hier fester, eine elastische Haut über dem Moor. Quast springt auf die Rennbahn, eine Schneise, die so breit ist, daß darauf bequem zehn Menschen nebeneinander gehen könnten. Sie führt sanft ansteigend auf einen Sandhügel zu, der weißgelb aus dem Grün schimmert. Bis zum Winter hatten die Männer wohl aufgeatmet, wenn sie diesen Einschnitt erreicht hatten. Aber nun sitzen die Russen oben auf dem Hügel. Scharfschützen können sich zwar dort nicht halten. Sie hätten in die Bäume klettern müssen, um Schußfeld zu haben. Und die fünf geköpften Stämme, die noch stehen, sind nackt wie Maibäume. Aber ein Beobachter im Unterholz kann schon erkennen, ob sich auf der Schneise etwas rührt. Und was dann geschieht, das hängt von der Lage, von Temperament und Laune des Beobachters und von den Munitionsvorräten der Russen ab.

Quast atmet tief durch, sein Herz hämmert. In unregelmäßigen Zickzacksprüngen schnellt er von einem Rand des Einschnittes zum andern. Dorthin, wo Sandflecken in der Sonne schimmern. Mehr als die Hälfte des Weges hat er hinter sich, als es hinter dem Hügel heraufblafft ... zwei-, drei-, vier-, fünf-, sechsmal.

Und da rauscht es auch schon wie der Flügelschlag eines Riesenvogels. Quast wirft sich blitzschnell nach vorn. Er winkelt dabei die Unterarme hoch, um den Aufprall der Kochgeschirre zu mildern und nichts zu verschütten. Der Rucksack rutscht von hinten gegen den Helm und drückt ihn Quast über die Augen. Splitter zischen messerscharf über Quast hinweg. Mit dem schlaghellen Bersten der letzten Wurfgranate mischt sich das Echo der ersten Einschläge. Dann rollt der Donner durch den Wald davon. Quast ist sekundenlang taub. Es riecht nach nasser Erde, nach Pulver, nach harzigem Holz. Quast liegt starr wie ein Käfer, der sich totstellt. Dann springt er hoch, schwankt, fängt sich, läuft, so schnell er kann, und erreicht endlich mit einigen Sprüngen den Sichtschutz. Noch ehe das Echo ganz verhallt ist, liegt die Schneise ruhig im blendenden Licht. Sechs frische, tellerflache Mulden schimmern feucht, und die Erde dampft.

Quast läuft jetzt keuchend hinter der dichtgeflochtenen Buschwand entlang. Auf dem rechten Handrücken trocknet eine Bandnudel mit einigen Fasern Gulasch daran. Glühheißer Kaffee aus einer durchlöcherten Feldflasche im Rucksack rinnt den Rücken hinunter. Die Uniform klebt am schweißnassen Körper. Er läuft mit unregelmäßigen Schritten zwischen blankgewetztem Wurzelgeflecht, Schlammlöchern, abgeschabten Ästen hindurch. Zwei schwere Granaten schlurren über ihn hinweg: Störfeuer. Tausendfach bricht sich der Einschlagsdonner in den entwipfelten Bäumen. Die Erde schüttelt sich. Quast stolpert die Bunkertreppe hinunter. Er atmet schwer, die Pulse klopfen, aber das nasse Gesicht ist gelöst, und seine Augen glänzen. So, wie sie geglänzt haben, als er vor anderthalb Jahren beim Schulfest den Dreitausend-Meter-Lauf gewonnen hat.

7

Autor: Sind Sie eigentlich stolz darauf, einem Himmelfahrtskommando angehört zu haben?

Quast: Ich bin dankbar dafür, es überlebt zu haben.

Quast hätte damals jeden für einen Narren gehalten, der ihm gesagt hätte, er werde einmal ein paar Drähte von je etwa vierhundert Meter Länge hüten wie seine Augäpfel, sie pflegen wie Kleinode, jeden Meter, jede Flickstelle kennen wie seine Hosentasche. Doch genau das ist eingetreten. Angefangen hat es ganz harmlos, als sie innerhalb der eigenen Linie eine Probeschleife gelegt hatten. Schon dabei war ihnen aufgefallen, wie empfindlich eine solche Schleife, ein ganz einfaches Kabel, sein kann. Wieso, verdammt, mußten Splitter und Geschosse immer wieder ausgerechnet diesen zweieinhalb Millimeter dünnen Draht treffen?

Jetzt, an diesem weichen Frühsommerabend, wollen sie ernst machen. Sie ziehen sich um. Nur Hose, Tarnjacke, Gummistiefel bleiben an ihren Körpern. Quast schlingt noch sein schwarzes Halstuch vom Deutschen Jungvolk um. Sie werden naß werden bis auf die Haut. Sie werden kriechen, vielleicht springen müssen, sie werden vielleicht bis zur Brust im Wasser stehen. Da konnte ein Unterhemd schon zuviel Last sein. Es geht ein leichter Wind, und der Leichengeruch zieht schwer über den Wald.

Die Sonne steht tief. Ihre Strahlen treffen die leeren Wodkaflaschen, die vor der schlitzförmigen Öffnung unter der Balkendecke aufgereiht sind und das Fenster ersetzen. Grünes Halbdunkel fällt in den feuchten Kasten. Sie nennen ihn Ratzekeller, und sie mögen ihn nicht, wegen des Modergeruchs, wegen der Enge, wegen der Nässe, in der jeder Fetzen Stoff klamm wird, wegen der Blutflecken auf den Holzpritschen, die aus den Winterkämpfen stammen, als der Bunker als Truppenverbandsplatz gedient hatte. Ausgebleichte Leukoplaststreifen waren die Orientierungshilfen dorthin gewesen. Sie hängen jetzt noch an den Baumresten. Und neben dem Erdhügel liegt ein Akja, einer dieser bootförmigen Sperrholzschlitten, mit denen im Winter die Verwundeten transportiert worden sind. In der weichen Erde um den Bunker herum ringeln sich fleckige Mullbindenreste.

Sie legen die Erkennungsmarken ab, damit, sollte ihnen etwas zustoßen, die Russen nicht stutzig werden. Was hatten Nachrichtenmänner im Niemandsland zu suchen? In die linke Hosentasche ein Verbandspäckchen und, auf einem Ladestreifen, fünf Schuß Munition für den Karabiner. In die rechte Tasche noch einmal fünf Schuß. In einen Stiefelschaft eine Stielhandgranate, Kombizange in die linke Tarnhemdtasche, Kabelmesser und Isolierband in die rechte. Nichts vergessen, und alles so unterbringen, daß es nicht verräterisch klappert. Heberle horcht nach draußen, sagt dann: »Helm bleibt hier, es weht!« Im Helm fängt sich säuselnd der Wind und macht es schwer zu horchen. Auch das Koppel legen sie ab. Es schnürt die Luft ab und ist hinderlich beim Kriechen. »Soldbücher, Briefe, Fotos abgeben!« sagt Heberle. Quast hat beim Stab des Bataillons ein Schreiben vom Generalkommando gelesen. Darin heißt es: »Ich weise noch einmal darauf hin, daß Angehörige von Spähtrupps oder ähnlichen Unternehmen nichts mit sich führen dürfen, woraus die Truppenzugehörigkeit zu erkennen ist. Hierzu gehören auch Privatbriefe und schriftliche Aufzeichnungen, aus denen der Gegner irgendwelche Schlüsse ziehen kann. Jeder Soldat muß wissen, daß er seine Kameraden verrät, wenn er dem Gegner Gelegenheit gibt, über die Feldpostnummer die vor ihm liegende Truppe zu bestimmen.« Da liegen die braunen Hefte mit dem Hoheits-adler vorn drauf. Eins eingerissen, ausgebeult von einer Serie blöder Witzpostkarten: das Soldbuch des Gefreiten Sand. Quast prustet los, aber die anderen lächeln nicht einmal. Hapf legt sein Soldbuch hin: Rücken und Rand mit Klebestreifen verstärkt. Dazu ein Gruppenfoto, auf jede Person eine winzige Nummer aufgemalt. So unerträglich genau, so pingelig kann wirklich nur Hapf sein. Jetzt das nächste Soldbuch, dick, mit zusätzlich einge-hefteten Blättern und einer Unmenge von Stempeln. Dazu Fo-tos: Mädchen im Tanzkleid, Mädchen im Badeanzug, Mädchen mit Wuschelkopf, Mädchen mit Knoten im Nacken ... Heberle. Sand pfeift durch die Zähne. Heberle sagt: »Schnauze.« Und dann: »Quast, träum nicht!« Der schreckt auf, nestelt sein Sold-buch hervor. Es ist fast neu. Dazu ein rosa Briefumschlag, die Adresse in unausgeformter Schrift, und ein Foto von einem Mädchen mit hellblonden Zöpfen. Sand grinst. Heberle räuspert sich. Nur Hassel kann an dieser Szene, in der sich Verschwiege-nes aus ihrem Dasein offenbart, nichts komisch finden. Er sieht Quast neidisch an. Er darf noch nicht mit, sondern erst beim nächsten Mal. Mürrisch sammelt er die Papiere ein.

Das Herz klopft Quast bis zum Hals, als er über die Brüstung des Postenstandes steigt. Merkwürdig: So wenig Schutz die HKL bietet, er hat doch stets empfunden, bei seinen Leuten zu sein. Aber nun betritt er das Niemandsland. Er weiß, die eigenen Posten haben Schießverbot. Zwei MGs sollen von Zeit zu Zeit hoch schießen, damit die Ruhe nicht auffällt, und ohne Leucht-spur, damit man die Schußbahn nicht sieht. Das russische Feuer kleckert ungezielt ins Unterholz. »Alles draußen?« fragt He-berle. »Dann los!« Der Leutnant von der Zweiten kneift ein Auge zu und hebt die Hand. Die Wölbung seines Helms ver-schwindet hinter dem Palisadenrand.

Die Nebelschicht, die sich jeden Abend wie ein Tuch über den Wald legt, hat sich so weit gehoben, daß man die Männer bis zu den Hüften schattenhaft, aber scharf umrissen sieht. Oberkörper und Kopf zerfließen im Dunst. Zwischen den Stämmen und Ästen, die wie ein Verhau den Boden bedecken, sprießt hartes

Gras und Schilf. Die Erde ist hier eine schwammige, schwebende Schicht. Quast geht gebückt. Seine Augen wandern ständig von Heberle, der tastend vorausschleicht, auf das Stück Boden, auf das er seinen Fuß setzen wird. Sacht, vorsichtig das Körpergewicht verlagernd, dabei stetig das Kabel abrollend, das er auf einer hölzernen Achse in den Händen hält und das zwischen den Stiefeln nach hinten verläuft, wo Hapf es locker an den Boden drückt. Dahinter schleicht Sand, nach den Seiten und nach hinten sichernd. Immer, wenn Heberle nach rechts oder nach links deutet oder einen Haken schlägt, verhält Quast und gibt Heberles Zeichen an Hapf und Sand weiter: Mine! Vom Regen aus dem Boden gewaschen, metallisch grau oder in einem angefaulten Holzkasten. Oder rostig rot unter einem wippenden Ast lauernd. Oder, ein anderer Typ, eine Art Konservendose, der ein Zünder aus dem Deckel sprießt. Von ihm aus sind zwei Drähte ausgespannt. Sie vergrößern den Kreis, in dem das Opfer seine Vernichtung selbst auslöst.

Schon sind sie an der russischen Drahtsperre. Quast beobachtet, wie Heberle sich auf einen querliegenden Stamm schiebt. Plötzlich knirscht das Holz, gibt nach – und Heberle verschwindet klatschend in dem Moorloch darunter. Sie erstarren. Der nächste russische Posten ist etwa dreißig Meter entfernt. Das muß er gehört haben. Quast springt vor, nimmt Heberle, der schon bis zur Hüfte abgesackt ist, die Maschinenpistole ab, legt sie in Griffweite, nickt ihm mit verzerrter Miene zu. Der preßt eine Hand auf den Mund: Bloß nicht sprechen! Quast stemmt sich in den Boden, der sich saugend über den Füßen schließt, und zieht Heberle mit aller Kraft über den Rand des Loches hinauf. Die Männer liegen still, an den Boden gepreßt. Es kann nur Zehntelsekunden dauern, dann wird das Maschinengewehr, dessen Mündungsfeuer sie links voraus nervös aufzucken sehen – Himmel, ist das nah, denkt Quast –, sich auf sie richten. Doch es bellt böse und mit zirpenden Geschossen über sie hinweg. Nach drüben, in die deutsche Linie.

Als sie sich aufrichten und im Bogen um die Gefahrenstelle herumschleichen, sehen sie neben sich den Granatwerfer. Er wird später, bei der Störungssuche, einer ihrer Wegweiser sein. Das schräggestellte Rohr, braun von Rost, die Bodenplatte, das vom Unterholz freigeräumte Viereck, die Munitionskisten, eine davon mit hochgeklapptem Deckel. Daneben drei Mann, kauernd, mit den Köpfen am Boden. In vergilbten Kampfanzügen, die – deutschen – Stahlhelme in weißfleckiger Wintertarnfarbe. Die Hand der vordersten Gestalt, die ein rostigbraunes Werfergeschoß umschließt, schimmert hell, eine Totenhand, zierlich Knöchelchen an Knöchelchen gefügt. Die Kinnladen unter den Helmen sind herabgesackt, weißlich leuchtend. Niemals mehr werden sie sich unter der Kraft der Muskeln bewegen.

Weiter! Sie haben jetzt den dunklen Streifen zur Linken, den Saum zwischen dem Niemandsland und der russischen Linie, an der sie nun entlangschleichen. Eine Reihe riesiger Krater versperrt den Weg. Nur ein einziger starker Baum ist derart über das Hindernis geschleudert worden, daß er wie eine Brücke hinüberführt. Der süßliche Dunst, der über dem Wald liegt, hat die Männer auch bisher begleitet. Hier wird er aber so dicht und schwer, daß es ihnen den Atem verschlägt. Sie haben schon das Zittern des Stammes unter den Füßen, als sie bemerken, woher die betäubende Wolke kommt. Aus dem Wasser der Trichter reckt es sich ihnen entgegen. Beine, Arme, Leiber, Schädel, deutsche Uniformteile, russische. Schweißgebadet schleichen die Männer voran. Die Lippen zusammengepreßt. Die Rücken schmerzen, die Augen brennen vom Starren in das Dickicht. In den Kehlen würgt Entsetzen.

Weiter! Plötzlich zischt es vor ihnen. Kalkweiße Helligkeit überflutet sie. Über ihnen entfaltet sich ein Leuchtfallschirm. Hell, hell, denkt Quast und tut, wie die anderen, automatisch, was er gelernt hat: Er steht still. Bewegt sich nicht. So erstarren sie alle vier, seltsame Standbilder. Der Nebel hat sich gehoben, und über sie hinweg segelt langsam, ganz langsam, der kleine, weiße Fallschirm. Der Leuchtsatz pfeift leise, tröpfelt. Die Männer wagen nicht zu atmen. Quasts Augen sind auf eine winzige Blume gerichtet, die sich in einer Astgabel unschuldig und stolz behauptet. Der Fallschirm landet, überschüttet die Reglosen verzukkend mit vier, fünf matt werdenden Blitzlichtern. In der Schwärze, die nun die Männer zudeckt, greift Quast nach dem zarten Gewächs, schiebt es mit hohler Hand in die Tasche und klemmt es behutsam in den Pappring des Isolierbandes. In der deutschen HKL schweigen jetzt auch die beiden MGs, das russische Feuer ist wütend, aber ungezielt.

Der Rückweg erscheint endlos. Die Spannung läßt schon nach, und Heberle macht energische Zeichen: Aufpassen! Doch Quast stolpert wie träumend dahin. Und so streifen sie fast die Gestalt, die in den rostigen Schlingen einer Drahtsperre hängt, zwischen der sich Schilfbüschel hochrecken. Von der Hüfte herunter füllt der Körper noch Hose und Stiefel. Darüber aber hält die olivbraune Feldbluse den skelettierten Brustkorb zusammen. Nackt leuchtet die Wölbung des Schädels unter der Feldmütze. Nasenöffnung, Zahnreihen, mit einem stählernen Stiftzahn, und Augenhöhlen lassen zur Maske werden, was einst ein Antlitz war. So drängend ist die Gestalt auf den dunklen Streifen, auf die rettende Linie drüben gerichtet, der vorgereckte Arm, das nachgezogene Bein, der Fluß der Bewegung, daß Quast glaubt, eine Momentaufnahme zu sehen: der Hürdenläufer, in vollem Schwung festgehalten. Es hat ihn im Sprung erwischt, denkt Quast erschauernd und wendet sich um. Er sieht, wie Hapf sich, mit geweiteten Augen, bekreuzigt. Hat er das vorhin auch schon gemacht? fragt er sich. Dann hört er das Knacken eines Sicherungsflügels, Heberle ruft die Parole. Hinter einem Mückenschleier taucht, grau vor Müdigkeit, das Gesicht eines Postens auf, ein Stück gefleckter Birkenpalisade wächst vor ihnen empor und die Blende aus Buschgeflecht. Die Männer steigen in die eigene Linie zurück.

Heberle spricht leise mit dem Leutnant von der Zweiten, dem sie es erspart haben, einen Spähtrupp loszuschicken und das Leben seiner Leute aufs Spiel zu setzen. Das Kommando »Feuer frei!« läuft die Linie entlang. Die Männer führen das Kabel zum Bunker. Hassel kommt aus dem Einstieg, sieht Quast forschend an und nimmt ihm die fast leere Kabelrolle ab. Er hat das Kabelende schon am Empfänger angeschlossen, als sie mit schweren

Bewegungen hereinkommen. Lieven stülpt den Kopfhörer über, legt den Schalter herum, zieht den Meldeblock heran und beginnt zu schreiben. Er ist starr vor Anspannung, und die Zunge fährt zwischen den Lippen hin und her. Sie grinsen sich an: Der Weg hat sich gelohnt, von jetzt an lauschen sie mit, von jetzt an gibt es da drüben, hinter dieser schwarzen Linie, kein Telefongespräch mehr, das sie nicht überwachen und auswerten. Als Heberle den Bunker betritt, schlägt ihm Gelächter entgegen.

In diesem Sommer lernt Quast sein Handwerk. Er weiß nun, wie man das zerrissene Kabel auch dann wiederfindet, wenn ein Treffer beide Enden weggeschleudert hat, er kann es flicken ohne den leisesten Laut und ohne hinzuschauen. Er versteht es, die russischen Spähtrupps zu umgehen und noch vor den russischen Stoßtrupps in der eigenen Stellung zu sein und Alarm zu schlagen, auch wenn die Aufregung ihm den Hals zuschnürt, während die olivbraunen Rotarmisten nur wenige Meter vor ihm vorbeischleichen.

Die Männer haben die Nummern und Seitenlinien aller Planquadrate herausgefunden, in die die russische Artillerie die deutsche Stellung eingeteilt hat. Sie kennen die Plätze der russischen VBs und Horchposten. Sie wissen, wann sie drüben Essen und Munition bekommen. Sie wissen, was es heißt, wenn der russische Telefonist sagt: Hören Sie, Berjosa, hier Vier für Sechzehn, geben sie weiter an Zweiundfünfzig! Sie staunen darüber, daß die Russen zum Baden kommandiert werden und zum Turnen. Sie haben entdeckt, warum die Russen immer anfangen zu schießen, wenn bei der Nachbarkompanie abgelöst wird. Sie melden: Die Stimmung ist schlecht drüben, die Russen bekommen siebenhundert Gramm Brot am Tag, fünfunddreißig Gramm Zucker und dreimal Suppe oder Grütze. Für vierundzwanzig Stunden gibt es zwanzig Gramm Tabak. Die Beule der deutschen HKL, die sich zum Russen hineinschiebt, wird »koschatschijchwost« genannt, »Katzenschwanz«, und die Beule der russischen Linie heißt »tjulen«, Seehund. Sie haben weibliche Sanitäter, Köche, Scharfschützen, Fla-Kanoniere und Ärztinnen drüben. Der

Kommandeur vom ersten Bataillon hat etwas mit der Hilfsärztin im Rang eines Unterleutnants Lidja Wischnjakowa, der vom dritten Bataillon mit der Kamarowa. Sie wissen auch, wie beliebt der Führer der russischen Stoßtruppeinheit ist. Er heißt Alexej Petrowitsch Petrow, und die Telefonistin mit der Samtstimme schläft mit ihm, und wenn drüben die Telefonisten ihre Witze darüber reißen, dann leckt Dolmetscher Lieven sich die Lippen und kichert und klopft sich so knallend auf die Schenkel, daß die anderen ihn kopfschüttelnd anstarren.

Sie haben eine Menge gelernt, denn sie gehen in einer Nacht drei- oder viermal auf Störungssuche. Quast hat sich an die Müdigkeit gewöhnt, an die Spannung und an das Lauern. An die Schwere in den Gliedern, die verschrammten Hände und eingerissenen Fingernägel, die zerstoßenen Schienbeine und Knie. Das Brennen in den Augen, die immer wieder angelaufenen Brillengläser. Er kann nun seine Kräfte sparsam einsetzen. Er kennt die unheimlichen Ahnungen: »Du, an der Ecke da vorn ist was faul!« – »Warte noch, einen Augenblick nur!« – »Jetzt schnell rüber! Nicht liegenbleiben!« – »Laß uns links rum gehen ...« – »Schnell, in den Trichter!« Er kann im Halbdunkel seine Kameraden an ihrer Haltung, an ihrem Gang, an ihrem Ächzen unterscheiden. Er lernt, den Ekel über die Nässe in den Gummistiefeln, den Dunst aus Moder und feuchter Wolle zu unterdrücken, über den Zwiebelgeruch der Kleidung, wenn sie schweißdurchtränkt am Körper klebt, und über die stechend-sauren Wolken, die aus nassem, faulem Laub aufsteigen. Und er mag die Qualmfäden der Zigaretten, weil sie die süßlichen Verwesungsschwaden überdecken.

Quast bleibt eines Abends an einer Schützenmine hängen. Sie geht nicht hoch. Er springt von einem Baumstamm auf den anderen, und eine Leuchtspurgarbe fetzt ihm dabei zwischen den Beinen hindurch. Nichts passiert. Zentimeter über seinem Scheitel rasiert ein Geschoß einen Ast weg. Quast bleibt unversehrt. Er ist mehr und mehr davon überzeugt, ihm könne nichts geschehen. Und er bewegt sich in diesem Revier so sicher wie ein Artist in der Manege.

Sie haben eines Nachts in einem Nachbarabschnitt eine Schleife aus nagelneuem Kabel verlegt. Schon am nächsten Tag heißt es, ihr Einsatz in einem anderen Sektor sei wichtiger. Heberle will das neue Kabel nicht opfern. Sie schleichen deshalb bei Tage hinaus ins Vorfeld. Eine Mulde entlang, die nicht eingesehen wird. Die Minen und Stolperdrähte bilden hier ein gefährliches Geflecht. Außerdem müssen sie durch einen Bach kriechen, der mit Stacheldraht gesperrt ist.

Sie beginnen damit, das Kabel aufzuspulen. Heberle ist unruhig. Er sagt: »Ich gehe weiter nach vorn, mal nachsehen!« Quast sieht ihm nach, bemerkt, wie er zurückprallt, hört ihn flüstern: »Horchposten! Zehn Meter vor uns! Mit Fernsprecher! Der Iwan hat mich gesehen! Gleich ist hier der Teufel los. Sofort zurück!« Hapf kneift das Kabel ab. Hassel nimmt die Schlingen lose unter den Arm, Sand packt die Kabeltrage mit der halbaufgespulten Trommel. Heberle winkt Quast zu: Weg, weg! Aber der kann sich wieder einmal nicht lösen, muß neugierig um sich blicken. So kommt es, daß er ein paar Sekunden später allein neben Hassels zurückgelassenem Karabiner zwischen verstreuten Werkzeugen hockt. Quast sammelt alles ein. Schiebt noch die Mütze von Heberle in die Tasche. Springt los. Er ist kaum im Bach, unter dem Draht, der an ihm zerrt, als der russische Feuerschlag kommt. Reihenweise gehen die Minen hoch. Die Luft ist voll zischender Splitter. Quast robbt vorsichtig weiter. Jetzt bloß nicht hängenbleiben! Er schafft es. Rollt sich in die Stellung hinein. Da stehen die anderen, noch keuchend. Quast gibt Heberle seine Mütze, stellt Hassels Karabiner an die Wand aus Weidengeflecht, packt das Werkzeug hin, wischt sich die Stirn. Plötzlich hat er weiche Knie. Heberle sieht ihn anerkennend an und sagt zu den anderen: »Panik war zwar nicht eingeplant. Aber jetzt wißt ihr wenigstens, wie das ist.« Dann wendet er sich Quast zu: »Und im übrigen, Gefreiter Quast, wenn ich sage zurück, dann meine ich zurück!« Sie sehen sich betroffen an, grinsen, lachen plötzlich befreit. Hauen Quast auf die Schulter: »Hast du Nerven, Mensch!« Aber der begreift gar nicht, warum sie sich so aufregen.

Irgendwann in diesen Tagen faßt er Mut und fragt Heberle nach seinem Abenteuer im Russinnenhaus. Der reagiert freundlich auf Quasts Neugier. »Ach, Junge«, sagt er, »du ahnst gar nicht, was zweien, die verrückt aufeinander sind, alles einfällt, um zueinanderzukommen.« – »Ja, aber ...«, sagt Quast, »das sind doch Russinnen. Und verboten ist es auch ...« – »Na und? Sind das keine Frauen? Und was heißt schon verboten ... Verbote werden von Papierkriegern gemacht. Aber mit dem Leben hat das nichts zu tun.« Heberle streicht ein Buchenblatt auf seinem Knie glatt und sieht Quast an: »Willst du Frauen vielleicht einteilen nach: die ist erlaubt, die ist verboten? Laß dir bloß nicht vorschreiben, wen du mögen sollst und wen nicht.« Heberle schnippt das Buchenblatt in einen Tümpel und sagt: »Wer das nicht irgendwann begreift, ist ein armes Schwein. Wirst noch selbst drauf kommen, Kleiner.« Heberle steht auf: »So, genug davon. Sieh mal nach, ob wir noch genug Karbid für die Lampe haben!«

8

Autor: Hat sich Ihr Gewissen nicht gerührt, wenn Sie auf Menschen geschossen haben?

Quast: Entsetzlich, es sagen zu müssen: Nein. Es war wie Sport. Wir hatten alle die gleichen Chancen und das gleiche Risiko. Und ich war überzeugt, für eine gerechte Sache zu töten.

Autor: Meinen Sie, töten kann gerecht sein?

Quast: Heute weiß ich: Nein.

So gelassen, wie Quast sich gibt, ist er gar nicht. Das ist ihm zum ersten Mal bei der Sache mit dem Scharfschützen bewußt geworden. Heberle und Quast hatten sich eines Vormittags vor den Bunker gehockt, denn es war früh warm geworden. »Woidwoid« hatte ein Schilfrohrsänger gerufen, und mit einem hellen »Tü-tick-tick« hatte sich ein Braunkehlchen gemeldet. Diese unschuldigen Laute, der leise, milde Wind, das samtene Blau des Himmels, das zarte, versöhnliche Grün, das sich über den gequälten Wald wie ein Schleier breitet, die Erschlaffung nach den Stunden höchster Wachsamkeit in den vorausgegangenen Nächten, die Gewißheit, ihre Aufgabe so erledigt, geordnet, geplant zu haben, wie es von ihnen verlangt wurde – das alles wiegte sie in eine gefährlich weiche, friedliche Stimmung. Nur ab und zu war ein Schuß gefallen. Von rechts war ein Melder gekommen, geduckt, hatte gewarnt: »Die Blende ist zerschossen. Zehn Meter von hier. Kopf wegstecken!« Die beiden hatten träge genickt und weitergedöst. Dann hatten sich Schritte von links genähert. Eine Ablösung. Ein müder Landser, mit rundem Rücken, das Gewehr umgehängt, den Stahlhelm im Genick. Sie hatten ihn angerufen: »He, du, latsch hier nicht so rum. Zehn Meter rechts ist eine Lücke in der Blende. Paß auf!« Der Landser hatte sie stumpf angesehen, war stehengeblieben, hatte gesagt: »Ach scheiß drauf«, war weitergetrottet. Drei Sekunden später hatte von drüben ein Schuß gepeitscht. Sie hatten ein Stöhnen, ein Poltern gehört, waren aufgesprungen, hatten es gesehen: das Meer von Blut, der abgeknickte Kopf, die weißlich-bröcklige Gehirnmasse, die langsam an der Baumrinde herunterrann. Quast war es übel geworden. Heberle hatte ihm auf den Arm geklopft, ihn weggezogen.

Abends war Quast mit Hassel von der Störungssuche zurückgekommen. Hassel war gleich auf seine Pritsche gekrochen. Quast hatte noch nicht schlafen können. Plötzlich hatte er den Landser wieder vor sich gesehen, seine letzten Worte gehört. Quast war nach Streit, nach Gewalt zumute gewesen, sonst hätte er heulen müssen. Der Obergefreite Michel, der neben ihrem Bunker mit einem MG Vierunddreißig und Kisten voll Munition im Postenstand hockt, die Gummistiefel im Wasser, hatte Quast neben dem Bunkereinstieg stehen gesehen. Hatte ihm seine verquere Stimmung angemerkt, hatte ihm zugezischt: »He, Junge, ein Gurt für dich?!« Quast hatte sich hinter das MG gelegt, hatte den Kolben an die Schulter gezogen, hatte das Schloß mit dem Griff des Spannschiebers zurückgerissen und sacht wieder nach vorn geschoben. Michel hatte geflüstert: »Der MG-Stand links am Moorbusen drüben spielt verrückt. Der rotzt den ganzen Abend schon hierher!« Quast hatte den Hebel auf Dauerfeuer geschoben und durch die Reisigtarnung hindurch Maß genommen. Dann hatte er durchgezogen. Hatte die aufgestaute Erregung hinübergejagt. Das Mündungsfeuer hatte gezuckt, heißer Dunst von Pulver und Öl war ihm in die Nase gewabert. Mit Verstand, mit kühler Überlegung hatte das nichts zu tun gehabt. Dann hatte vom Moorbusen drüben ein Schrei durch die Nacht gegellt, voller Schmerz und Wut. Michel hatte Quast erregt auf die Schulter geschlagen. Drüben war auf Holz getrommelt worden: Iwans Alarmzeichen! Schritte konnte man über den Bretterboden des russischen Laufgrabens poltern hören, und Leuchtkugeln waren hochgegangen. Michel hatte mit dem Daumen nach hinten über die Schulter gedeutet und geraunt: »Verschwinde, Old Schuhrhänd!«

Quast war zurückgesprungen. Vorbei an Sand, der, im Eingang stehend, ungerührt hinter vorgehaltener Hand an der Zigarette gezogen hatte. Die Russen hatten aus allen Läufen zu feuern begonnen. Quast war auf seine Pritsche gekrochen, unter der träge und ölig das Sumpfwasser schwappte. Hans, der Wolgadeutsche, hatte sich, im kalkigen Lampenlicht, nach ihm umgesehen, den Kopfhörer zurechtgerückt und ihm zugenickt. Quast, plötzlich todmüde, hatte sich hintenüber fallen lassen und war sofort eingeschlafen. Bis er von Heberle wachgerüttelt worden war. »Schleife eins im Arsch! Schnell, ihr müßt wieder zurück sein, bevor es hell wird!« Ein paar Minuten später war Quast, noch warm vom Schlaf, mit Hapf über die Brüstung gestiegen, ins Niemandsland.

Ein paar Tage später erweitern sie ihr Einsatzgebiet. Sie operieren jetzt von zwei Bunkern aus. Der eine liegt am Hammerkopf. Ganz vorn, wo ein Bahndamm ins Niemandsland hineinstößt, zwischen Halbmond und Wundergarten, wie die Geländeformationen in der Stellungskarte heißen. Der Bunker ist trocken und sandig, aber man kann sich nur mit eingezogenem Kopf darin bewegen, so niedrig ist er. Tausend Meter von ihm entfernt liegt der andere Bunker, gegenüber dem Maulwald mit den Baumgruppen Oberkiefer, Mundwinkel und Unterkiefer, mitten drin im freien, gras- und kusselbewachsenen Moorland. An einem Pfad, der die HKL, die sich an der trägen, flachen Mga entlangschlängelt, und die zweite Linie verbindet und der stellenweise über Lattenroste führt. Quast versucht, sich in die Lage eines russischen Beobachters hineinzuversetzen. Man kann bestimmt die Bunkerhügel und den rostigen T-Vierunddreißig daneben von drüben ausmachen, denkt er. Hoffentlich haben sie den VB dann schon geortet und ihre Karte mit den russischen Planquadraten fertig, wenn der Feuerzauber beginnt. Dann ist die Überraschung nicht mehr ganz so groß.

Quast ist froh, wenn er den Bunker, der im Moor wie auf dem

Präsentierteller liegt, hinter sich lassen kann. So wie jetzt, da wir ihn als Melder über den Pfad zum Hammerkopf laufen sehen. Er liefert die Meldung ab und wendet sich dem schmalen Sandplatz zu, der sich von ihrem Stützpunkt etwa fünfzig Meter am Bahndamm entlangzieht und durch Drahthindernisse mit engen Durchlässen an den Seiten begrenzt ist. An einem Bunkereingang steht ein Postholer. Die Landser, die auf Nachricht aus der Heimat gewartet haben, zerstreuen sich. Die einen enttäuscht, weil nichts für sie dabei war, die anderen froh über ein Päckchen oder einen Brief aus grauem Papier. So wie Quast und die beiden Obergefreiten neben ihm, die ihn einladen, sich neben sie auf das Brett vor einem Postenstand zu setzen, um die Botschaften aus der Heimat, aus einer fernen Welt, zu lesen. Aber Quast winkt ab. Er geht in den Postenstand hinein. Warum? Es ist dunkel darin, es ist eng. Aber Quast geht hinein, lehnt sich an die Verschalung, entfaltet den Brief – und ist eine Zehntelsekunde später betäubt vom Brüllen detonierender Granaten. Der Luftdruck wirft ihn an die gegenüberliegende Wand, reißt ihm den Atem weg. Die Sandwolken sind so dicht, daß er nichts mehr erkennt. Dann hört er einen Schrei, so durchdringend, daß es ihm den Magen zusammenpreßt. Er rafft sich auf, stürzt nach draußen. Da liegen die beiden, mit denen er eigentlich auf dem Bänkchen hätte hocken sollen, in ihrem Blut. Der eine zerstampft, Brust und Hüfte aufgerissen, ein Arm seltsam abgewinkelt. Der andere stöhnend zusammengekrümmt. Das Gesicht grau. »Mutter Maria«, stammelt er, »heilige Mutter Maria.« Quast fährt mit schriller Stimme einen herbeigelaufenen Landser an: »Mach doch was! Sani her!« Doch der Landser, der neben dem Stöhnenden kniet, blickt zu Quast auf und hält den Zeigefinger vor den Mund. Die verdrehte Gestalt im Sand bewegt tonlos die Lippen, das Gesicht wird fahl und durchsichtig. Die Augen sind plötzlich nur noch Gallert. Der Körper, eben noch verkrampft, wird schlaff. Der Kniende greift dem Gefallenen in die Brusttasche, holt die Papiere heraus. Zwei Fotos fallen Quast vor die Füße. Ein Familienfoto mit einem jungen Mann im luftigen Hemd, einer hellen, runden, lachenden Frau und zwei kleinen Mädchen, vielleicht drei und fünf Jahre alt. Das eine mit einem Ball im Arm und Grübchen am Ellenbogen. Das andere beugt sich über einen Puppenwagen aus Korbgeflecht. Das zweite Foto zeigt eine junge Frau mit schwarzen Zöpfen, dumpf lächelnd in einer Mischung aus Angst und Gier. Über dem Tisch, auf dem sie mit angezogenen, gespreizten Schenkeln liegt, eine Häkeldecke. Sie hat den Rock hochgezogen. Die Strümpfe sind ziehharmonikaartig auf die ausgetretenen Schuhe gerutscht.

Der Kniende zerreißt das Foto der jungen halbnackten Frau mit unbewegter Miene. Quast mustert betroffen das Gesicht des Toten. Hat die runde Frau den Helden in ihm gesehen? Das törichte Mädchen den Kerl, für den sie alles tat, was er verlangte? Die Kinder den Vater, der sie verwöhnte? Quast stößt einen Seufzer aus. Die Frau, das Mädchen, die Kinder, die Mutter Maria, er hat sie nun alle hinter sich gelassen, denkt er. Eine Zeltbahn bedeckt den Toten. Auf seiner gelben Hand mit den bläulichen Nägeln trocknet ein Faden Blut zwischen den Erdkrümeln, die sich rundherum ablagern, wenn sich nach einer Detonation die Fahnen aus Staub und Erde herabsenken. Quast hat seinen Brief noch immer in der Hand. Er blickt abwesend darauf, liest: »... hoffen wir, daß es Dir gut geht. Jetzt hast Du sicher eingesehen, daß es besser war, Telefonist zu werden, und nicht Infanterist, ganz vorn.«

Quast tritt den Rückweg an zum Bunker an der Mga. Er bemerkt nicht, wie warm die Sonne scheint. Als er in dem engen Holzkasten ankommt, kriecht er auf seine Pritsche und starrt an die Balkendecke. Warum ist er vorhin eigentlich mit seinem Brief in den dunklen Postenstand getreten? Er kann es sich nicht erklären. Er schreckt erst hoch, als Hans, der schweigsame Wolgadeutsche mit dem flachsblonden Haar und den breiten Bakkenknochen, plötzlich mit hoher Stimme ruft: »Sie schießen in unser Planquadrat!« Hans übersetzt, was er hört:

»Wnimannje, ogon! Achtung, Feuer!« Sie horchen nach drüben. Zwei Abschußknalle, einer dünn, der andere grollend. Hans sagt: »Sie schießen mit zwei Geschützen, ein kleines und dazu das große. Damit die Schallmeßtrupps sie nicht anpeilen können ...« Dann rauscht es, etwa vierzig Meter vor dem Bunker fahren die Geschosse in den Schlamm. Blindgänger, meint Quast zuerst. Aber dann gehen zwei Fontänen aus Dreck hoch. Aha, sie schießen mit Verzögerung. Heberle sagt ruhig: »Die meinen uns. Die wollen den Kasten knacken.« Hans ist totenbleich, übersetzt heiser: »Wosjemdesajt metrow – Achtzig Meter zulegen!« Wieder die Abschußknalle, wieder die Einschläge. Vierzig Meter hinter dem Bunker. Heberle sagt leise: »Sie gabeln sich ein!« Hans zittert, übersetzt gepreßt: »Pjatdesajt metrow – Fünfzig Meter abbrechen, sorok – vierzig Meter mehr!« Sie haben abgefeuert. Pause. Dann rauscht es. Die Einschläge hämmern. Und jetzt die Detonationen. Ein großer Splitter heult mit tiefem Summen wie ein Propeller durch die Luft. Heberle sagt: »Dem Iwan sein VB ist nicht erste Wahl!« Hans ruft mit kippender Stimme: »Vierzig Meter weniger!« Plötzlich schluchzt er laut auf, wirft die Kopfhörer aufs Tischbrett, stürzt zur Tür. Heberle schreit: »Bleib hier, du läufst genau ins Feuer!« Aber Hans, der sich nur zu genau an die Zeit erinnert, da er als Rotarmist im Todeshagel deutscher Bomben zitterte, zerrt an der Tür. Sie hat sich verklemmt. Draußen das Rauschen, dann zwei Riesenfaustschläge, röhrende Detonationen. Der Bunker schwankt, die Flaschenfenster platzen ins Bunkerinnere. Die Männer werden durcheinandergeworfen. Hans ist aus der Tür. Sie hören sein Keuchen, seine hastigen Schritte. Lieven hat die Kopfhörer aufgenommen, wiederholt die Worte des russischen Beobachters: »Charascho. Das genügt. Feuer liegt im Ziel!« Heberle rappelt sich vom Bunkerboden hoch, schreit: »Holt Hans zurück!« Hassel ist schon draußen. Quast kriecht aus den Trümmern der zusammengebrochenen Doppelpritsche hervor. Lieven trägt die Worte der Russen in die Meldung ein. Hapf zieht seinen Karabiner aus dem Staub und fängt an, ihn zu putzen. Sie sind erregt. Als sie sich ansehen, denken sie alle dasselbe: Es stimmt, der Iwan bereitet einen Angriff vor. Es kann höchstens noch ein paar Tage dauern. Es paßt alles zusammen: Die fremden Dialekte der neuen Telefonisten und Offiziere drüben. Die neuen

Sprechstellen. Die neuen Schlüsselbegriffe. Von utjugi – Bügeleisen, karandaschi – Bleistiften, wjodra w dorogje – Eimern, die unterwegs sind, ist die Rede. Von einem Gefangenen wissen sie, daß Bleistifte Maschinenpistolen sind. Nachts dröhnen hinter dem Maulwald schwere Motoren. Panzer? Zugmaschinen für Artillerie? Und jetzt schießen die neuen Batterien sich ein. Auch auf ihren Stützpunkt, wie sie es eben spüren konnten. Sie haben nachts im Vorfeld auf Veränderungen geachtet. Aber bei der letzten Störungssuche haben sie außer vielen Fußspuren und Bahnen von niedergetretenem Gras nichts Auffälliges entdecken können.

Seit Tagen weisen sie auf die veränderte Lage hin. Rechts im Meldeblock werden die russischen Fernsprüche notiert. Im freien Feld links daneben ihre Schlußfolgerungen. Unter jeder Meldung der letzten Tage steht: »Alles läßt darauf schließen, daß feindliche Kräfte in diesem Abschnitt zusammengezogen werden. Vermuten Bereitstellung für Angriff. Heberle, Wm.«

9

Autor: Die Kameradschaft – wurde die damals nicht überschätzt?

Quast: Ich bin sicher, daß sie nicht nur mich, sondern die meisten tief
            geprägt hat. Ja, wir bezogen sogar die Russen mit ein. Sie waren
            wie wir in einem Ausnahmezustand, sie empfanden das gleiche,
            machten das gleiche durch. Zwischen »Töte deinen Nächsten«
            zum »Liebe deinen Nächsten‹ war nur ein kleiner Schritt.

Von beiden Seiten wird Störungsfeuer geschossen. Mehr als
sonst. Es liegt Unruhe in der Luft. Heberle ist nachts noch zum
Ic der Division befohlen worden. Er hat gesagt: »Bis morgen
vormittag dann. Und werdet bloß nicht lasch! G' Nacht, ihr
Waldesel!« Dann hat die Tür geknallt. Heberles Schritte haben
durchs Wasser gepatscht, waren leiser geworden, waren verstummt.
Quast wirft sich gelangweilt und voller Unmut auf seine Decken,
schläft ein. Er träumt. Ein Mädchen mit hellblonden Haaren
steht vor ihm. Es hat keinen Rock an, die Schenkel sind rund,
glatt und weiß. Es will seine Bluse ausziehen, aber dann hat es
den abgerissenen Ärmel in der Hand, der Arm steckt noch darin,
er ist merkwürdig verdreht, und ein Blutstropfen rinnt über den
Handrücken. Quast bekommt die Füße nicht aus dem Morast.
Er will auf das Mädchen einstürmen. Doch die Augen, die sich
auf ihn richten, sind stumpf wie Gallert. Die Lippen des Mäd-
chens sind schneeweiß, und sie sagt, was sagt sie? Quast kann sie
nicht verstehen. Sie sagt: »Mensch, komm endlich hoch. Die
Meldung muß nach hinten!«

Quast reißt die Augen auf, Sand steht vor ihm, eine Kippe im Mundwinkel. Quast sucht nach seiner Brille. Er schüttet einen Becher muffigen Kaffee hinunter, kaut unlustig auf einem Kanten Kommißbrot herum. Der Traum will ihm nicht aus dem Kopf. Es ist warm und stickig. Die Luft steht. Nach der unruhigen Nacht ist es unheimlich still. Nur ein paar Gewehrschüsse fallen. Quast ist noch immer todmüde.

Er nimmt die Meldetasche. Greift nach seinem Karabiner, seinem Stahlhelm. Dann legt er beides wieder hin – obwohl befohlen ist, nur mit Helm und Waffe den Wald zu durchqueren. Aber Quast denkt mürrisch: Unterm Helm schwitzt du noch mehr. Und der Karabiner? Wozu sechzehn Pfund herumschleppen, wenn du eine Handvoll Papier durch die Gegend trägst? Quast läuft, noch benommen, wie ein verträumter Schüler unter den Tarnnetzen der Pakstellung hindurch. Er wird allmählich wach. Es ist merkwürdig ruhig im Abschnitt. Wenn er durch den Morast läuft, schmatzt der Schlamm unter seinen Schritten. Er hüpft über einen Blindgänger, der zur Hälfte in einer Baumwurzel steckt. Zwölf Zentimeter, überschwerer Granatwerfer, denkt er, ein Mistbrocken.

Am Rand des Knüppeldammes steht das schlammverkrustete Motorrad des Meldefahrers vom Korpsstab. Quast sieht sich nach dem Melder um, kann ihn nicht entdecken. Schade, denkt er, ich hätte gern gewußt, ob es etwas Neues gibt. Als er am Bataillonsbunker ankommt, tritt der Kommandeur ans Licht, Rasierschaum im verwitterten Gesicht. Quast macht Meldung, aber der Kommandeur unterbricht ihn: »Höchste Zeit!« Quast denkt: Hat eine Scheißlaune, der Alte. Und spinnen tut er auch. Quast weiß genau, daß er zehn Minuten vor der Zeit ist. Der Alte läßt ihn stehen und verschwindet halbrasiert mit dem Pakken dichtbeschriebener Meldeformulare im Bunker.

Unter Kiefern hindurch schlendert Quast hinüber zum Waldlager, wo für den Lauschtrupp ein hochgelegener Reservebunker gebaut wird. Mit zwei trockenen Schlafstellen und genug Platz für Sammler, Kabel und Werkzeug. Zwei Gefreite von der Nachrichtenkompanie setzen Balken übereinander und sind froh, als sie ihn sehen und die Arbeit unterbrechen können. Dann wollen sie ihn umständlich überreden, mitzuhelfen. Aber Quast schlüpft schon aus der Tarnjacke. Er greift gern zu, er hat es nicht eilig, in der stickigen Luft wieder durch den Sumpf zurückzutraben. Doch bald hat er Grund, sich zu ärgern. Als er einen Balken von einem abgesoffenen Bunkerkasten hochwuchtet, tritt er in eine Verbindungsklammer, die mit den Spitzen nach oben im Boden steckt. Eine Spitze dringt durch die Sohle des Gummistiefels, zwischen den Zehen hindurch und oben am Fuß wieder heraus. Schon ist der Stiefel voll Wasser. Quast flucht. Der Tag hat schon so blöde angefangen, denkt er, und jetzt das noch. Wer weiß, wann er Ersatzstiefel bekommt. In diesem Augenblick schießt drüben beim Iwan eine leichte Pak mit einem durchdringenden, ganz hellen, peitschenden Ton, eine deutsche Dreisieben. Quast richtet sich auf, greift nach seiner Tarnjacke und sagt laut vor sich hin: »Jetzt fangen sie an!« Er ist sich völlig sicher. Er ruft den beiden zu, sofort im nächsten Bunker Deckung zu suchen, und springt los. Die beiden gucken ungläubig. Da brüllt es am Horizont wie aus einem Höllenschlund auf. Es faucht hohl und schrill zugleich, als ob Tausende von Riesenfäusten auf sie heruntersausen. Sie krallen sich starr, taub, atemlos in den Morast. Die Erde tut sich auf. Das Trommelfeuer hat begonnen.

Der nächste Bunker, in dem sie Schutz finden, ist der Bunker der Meldestaffel. Die Melder sitzen ernst, mit Stahlhelm, Koppel umgeschnallt, den Karabiner zwischen den Knien, an den rüttelnden Wänden. Gespräche sind unmöglich, kaum ein Wort durchdringt den tosenden Lärm, nahe Einschläge nehmen ihnen immer wieder den Atem, die Trommelfelle beben. Es vergeht etwa eine halbe Stunde. Von ferne ertönt es dünn: »Sani! Saaaani!« Das russische Feuer läßt nicht nach. Ein junger Melder springt plötzlich zitternd auf, kriecht unter das Tischbrett, krümmt sich, hält sich die Ohren zu. Ein Obergefreiter neben ihm tappt ihm beruhigend auf den Stahlhelm. Zwischen den Deckenbalken rinnt in feinen Bahnen Sand herunter, die Bunkertür klappert, als träte ständig jemand dagegen. Plötzlich schlägt sie auf. Das steinerne Gesicht des Adjutanten wird zwischen Staubwolken sichtbar. Er bellt: »Melder Zwote. Hopp, hopp!« Die Männer sehen unter den Tisch: Der Junge ist an der Reihe. Aber da erhebt sich der Obergefreite, ein vierschrötiger Mann mit breiten Händen, rauhhäutigem Gesicht und tiefen Falten zwischen der langen Nase und den Winkeln des groben Mundes. Quast kennt ihn. Er hat vor einigen Tagen sein Kommißbrot gegen Quasts Zigaretten eingetauscht. Er tippt den Jungen mit der Stiefelspitze an und brüllt nach draußen: »Is ja jut, komm' ja schon!« Sein breiter Rücken schiebt sich aus der Tür. Schweißflecken haben eine Landkarte auf das Uniformtuch gezeichnet.

Quast denkt: Der hat Nerven. Muß nicht raus in diese Hölle und geht doch, ein Landarbeiter und Hilfstraktorführer aus einem Nest in Hinterpommern. Dann poltert ein Melder durch die Tür, wirft sich keuchend auf eine Bank, reißt die Jacke auf. Er ist völlig verschmiert und schweißnaß, Jackenärmel und Hose sind eingerissen. »Der Iwan ist bei der Zehnten drin. Seine Spitze ist schon im Wald.« Die Männer heben die Köpfe. Einer knurrt: »Nicht mehr weit bis hierher.« Jetzt erst packt Quast die Angst. Denn Quast hat kein Gewehr. Was wird, wenn die Russen tatsächlich durchbrechen? Er ist so beschäftigt mit der Frage, wie er sich einen Karabiner besorgen kann, daß ihm die Bedrohung durch die Einschläge der schweren russischen Geschosse, das Heulen der Stalinorgel nicht mehr bewußt wird. Und es wird ihm klar, was ihn noch oft erschrecken wird: Er ist überhaupt nicht im Bilde. Was geschieht wo und wie? Er erkennt, daß es für den einzelnen Mann gar nicht wichtig ist, ob es sich um eine kriegsentscheidende Schlacht handelt oder um eine örtliche Aktion. Wenn es losgeht, stehst du da und weißt von nichts, denkt er.

Er steht nervös auf und lehnt sich an die Bunkerwand. Da platzt die Tür wieder auf. Eine verdreckte Gestalt stolpert herein, schreit Quast zu: »Mensch, hier bist du!« Es ist Heberle; er schreit: »Der Iwan ist bei der Zehnten drin. Und am Hammerkopf. Ich geh' erst mal nach vorn, zum Hammer. Du haust ab zum Regiment. Und sag Zastrow, wir bauen vorläufig ab. Die

Division reißt mir den Arsch auf, wenn wir hier rumschießen, und die beiden LE 40 gehen flöten. Und bleib gleich hinten.« Quast schreit: »Ich komm' besser mit zum Trupp!« Heberle, völlig außer Atem, schreit dagegen: »Sie gehorchen gefälligst, Gefreiter Quast. Sie sind Nachrichtenmann, nicht Infanterist!« – »Jawohl, Herr Wachtmeister!« schreit Quast. Und Heberle schreit: »Nu mach schon!«

Quast rennt los. Heberle winkt ihm zu, verschwindet seitlich hinter einem Rauchvorhang, in Richtung Hammerkopf. Die Gegend ist zwischen den Erdfontänen nicht mehr wiederzuerkennen. Wege sind verschüttet, frische Trichter füllen sich mit Wasser, ein Bunker steht hochkant. Quast weiß einen Umweg durch das Moor. Da ist der Steg unbeschädigt, soweit Quast erkennen kann. Er führt einen Meter hoch über einen Moorsee und schwankt im Luftdruck der Einschläge. Infanteriegeschosse pfeifen ins Schilf. Es ist, als ob die Luft brodelt. Quast ist allein. Plötzlich steht er vor dem Bunker, an dem der Weg abknickt und wieder auf festem, aber federndem Boden verläuft. Das Bunkerdach ist eingedrückt. Volltreffer! Quast denkt: Ob noch jemand drin ist? Er kriecht durch den eingedrückten Türrahmen hinein. Innen wüste Unordnung. Trümmer, Uniformteile, Wäsche, in einer Lache Kaffee ein Kochgeschirr. Aber kein Mensch. Auf einer Pritsche liegt ein Karabiner. Daneben Patronentaschen. Quast sagt vor sich hin: »Na also.« Er sieht sich im Halbdunkel um. Steckt sich noch eine Eihandgranate in die Tasche.

Jetzt ist er auf dem Knüppeldamm. Die Balkenlage hat frische Löcher. Äste, Splitter, Erdbrocken zischen durch graue Staubwolken. Quast läuft gleichmäßig. Links und rechts vom Weg, im Unterholz, kauern Landser, Sturmgepäck auf dem Rücken. Dazwischen Unteroffiziere. Ein Leutnant läuft an der Reihe entlang. Gestikuliert, ruft etwas, wie Quast an den Mundbewegungen erkennt. Die Reserven sind also schon da. Jetzt fetzt es einen Holzstoß auseinander. Die Knüppel sausen Quast um die Ohren. Er wirft sich hin. Ein leerer Panjewagen rumpelt an ihm vorbei. Quast wundert sich, daß der Fahrer auf dem Bock sitzt und nicht nebenher läuft, um schneller in Deckung gehen zu können. Das

Grün links vom Damm tritt zurück, gibt eine Lichtung frei. Quast bleibt stehen, gebannt: So also sieht eine Batterie im Gefecht aus. Gelbrot stechen die Mündungsfeuer schräg nach oben. Kanoniere mit hochgerollten Ärmeln bewegen sich wie Roboter. Die Geschützführer stehen hoch aufgereckt. Die Rohre zucken unter dem Rückstoß in den Rohrwiegen wie Pleuelstangen in einer Maschinenhalle. Im Wald, auf dem Rand der Lichtung, liegt das russische Feuer dicht wie eine Wand. Auch um die Geschütze herum steigen Erdfontänen auf. Einige Kanoniere haben zerrissene Uniformen, manche sind unordentlich verbunden, einer bricht zusammen. Sanitäter springen hinzu, schleppen ihn in eine Mulde. Quast steht fasziniert, mit langem Hals und großen Augen.

Eine Faust stößt ihn in die Seite. »Bist narrisch?!« Ein Landser, er schüttelt den Kopf. Quast läuft zögernd weiter, kann den Blick nicht abwenden. Da steht zehn Meter vor ihnen der Panjewagen, der Quast überholt hat. Der Fahrer windet sich am Boden, ein unregelmäßig gezacktes Loch im Oberschenkel. Verbandspäckchen auf. Viel zu dünn, das Zeug. Rein damit in die Wunde. Noch eine Mullbinde darüber. Der andere Landser, dessen eine Gesichtshälfte von einer detonierten Pulverladung blau gesprenkelt ist und der deshalb wie eine Karnevalsfigur aussieht, kniet sich dazu. Der Verwundete stöhnt: »Ich muß Munition holen!« Der Landser schreit Quast zu: »Faß an!« Sie heben den Fahrer hoch, legen ihn in den Wagen. Der Landser drückt dem Liegenden die Zügel in die Hände. »Mach's gut.« Dann gibt er dem Pferd einen Tritt. Erschrocken galoppiert das struppige Tier los, Richtung Regiment.

Der Landser tippt an den Helm, taucht seitlich ins Grün, durch das ein Pfad hindurchschimmert. Quast läuft weiter. Der Weg scheint endlos. Das Feuer wird dünner, aber die Detonationen werden gewaltiger. Quast taumelt unter dem Luftdruck. Schließlich erreicht er eine Biegung. Noch einmal schwere Einschläge. Ein Baumwipfel stürzt krachend vor ihm auf den Damm. Und plötzlich ist es ruhig um ihn – verglichen mit dem Tosen, das ihn eben noch geschüttelt hat. Quast sieht sich um. Die Feuergrenze ist wie mit dem Lineal gezogen. Zweihundert Meter hinter ihm wogt ein Vorhang aus Erde, schwarzem und gelbem Rauch und weißgrauem Dunst.

Hauptmann Zastrow hört ihn an, nickt, sagt: »Hauen Sie sich ins Blockhaus da drüben!« Quast stolpert in die halb in den Sand versenkte Hütte. Die Brust ist ihm eng. Er ist erschöpft. Aber er ist froh, er hat getan, was er sollte. Jetzt hat er Ruhe verdient. Er läßt sich sinken. Fragen der Blockhausinsassen, es sind Troßleute vom Regiment, beantwortet er mit einem Kopfschütteln. Er schließt die Augen. Ganz plötzlich Rufe: »Der Gefreite vom Lauschtrupp soll zu Zastrow kommen!«

Quast rappelt sich hoch, stolpert hinaus. Vom Befehlsbunker gegenüber winkt ihm Zastrow aus dem Eingang zu. Er hat ein Meldeformular in der Hand. »Wissen Sie, wie Sie zum Hammerkopf durchkommen, auch wenn der Russe den Knüppeldamm sperrt?« – »Jawohl, Herr Hauptmann! Ich kenne einen Schleichweg.« – »Gut. Sie müssen sofort nach vorn! Der Trupp soll bei der Zehnten abbauen. Aber im Stützpunkt Hammerkopf macht ihr unbedingt weiter, eure Meldungen sind jetzt besonders wichtig!« Quast legt die Hand an die Mütze, sagt: »Jawohl, Herr Hauptmann!«, denkt: Das hat mir heute noch gefehlt, und setzt sich in Bewegung. Nach fünf Minuten steht vor ihm die Feuerwand. Er rückt die Mütze zurecht, steigert das Lauftempo und ist einen Augenblick später im Rauch verschwunden.

Quast weiß, daß Gegenstöße im Gange sind. Aber keiner der Verwundeten, der Melder, der Munifahrer, die er trifft, keiner kann ihm sagen, wo die Russen im Wald stecken und wieviel es sind. Quast ist froh, als sich ihm ein Melder anschließt. Am Pfad liegt ein Landser in Deckung, mit dem Rücken zu ihnen, und ruft sie an. »Paßt auf, vor euch ist der Iwan drin!« Sie entsichern die Karabiner, bereit, aus der Hüfte zu schießen. Als es links von ihnen raschelt und klickt, springen sie in Deckung und jagen nervös ein paar Schüsse ins Dickicht. Dann stolpern sie geduckt weiter. Schließlich werden sie von einem deutschen Posten angerufen, der mit dem Gesicht zu ihnen hinter einem Baumstumpf liegt: »Iwan noch da?« – »Keine Ahnung!« Quast und der Melder Schußlinie ist. Der hat noch vor kurzem zu ihm gesagt: »Sei bitte nicht so blödsinnig neugierig. Kriech nicht durch jedes Minenfeld und jede Drahtsperre, die du siehst!« Und nach einer Pause: »Einige von uns sollten am Ende wieder nach Hause kommen. Da muß noch einiges anders werden, weißt du!«

Ein paar Tage später sitzen sie, gekämmt, mit ausgebürsteter Uniform und abgewaschenen Gummistiefeln, im Bunker. Heberle sagt zu Sand: »Red keinen Scheiß!« Und zu Hapf: »Stotter nicht rum, wenn du gefragt wirst. Der beißt nicht!« Dann geht die Bunkertür auf. Zastrow kommt rein, tritt zur Seite, ruft: »Der Herr General!« Heberle brüllt: »Achtung!« Sie springen auf, stehen gebückt. Der General sagt halblaut, noch bevor Heberle seine Meldung aufsagen kann: »Setzt euch bloß hin, ihr kriegt ja schiefe Hälse.« Sieht gut aus, der Alte, denkt Quast. Ganz schön grau ist er. Und gucken tut er wie'n Vater, der 'n Haufen Sorgen hat. So ein eiserner Schlips schmückt wirklich kolossal.

Der General lehnt seinen Knotenstock an das Tischbrett, sieht Heberle an: »Wachtmeister Heberle, wenn ich Ihnen jetzt das EK anhefte, dann ist das nicht nur für Sie, sondern für den ganzen Trupp. Sie haben mit Ihren Leuten feine Arbeit geleistet. Um Ihnen allen das zu sagen, bin ich hier!« Der General langt über den Tisch, steckt Heberle das EK an. Dann stellt Zastrow eine Flasche Cognac auf den Tisch. Heberle zischt Hassel zu: »Feldbecher!« Sie stoßen mit dem General an, das Ritterkreuz schaukelt bei jeder Bewegung. Quast ist feierlich zumute.

Draußen streut der Russe mit Artillerie den Abschnitt ab, es regnet leise. Der General redet mit jedem von ihnen. Schulbildung, Beruf, Erfahrungen im Vorfeld. Ein richtiges Männergespräch. Als er hört, daß Quast Abiturient ist, fragt er: »Lust, Offizier zu werden?« – »Nicht mehr, Herr General!« – »Grund?« – »Wenn's brenzlig wird, dann kann ich gerade auf mich selber aufpassen. Aber auf hundert Mann oder mehr – ich glaube, ich kann dann nie mehr ruhig schlafen! Und die Befehle verantworten, die von oben kommen, ich … ich kann das einfach nicht, Herr General!« Alle sind plötzlich still, keiner rührt sich.

Quast blickt sich verwirrt um. Draußen knallt ein Splitter in die Böschung. Der General sieht Quast ernst an. Sagt dann leise: »Sie wissen nicht, wie recht Sie haben. Wenn Sie hinten bei der Division sind, dann melden Sie sich mal bei mir! Klar, Gefreiter Quast?« – »Jawohl, Herr General!« Der General geht. Sie stoßen sich die Köpfe an der Bunkerdecke. Die Tür klappt, sie lachen sich an, gratulieren Heberle. Als Quast sich eine Stunde später umzieht, um ins Vorfeld zu kriechen, weiß er: Der General hätte vielleicht sogar verstanden, daß Quast es noch immer nicht fassen kann, wie unerschüttert angesichts der vor Minuten Gefallenen, der noch nicht Erkalteten, der militärische Betrieb weiterläuft. Essenfassen, Munitionsempfang, Einteilung der Posten, Stellungsbau – die Maschine arbeitet weiter, ganz gleich, was geschieht.

10

Autor: Schämen Sie sich nicht, eine Russin geküßt zu haben, eine Partisanin vielleicht?

Quast: Wir waren ja noch Kinder.

Autor: Und wie haben Sie die russischen Frauen eingeschätzt?

Quast: Wenn es heute überhaupt so etwas wie eine unterschwellige Neigung der älteren Deutschen zu den Russen gibt – trotz allem, was sie einander angetan haben –, dann sicherlich nicht wegen Lenin, sondern wegen der unwahrscheinlichen Herzenswärme der Russin.

Quast ist enttäuscht, als der Trupp Heberle aus der vordersten Linie abgezogen wird. Er hat sich in der Stellung am Hammerkopf inzwischen richtig eingelebt. Und beim Troß wird er Hauptwachtmeister Briegel wiedertreffen. Und das kann bestimmt nicht gutgehen.

Zunächst geht es allerdings doch ganz gut. Unteroffizier Max legt seinen Arm um ihn und sagt: »Na, alter Krieger«, und die anderen vom Funktrupp Max begrüßen ihn herzlich und froh. Aber bald heißt es wieder: Wache. Briegel verzichtet diesmal auf Vorwände. Er teilt Quast zum Wachkommando ein, basta. Und Hassel gleich mit. Für Briegel sind sie immer noch Ersatz.

Quast hat wunde Stellen an den Füßen, von der ständigen Nässe in den Gummistiefeln. Die Wunden eitern und heilen nicht in den Knobelbechern, die sie im Hinterland tragen. Quast streift sie deshalb ab, so oft es geht. Als die Kompanie zum Appell antritt, kommt er nur langsam in die Lederröhren hinein, hinkt schließlich hinaus zum Appellplatz, zu spät. Die Kompanie ist schon angetreten. Der Hauptwachtmeister steht breitbeinig vor der Front und empfängt Quast mit beißendem Spott: »Aha, der

Herr Gefreite ist auch schon da. Kaum ein bißchen Pulver gerochen, da hat er's nicht mehr nötig, sich zu beeilen!« Briegel kann es Quast wahrscheinlich nicht verzeihen, daß dieser ihn vor sich im Dreck hat liegen sehen und, wie man sich erzählt, daß er das Abitur hat. »Wollen Sie nicht erklären, warum Sie jetzt erst kommen?« – »Herr Hauptwachtmeister haben es schon bemerkt: Pulver gerochen!« – »Sie spinnen wohl?« – »Ich nicht, Herr Hauptwachtmeister!« – »Sind Sie wahnsinnig?« – »Ich sagte nur, ich spinne nicht, Herr Hauptwachtmeister.« – »Na, Sie können auf Wache darüber nachdenken, Gefreiter Quast!« – »Selbstverständlich, Herr Hauptwachtmeister!« – »Jawohl heißt das!« – »Jawoll, Herr Hauptwachtmeister, jawohl heißt das!«

Die Kompanie beginnt, feindselig und Briegels offensichtlicher Wichtigtuerei überdrüssig, mit den Füßen zu scharren. Die Stimme des Hauptwachtmeisters überschlägt sich: »Euch geht's wohl zu gut, was?« – »Nein, Herr Hauptwachtmeister, mir wird schlecht!« sagt Hassel gepreßt und hält sich die Hand vor den Mund. »Was?« brüllt der Hauptwachtmeister fassungslos. »Ich kotze gleich«, gurgelt Hassel. »Dann haun Sie ab, Sie Pfeife!« Hassel rennt davon, hinter die nächste Blockhausecke. Stützt sich lässig gegen die Wand, wo der Spieß ihn nicht sehen kann, und winkt Quast fröhlich zu. Der Spieß verliest gereizt nuschelnd Anordnungen und Termine. Mit Leidensmiene meldet sich Hassel zurück und tritt, von Briegels geringschätzigen Blikken verfolgt, wieder ins Glied. Die Erregung verebbt. Und kaum hat Briegel aufgerufen, es sollen sich zwei Mann zur Fronterprobung eines neuen Funkgerätes melden, da treten Quast und Hassel vor. Sie wissen, erst in drei Wochen gibt es wieder einen Lauscheinsatz, und bis dahin hoffen sie, längst wieder zurückzusein. Der Spieß notiert die Namen und schaut finster. Heberle macht zuerst ein unglückliches Gesicht, grinst ihnen dann aber schließlich zu. Wenn die beiden bei der Kompanie blieben, mußte es eine Katastrophe geben. Dann besser so.

Wenig später dringt aus dem Quartier des Lauschtrupps, einem einfachen Blockhaus zwischen Rollbahn und Waldrand, schallendes Gelächter. Sand ahmt Quast nach: »Ich nicht, Herr

Hauptwachtmeister!« und schlägt sich glucksend auf die Schenkel. Maria, eine etwa dreißigjährige Witwe, deren eines Kind in Leningrad geblieben und deren anderes, wie ihr Mann, beim deutschen Vormarsch umgekommen ist, weint leise vor sich hin. »Wojna nix charascho. Krieg nicht gutt«, schluchzt sie. »Meine kleine Student, warum mußt du schon wieder marschieren? Hast du auch richtig anzuziehen?« Und sie prüft zum zehnten Male, ob die Knöpfe von Quasts Unterhemd nicht noch fester genäht werden müssen. Heberle sagt: »Jetzt muttert sie wieder«, und grinst breit. Sie schlägt ihm auf die Brust: »Du große Idiot!« Sand steht breitspurig auf, nimmt ein Kommißbrot, das er sich organisiert hat, und sagt: »Ich brauche jetzt einen Körper!« Hapf sagt voller Ekel: »Alte Sau«, und Heberle ruft Sand stirnrunzelnd nach: »Verbieg dir bloß nicht die Gießkanne!«

Es gibt im Dorf ein williges Mädchen. Die einzige wirklich fette Russin, die Quast hier gesehen hat. Auch so wie der Gefreite Sand kann man sich betäuben. Kann des Trübsinns Herr werden, der sie alle von Zeit zu Zeit überfällt: Eines Tages, vielleicht heute schon, verlischst du einfach. Wie eine Schneeflocke auf einer heißen Herdplatte. Du wirst keine Spuren hinterlassen. Das Leben wird weitergehen – ohne dich. Und du hast noch nicht einmal richtig gelebt. Wenn es so weit ist, wirst du nicht einmal genau wissen, was du hinter dir zurückläßt.

Quast zieht es in die Nacht hinaus, vors Haus. Zu Tonja, die ihn »tschort« nennt, »Teufel«, und die ihm sagt, sie hasse alle Deutschen. Und die doch auf ihn wartet, wenn er sie darum bittet. Sie tauschen scheue Küsse. Sie streicheln sich. Quast weiß nicht so recht, wie er mit Tonja umgehen soll. Er schämt sich, unerfahren zu sein. Tonja sieht ihn mit warmen, traurigen Augen an, nimmt ihm seine Brille aus der Hand, die er abgesetzt hat, weil sie beim Küssen stört, klemmt sie ihm auf und flüstert: »Du dummer, kleiner Deutscher!« Dann zieht sie ihn am Ohr und verschwindet lachend.

Am nächsten Tag hat Quast keinen Gedanken mehr für Tonja. Die Sonne brennt. Quast hat das neue Tornisterfunkgerät, genannt Tornister Gustav, auf dem Rücken, die Kopfhörer aufgesetzt und den Bedienungsteil ans Koppel geschnallt. Ein paar hundert Meter vor ihm, auf dem Feldweg, in der Ladekiste eines Panjewagens, dessen Fahrer an einer kurzen Pfeife kaut und dessen Pferd bei jedem Schritt schnaubt, sitzt Hassel, auch mit Kopfhörern, und dreht an den Bedienungsknöpfen. Sie probieren das Gerät aus, damit sie sich im Einsatz nicht blamieren.

Die Nacht verbringen sie im Zelt, im Erika-Lager. Das Grollen hinter den Wäldern, das Rumpeln der Panjewagen, das Motorengeheul der Kübelwagen und Lkw, der Marschtritt der Kolonnen, die nach vorn gehen, der Trott der Gruppen, die zurückkommen, die Kommandos, das Hauruck der Entladetrupps – es ist eine laute, unruhige Nacht. Richtig dunkel wird es hier oben, wo es schon auf den Polarkreis zugeht, ohnehin nicht.

So sind sie wie erlöst, als sie morgens gegen vier aufbrechen können. Feiner Dunst liegt über dem Wald, Grasmücken, Rohrsänger und Baumpieper trillern, schilpen und jubilieren, und erfrischend dringt die Kühle in die Lungen. Bald wird das Bild vertrauter. Es ist nicht mehr so verwirrend friedlich. Die Knüppeldämme, die zersplitterten Bäume, die Sanitätswagen: Quast beginnt sich wieder sicherer zu fühlen. Neben ihnen brüllt plötzlich eine schwere Beutehaubitze los, das Rohr steil zum Himmel gerichtet. Sie erschrecken, sind völlig taub, lachen. Diese Musik kennen sie. Durch einen sandigen Hohlweg erreichen sie den Regimentsbunker, der in einem trichterzerfurchten Kusselgelände liegt.

Zastrow steht vor ihnen, sagt: »Na, ihr Hirten, ihr denkt auch, es geht nicht ohne euch, was?« Sie grinsen ihn an, hören dann aufmerksam seiner Einweisung zu. Sie sind dem ersten Bataillon zugeteilt. Zunächst soll das Gerät in Gefechtsstandnähe erprobt werden. Dann soll einer von ihnen erst bei der neunten Kompanie, später bei der zehnten in der HKL eingesetzt werden. Der andere soll beim Bataillon eine Station einrichten und die Nachrichtenverbindung aufnehmen. »Ihr kommt gerade wieder richtig«, lacht Zastrow dünn, »dicke Luft auf der ganzen Linie!«

Sie haben die Hand schon zum Gruß an der Mütze, da hält Zastrow sie zurück: »Und bitte keinen kriegerischen Ehrgeiz, meine Herren. Sie sollen nichts weiter, als ein Gerät erproben. Die Kisten fallen nicht in Feindeshand, klar?«

Im engen Ausstieg des Bunkers stoßen sie auf zwei Gefangene, die dort in einer Nische des Treppenschachtes auf ihr Verhör warten. Die Begegnung kommt so plötzlich, daß Quast und Hassel verblüfft auflachen. Auch die Russen lächeln scheu, ihre ängstlichen Mienen lösen sich. Da stehen sie sich gegenüber, vier Jungen, zwei mit kurzem Haar, in Tarnjacken, zwei kahlgeschoren, in olivgrünen Blusen. Die blanken Augen sind sich gleich, die eckigen Bewegungen, das Schlaksige.

Zastrow, der hinter ihnen die Schräge hochblickt, zerstört die seltsame Stimmung: »Was ist denn das für ein Kindergarten? Der Krieg ist noch nicht vorbei, ihr Knülche. An die Arbeit. Und ihr, Iwans, kommt mit, idi sjuda! Dawai, dawai!«

Quast und Hassel steigen ans Licht. Sie haben den Schauplatz der dritten Schlacht am Ladogasee betreten.

Die Hügel sind bis fünfzig Meter hoch und aus feinem weißen und gelblich-grauen Sand. Die Kiefern darauf haben zernarbte, rötlich-braune Stämme, auf denen Harztropfen glänzen. Manche tragen noch die Wipfel. Es gibt Einschnitte und Hohlwege, gesäumt von zerfledderten tiefgrünen Tannen. Dazwischen überall junge Birken. Durch die Moorflächen mit ihren bräunlichen und ockerfarbenen Schattierungen schimmert braunes Wasser hindurch. Riedgras in stumpfem Grün und weiße Quasten stehen in flachen Büscheln im Braun. Daneben biegen sich Schilfpinsel im Wind. Quast wird an die Mark Brandenburg erinnert. Sie sind einen Hang hinaufgesprungen, als ihr Einweiser sie ermahnt: »Nicht lange rumstehen hier oben, der Iwan streut rüber!« Aber Quast und Hassel verhalten doch den Schritt. Der Horizont ist schwarzgrün, im bläulich-weißen Dunst verschwimmt die Ebene mit den Sandrücken darin. Die Kampflinien sind kaum erkennbar in den riesigen Trichterfeldern. An einem einzelstehenden, geköpften Stamm bläht sich ein Fallschirm wie eine gewaltige Fahne. Das abgeschossene Flugzeug dazu kann Quast nicht erkennen. Sie durchqueren eine Senke, erklimmen wieder einen flachen Hang und erreichen die Bunker des Bataillonsstabes, die in die Schräge hineingesetzt sind. Oben werfen sie das Gepäck ab und sehen sich an. Hassel sagt: »Wer verliert, bleibt beim Bataillon.« Nach dem System Stein-Schere-Papier knobeln sie den Einsatz aus, damit jeder die gleichen Chancen hat. Der Begleiter schüttelt den Kopf. Im Bunker drin hören sie ihn sagen: »Ich habe zwei Verrückte mitgebracht, die Funkgeräte ausprobieren sollen, Herr Major.«

Nachts ein Uhr. Es herrscht ein Höllenlärm im ganzen Abschnitt. Quast sitzt, in einer Bunkerecke von einem Deckenvorhang umgeben, vor dem Tornister Gustav und hört Hassels Stimme. Verzerrt, aber laut. Ein Stoßtrupp ist abgewehrt, ein Gefangener schon auf dem Weg nach hinten. Die Kompanie hat zwei Verwundete. Es fehlt Verbandszeug. Ein Unteroffizier ist gefallen. Zwischendurch gehen sie auf Tastverkehr über, sie sollen ja die Geräte erproben. Die Funksprüche, bei denen es um die Handhabung des Tornisters Gustav geht, verschlüsseln sie. Im Klartext darf nur gesendet werden, was mit augenblicklich laufenden Kampfhandlungen zu tun hat. Neben Quast brennt matt eine Hindenburgkerze. Die russischen Nachtflieger hängen mit an- und abschwellendem Gebrumm die ganze Nacht über dem Abschnitt. Die Erde zittert unter den Bomben. Manchmal schlägt der Boden-Bord-Sprechverkehr der Russen so durch, daß Quast und Hassel ihren Funkverkehr unterbrechen müssen. Draußen brüllt einer: »Vorsicht, Phosphorkanister!«

Hassel hat »qrx 10« durchgegeben: zehn Minuten Pause. Quast legt die Kopfhörer weg, geht nach draußen. Die Erde ist zerwühlt. Vor ihm steckt ein Phosphorkanister im Sand, ein Blindgänger. Am Horizont des Hinterlandes hämmert ein deutscher Jäger auf einen der schweren russischen Bomber hinunter, die von Angriffen auf deutsche Nachschubwege zurückkehren. Quast sieht die Leuchtspur, sieht eine Stichflamme aus einem der Bombermotoren züngeln, sieht die Maschine in einem riesigen Feuerball zerplatzen.

Gegen Morgen läßt das Bombardement nach. Auch die russische Artillerie schweigt. Quast und Hassel beschließen, eine Schlafpause zu machen. Quast nickt über dem Tornister Gustav ein.

hinter den Hügelkamm, blickt hinunter nach links in die Barskoje-Ebene und zuckt erschrocken zusammen. Da unten, ein paar hundert Meter entfernt, ergießt sich eine Flut olivbrauner Gestalten in das Trichterfeld: Russen. Verdammt, denkt er, wenn die nach links schwenken ...

Quast springt auf, will zurück zum Funkgerät. Doch er prallt mit einem Offizier zusammen. Ein Neuer, er war Quast begegnet, als er sich beim Bataillonsstab gemeldet hatte. Jetzt steht der Neue mit verrutschtem Helm vor ihm, tränenüberströmt, totenblaß, mit fliegenden Händen. Er stottert: »K ... Kein ... kein Mann Reserve mehr. W ... Was ... was soll ich bloß machen? Der Komman ... Kommandeur ist nach vorn unterwegs.« Nervenzusammenbruch, denkt Quast. Und sagt: »Aber, Herr Leutnant. Wir haben doch noch die IG. Der ganze Verein liegt hier oben rum. Lassen Sie die doch einfach mal los ...« Der Leutnant steht unbeweglich, sieht Quast an, faßt sich an die Stirn, sagt: »Ja doch, Menschenskind. Die IG!« Er hat sich plötzlich gefangen, dreht sich auf dem Hacken rum und brüllt den Zugführer an: »Lassen Sie in Stellung gehen und feuerbereit machen. Richtung Waldnase! Beeilung!« Als Quast die Kopfhörer wieder aufsetzt, stehen die Geschütze in Kammhöhe, ertönen Zielansprache, Aufsatzzahlen, Zündereinstellungen, jagt eine Granate nach der andern aus den Rohren. Alles ist voller Staub. Quast drückt die Hörermuscheln fest auf die Ohren. Hassel meldet: »Feind eingebrochen linker Flügel. Handgranatenkämpfe auf fünfzehn Meter.« Quast beißt sich auf die Lippen und denkt: »Hassel, jetzt sieh bloß zu, daß du durchkommst ...« Dann piepst es hastig aus dem Hörer: »qqq. Breche Verkehr ab, Erklärung später.« Quast packt ein. Ich geh' in die Auffangstellung beim Bataillon, denkt er. Kommt Hassel mit Funksprüchen wieder, dann kann ich die auch dort bei einem Offizier oder Melder loswerden. Und kommt der Iwan über den Kamm, dann ist es besser, wenn er den Tornister Gustav bloß aus der Ferne sieht. Die Tür knirscht auf. Ein Landser, schlammbeschmiert, den Stahlhelm im Genick. In der Rechten eine Null-Acht. Er haut sich auf die Bank, sagt heiser: »Gib mal 'ne Zigarette.« Quast nestelt eine aus dem

Brotbeutel, fragt: »Wo kommst du her?« – »Neunte Kompanie«, sagt der Landser. »Ist hier irgendwo der Verbandsplatz?« –
»Hinterm Bataillon. Warum?« – »Messerstich im Rücken. Na
gut, daß ich die hatte …«, er wiegt die Null-Acht in der Hand,
»… als die Iwans über unsere Deckung sprangen. Aber dann
kam die nächste Welle …«
Quast besieht sich das Loch. Klaffende Ränder, hellrotes
Fleisch, der ganze Rücken glänzt von Blut. »Und du sitzt hier
und rauchst?« – »Wieso, ist hier Rauchen verboten?« –
»Mensch, hau ab, ehe du umkippst!« – »Geh' ja schon!« Die Tür
klappt.
Quast nimmt das Gerät in die Hand wie eine Aktentasche,
springt hinaus. Der Kamm mit den Infanteriegeschützen dahinter wird jetzt von schwerem Feuer eingedeckt. Der Leutnant
liegt steif und still, die Beine verschüttet, mit dem Gesicht im
Sand. Die Karte, die unter der linken Hand zerknüllt ist, hat
gezackte Löcher und rote Flecken. Hinter Quast läuft ein Melder. Sie sind auf halber Hanghöhe, da tut es einen furchtbaren
Schlag hinter ihnen, es blitzt strahlend weiß. Quast fällt nach
vorn, rührt sich nicht, überlegt: Schmerz? Blut? Hals? Schulter?
Sein Rücken brennt wie Feuer. Der Melder wälzt sich aus dem
Sand und sucht seinen Stahlhelm. Blut läuft ihm übers Ohr. Er
schüttelt sich, tastet seinen Schädel ab: »Noch mal gutgegan-
gen!« Quast deutet auf seinen Rücken. Der Melder zerrt an der
Jacke. »Sauber aufgerissen«, sagt er. »Und da is'n Loch in der
Pelle.« Quast bewegt die Schulterblätter. Es sticht ein bißchen.
Sie grinsen sich an. Quast packt sein Gerät wieder. Hundert
Meter weiter, im Bachgrund, baut er seine Station auf. Er gibt
das Rufzeichen, aber Hassel meldet sich nicht. Die Luft ist voller
Rauch, das Feuer verebbt langsam. Quast sitzt im Freien, an
einer Bunkerwand, damit er Hassel auch bestimmt sieht, wenn
er über dem Kamm auftaucht. Aber Hassel kommt nicht. Lange
Züge von Landsern mit Tragen lösen sich aus den Staubschwa-
den. Abendrot breitet einen violetten Schimmer über das Land.
Die Landser stolpern dahin, mit zerfetzten, schmutzigen Uniformen, teilweise verbunden. Die Verwundeten auf den Tragen

stöhnen. Ein Armstumpf in einer schmutzigroten Mullbinde reckt sich zum Himmel. Quast fragt, immer stärker beunruhigt: »Gefreiten Hassel gesehen? Funker bei der Zehnten?« Aber die Männer schütteln den Kopf oder sehen stumm vor Erschöpfung an ihm vorbei.

Ein Melder fragt sich zu ihm durch, ruft ihm schon von weitem zu: »Sofort zur Regimentsreserve!« Quast rafft Karabiner, Brotbeutel und Gerät zusammen und geht. Er ist bedrückt. Ohne Hassel kann ihm der Tornister Gustav gestohlen bleiben. An der Bunkerkette in der Nähe des Regimentsgefechtsstandes steht Heberle vor ihm, wie aus dem Boden gewachsen. »Was woll'n denn Sie hier, Herr Wachtmeister?« – »Werden Sie bloß nicht frech, Gefreiter Quast!« Und dann, nach einer Pause: »Mensch, bin ich froh, Sie heil wiederzusehen!« – »Übersehen Sie nur nicht das kostbare Gerät, Herr Wachtmeister!« Heberle knufft ihm in die Rippen. »Ach, der Kasten ist mir schnurz. Aber wo ist Hassel?« – »Keine Ahnung. Dreimal q war alles, was ich zuletzt von ihm gehört habe.« – »Verdammt. Na, Sie verschwinden jetzt erst mal im Bunker!«

Kaum sind sie drin, heißt es: »Gefreiter Quast zum Fernsprecher!« Der Kompanieführer ist dran, Oberleutnant Strehling. »Hab' eben mit dem Regiment gesprochen, Quast. Hab' gar nicht gewußt, daß Sie so'n guter Funker sind.« – »Ich auch nicht, Herr Oberleutnant.« – »Ist der Gustav brauchbar?« – »Absolut, Herr Oberleutnant. Endlich mal 'ne Kiste, die nicht von Leipzig-ein-und-Leipzig stammt, so wie der Dora. Ganz unkompliziert. Kann man sogar 'n Krieg mit gewinnen!« – »Na fein. Hören Sie mal, Quast, haben Sie nicht Lust aufs Sturmbataillon der Armee? Ganz neuer Verein. Fabelhafte Ausrüstung: Sturmgewehr, Tornister Gustav, Vierlingsflak, MG Zwoundvierzig, 'ne eigene Haubitzbatterie!« – »Keine Lust, Herr Oberleutnant. Bin endlich bei Ihrer Kompanie zu Hause und nicht mehr blöder Ersatz. Jetzt freiwillig weg – nie!« – »Hören Sie, Quast, bei der Kompanie kann ich Sie nicht befördern. Dutzende von Leuten sind länger da als Sie und eher dran. Wollen Sie in drei Jahren immer noch Gefreiter sein? Wär' schade um Sie! Nicht jeder Gefreite macht Karriere in Großdeutschland, begriffen?« – »Nein, Herr Oberleutnant!« – »Ach, Quast, reden Sie keinen Mist. Sie gehn freiwillig zum Sturmbataillon der Armee. Ich hab' Sie schon gemeldet. Das Beste, was Sie machen können. Und jetzt kommen Sie sofort zurück zur Kompanie. Noch heute abend setzen Sie sich in Marsch!«

11

Autor: Ihr General scheint Eindruck auf Sie gemacht zu haben.

Quast: Ja. Die Begegnung mit ihm hat mich erkennen lassen, wie dumm
           alle Klischees sind. Ich bin froh, daß er nicht am Fleischerhaken
           in Plötzensee hat enden müssen.

Autor: Aber er hat doch Landser verheizt?!

Quast: Sicher haben seine Befehle Menschen in einen sinnlosen Tod
           geführt. Als er es begriff, hat er den Entschluß, wiedergutzuma-
           chen, mit seinem eigenen Leben bezahlt. Das hat Größe, vergli-
           chen mit der Selbstgerechtigkeit derer, denen solche Prüfungen
           erspart geblieben sind.

Heberle ist betroffen, aber er will nicht, daß Quast es merkt.
Strehling ist der einzige Offizier der Nachrichtenabteilung, den
Heberle wirklich ernst nimmt. Und jetzt ist es Strehling, der
Heberle einen Mann aus dem Lauschtrupp, aus dieser so gut
eingespielten Mannschaft, herausnimmt. Heberles Truppführer-
ehrgeiz, seine Anteilnahme an Quasts Werdegang und seine
Achtung vor Strehling liegen im Widerstreit. Man sieht es ihm
an. Da surrt wieder der Fernsprecher: »Leutnant Schuster ist auf
dem Wege zu Ihnen mit den neuen Funkunterlagen!« Heberle
knurrt: »Muß denn der nun auch noch hier rumwurschteln?«
Aber Schuster kommt nicht. Heberle erkundigt sich beim Regiment. Schuster ist seit über einer halben Stunde dort weg, lautet
der Bescheid. »Der hat sich entweder zum Iwan verlaufen, oder
es ist eine andere Sauerei passiert«, sagt Heberle. Er alarmiert
die Pionierreserve. Sie bilden eine Linie, vier Schritt von Mann
zu Mann, gehen in Richtung Regimentsgefechtsstand. Der Iwan
kleckert mit Granatwerfern dazwischen.
Ein paarmal müssen sie sich hinwerfen. Als Quast sich wieder
einmal in den Sand krallt, sieht er vor sich den Leutnant. Er liegt

auf dem Rücken in einem flachen Kabelgraben, eine Aktentasche auf der Brust. Das Gesicht ist wächsern, er muß schon zehn Minuten tot sein. Neben dem Leichnam eine runde, flache Mulde, die Erde ist noch feucht. In Schusters Hals und Rücken tiefe Wunden: Splitter eines Wurfgeschosses, schnell, tückisch, tödlich.

Sie tragen den toten Leutnant schweigend hinunter zum Knüppelweg. Heberle hat einen Kübelwagen von der Kompanie besorgt. Der Leutnant wird schon starr. Heberle sagt: »Der muß mit. Also anfassen!« Heberle, Quast und der Fahrer biegen den Leutnant in Sitzstellung, zwängen ihn auf die hintere Bank, unter das Wagendach aus Zeltplane. Die Leiche reckt sich, sitzt aufrecht. Heberle sagt zu Quast: »Du setzt dich daneben. Und bei der Division steigst du aus. Der General will mit dir den Krieg durchsprechen!« Heberle steigt nach vorn zum Fahrer. Quast hört nicht hin, er sitzt schmal und ohne sich zu rühren neben dem toten Leutnant, der vor einem halben Jahr so flammende Worte gefunden hat zur Beförderung, und der jetzt so schauerlich schweigt.

Sie kommen an der Beutehaubitze vorbei, die einen ohrenbetäubenden Gruß zum Himmel brüllt. Feldgendarmerie stoppt sie. »Marschbefehl?« bellt einer der Kettenhunde. Heberle zeigt nur mit dem Daumen nach hinten. Der Kettenhund sieht die Leutnantsschulterstücke, legt die Hand an den Helmrand, blickt dann näher hin, läßt die Hand sinken und sagt gepreßt: »Weiterfahren!«

Sie halten tatsächlich bei der Division, obwohl Quast gemeint hat, Heberle habe ihn hochnehmen wollen. Die Bauernstube ist halbdunkel. Neben Quast stehen zwei Feldwebel und ein Obergefreiter. Ein Leutnant vom Stab prüft ihre Uniformen und rümpft die Nase, als er die Schlammspuren und Risse sieht. »Na ja«, sagt er schließlich und geht.

Zehn Minuten später kommt der General. Er steckt Quast das Band des EK durchs Knopfloch und erinnert sich genau an ihn. »Seien Sie weiter so mutig wie beim Lauschtrupp, Quast«, sagt er. »Aber seien Sie auch in Zukunft so mutig, sich ein Gewissen

Und es dann als selbstverständlich ansehen, daß er da ist. Ihr Junge macht allerhand durch. Da ist es nur natürlich, daß sie ihm auch mal freigeben.

Aber nicht die Mutter öffnet die braungestrichene Wohnungstür. In der dämmrigen Diele findet er sich vor einer dunklen, etwa dreißigjährigen Frau im Regenmantel, die im Begriff ist, die Wohnung zu verlassen. Sie hat einen Koffer in der Hand. Neugierig mustert sie Quast, diesen Knaben vom andern Stern, der soviel Frische mitbringt und so müde Augen hat. Sie sagt: »Ich wohne hier zur Untermiete. Sie sind der Sohn? Ihre Mutter muß bald kommen. Wie war denn die Reise …? Ich will zum Bahnhof. Aber ein paar Minuten habe ich noch Zeit.« Sie stellt den Koffer ab, läßt langsam den Mantel von den Schultern gleiten. »Wo wohnen, ich meine, wo kämpfen Sie eigentlich in Rußland …?« Sie verstummt. Quast hat sie die ganze Zeit angestarrt, hat ohne hinzusehen sein Gepäck und sein Gewehr an die Wand gestellt, ist auf sie zugegangen. Seine Augen lassen sie nicht los. Und sie erwidert zunächst noch belustigt, dann ernst, seinen Blick, aus dem Unschuld, Neugier und verzweifelter Hunger nach Zärtlichkeit sprechen.

Quast drängt sich an die Frau heran, packt sie, küßt sie ungestüm, verstört vom eigenen Überschwang. »Mein armer Junge«, flüstert sie, und Quast stammelt unverständliches Zeug. Sie küßt ihn, wie noch nie ein Mädchen ihn geküßt hat. Quast ist es, als sei er betrunken. Bring sie ins Zimmer, denkt er, halt sie ganz fest. Tu es doch, tu es!

Draußen vor der Tür klappern Schlüssel, scharren Füße. Sie lassen sich los, die Frau ist schon vor dem Spiegel, ordnet ihr Haar. Quast steht mit hängenden Armen, verwirrt. Die Schritte im Treppenhaus verhallen. Aber die Minuten der Verzauberung sind vorbei. Sie stößt hervor: »Ich schaffe meinen Zug gerade noch.« – »Wann kommst du wieder?« fleht Quast. »In vierzehn Tagen«. – »Aber dann bin ich doch längst wieder weg!« Sie zuckt die Schultern, atmet tief. Quast ist plötzlich unendlich weit von den Totenwäldern, den Feuerstürmen, den Lausch- und Funkgeräten entfernt. Er weiß nur: Nie wird er diese Frau wiedersehen. Er hält ihr mit verkrampfter Miene die Tür auf. Sie sieht ihn lächelnd an, sagt leise: »Ich heiße übrigens Vera. Schönen Urlaub wünsch' ich dir!« Die Haustür klappt. Quast kommt sich verlassen vor.

Je mehr auf Quast eindringt, desto fester klammert er sich an seine Ideale. Sie tragen ihn über viele Ungereimtheiten hinweg. An der Front wird alles von militärischen Notwendigkeiten diktiert, von Befehlen und Vorschriften: Tu deine Pflicht, denkt er schlicht, für große Zusammenhänge sind andere da! Quast verzichtet auf Traum, Spiel, Phantasie, Gefühl, Verfeinerung. Der Verzicht bekommt seinen Sinn durch das Vaterland, dem zu dienen für Quast selbstverständlich ist. So wird ihm keine Strapaze zu groß. Und wenn man von den Quälern, Widerlingen und Heuchlern absieht – diejenigen seiner Kameraden, die überhaupt nach dem Sinn fragen, die kommen zur gleichen Antwort wie Quast.

Aber nun ist er in der Heimat. Und nun paßt das, was er sieht, mit seinen Vorstellungen nicht zusammen. Er ist darauf nicht vorbereitet. Er ist auf die Reise gegangen wie ein Kind, das aus dem Internat ins vertraute Elternhaus zurückkehrt. Er hat sich geirrt. Heimat – nein, das kann einfach nicht dieses schreckliche Mittelmaß sein. Die Kleinbürgerei. Die verpappten Fenster. Die Lebensmittelkarten. Das Feilschen um Speck und Eier. Die Todesanzeigen mit dem Eisernen Kreuz, mit dem unaufrichtigen »In stolzer Trauer«. Die Großsprecherei. Die sinnentleerten Phrasen in den Zeitungen. Die verkrampfte Lebensgier, hinter der die Angst steht. Nein, das Vaterland, von dem Quast träumt, sieht anders aus.

So wird es kein schöner Urlaub. Quast schläft, ißt, weicht den liebevollen und törichten Fragen seiner Mutter aus und läßt sich von den Leuten im Haus bewundern. Wenn er über die Straße geht, und es zischt plötzlich irgendwo, dann zuckt er zusammen, bereit, sich hinzuwerfen. Jedes unerwartete Geräusch macht ihn hellwach. Gespräche lassen ihn kalt. Die Filme, in die er seine Mutter ausführt, findet er läppisch. In der Wochenschau wird nur gesiegt, und der Krieg wirkt wie eine große Oper. Er blättert gelangweilt in Büchern, die er noch vor kurzem verschlungen hat und die ihm jetzt nichts mehr bedeuten.

Er sitzt im Garten, in der Sonne, die nicht wärmt, als ein blondes, schlankes Mädchen auf ihn zukommt. Rosemarie. Nach einer befangenen Begrüßung setzt sie sich zu ihm.

Quast weiß Bescheid. Seine Mutter hat alle Bekannten verständigt, ihr Junge braucht Zerstreuung. Quast ist abweisend, unfreundlich und ungerecht. Rosemarie kann nichts dafür. Sie ist hübsch, intelligent und sicherlich lustig und lieb. Sie will auf ihn eingehen, sie fragt, will Anteil nehmen. Quast antwortet nichtssagend, sieht über die seidigen Haare hinweg, über den kleinen zarten Busen, über die langen Beine. Quast hat einen Brief in der Tasche. Alfons Hassel ist gefallen. Pakvolltreffer auf den Postenstand, aus dem er ins Vorfeld hatte steigen wollen.

Auch seinem Vater, der eine Dienstreise unterbricht, um den Sohn wiederzusehen, kann er nicht offenbaren, wie unglücklich er sich fühlt, ja, wie stark er mit allem da draußen verbunden ist, wie wenig noch mit der Familie.

Der Vater hatte 1933 von Deutschlands Erneuerung gesprochen. Und bald war anstelle des Schwarzweißrot der Deutschnationalen die Hakenkreuzfahne der Nationalsozialisten im Fahnenhalter auf dem Wohnzimmerbalkon befestigt worden. Welch ein Glück, hatte der Vater gesagt, sechs Millionen Arbeitslose kommen von der Straße. Wir werden wieder eine Armee haben. Die Jugend lernt, wie gut frische Luft tun kann und daß in eine Männerhand nicht nur Schnapsglas und Zigarette, sondern auch Gewehr und Handgranate passen. Doch wenn der Vater ihn jetzt anblickt, dann glaubt Quast in seinen Augen so etwas wie Unsicherheit zu entdecken, Schuld, Angst, Sorge um den Sohn, dessen Leben, dessen Zukunft der Vater so nicht gewollt hat.

Sie verabschieden sich lärmend und lässig voneinander wie Kumpel, aber dahinter verstecken beide ihre Beklommenheit.

Nach einigen Tagen erklärt Quast seiner Mutter, er müsse nach Wien, zu Margot, die inzwischen in Berlin ausgebombt worden ist. Die Mutter läßt ihn ziehen. Sie versteht ihn nicht, ist aber bereit, seinen Entschluß jedem gegenüber zu verteidigen, der auch nur andeutet, daß es vielleicht nicht nötig sei, die Mutter schon nach ein paar Tagen zu verlassen.

Als er vor der Jugendstiltür in dem prachtvollen Wiener Haus steht, fragt er sich plötzlich, was er eigentlich erwartet. Glaubt er tatsächlich, hier mit offenen Armen empfangen zu werden? Eberhards Mutter öffnet ihm, sieht ihn kühl an: »Sie wünschen?« Hat er sich so sehr verändert? Hinter ihr tritt Margot in die elegante Diele. Sie erkennt ihn, aber sie täuscht nicht vor, froh zu sein über das Wiedersehen. Sie sagt zu ihm ohne Begrüßung: »Eberhard ist vermißt, auf der Krim!« Und dann: »Komm doch rein!« Quast erzählt, in der Rolle des alten Kriegers, es habe nichts zu bedeuten, daß Eberhard als vermißt gemeldet sei. Die Wirrnis im Kampfgebiet. Neue Kampfgruppen werden aufgestellt, alte aufgelöst, dazu die Postverluste. Die Namensverwechslungen – man kennt das doch … Aber es klingt nicht überzeugend.

Quast wird zum Essen gebeten, die Stimmung ist gedrückt. Die Mutter ist ermattet und von Sorgen ausgehöhlt, Margot geistesabwesend und von oberflächlicher Freundlichkeit. Sie erkundigen sich nicht nach seinen Erlebnissen und bestaunen ihn nicht, und dafür ist Quast ihnen dankbar. Er hat nicht den Mut, Margot zu sagen, er sei ihretwegen nach Wien gekommen.

Wenig später geht er durch die verdunkelten Straßen. Seine Schritte, in den benagelten Knobelbechern, hallen auf dem Pflaster. Ein kalter Wind weht. Die Menschen hasten an ihm vorüber. Schöne, kühle und vornehme Fassaden säumen die Alleen. Im Fronturlauberheim läßt Quast sich ein Bett zuweisen, eine Pritsche mit grauen Wolldecken. Kein Mensch ist zu sehen, außer dem krummen Reservekorporal, der ihm Wäsche zuteilt und den Weg zum Waschraum zeigt. In der alten Kaserne stehen in einem Saal mit luftschutzblaugestrichenen Fensterscheiben etwa hundert leere Bettgestelle. Quast geht in die hinterste Ecke, stellt den Karabiner neben das Kopfende, sein Gepäck dazu und seine Stiefel. Die Uniform hängt er über einen Stuhl. Auf Sokken geht er zur Tür, dreht den klobigen Lichtschalter herum. Im Schein der Notbeleuchtung tastet er sich zu dem Kasten mit der klumpigen Matratze und dem eingebeulten Kopfkeil. Er kriecht unter die Decken. Er denkt an Eberhard, an Hassel, an Vera. Und er tröstet sich damit, bald beim Sturmbataillon zu sein.

Ein paar Tage später sitzt Quast in einem Lazarettwagen. Die Betten sind weiß bezogen und unberührt. Auf einem davon Quast, neben der Schiebetür. Der Zug rollt an die Front, und Quast ist in der Leitstelle dem Begleitkommando zugeteilt worden, das den Schutz während der Fahrt durchs Partisanengebiet übernehmen soll. Nun steht der Zug mitten in einer schneebedeckten Ebene, über die endlose Flockenschleier dahinjagen. Wären nicht hin und wieder hingeduckte Baracken sichtbar, eine Ruine, das Holzgerüst eines Wasserturms zwischen den Schneewolken – kein Mensch würde vermuten, dies sei ein Bahnhof.
Quast starrt aus dem Fenster, an dem der Eisstaub träge schmilzt. Der Schatten einer weißverkrusteten Lokomotive schiebt sich hinter dem Zug entlang. Das Sicherheitsventil zischt, die Gelenke der Kolbenstangen sind ausgeleiert und klappern. Mindestens eine Stunde Aufenthalt.
Da weichen für Sekunden die Flockenwirbel zurück. Im Hintergrund erscheint der Umriß einer Kirche, gedrungen, düster. Der liebe Gott, sagt Quast laut vor sich hin. Da hat der liebe Gott tatsächlich einen Gefechtsstand. Minuten später stapft er, den Mantelkragen hochgeklappt, quer über die Gleise in die weißen Wirbel hinein, auf die Kirche zu. Als er den schmutzigweißen Bau erreicht, findet er die Tür verschlossen. Rostige Fässer sind daneben aufgereiht; Schneewehen mildern ihre Häßlichkeit.
Quast blickt an den Mauern hoch, sieht die Risse, die Kalkschuppen, sieht das glänzende Rund des Zwiebelturms gegen das stumpfe Weiß des Himmels, aus dem die Sonne, der milchige Fleck, längst wieder gewichen ist. Es wird dunkel.
Was mag die Revolution aus der Kirche gemacht haben, denkt Quast. Eine Schmiede? Ein Treibstofflager? Eine Maschinenhalle? Vielleicht verrät der Innenraum noch etwas von der

Würde vergangener Zeiten. Vielleicht rührt dich noch etwas von dem an, was die Menschen einst feierlich stimmte, wenn sie dieses Bauwerk betraten. Aber Quast kommt nicht hinein. Er hat sich durch die Schneemassen, die an den Mauern emporkriechen, hindurchgewühlt, hat versucht, die Bretter vor der Hinterpforte zu lösen, vergeblich.

Als er wieder in dem leeren Waggon sitzt und in die klammen Hände bläst, da fragt er sich: Was wolltest du da eigentlich? Die süße Seligkeit heraufbeschwören, die dich einhüllte wie ein Kokon, als du zum Kindergottesdienst liefst, in der Hand den Katechismus? Oder den wehmütig-verzückten Klang der Kirchenlieder? Oder das Brausen der Orgel, in dem das Scharren der Füße, das Knirschen der Bänke sich verlor? Oder den Fliederduft des Religionsbuches, das du damals so zornig zugeklappt hast – mit dem Schwur, es für alle Ewigkeit nicht mehr zu öffnen?

Damals. Die Sonne schien schräg in das Klassenzimmer hinein. In ihren Strahlen tanzte der Staub. Quast versuchte immer wieder vergeblich, sich von dem Zauber biblischer Geschichte einfangen zu lassen. Aber er konnte und konnte sich nicht von den Einzelheiten lösen, die es so schwer machten, einfach zu glauben. Wieso brach Jesus das Brot, wieso gab es keine Messer? Warum haben die Jünger einfach geschlafen, anstatt mit Jesus aufzubleiben, da er so schweren Kummer hatte? Warum haben sie ihn alle verlassen und sind geflohen? Hatte Jesus wirklich so miese Freunde? Warum macht Jesus Blinde sehend und verlangt dann, daß sie nicht darüber reden? Warum sagt er: »Wer Ohren hat, der höre!«? Gab es damals welche ohne Ohren? Und Heinrich, der Schüler neben Quast, knuffte ihn schon wieder und tuschelte; er wollte unbedingt Schiffeversenken spielen.

Herbst, der Religionslehrer, schlug mit dem Lineal auf das Katheder, zum dritten Mal schon, und krächzte: »Ruhe dahinten!« Aber Heinrich war nicht still. Heinrich zappelte und kicherte. Und so geschah es.

»Quast, nach vorn!« Quast blieb sitzen. Er dachte, Heinrich sei gemeint. »Wird's bald!« Tatsächlich, das galt ihm, Quast. Er sprang verwirrt auf, eilte zum Katheder. Wieso er? »Quast, ich hatte Schwatzen verboten! Du aber hast geschwatzt!« – »Ich habe nicht geschwatzt!« – »Das ist die Höhe! Du bist nicht nur ungehorsam, du lügst obendrein!« – »Ich lüge nicht, und ich bin nicht ungehorsam!« – »So, Bürschchen, frech bist du auch noch!«

Das Gesicht von Lehrer Herbst, rötlich, mit gehässigen, entzündeten Augen und bleichen Wimpern, näherte sich dem Gesicht von Quast, der sich angewidert wegdrehte. Herbst hatte eine Warze am Mundwinkel. Man konnte seine schlitzartigen Nasenlöcher sehen mit den Borsten darin. Die Nasenflügel hatten rötlichblaue Adern. Und Herbst hatte einen unreinen Atem.

»Quast, sieh mich an. Du bist widersetzlich. Du bist frech. Du willst deinen Lehrer Lügen strafen. Ausgerechnet im Religionsunterricht!« Herbst erhob sich, schmal und mager. Seine Lippen zuckten. »Und – da – zeige ich dir, was man mit solchen Schülern macht. Und – da, da, da!« Bei jedem »da« fuhr eine Knochenhand mit gelben Fingernägeln und rötlichem Flaum Quast ins Gesicht. Quasts Kopf flog hin und her. Tränen ohnmächtiger Wut schossen ihm in die Augen. Er stand starr, mit geballten Fäusten. Er konnte es einfach nicht fassen.

Draußen im Flur begann die Glocke zu schnarren, Herbst ließ seine Hand sinken. Und in das Gebimmel hinein stieß Quast hervor: »Amen!« Dann wankte er auf seinen Platz, nahm das Religionsbuch, das warm von der Sonne war und so betäubend duftete. Er klappte es zu und flüsterte: »In alle Ewigkeit.« Denn: Was war das für ein Gott, der zuließ, daß solche Schinder wie dieser Herbst IHN vertraten? Was war das für ein Glaube, der die Menschen besserte, indem die Mächtigen den Machtlosen ins Gesicht schlugen?

Jahre später weigerte sich Quast, zum Konfirmandenunterricht zu gehen. Er wurde nicht konfirmiert. Und sein Jungbannführer war stolz auf den jungen unbeugsamen Nationalsozialisten.

Der Wagen ruckt heftig, die Lok hat sich vor den Zug gesetzt. Dann rauscht es in den Heizschläuchen. Quast spürt noch immer den Fliederduft des Religionsbuches so stark in der Nase, als

121

läge es vor ihm. Er lächelt. Fünf Minuten später riecht es durchdringend nach Tubenkäse. Quast streicht sich eine Scheibe Brot. Er mag die gelbe Schmiere nicht. Doch er überwindet seinen Ekel. Der Gang durch den Schnee hat ihn hungrig gemacht. Er kaut und denkt: Lieber Gott, wo bist DU eigentlich? An der Front? Und wenn ja, auf welcher Seite? Und wenn auf beiden Seiten, wie willst DU da allen gerecht werden?

12

Autor: Ich will Ihnen schon glauben, daß Sie den Traum vom Vaterland geträumt haben. Aber woran haben Sie dabei eigentlich gedacht?

Quast: Das ist ganz einfach. Wenn Sie zu einer Familie gehören, die unrecht behandelt wird und in Not gerät, dann tun Sie etwas dafür, ihre Lage und ihr Ansehen zu verbessern. So habe ich mein Verhältnis zum Vaterland gesehen. Ich war sicherlich, zum Teil wenigstens, falsch informiert. Aber meine Gefühle waren echt. Ich habe mich verantwortlich gefühlt. Ich dachte, auf mich kommt es an.

Was hat die Armee mit dem Sturmbataillon eigentlich vor? Quast will sich auf die wilden Latrinenparolen nicht verlassen. Er kennt Werner, den Unteroffizier von der Schreibstube. Mit ihm hat er lange darüber diskutiert, was im Einsatz praktischer ist: ein Vorrat an Zigaretten oder eine Notration Brot. Quast ist für Brot. Er schneidet es in kleine Würfel und röstet es, bis es hart ist. Wenn's brenzlig wird und kein Essen nach vorn kommt, dann mümmelt er vor sich hin. Werner schwört auf die hungerstillende und beruhigende Wirkung von tiefen Lungenzügen. Jetzt sagt Werner: »Was die mit uns machen, das kann ich dir präzise sagen. Ich hab' das Schreiben gelesen, GKdos, geheime Kommandosache, versteht sich. Das Sturmbataillon untersteht in jeder Hinsicht der Armee direkt. Es ist – nun hör ganz genau zu – es ist die letzte Eingreifreserve des Armeeoberkommandos in Krisenlagen! Ende der Meldung. Nach uns kommt keiner mehr, ist das klar? Und vor uns wird außer dem Iwan auch keiner mehr sein. Und zuerst üben sie uns in ein paar kleinen Einsätzen ein, damit alle wissen, was sie voneinander zu halten haben!«

Das Sturmbataillon ist im offenen Viereck angetreten. Gruppenführer am rechten Flügel ihrer Gruppe. Zugführer am rechten Flügel ihres Zuges. Kompanieführer am rechten Flügel ihrer Kompanie. Der Spieß jeweils am linken Flügel.

Es ist ein grauer Tag. Die Wolken hängen tief. Hinter einer Bodenwelle des flachen, mit braungrauem Gras bedeckten Geländes sind die Strohdächer eines Dorfes und das Filigran kahler Birken zu sehen. Feuchter Wind pfeift böig durch die Äste. Der Kommandeur, Major Haldinger, reitet auf einem Fuchswallach zum dritten Mal die Front ab. Der General muß jeden Moment eintreffen. Haldinger hat vorn an den Weg einen Posten gestellt, der rechtzeitig Alarm geben soll. Er trabt noch einmal im Kreis, das Pferd wirft schnaubend den Kopf hoch. Die Kompanieführer melden die Stärke ihrer Einheiten. Quast versucht mitzuzählen, wird abgelenkt, weil ihm der Wallach mit der Hinterhand fast auf die Stiefel tritt, und kommt auf insgesamt siebzehn Offiziere, einhundertsiebenundzwanzig Unteroffiziere und siebenhundertachtunddreißig Mannschaften. Er hat richtig gerechnet, der Adjutant ruft Haldinger die gleiche Zahl zu.

Dann geht alles ganz schnell. Haldinger befiehlt allen Soldaten mit Auszeichnungen, ins vorderste Glied zu treten. Es gibt einen Wirbel, Haldinger brüllt: »Beeilung!«, wendet sich dem Adjutanten zu und sagt: »Gibt mehr Glanz!« Dann fällt ihm noch eine Verbesserung ein. »Gewehrriemen kurz!« befiehlt er. Alle hantieren an ihren Karabinern und zurren die Gewehrriemen so kurz, daß sie am Schaft fest anliegen. Da peitscht ein Schuß, sirrend steigt das Geschoß zum Himmel. Schräg links von Quast bricht ein Landser zusammen.

Haldinger trabt heran, sieht den hingestürzten Mann, hört unbewegten Gesichts die Meldung des herbeigesprungenen Unteroffiziers: »Der Mann ist tot, Herr Major!« In diesem Augenblick jagt vom Feldweg der Posten heran: »Der General!« Haldinger stößt hervor: »Wegtragen, außer Sichtweite!« Zwei Mann packen zu, bringen den Toten weg, laufen ins Glied zurück. Der General wippt auf einem Apfelschimmel heran, hinter ihm die Begleitoffiziere, Dreck spritzt von den Pferdehufen.

Haldinger meldet schneidig: »Sturmbataillon mit siebzehn Offizieren, einhundertsiebenundzwanzig Unteroffizieren und siebenhundertsiebenunddreißig Mannschaften angetreten!« Haldinger hat siebenhundert*sieben*unddreißig gesagt. Quast weiß nicht, was ihn mehr beeindruckt: Der Armeeführer, den er zum ersten Mal leibhaftig sieht und der unnahbar wie der Kriegsgott selbst wirkt. Oder der Major, der zehn Sekunden nach dem Unglück kaltblütig wie ein Pokerspieler bei seiner Meldung den Toten von der Zahl derer abzieht, die unbewegt mit »Augen rechts« dastehen. Und Quast denkt: Mit Haldinger sind wir gut bedient. Aber das Sturmbataillon hat bereits seinen ersten Toten, noch bevor wir ausgerüstet sind und uns überhaupt kennen. Ein gutes Zeichen ist das nicht ...

Später stellt sich heraus, daß ein Grenadier eine Patrone im ungesicherten Karabiner gehabt und den Schuß ausgelöst hatte, als er beim Kommando »Gewehrriemen kurz!« den Abzug berührte. Dem vor ihm Stehenden war durch den Kopf geschossen worden.

Die Übungen, bei denen die Soldaten und Führer des Sturmbataillons einander kennenlernen sollen, sind reine Routine. Die Grenadiere verstehen ihr Handwerk. Die Verwandlung des unauffälligen Bürgers in den Kampftechniker mit Tötungsinstinkt, die Quast an den anderen und an sich selbst hat beobachten können, bleibt ihm allerdings unbegreiflich. Aus welchen Quellen kommen diese schrecklichen Fertigkeiten? Sie trinken miteinander. Quast, erzogen zur Askese, sind die wilden, absichtlich herbeigeführten Rauschorgien unheimlich. Noch Tage nach der ersten Sauferei, damals im Lauschstützpunkt »Ratzekeller«, hatte er Heberle und die anderen manchmal verstohlen und prüfend betrachtet. Waren diese gelassenen, disziplinierten Männer wirklich dieselben Menschen, die sich vor kurzem noch vor Lachen geschüttelt, die Ströme von Tränen geweint, die seufzend ihre Familienbilder aufgeblättert, die sich zu wahnwitzigem Leichtsinn hatten hinreißen lassen? War das er selbst gewesen, der dort vor einem Feldbecher voll Wodka gesessen, mit der glühenden Zigarette seine Hand berührt, dem Zischen der verbrannten Haut zugehört – und nichts gemerkt hatte?

Heberle hatte eines Nachmittags angeordnet: »In einer Stunde Orgie mit Saufanzug weiß!« Das bedeutete, daß sie ihre Tarnjacken mit der schmutzig-weißen Winterseite nach außen kehrten. Sardinenbüchsen wurden geöffnet, Kommißbrote und Speck geschnitten, die Sonderzuteilung an Pfirsichkonserven mit Wodka zu dem teuflischen Trank »Urwaldgift« angesetzt. Als Gäste wurden eingeladen: der Obergefreite Michel, »weil er den Gefreiten Quast so hervorragend in den Gebrauch des Maschinengewehrs Vierunddreißig eingewiesen hatte, daß es diesem gelungen war, einen russsischen MG-Stand niederzukämpfen«. Außerdem ein Stoßtruppführer von der zweiten Kompanie »wegen seines Ausspruchs, daß die Aufklärung durch den Lauschtrupp mindestens einer halben Kompanie das Leben gerettet habe«. Hassel mußte die Einladungen persönlich überbringen und wörtlich vortragen. In der Dämmerung setzten sie sich dann zusammen. Zum Auftakt wurde ein Feldbecher Wodka »ex« getrunken. Später eröffnete Heberle eine sogenannte Verhandlung. Zunächst wurden die Rollen verteilt: Heberle war der Richter, Hassel und Sand Beisitzer, Hapf Ankläger, Quast Verteidiger, die Dolmetscher Zeugen, die Gäste Zuschauer. Der Angeklagte war abwesend: Es war der Iwan. Seine Abwesenheit wurde anerkannt »wegen der unwirtlichen und speziellen Geländeverhältnisse«. Er wurde durch den Verteidiger, Quast, vertreten.

Die Anklage lautete: Der Iwan beeinträchtigt den Aufenthalt in der Sommerfrische vor Leningrad mutwillig. Er verhindert die Einnahme von Speisen zu regelmäßigen Zeiten, indem er mit seinen Waffen leichtfertig hantiert. Er erzeugt sinnlosen Lärm. Er bedient sich hinterlistig der Leistungskraft von zehn Millionen bolschewistischer Mücken, die den Sommerfrischlern das Beste abzapfen, was die Welt kennt: deutsches Blut!

Je mehr getrunken wurde, desto irrsinniger wurden die Formulierungen, die sich die Vertreter der Sumpfjustiz mit höchster Lautstärke zuschrien. Die Quastschen Argumente für das Verhalten der Russen hatten hochverräterisches Format. Zuschauer und Beisitzer fielen vor Lachen und Begeisterung fast unter die Bank. Heberle brüllte Hapf an: »Wenn Sie weiter so lahm anklagen, Sie Ankläger, dann spreche ich den Iwan frei, und wir gehen alle nach Hause!« Der Feldwebel lallte dazwischen: »Das is' gut. Wollten wir nich' mal nach Leningrad? Mal ehrlich, was wollen wir überhaupt hier in Rußland?« Sand belehrte ihn: »Wodka!« Heberle beschimpfte Quast: »Was hat denn Bismarck damit zu tun? Und Yorck? Sie machen ja Propagandasprüche für die Rote Armee, Sie Kommissar!« Und Hassel drohte: »Was soll denn der Führer von Ihnen denken, Genosse Quastinow?« Michel gröhlte: »Ich sehe keinen Führer. Seht ihr hier den Führer? Ich glaube, der sucht seinen Krieg. Er kann ihn in der ganzen Scheiße nicht wiederfinden!« Lieven rief: »Hast du gesagt, er hat ihn verloren?« Darauf Michel: »Ich? Du hast das gesagt, du lockere Zunge! Kinder, gebt dem Lieven was zu trinken, solange er seine Gurgel noch hat!« Schließlich fällte Heberle den Spruch gegen den Iwan: »Unser Bruder im Sumpf wird verurteilt, nicht mehr zu schießen. Er soll sofort seine Telefonistinnen vorzeigen!« Damit erhob sich Heberle schwankend, stülpte mit grotesken Verrenkungen die Mütze auf den Kopf, erklärte mit schwerer Zunge: »Und das sag' ich ihm jetzt selbst«, und stürzte aus der Tür.

Quast stotterte in das trunkene Staunen hinein: »Den sind wir gleich los, wenn wir ihn nicht festhalten!« Sie wankten hinterher. Heberle hatte das Bunkerdach erklommen. Jetzt stand er aufrecht da, mit ausgebreiteten Armen, und wollte eine Rede beginnen. Hassel und Quast rissen ihm die Beine weg. Er rutschte wie ein Sack in den Einstieg. Sie fielen johlend in dem engen Stollen übereinander. Da eröffneten mindestens drei MGs von drüben das Feuer. Und Heberle gluckste: »Der Iwan ist ein Spielverderber. Nix Kultura!«

Acht Wochen später, erinnert sich Quast, saßen sie im Troßlager des Bataillons. Eine Ordonnanz aus dem Kasinobunker war gekommen, hatte die Aufforderung überbracht: »Lauschtruppführer Heberle zum Kasinoabend!« Heberle hatte ihn wegge-

schickt: »Entweder kommt der ganze Trupp oder gar keiner!«
So waren sie alle eingeladen worden. Sie kamen in Weiß. Die
Offiziere begrüßten sie gröhlend: »Lausch, was kommt von
draußen rein… Lauter weiße Engel!«
Es gab Wortgefechte mit den jungen Leutnants. Sie waren nur
wenig älter als Hapf, Hassel, Quast und Sand und nur wenig
länger aus der Schule. Der Stabsarzt erzählte Sauereien, versank
dann sentimental in der Flut der Erinnerung und stammelte immer wieder: »… ihr eine Praline nach der anderen reingesteckt!
Und dann ganz genüßlich rausgefressen!« Er lispelte dabei.
Quast, dem der Lärm auf einmal lästig wurde, trat vor das
Blockhaus, wo er auf einen Leutnant stieß, der seine Hose zu-
knöpfte. »Nehmen Sie Haltung an, wenn Sie einen preußischen
Leutnant sehen!« Quast dachte heiter: Bei jedem wirkt der Suff
anders. Er nahm die Hacken zusammen. Der Leutnant trat dicht
an ihn heran. Zwei Kinder in Uniform standen sich gegenüber.
»Abitur?« – »Jawoll, Herr Leutnant!« – »Warum sind Sie nicht
Offizier?« – »Zu scharf nachgedacht, Herr Leutnant!« – »Sie
sind ja besoffen!« – »Jawoll, Herr Leutnant. Innerlich!« – »Wetten, daß Sie umfallen, wenn ich Sie anstoße? Äußerlich!?« –
»Ich nicht, Herr Leutnant!« Quast stellte einen Fuß zurück. Der
Leutnant rief: »Ha, das gilt nicht. Die Füße bilden nicht ganz
einen rechten Winkel …« Quast zog den Fuß heran. Der Leutnant tippte ihn an. Quast fiel um wie ein Brett. Der Leutnant
kicherte, bis er außer Atem war, während Quast hochzukommen
versuchte. »Und Sie wollen den Krieg gewinnen, Gefreiter? Sie
können ja nicht mal auf Ihren Füßen stehen!« – »Strammstehen
tut's nicht, Herr Leutnant! Wer zuviel strammsteht, dem sackt
das Rückgrat in den Arsch!« – »Ein deutscher Offizier steht wie
eine Eiche, Gefreiter!« Der Leutnant stand stramm. Quast
sagte: »Ein Tipp genügt, und schon liegen Sie da!« – »Wo der
deutsche Soldat steht, da …, also da …« – »… bleibt kein Auge
trocken. Bis einer mal tippt, Herr Leutnant!« – »Tippen Sie!« –
»Befehl?« – »Befehl!« Quast tippte. Der Leutnant fiel um,
rutschte auf dem Boden herum wie ein Schwein, das Bucheckern
sucht, rappelte sich hoch und schrie: »Wissen Sie eigentlich, was

128

Sie getan haben? Sie haben einen Offizier angefaßt!« – »Ein Befehl ist mir heilig, Herr Leutnant!« Der Leutnant schnappte nach Luft, klatschte in den Schlamm und schnarchte. Quast tastete sich in den Bunker zurück.

Die Saufabende bei der Nachrichtenstaffel des Sturmbataillons sind dagegen sanft. Die Männer sitzen zwischen geputzten Waffen, randvollen Munitionskästen, gepflegten, nagelneuen Geräten, Sammlern, Kabeln, Feldfernsprechern und Klappenschränken.
An den Waffenröcken fehlt kein Knopf, an den Stiefelsohlen kein Nagel. Was sie tun konnten, ist getan. Sie lassen sich langsam vollaufen und tauschen genießerisch Weibergeschichten aus. Jeder sieht sich als Helden, dem keine Frau widerstehen kann. Aber Quast bedrückt die Armseligkeit hinter diesen breit ausgemalten Aufschneidereien: Stunden in verräucherten Kneipen, seichtes Geschwätz bei dünnem Bier, unbeholfene Berührungen, verstohlene Kopulationen in Straßengräben, Mauernischen und verdunkelten Hausfluren. Stöhnen und Gerangel zwischen grobem Tuch, ausgeleierten Hüftgürteln, Hosenträgern und Koppelzeug. Schwaden von billigem Parfüm und Ausdünstungen schlecht gewaschener Leiber. Die Mischung von Zärtlichkeitsbedürfnis, Geschlechtshunger und Barmherzigkeit bei den Frauen. Trieb und verzweifelte Gier bei den Männern. Verzicht auf innige Töne und zarte Gesten. Zittrige Hast, fahrige Ungeduld, Nichtwartenkönnen. Nimm heute, was du kriegen kannst. Schon morgen bist du tot oder verstümmelt.
Quast schüttelt den Kopf, als er erzählen soll. Was kann er schon berichten? Scheues Betasten, aufgeregte Küsse, neugierige Hände auf kindlichen Körpern – und dann Vera, die ihm entglitt, bevor sie ihm noch wirklich begegnet war.
Sie lassen sich auf ihre Lager fallen. Schwer von Alkohol und wirren Traumbildern.

Vier Uhr morgens. Der Alarm kommt ohne jede Vorwarnung. Sie knurren zwar schlaftrunken, aber Gepäck und Gerät sind in

Windeseile verladen, und eine Stunde später rollen sie in einer Kolonne grauer Anderthalbtonner ins Frontgebiet. Bald stehen neben der Straße Säulen aus Rauch und Erdbrocken. Die Wagen tauchen in eine Senke hinab. Zu beiden Seiten Stoppelfelder. Jeder Lkw macht eine scharfe Linkskurve gegen die Fahrtrichtung, steht mit dem Kühler fast schon wieder in Richtung Hinterland. Die Männer springen ab. Waffen herunter, Geräte, Alarmausstattung an Munition. Staubfahnen verwehen, Rauchpilze und Erdfontänen steigen zwischen ihnen auf. In langen Reihen mit fünf Meter Abstand von Mann zu Mann marschieren sie in Richtung Front, während die Wagen mit Vollgas die Straße räumen.

Quast hört, wie Haldinger zum Funkstaffelführer sagt: »Ab morgen früh Müller und Quast zu mir!« Quast freut sich. Unteroffizier Heinz Müller ist lang und knochig. Er sorgt für seine Leute wie eine Henne für ihre Küken, ist witzig, bauernschlau und umsichtig. Er ist Gutsinspektor gewesen. Oft schmunzelt er über Quast und dämpft dessen Unrast. Wenn er spricht oder lacht, verzieht sich seine große Nase. Es sieht so merkwürdig aus, daß sich alle Mienen aufhellen, wenn er nur auftaucht.

Die Stellung sticht zu beiden Seiten eines Bahndammes wie ein Pfeil ins Feindgebiet hinein. Sie heißt »Pfeilstellung«. Die Bahn überspannt mit einer steinernen Überführung einen Bachgrund, die Kusminka-Schlucht. Der Bataillonsbunker liegt am Steilhang des Einschnittes. Oberhalb davon, in den Bahndamm hineingesetzt, liegt der Bunker der Nachrichtenstaffel.

Die Einheiten, die die Pfeilstellung halten, haben bisher russische Angriffe abgewehrt und verlorengegangene Grabenabschnitte in Nahkämpfen Meter für Meter wieder nehmen können. Sie haben sich fast dabei verblutet. Die nächsten feindlichen Angriffe werden, weil auch die russischen Verluste schwer waren, nicht vor Mitte des nächsten Tages erwartet. Das Bataillon wird in den Abschnitt rechts vom Bahndamm, genannt »Rechter Pfeil«, hineingeschoben, die geschwächten Grabenkompanien können enger zusammenrücken. »Die blödeste und ungünstigste Stellung«, sagt Müller, »die ich je gesehen habe.« Er muß es wissen, er war in Frankreich und Jugoslawien, er ist in Sewasto-pol, bei den Waldkämpfen vor Gaitolowo und am Pogostje-Kessel dabeigewesen.

Der Kommandeur flucht. Die Munitionskolonne ist ins Feuer geraten und hat sich festgefahren. »Es gibt eine Schweinerei«, hört Quast ihn sagen, »wenn wir die Munition nicht sofort ran-kriegen.« – »Wir haben Zeit, Herr Major«, hat der Adjutant gesagt. Darauf der Major: »Wir haben keine Zeit, das spür' ich im Urin!«

Abends gehen die Spannungsanzeiger aller Funkgeräte plötzlich auf Null. Die Sammler sind leer. Was mit ihnen geschehen ist, bleibt unerklärlich. Sie sind von der Armee geschickt worden. Sabotage? Fehler beim Aufladen? Quast wird beauftragt, neue Sammler bei einer Nachschubstelle zu holen. Es dunkelt. Der ganze Abschnitt liegt unter Störfeuer. Auch die deutsche Artille-rie streut die gegnerischen Stellungen und Bereitstellungsräume ab. Leuchtkugeln steigen hoch, verflackern. Es ist naßkalt. Quast fröstelt. Er klettert ins Führerhaus eines Lkw. Sein Fahrer ist ein schweigsamer Bayer, der auf dem gleichen Weg Schanz-zeug besorgen und Quast mit den Sammlern wieder nach vorn bringen soll. Nach einstündiger Fahrt ist Quast am Ziel. Er springt vor einem Gehöft auf die zermahlene Straße. Es stellt sich heraus, daß das Gerätedepot keine Anweisung bekommen hat, Sammler auszuhändigen. Der schriftliche Auftrag von Hal-dinger bewirkt nichts. Der Wachtmeister, der anscheinend ge-schlafen hat und in Pantoffeln mürrisch und gereizt in der De-potschreibstube vor dem Wandbrett mit den Materialaufstellun-gen und einem Foto von Marika Rökk steht, will den Gefreiten Quast wegschicken. Der stellt sich so hin, daß der Wachtmeister die Tür nicht schließen kann und sagt: »Rufen Sie doch an – beim Armeenachrichtenführer, beim General, beim Sturmba-taillon, bei – ach, weiß der Teufel, wo!« – »Wie komm' ich dazu? Ich brauch' die NC Achtundzwanzig für meinen eigenen Ver-ein!« Darauf Quast: »Ich möchte nicht in Ihrer Haut stecken, Herr Wachtmeister, wenn ich ohne Sammler nach vorn komme, und dann die Meldung an den General geht!« – »Haben Sie

Zeugen, daß ich nicht gewollt habe?« – »Na klar, der Fahrer ist gleich da, und außerdem geh' ich nicht weg, bevor Sie eine Erklärung unterzeichnet haben!« – »Und wenn ich das nicht tue?« – »Dann ist der Fahrer mein Zeuge, Herr Wachtmeister!« – »Ich sollte Ihnen den Arsch aufreißen!« – »Sie können höchstens mal dran lecken, Herr Wachtmeister!« Hinter ihnen quietschen die Bremsen des Lastwagens. Quast sieht den Wachtmeister erbittert an. Der starrt gehässig und sagt schließlich: »Na schön.« Die Sammler, die er Quast aushändigt, sind schlecht aufgeladen. Aber das merken sie erst am nächsten Tag.

13

Autor: Dieses Nebeneinander von Blut und Schrecken, und dann diese urgesunde Lena – haben Sie denn da nicht gemerkt, daß Liebe mehr Spaß macht als Krieg?

Quast: Nein, darauf bin ich nicht gekommen. Und ich bin froh darüber. Denn es hätte mich so demoralisiert, daß ich vor die Hunde gegangen wäre.

Es ist fünf Uhr früh, als Quast sich endlich auf einer verlausten Pritsche im Nachrichtenbunker ausstrecken kann. Und es ist sechs, als er wachgerüttelt wird. Seit einer Viertelstunde trommeln die Russen mit allen Kalibern auf die Stellung und die rückwärtigen Verbindungen. Quast hat in seinem betäubungsähnlichen Schlaf nichts davon bemerkt. Heinz zerrt ihn hoch und schreit: »Hör auf zu träumen, wir müssen sofort zum Major!« Quast rafft sich hoch, taumelt zum Funkgerät, benommen von Schlaf und Höllenlärm. Da tut es einen Donnerschlag. Die Bunkerwand splittert nach innen. Er wird zu Boden geschleudert. Es fetzt ihm die Brille vom Gesicht, ein Glas wird herausgedrückt. Blut läuft ihm aus der Nase. Er tastet nach dem Gerät, im Bunker ist nichts zu sehen vor Staub. Neben ihm wimmert einer: »Sani.« Aus einer Ecke kommt Stöhnen. Quast sucht aufgeregt seine Brille. Er findet sie unter sich in den Trümmern, sogar das Glas, unbeschädigt. Er packt das Gerät, schleppt sich ans Licht. Plötzlich kniet Heinz neben ihm, nimmt ihm den Kasten ab. Beide jagen und stürzen in den Talgrund hinunter, zum Kommandeur. Der zischt sie durch die Zähne an: »Aha, die Herren

133

Funker treten auch schon in die Arena! Reißt euch bloß kein Bein aus! Herrgottnochmal, der Iwan wartet nicht, bis ihr aufgestanden seid!« Die Lage ist also beschissen, denkt Quast. Der Alte kann nichts befehlen, weil er nicht weiß, wo der Iwan die Partie eröffnet. Und Munition ist auch nicht genug vorn.

Ein paar Minuten später hat Quast die erste Kompanie im Hörer: »Wo bleibt Munition? Stärkstes Feuer genau im Graben.« Nach etwa einer halben Stunde: »Feind greift an! ... Feind eingebrochen, rechter Flügel.« Später: »Einbruch bereinigt. Brauchen dringend Handgranaten und Munition.« Quast antwortet: »Zwei Kolonnen unterwegs.« Der Kommandeur hat sie aus Leichtkranken, Schreibern und Küchenkommandos zusammengekratzt. Aber dann kommt der Spruch: »Haben uns verschossen! Greifen an!« Danach bricht die Verbindung ab. Auch zu den anderen Kompanien wird sie schwächer. Mit unverminderter Wucht decken Salven russischer Artillerie und Stalinorgeln den Gefechtsstand ein. Es ist kein Zeichen mehr zu verstehen. Quast nimmt das Gerät, wirft sich damit vor den Eingang an den Abhang.

Erregt wie er ist, spricht er mit sich selbst: Und jetzt, flüstert er, jetzt wirst du mit gaanz zarten Virtuosenfingerchen gaanz langsam und gaanz gleichmäßig die Frequenz abfühlen. Laß doch die Erde beben. Du bist jetzt nur noch Ohr. Laß die Böschung wegrutschen wie rote Grütze, laß den Bach im Trichterbrei versickern. Laß die Laufgrabenbretter wie Herbstlaub durch die Luft wirbeln. Du mußt in dem Höllenkonzert deine Leute finden. Also drück dir die Kopfhörermuschel ans Ohr, bis es schmerzt. Da kommt erst einmal brüllend laut ein Iwan im Sprechverkehr, dazwischen orgelt ein dicker Sender russische Zahlengruppen, da fiepsen die Deutschen ihre Buchstaben im Fünfer-Code. Da stottert einer über die Taste. Da perlt ein anderer mit Tempo hundert einen Spruch durch. Sein Sender schwankt, die Töne jagen hoch bis zur Unhörbarkeit und sacken dann hinunter bis zum Gebrumm einer Riesentuba. So, Quast, in diesem Dschungel wirst du die Gegenstelle finden. Du mußt deine Leute raushören, Mann! Ihr Leben kann davon abhängen.

als er in die überheizte, stinkende Höhle zurückschlurft. Aber daraus wird nichts.

Kaum hat sich das ganze Bataillon in der Stellung eingerichtet, kaum haben sich die schweren Maschinengewehre, die Granatwerfer, kaum hat sich die Sturmbatterie eingeschossen, da werden sie wieder herausgezogen. Sie werden durch eine Entlausungsstation geschleust. Sie ist in einem alten Fabrikgelände eingerichtet. Die Männer haben nur Sturmgepäck bei sich. Entlaust werden alle Textilien, die sie am Körper tragen. So stehen sie schnell unter den Brausen, die an die Decke einer rechteckigen Halle mit Fliesenboden und gelbgrauen Backsteinwänden montiert sind. Die verkrampften, mißmutigen Mienen lösen sich, die froststeifen Körper werden locker. Quast denkt: Wenn die Uniform runter ist, wirken sie erbärmlich. Die rotgegerbten Gesichter und Nacken lassen die weißen, teilweise pickeligen Körper abstoßend wirken. Keiner hat auch nur ein Gramm Fett zuviel drauf. Bei manchen zeichnen sich die Rippen ab. Viele sind recht muskulös, besonders an Beinen und Armen, von endlosen Märschen, vom Schleppen der MGs, der Granatwerferteile, der Munitionskisten. Und bei fast allen kann man die Einsätze an den Narben ablesen. Dieser Durchschuß ist vom Dnjepr, dieser Streifschuß von Feodosia, diese Splitterdelle von Gaitolowo, diese vielen bräunlichen, ungleichmäßig zusammengezogenen Löcher sind von einer Mine vor Winjagolowo. Als sie da alle nicht als Gefreite, Obergefreite oder Unteroffiziere unter den Wasserstrahlen stehen, sondern als Männer und sich ihrer Körper und ihrer Nacktheit bewußt werden, fliegen Zoten und derbe Scherze hin und her. Sie bezweifeln gegenseitig ihre Potenz. Paul ruft Albert zu: »Jetzt weiß ich wieder, wieso die dicke Bahnhofsschwester dir damals zum Abschied eine reingehauen hat!« Dabei zeigt er johlend auf Alberts schrumpeliges Glied. Albert läßt sich den Mund voll Wasser laufen und spuckt Paul mit scharfem Strahl in die Augen. Gelächter brandet auf, sie sind ausgelassen. Aber das Lachen wird bald matt. Sie sind müde. Das Wasser ist nicht mehr heiß genug. Sie frösteln.

Ein paar Stunden später sitzen die Männer unterm Weihnachtsbaum. Die Nachrichtenstaffel zusammen mit den Resten der ersten Kompanie. Solche Feiern sind Quast ein Greuel, sie beginnen mit markigen Ansprachen, werden lustig, dann sentimental und ertrinken in Strömen von Alkohol. Quast empfindet sie als Heuchelei. Was wird da eigentlich gefeiert? Er ist nicht erpicht darauf, Wache zu stehen, aber heute ist er froh, neben dem sorgfältig zugedeckten MG am Dorfausgang auf den Waldrand zu starren und den Schnee unter den Stiefeln knirschen zu hören. Es ist kalt. Neun Grad minus.

Plötzlich rauscht eine Rollbahnhure, so nennen die Landser die russischen Nachtflugzeuge, mit abgestelltem Motor und pfeifenden Spanndrähten über das Dorf. Doch der Pilot zielt schlecht. Eine Traube kleiner Splitterbomben kleckert in den Waldrand, der Bombenbehälter poltert hinterher. Quast kichert leise und sagt, nachdem die Detonationen verrauscht sind, in die Stille: »Frohe Weihnachten, Iwan!« Aus den Katen dringt wieder lau-Gesang. Quast steht unbeweglich. Er weiß, daß er sich mit seiner Heiterkeit etwas vormacht. Er denkt: Vor ein paar Tagen sind sie noch derart voller Vernichtungswut gewesen, daß sie stehend freihändig die Magazine ihrer Waffen gegen die Russen leergeschossen haben, auf den Uniformen die Spritzer vom Blut ihrer Freunde und Kameraden. Und jetzt sitzen sie da in ihrem Mief und lallen »Stille Nacht, heilige Nacht«.

Aber dann merkt er: Das ist es gar nicht, was ihn aufbringt und verwirrt. Er ist erschüttert von der Nachricht, daß Heberle und Sand gefallen sind. Im Vorfeld durch ein russisches MG. Und Hapf liegt mit zerschossenen Knien im Lazarett. Sein Freund Heberle ist tot, er sieht sein breites Lachen vor sich und seine hellen Augen, aus denen Humor und Rauflust und Verläßlichkeit sprachen, und das Grinsen von Sand, der immer die Zigarette im Mundwinkel hatte – und er, Quast, steht hier in diesem fremden Land und glotzt auf einen Waldrand. Er fühlt sich ohnmächtig unter dem Gewölbe des schwarzblauen Himmels und dem Gefunkel der Sterne. Er ist tieftraurig. Aber zugleich ist er so spürbar lebendig. Er steht da und kichert schadenfroh über die Ungeschicklichkeit eines Russen. Und Heberle ist tot.

Am Anfang des neuen Jahres werden sie für ein paar Wochen als Lehrbataillon für Offizierskurse eingeteilt. Sie haben einen geregelten Dienstplan, wenig Exerzieren, aber viel Geländedienst.

Eines Tages liegt Quast im Gebüsch neben Leutnant Penkert, einem ernsten, straffen Mann mit Hornbrille und langen Musikerhänden. Vor ihnen auf der Lichtung spritzt die Erde hoch. Die Granatwerfer schießen mit scharfer Munition. Jetzt springt die Feuerwalze weiter auf das Wäldchen. Penkert sieht auf die Uhr und gibt das Zeichen: Angriff! Sie arbeiten sich schulmäßig über die Lichtung vor. Als sie den Wald erreichen, liegt das Feuer schon auf dem Hang dahinter. Waldgefecht. Schuß aus der Hüfte. Dann kniend. Jetzt liegend aufgelegt. Pappkameraden im Geäst. Die Grenadiere fetzen sie herunter wie Jahrmarktsblumen. Jetzt der Hang. Sie stürzen aus dem Wäldchen hinauf. Aber, um Himmels willen!, das Feuer springt nicht weiter! Hundert Mann liegen wie festgenagelt im eigenen Granatwerferfeuer. Plötzlich in Todesangst. Penkert brüllt zu Quast: »Geben Sie durch: Feuer einstellen. Feuer liegt zu kurz!« Quast schreit schon ins Mikrofon. Doch er bekommt keine Antwort. Er denkt: Der Empfang ist durch den dichten Wald behindert. Er stellt sich aufrecht hin. Schreit wieder ins Mikrofon: »Feuer liegt zu kurz, ihr Pfeifen. Zu kurz!« Endlich schlägt das Feuer hinüber in den Graben, den sie aufrollen sollen. Quast beobachtet fasziniert, wie hinter der Feuerwelle die Grenadiere ihre Handgranaten plazieren, auf die Deckung springen und den Graben mit Sturmgewehren abmähen, einen Panzer mit Nebelkerzen blenden, Hafthohlladungen ansetzen.

Pause. Quast wird vor die Gruppe der Lehrgangsoffiziere befohlen. Da steht er, mit zerrissener Uniform und verrutschter Dienstbrille. Er erhält einen Abend Sonderurlaub wegen seiner Unerschrockenheit. Als einer der Umstehenden witzig sein will und ihn fragt, ob er das öfter mache – sich ins eigene Feuer stellen, antwortet er: »Nur wenn's nötig ist, Herr Leutnant!«

Die Kompanie ordnet sich zur nächsten Angriffsphase. Die schweren Granatwerfer schießen sich auf das vor ihnen liegende, flach abfallende Gelände ein. Dann geht's in scharfem Tempo aus dem Graben heraus und auf die Baumreihe zu. Leutnant Penkert läuft zwischen der ersten und zweiten Linie, neben ihm Quast mit Kopfhörer und Kehlkopfmikrofon. Sie keuchen, aber sie sind guter Dinge. Der Angriff läuft nach Plan. Der Funkverkehr klappt. In einer halben Stunde wird die Übung beendet sein.

Die erste Linie hat die Baumreihe schon erreicht, als Quast der Atem stockt: Ein halbes Dutzend schwerer Einschläge fährt brüllend zwischen die Bäume, alles ist in Rauch und Erdschleier gehüllt. Quast schreit ins Mikrofon: »Feuer einstellen! Feuer einstellen!« Fünf Mann winden sich blutend auf dem krümeligen Boden. Einer liegt still, mit aufgerissenem Leib, ein Bein am Unterschenkel abgetrennt. Der Schienbeinknochen glänzt weiß im roten Fleisch. Als sie den Verstümmelten umdrehen, ist er schon tot. Auf seiner Brust leuchten EK-Band, Sturmabzeichen, Gefrierfleischorden und Verwundetenabzeichen, an seinem Oberarm das Krimschild. Einer sagt: »Ich kenne ihn schon von Banja Luka. Scheißkrieg, verdammter!«

Die Übung wird abgebrochen.

Abends sitzt Quast im Soldatencafé. Die untersetzte Estin, der er einen Kinobesuch anbietet, ziert sich. Schließlich verschwindet sie mit einem Unteroffizier, der sie duzt und mit einem dikken Lebensmittelpaket unterm Arm daherkommt. Quast vergißt das Mädchen und geht allein ins Kino. Aber er nimmt kaum wahr, was auf der Leinwand vor sich geht. Der Schock sitzt ihm noch immer in den Gliedern.

Am nächsten Tag teilt Heinz ihn zum Kartoffelschälen ein und hinterher zum Reinigen des Raumes mit den Wannen und den Kisten für die Schalen. Heinz geht, ein Lächeln in den Augen, das Quast nicht deuten kann. Das Lärmen des abmarschierenden Schälkommandos verliert sich hinter der Baracke. Quast ist allein mit Lena, einer prallen Estin, die Anfang Zwanzig ist und lange Beine, feste Waden, einen großen Mund mit starken Zähnen und blanke hellgraue Augen hat. Es ist warm und feucht im Raum. An den grüngestrichenen Wänden schlägt sich Kondenswasser nieder. Quast ist eifrig mit Besen und Lappen am Werk.

Aber er kann seine Augen nicht von Lena lassen. Der Kittel klebt ihr, schwer vom Wrasen der Küchenbaracke, am Körper. Quast sieht, daß sie nichts drunter trägt. Sie haben schon in den vergangenen Wochen manchmal einige Worte gewechselt. Lena hat etwas von einem warmen, gutartigen Tier an sich, von einer Stute, hat Quast gedacht, man möchte sie einfach anfassen. Es muß guttun, an ihr zu liegen, ihre langen blonden Haare zu packen. »Auf Lenas Busen könnte man Läuse knacken!« sagen die Landser. Aber an Läuse denkt Quast nicht, wenn er die Brüste unter dem Kittel sieht. Es ist still draußen. Niemand ist in der Baracke. Lena sagt: »Ich wisch' mal den Tisch ab. Machst du sauber da drunter?!« Sie geht nicht aus dem Weg. Und so hat er ihr rundes Hinterteil direkt vor den Augen, und dann dreht sie sich um. Eigentlich will Quast scherzen, will »Eisblume« und »nordische Knospe« zu ihr sagen und sie so zum Lachen bringen, weil er sich einfach nicht sattsehen kann an Lenas Pracht- zähnen und dem rosigen Zahnfleisch zwischen den vollen Lip- pen. Aber als er an ihr hochblickt, merkt er, daß sie ihn anlächelt und doch ganz ernst dabei ist. Quast muß schlucken. »Mein kleiner Kartoffelkrieger«, sagt sie leise zu ihm. »Nun hol dir aber endlich, was du haben willst.« Und Quast holt es sich. Lena ist erfahren und sinnlich. Sie läßt Quast glauben, er sei ein Verfüh- rer. Quast hat Lenas Kittel geöffnet. Er starrt auf die strotzen- den, rötlich-braunen Brustwarzen, auf die porzellanweiße Haut und das bläuliche Aderngeflecht darunter. Auf die runde Grube ihres Nabels, den Leberfleck über den kupferblonden Locken, die seidige Innenfläche der Schenkel. Sein Blick ist glasig wie der eines Säuglings, der, rotgequollen vom Schreien, endlich gestillt wird. Lena lobt Quasts findige Hände, ist entzückt über seinen schlanken Körper und staunt darüber, wie erregt ihr junger Hengst ist. So seufzen sie zwischen Kartoffeltrögen, die Holz- bank knarrt, und von Lenas Gestammel, von ihrem singenden Estnisch versteht Quast kein Wort. Lenas Schrei, dieser Urlaut aus Verzückung, Schmerz und Jubel, geht unter im Motorenlärm einer Rotte Schlachtflieger, die, schwerfällig unter der Bomben- last, in der Nähe startet und über die Baracke hinwegtaumelt.

14

Autor:	Haben Sie da draußen vor Leningrad auch mal an Zuhause gedacht?
Quast:	Nie. So verschwollen es klingen mag: Meine Heimat war das Bataillon.
Autor:	Man hört aber doch von der Sehnsucht der Männer ...
Quast:	Gewiß, die hatten Bindungen. – Ich hatte keine, glücklicherweise ...
Autor:	Und Ihre Eltern?
Quast:	Ich dachte, ich sei ja auch für sie im Krieg. Und die anderen waren verantwortlich für ihre Frauen und Kinder. Diese Verantwortung hatte ich nicht.

Als Quast ein paar Tage später in den Graben einer Pionierkompanie hineinstapft, um dort eine Funkstelle einzurichten, und dabei in den Nachthimmel starrt, da ist ihm längst klar geworden, daß nicht er Lena erobert, sondern sie ihn sich genommen hat. Aber er ist nicht böse darüber. Eine Welle von Dankbarkeit durchströmt ihn. Bei Frauen wie Lena, denkt er, kann man den Krieg glatt vergessen. Doch da zischt plötzlich das Geschoß einer Ratsch-Bumm knapp über seinen Kopf hinweg. Quast duckt sich hinter die Deckung. Dann richtet er sich im Bunker ein. Hörer auf. Rufzeichen. Viktor, Viktor, Viktor, Abstimmung. Verbindung ist aufgenommen mit Lautstärke fünf. qtr? – haben Sie genaue Zeit? ka – ich habe Spruch für Sie. kr – dringend. Der Gefreite Quast ist an der Arbeit. Lena? Keine Zeit für Lena.
Die Stellung der Kompanie, an die man ihn ausgeliehen hat, liegt nordostwärts vor den Ssinjawino-Höhen. Obwohl der Schnee gnädig die verwundete Erde zudeckt, ahnt Quast die Feuerstürme, die hier getobt haben, als die Russen die Landverbindung in das gequälte,verhungernde Leningrad hinein erkämpften, Anfang 1943.

Er ist abends losgezogen. Mit einem Akja, auf dem Gerät, Waffe und Gepäck verstaut sind, vorbei an ausgebrannten Panzern und Sturmgeschützen, durch Nebelwerferstellungen hindurch. Es ist kalt, der Horizont flackert vor ihm im Halbkreis. Von Zeit zu Zeit peitscht ein Gewehrschuß, knattert eine MG-Garbe. Der Schnee knirscht, der Akja macht ein schleifendes Geräusch. Quast hat die Karte studiert, er weiß, daß er aus dem Rest des Waldes hinaus auf die freie Pläne muß, um dort nach etwa hundert Metern im Graben der Pionierkompanie Deckung zu finden.

Doch als plötzlich eine Stimme ertönt, durchfährt ihn der Schreck. »Wenn du jetzt noch zwei Minuten so weitergehst, bist du drüben!« sagt unmittelbar neben ihm der Posten, den er unter den Schneetüchern im Unterholz nicht hat erkennen können. »Mensch, hab' ich mich erschrocken!« stöhnt Quast. – »Besser einmal erschrocken, als den Löffel für immer weglegen!« – »Wo muß ich denn lang?« – »Rechts am KW Eins vorbei, wo das Geschützrohr hinzeigt. Leise gehen!«

Quast findet den Graben. Der Leutnant ist froh. »Ohne Funk können wir hier einpacken. Sie haben die Stellung ja gesehen.« Aha, denkt Quast, darum haben sie sich einen Funker vom Sturmbataillon ausgeliehen. Der Stützpunkt ist nur über freies Feld zu erreichen. Und wenn Rabatz ist, dann ist das Fernsprechkabel sofort unterbrochen, und sie sind nach allen Seiten abgeschnitten.

Quast kriecht in einen Einstieg, der in Hüfthöhe in die Grabenwand gestochen ist. In der Höhle hinter der Lichtschleuse kann man nur tiefgebückt stehen. Die Luft ist zum Schneiden dick. In einer Ecke schnarcht ein Melder. Ein Unteroffizier faßt mühsam eine Meldung ab und kaut an einem Bleistift. Der Leutnant gibt sich betont lässig und plaudert mit Quast über Teddy Stauffer und Benny Goodman, als säßen sie am Kurfürstendamm. Draußen nimmt der Kampflärm zu. Ein Landser kriecht zu ihnen herein: »Obergefreiter Melzer verwundet, kleiner Finger ab! Schon nach hinten unterwegs!« Der Leutnant pfeift: »Bei mir biste scheen ...«, nickt beiläufig, ohne aufzuhören, steckt sich dann eine Zigarette an und sagt zu Quast: »Um diese Zeit haben wir immer unser Abendsportfest mit dem Iwan. Er ist nicht schlecht im Handgranatenwerfen. Wenn Sie rausgehen und so'n Ding landet bei Ihnen, dann machen Sie sich besser flach!« Er stülpt seinen Stahlhelm auf, tippt mit der Pistole an den Rand, schiebt die Waffe in die Tasche und schlängelt sich aus dem Stollen.

Der nächste Tag bringt außer Scharfschützenduellen und Handgranatenplänkeleien nichts Neues. Quast lugt über den Grabenrand, er sieht das öde Schlachtfeld: Ein paar Drahthindernisse, Schneewälle, zugewehte Trichter, Panzerwracks, sonst endlose, tödliche Leere. Eisiger Wind treibt ihm Pulverschnee ins Gesicht, in weißem Staub verschwimmt der nördliche Horizont, hinter dem sich das Ufer des Ladogasees erstreckt. In der Nacht ist er wieder beim Bataillon.

Ein paar Tage später beginnt die große Offensive der Russen gegen die ausgedünnten deutschen Linien in Ingermanland. Das Bataillon wird hinter der erst wankenden, dann weichenden Front hin und her geschoben, zunächst mit der Bahn. Sie werden beim Ausladen in Krasnoje Selo von Schlachtfliegern bombardiert und beschossen, sind bald schmutzig, verschwitzt und gereizt, haben aber keine Verluste. Dann stellen sich die Anderthalbtonner wieder ein, zerbeult und schlammbespritzt. Die Fahrer grinsen ihnen müde zu. Sie fahren die Männer zu einem Hügelkamm, über dem Rauchwolken stehen. Sie warten in geöffneter Ordnung. Über den Kamm kommen Kübelwagen, hoch bepackt mit Verwundeten. Ein Krad knattert vorüber, zwei zusammengekrümmte Gestalten im Beiwagen. Der Mann auf dem Sozius zieht eine blutige Mullbindenschleppe hinter sich her, sie flattert im Fahrtwind. Von Zeit zu Zeit schlägt auf dem Kamm eine Salve schwerer Stalinorgelraketen ein. Die Splitter jagen mit widerlichem Pfeifen über sie hinweg. Das Warten schlägt auf Magen und Darm. Quast sieht überall hingehockte Grenadiere mit heruntergelassenen Hosen. Eine Art Lampenfieber ist das bei den einen, bei den anderen schon Todesangst. Sie werden aber doch nicht nach vorn in Marsch gesetzt, sondern ziehen, manchmal unter Beschuß durch schwere Artillerie, manchmal im Hagel von Splitterbomben, dicht hinter der Front entlang. »Die Lage ist so unklar, daß die bei der Armee schon gar nicht mehr wissen, wo sie uns zuerst einsetzen sollen ...« hört Quast den Adjutanten sagen. Die Lkw-Transporter nehmen sie wieder auf. Aber schon nach einer Stunde heißt es »Absitzen!«

Sie ziehen vorbei an Landhäusern aus der Zarenzeit, die ihren feudalen Glanz bewahrt haben. Die Jäger mit dem roten Stern fliegen nur ein paar Meter über den Dächern entlang und hacken mit MGs und Kanonen herunter. Quast hat hinter einer Datscha Schutz gesucht. Sie ist von einem Bombentreffer aufgerissen und gibt so den Blick auf fein geschnitzte Türen und Balken frei. Quast kann sich nicht trennen, denn von einer verblichenen Tapete ist eine Bahn heruntergerissen, und auf der darunterliegenden Makulatur liest er: »St. Petersburger Zeitung, Donnerstag, 1. Januar 1876. Redaktion und Comptoir der ›St. Petersburger Zeitung‹ befinden sich am Wosnessenski-Prospekt Nr. 4, gegenüber dem Kriegsministerium zwischen der Kleinen Morskaja und dem Admiralitätspalast.«

Quast erfährt, daß im Circus Ciniselli, auf dem Platz der Michael-Manege, täglich Vorstellungen »in der höheren Reitkunst, Pferdedressur, Gymnastik etc.« stattfinden. Und zur gleichen Zeit, »um 7$\frac{1}{2}$ Uhr« kann man im Theater W. Berg »tägl. kom. und musikal. Vorstellungen in franz., russ. u. dtsch. Sprache« erleben.

Unter den »angekommenen Fremden« im Hotel Demuth sind »der Wirkliche Staatsrath J. v. Kube aus Riga, ein Kornett Mauneskull aus Warschau, die Kaufleute G. Simson und K. Otto aus Berlin, der Negoziant H. Scheberzy aus Paris und Oberst Fürst S. Golizyn aus Moskau«.

Wir haben »hohen Druck über Nordost-Europa und Minus einundzwanzig Grad Celsius«. Ein strammer Winter also.

Die Warschauer Bahn meldet die Abfahrt des Zuges von St. Petersburg nach Gatschino. »Nachm. 5 (1., 2. und 3. Kl.).« Vermutlich pünktlich, aber »der Moskauer Courierzug ist heute um 1 Stunde und 11 Minuten verspätet hier eingetroffen«.

Und »Professor Butlerow hat auf Grundlage von Art. 1566 des Strafgesetzbuches gegen seinen volljährigen Sohn eine Kriminalklage anhängig gemacht, weil sich derselbe ohne väterliche Einwilligung verehelicht hat«. Donnerwetter, diese Dickschädel, denkt Quast.

Die Leuchtspurfäden aus den Bordwaffen eines über den Dächern dahinjagenden LaGG-3 zischen durch die langen Schatten der Häuser. Aber Quast ist entrückt. Er nimmt Anteil am selbstgewählten Ende des Majors N. J. Twanjew, »des Gemahls der Primadonna der russischen Oper, Mme. Platonow«. Er liest »vom Verdacht, daß der Verstorbene vergiftet wurde, da bei der Secirung des Leichnams Spuren von Strychnin gefunden wurden«.

Aber dann heißt es: »... der Inhalt dieser Briefe läßt die Zärtlichkeit erkennen, die er seiner Frau gegenüber empfand; indem er die Verwandten bittet, seine Frau zu lieben und zu achten.« Und weiter: »... aus den letzten Gesprächen, die er mit Bekannten und Verwandten hatte, ist zu entnehmen, daß ihm das Theater, für welches er in der Jugend so sehr schwärmte, in letzter Zeit sehr zuwider geworden war und der Umstand ihm ernsten Kummer bereitete, daß seine Frau der Bühne nicht zu entsagen gedachte.« Armer Hund, denkt Quast, auch daran kann man also sterben.

Man kann ein »großes Zimmer, trocken und warm, mit zwei Fenstern« mieten. Und »eine junge, graue Jaroslawsche Kuh, die am 2. März gekalbt hat, wird mit oder ohne Kalb verkauft. Zu erfragen im Hospital beim Wächter Burmin.«

Neben der Aufzählung der »Todtenmessen für den am 17. Januar verstorbenen General-Gouverneur der baltischen Provinzen, Fürst Peter Romanowitsch Bagration« findet sich die Geschichte der kronstädtischen Kleinbürgerin Awdotja Iwanowna Perow, der »ihr Zuhalter Schtscherbakow« mit einem bereitgehaltenen Rasiermesser gegen drei Uhr morgens »den Hals abgeschnitten hat. Zwar versuchte sich die zu Tode Verletzte noch nach Hülfe umzusehen, aber plötzlich brach sie todt zusammen.« Die gute alte Zeit, denkt Quast und spürt nicht, wie ihm die Kälte durch die Filzstiefel kriecht. Und er leidet achtundsechzig Jahre danach mit dem Inserenten aus der »Gr. Millionaja, Haus 12, Qu. 2.«, der bekanntmacht: »Am 8. März verlief sich ein kleiner langhaariger weiß und schwarz gefleckter Hund mit langen schwarzen Ohren. Dem Ablieferer eine hohe Belohnung!«

Er versucht sich in die »Große, fantastische Vorstellung im Marien-Theater« hineinzuversetzen, die der Magier und Magnetiseur Professor Becker gibt. Und in »das Sommerhaus, bestehend aus 8 möblierten Zimmern, Pferdestall und Remise«, das »nebst Tafel- und Küchengeschirr wie Bettzubehör« vermietet wird. Und dazu »mit Badewanne am Ufer eines großen Sees«.

Küssel, ein schwerer Mann, der einen wiegenden Gang hat, stets erkältet und deshalb nie ohne einen grauen Schal zu sehen ist, muß ihn zweimal rufen, bevor er sich lösen kann von dieser Wandzeitung, die ihn in eine Zeit entführt, in der an der Newa geliebt, gelitten, gefeilscht und geklatscht, aber nicht geschossen wurde.

Das gesamte Frontgebiet ist in Unruhe. Marschkolonnen, Munitransporte, Batterien, Sankas stauen sich auf Straßen und Wegen. Russische Jäger und Schlachtflieger hämmern dazwischen. Von der deutschen Luftwaffe keine Spur.

Quast und Küssel werden zum Kommandeur befohlen. »Sie sind Verbindungsfunktrupp zur Kampfgruppe Gilbach auf den Babelhofer Höhen. Ihr ist das Bataillon zugeteilt. Es sieht so aus, als müßten wir hier in der Gegend den Rückzug decken. Wenn ihr beide nicht funktioniert, dann kommt der ganze Verein in die Klemme. Also macht's gut, Jungs.«

Draußen, im Schatten einer Scheune, zieht Werner von der Schreibstube Quast beiseite und flüstert: »Führerbefehl: Das Letzte hergeben! Kämpfen und halten! Und der OB hat gesagt, die Babelhofer Höhen sind ein Drehpunkt. Merk dir: Höhe hundertzwölf, Höhe hundertfünfunddreißigneun, Tawalachty und Kirchhöhe. Ganz große Oper, sag' ich dir. Wenn der Iwan nach Gatschina durchstößt, ist die Rückzugsschlacht verloren. Entscheidungskampf, heißt es. Gatschina, hat der OB gebrüllt, ist der entscheidende Punkt in der ganzen Armeefront. Je länger wir den Iwan aus Gatschina raushalten, desto besser kriegen sie den ganzen Haufen von den Ssinjawino-Höhen runter und aus den Sümpfen im Nordosten raus. Stell dir doch mal vor: die ganze Artillerie, die Werkstätten, die Trosse, die Depots. Und die Lazarette. Und dann die Landser. Mensch, die werden sich die Sohlen abwetzen!«

Ein Lkw, der nach vorn fährt, hat noch Platz für einen Mann und das Gerät. Küssel steigt schniefend auf die Ladefläche. Während der Wagen anrollt, verabreden sie einen Treffpunkt bei Tawalachty. Dort soll der Stab liegen. Sie winken sich zu. Der Lkw verschwindet im Dunkel. Quast marschiert los.

Am Horizont in ganzer Breite das vertraute Bild: Aufzuckende Mündungsblitze, hochsteigende Leuchtkugeln, flackernde Brände und blutroter Schein. Die Nachtluft zittert vom nahen Gedröhne der Artillerie. Die Straße ist von Trichtern gesäumt und aufgerissen. Am Rand liegt ein totes Pferd. In einem ausgeglühten Lastwagenwrack knackt es. Über allem wölbt sich ein tintenblauer Himmel, zwischen zarten Wolkenschleiern funkeln die Sterne. Kohlschwarz davor das Astgeflecht der Alleebäume.

Quast ist erregt. Er kommt sich zwar winzig vor in dieser dramatischen Kulisse, aber es ist nicht sein Schicksal, es ist das ungewisse Schicksal des Bataillons, das ihn bewegt. Jetzt, da er mutterseelenallein auf den flammenden Horizont zu marschiert, an einer Reihe frischer Gräber vorüber, spürt er, wie stark er mit dieser Gruppe von Männern verwachsen ist. Er sieht den Major vor sich, federnd, unruhig wie ein Rennpferd. Er sieht Heinz, mit irritierend langsamen Bewegungen und den Lachfalten. Er sieht Schröder mit seinen gelben Fingern, den sich keiner ohne Zigarette vorstellen kann. Er sieht Oberleutnant Heide, den Stoßtruppspezialisten, der lächelnd seine russische MPi streichelt. Quast weiß, daß das Bataillon nur an den brenzligsten Punkten eingesetzt wird. Und nun, da zum ersten Mal alle gemeinsam ins Gefecht ziehen sollen, ist er mit Küssel von seinen Kameraden getrennt und den Resten einer Kampfgruppe zugeteilt, die sich bestimmt erst einmal um ihre eigenen Leute und dann um ein fremdes Bataillon kümmern wird.

Der Weg kommt ihm endlos vor. Doch dann wachsen rechts vor ihm die Babelhofer Höhen aus der Nacht. Die Straße schneidet in den Fuß der Erhebung hinein. Ein Posten hält ihn an: »Nicht weitergehen. Der Iwan hat sich vor uns eingegraben!« Quast biegt nach rechts. Da steht Küssel neben dem Lkw. Der Wagen ist teilweise schon entladen, nun fährt er zum Gefechtsstand. Über eine steile Stichstraße erreichen sie eine Häusergruppe zwischen hohen, bizarren Bäumen. Oberhalb der Rollbahn, die sich nach hinten in der Ebene verliert, liegt ein düsteres Gebäude mit gepflastertem Vorplatz. Die oberen Stockwerke starren mit leeren Fensterhöhlen in die Nacht. Doch in den Kellergewölben, die tief in den Hang hineingebaut sind, ist Betrieb. Die beiden haben den Stab erreicht.

15

Autor: Aber nun müssen Sie doch gemerkt haben, daß der Untergang
          unaufhaltsam war …

Quast: Wir hatten andere Sorgen. Die uns auf den Nägeln brannten:
          Funkverbindungen mußten aufrechterhalten, Menschen und Ma-
          terial gerettet werden. Sollten sich andere über den großen Krieg
          den Kopf zerbrechen.

Die beiden melden sich bei einem Hauptmann, der ihnen heiser
befiehlt, ihre Funkstelle einzurichten. Er unterstreicht seine
Worte mit fahrigen Gesten. Sie müssen sich an die Wand des
Kellerganges pressen, denn an ihnen vorbei werden Kisten her-
ausgetragen, der Stab baut ab. Quast und Küssel richten ihre
Funkstelle ein. In einem engen Kellerloch mit dicken Mauern,
für alle Fälle dicht genug neben dem Ausgang. In den Räumen
nebenan arbeiten Funktrupps anderer Einheiten. Sich bei ihnen
umzuhören und etwas über die Lage zu erfahren, bleibt keine
Zeit. Die Bataillonsfunkstelle, Obergefreiter Wellmann, kommt
klar über Sprechfunk. Der Gegenangriff des Bataillons ist im
schweren Feuer der eigenen Einundzwanziger liegengeblieben.
Oberleutnant Heide hat mit seiner Kompanie den bereits verlo-
rengegebenen Höhenkamm erreicht und geht nun wegen der
Verluste durch eigene Artillerie wieder zurück. Die anderen
Kompanien liegen im Häuserkampf. Versprengte und Reste anderer Einheiten werden aufgenommen. Nach links und rechts
hat das Bataillon keinen Anschluß mehr.
Quast streift den Kopfhörer ab, tritt mit Küssel in die Tür und

150

lauscht in die Nacht. Da setzt von rechts Granatwerferfeuer ein. Dazwischen MPi-Garben und Gewehrfeuer. Der Stab hat inzwischen abgebaut. Nur ein junger, blasser Leutnant sitzt mit zwei Funkern in einem Raum, in dem es schimmelig riecht. Quast und Küssel sollen weitere Befehle abwarten und auf Empfang bleiben. Das Feuer schwillt immer mehr an und knallt ohrenbetäubend in die oberen Stockwerke. Sie beschließen, mit dem Gerät nach draußen in einen der Splittergräben neben dem Gebäude zu gehen, weil sie weder die eigenen Worte noch die Gegenstelle verstehen. Dann hören sie wieder Wellmanns Stimme, und dann plötzlich das helle Organ ihres Kommandeurs: »Wir halten die Stellung. Tiefe der Einbrüche links und rechts noch nicht auszumachen. Bitte geben Sie Lage dort!«

Quast überlegt. Soll er sagen, daß das Haus inzwischen unter Infanteriefeuer liegt? Daß der Vorplatz so dicht mit Toten bedeckt ist, daß sie darüber hinwegsteigen müssen? Daß soeben zwei russische Panzer donnernd und kreischend am Haus vorbei durchbrechen und die Straße hinunter in die Ebene jagen? Quast sagt: »Stab verlegt Standort südwärts. Zwei Feindpanzer stoßen in die Ebene hinein. Südrand Tawalachty noch in deutscher Hand.«

Das Feuer läßt nach. Die Russen scheinen sich neu zu ordnen, bevor sie bei Tagesanbruch wieder antreten. Eine halbe Stunde später erbittet das Bataillon dringend – »wiederhole: dringend!« – Aufklärung über die Lage an beiden Flanken und in seinem Rücken. Alle Verwundeten seien verladen. Aber der Kommandeur wolle sie nicht losschicken, denn hinter ihnen sei Gefechtslärm zu hören. Quast und Küssel sehen sich besorgt an. Quast beißt sich auf die Lippen, Küssel zieht hastig an seiner Zigarette und schnieft. Sie springen wieder in den Schutz des Kellers zurück. Die Gewölbe sind verlassen. Niemand ist da, der ihnen die Anfrage des Bataillons beantworten kann. In einem Nebenraum hockt ein Funker vor seinem Gerät. Er weiß nicht, wo der blasse Leutnant und der andere Funker sind, seine Hände zittern. Seine Gegenstelle meldet sich nicht mehr. Er sagt: »Der Iwan muß gleich hier sein! Und was ist mit uns?« Quast sieht nach draußen.

Vereinzelt fallen Schüsse. Es wird hell, aber es kommt Nebel auf. Er sagt: »Wenn keine Infanterie mehr vor uns ist, packen wir ein!«

Dann sehen sie einen Schatten vorsichtig gebückt den Hang heraufschleichen. Sie stellen sich in Deckung, entsichern die Karabiner. Die Gestalt steht zwischen den Toten im Hof, schleicht weiter, zögert, blickt um sich. Da erkennen sie den Stahlhelm: ein Landser. Er atmet auf, als er ihre Helme sieht, denn er hat Russen erwartet. »Mann, ich wollte gerade umdrehen. Hier ist alles im Eimer, hab' ich gedacht. Ich soll hier zwei Funktrupps abholen, seid ihr das?« Quast meldet dem Bataillon Stellungswechsel, dann schaltet er ab. Sie tragen die Geräte leise den Hang hinunter, denn von der Hausecke her hören sie plötzlich russische Laute. Langsam setzt sich der Pferdeschlitten in Bewegung. Mit einem merkwürdigen Gefühl im Rücken stapfen sie lautlos in den Nebel hinein.

Sie arbeiten sich durch den tiefen Schnee zurück. Rechts von ihnen verläuft die Straße, an die sie aus Vorsicht nicht näher herangehen mögen. Zwischen den Nebelschwaden ist sie manchmal als grauer Streifen mehr zu ahnen als zu sehen. Sie hören Motorengebrüll, riesige graue Schemen zeichnen sich einen Augenblick lang ab, verschwinden: die russischen Panzer. Dann haben sie die Orientierung verloren. Auch nach Geräuschen können sie sich nicht richten, die Watte schluckt fast jeden Laut. Doch dann entdecken sie hinter sich wieder das Band der Straße.

Als sich der Nebel schließlich auflöst, als strahlende Vormittagssonne die Ebene überschüttet, haben sie Alexandrowskoje erreicht. Eine winzige Kirche mit kurzem, kräftigem Turm, Baumreihen, weiß bereift. Neben einer aufgewühlten Straße Erdbunker. Sie richten sich im Freien ein, in einem Holzstapel. Die Frequenz ist immer wieder durch dröhnend laute deutsche und russische Funkstellen überlagert. Sie gehen auf Telegrafie über. Das Bataillon ruft erst: »qrm – fremder Störer«, dann: »kr – dringend, erbitten Absetzbefehl, Lage wird unhaltbar. Hohe Verluste. Feindangriffe abgewehrt. Aufklärung ergibt bisher keine Feindberührung Richtung Saizy.« Sie beschließen, auf alles Reglement zu pfeifen und den Kampfgruppenkommandeur selbst um eine Entscheidung zu bitten. Also los, zum Befehlsbunker.

Einige Offiziere mit gezogenen Pistolen stehen an der Straße. Über das freie Feld vor ihnen kommen in Gruppen und breiten Schützenlinien Landser heran, mit schleppenden, wiegenden Schritten. Die Offiziere am Straßenrand winken mit Windmühlenbewegungen und rufen heiser: »Halt! Sofort nach vorn! Nach vorn!« Doch die Landser lassen sich nicht aufhalten. Die Munitionsschützen neben den Trägern der Maschinengewehre drehen mit hocherhobenen Armen ihre Munikästen nach unten: Leer! Die Grenadiere öffnen ihre Patronentaschen. Die Bewegungen sind bleiern, die Gesichter fahl und starr vor Übermüdung. Über dem Höhenkamm am Horizont schwillt das Motorengeheul der Schturmowiks auf und ab, die in die weichenden Nachhuten hineintauchen und sie mit Bomben und Geschoßgarben überschütten.

Quast und Küssel stürzen, vorbei am Posten, der sie mit quergehaltenem Karabiner aufhalten will, die Treppe zum Kommandeur hinunter. Unten ein gespenstisches Bild: Ein quadratischer mannshoher Raum, durch einen Fensterschlitz kaum erhellt. An einer Wand eine Offizierskiste. In der Mitte als Tisch ein Türblatt auf zwei Böcken. Darauf Karten, eine Karbidlampe. Der eisgraue Oberst hat beide Ellbogen aufgestützt, er hat tiefe Falten im grauweißen Gesicht und schwarze Höhlen, aus denen die Augen fiebrig glänzen. Kinn und Mund sind von weißen Stoppeln umkränzt. Neben ihm ein pferdegesichtiger Hauptmann, der die Brauen hochzieht. Vor den beiden Schattengestalten in den zerknitterten Uniformen mit den aufgerissenen Kragen stehen eine Flasche, zwei Gläser, ein Teller voller Zigarettenkippen. Die Luft ist dick von Rauch.

Quast tritt an den Tisch. »Verbindungsfunktrupp Sturmbataillon. Gefreiter Quast und Gefreiter Küssel. Wir bitten, Herrn Oberst dringend sprechen zu dürfen!« – »Sprechen Sie!« – »Das Bataillon erbittet Absetzbefehl!« – »Ach ja, das Sturmbataillon.« Der Oberst tauscht einen müden Blick mit dem Hauptmann. Sagt: »Sie werden es schon erfahren, wenn ich Befehle fürs Sturmbataillon habe, Gefreiter!« Der sagt erregt: »Herr Oberst, das Bataillon ist fast abgeschnitten. Alle Verwundeten sind noch vorn!« Küssel sagt: »Die Flanken sind völlig offen. Es ist allerhöchste Zeit!« Der Oberst starrt auf Quast und Küssel, aber er sieht sie nicht. Er ist am Ende mit den Nerven. Hoffentlich dreht er nicht durch und schmeißt uns raus, denkt Quast. Dann sagt der Oberst leise: »Geben Sie Funkspruch: Absetzen nach eigenem Ermessen!«

Die beiden jagen die Treppe hinauf. Ein paar Sekunden später brüllt Quast ins Mikrofon: »Absetzen! Absetzen! Absetzen nach eigenem Ermessen! Beeilung! Um Himmels willen!« Wellmann antwortet: »Verstanden, absetzen«, und nach kurzem Stocken: »Machen Stellungswechsel. Ende.« Quast spürt in Wellmanns Stimme Erleichterung. Zehn Minuten später schleudern sie ihr Gerät auf einen anrollenden Stabskübelwagen und springen auf die Trittbretter. Die Bomben der drei flach heranfegenden IL 2 gehen neben die Straße. Geschoßgarben fetzen Schindeln vom Kirchendach und punktieren die Mauern. Doch Quast und Küssel geschieht nichts.

Es dämmert schon, als die ersten Männer des Bataillons im Gutshof ankommen. Und es ist dunkel, als der kleine, bullige Oberleutnant Schwarz das Bataillon sammeln läßt. Genauer: die Reste. Quast ist außer sich. Er faßt Heinz, der hohlwangig neben ihm steht, wie hilfesuchend an die Schulter. Mit rund fünfhundert Mann Gefechtsstärke sind sie gestern teils auf Bataillonsfahrzeugen, teils mit der Transportkolonne nach vorn gekommen. Jetzt stehen hier auf dem Pflaster vor den Stallgebäuden noch knapp zweihundertfünfzig Mann. Was aber ist mit den fast einhundert Schwerverwundeten?

Quast stolpert durch die Reihen der schweigenden Männer, die nun im Stroh der Ställe hocken und neue Befehle abwarten sollen. »Wo sind die Verwundeten, wo ist der Kommandeur?« Die Männer blicken an Quast vorbei, zucken die Schultern. Unteroffizier Leschinski von der Meldestaffel steht totenblaß abseits, an der Wand einer Wagenremise, und zupft an einem Strohhalm. »Leschi, du warst doch beim Kommandeur, wo ist er?« Leschi sagt: »Haldinger ist tot.« Schließlich berichtet er.

Der Kommandeur hat die Nachhut eingeteilt, die Marschordnung der Kompanien festgelegt. Er will, vorn im VW-Kübel sitzend, zum Dorfausgang fahren und dort die Lkw-Kolonne mit den Verwundeten, dann die Kompanie an sich vorüberziehen lassen, die über die Straße zurückgeht. Die anderen decken die Flanken. Leschi, der hinten im VW hinter Haldinger sitzt, soll »Leuchtzeichen grün« schießen, sobald der Ortsausgang erreicht ist: das Signal für die Nachhut, sich durch den Ort zurückzuziehen und zu sichern, bis die Lkws mit den Verwundeten weit genug weg auf der Straße sind und die letzten Grenadiere aus dem Ortsrand heraus die Ebene betreten haben. Leutnant Schridde sitzt neben Leschi. Auf dem Verdeck ist ein Verwundeter festgebunden, der einen Lungenschuß hat.

Der VW kurvt um den Straßenknick vorm Ortsende. Der Fahrer flucht über die Schlaglöcher, der Major zieht eine Karte aus der Kartentasche und sagt: »Langsam! Hinter der Kurve steige ich aus. Sie fahren an die Seite und lassen den Motor laufen. Und Sie, Leschinski, warten auf mein Kommando!« Leschi prüft ein letztes Mal die Leuchtpistole, blickt wieder hoch. Da springen plötzlich links und rechts aus dem Gebüsch russische MPi-Schützen, in weißen Tarnhemden. Sie feuern von vorn in die Windschutzscheibe hinein. Fahrer und Kommandeur sinken vornüber, Schridde stößt einen Schmerzenslaut aus. Er und Leschi lassen sich seitlich aus dem Wagen fallen. Der Verwundete auf dem Dach schreit verzweifelt: »Nein, Nein!« Leschi hält die Leuchtpistole hoch und will sie nach oben abschießen, da nähert sich ein Russe dem Wagen mit vorgehaltener MPi. Leschi schluchzt:

»Ick übaleje: Soll ick nach oben halten und so die Nachhut, du weeßt, Döhlker mit seine Zweete, Bescheid jem? Oder soll ick den Iwan in de Fresse ballern? Ick hab nich mehr als 'ne Hundertstelsekunde zum Übalejen, vastehste? Mensch, du jloobst ja nich, wie lang det is. Also ick ...«

Leschi atmet tief durch.

»… also ick, ick hab ma eben für mia entschieden, hab ick! Herrjottnochmal! Jawoll!«

Leschi berlinert vor Aufregung noch mehr als sonst. Er schluckt ein paar Mal.

»Also ick schieß den Iwan vor de Heldenbrust. Un denn ab die Post! Haken jeschlajen wie'n Hase mit Spikes! Nischt wie wech, wech von die Straße, wech von'n Iwan …!«

Aber der Alptraum ist noch nicht zu Ende. Hinter einen kahlen Busch gekauert, beobachtet Leschi, wie nun die Lkws mit den Schwerverwundeten in wilder Fahrt die russische Sperre durchbrechen. Sie kurven aufs Feld, als die Fahrer die Straße durch zwei Trichter blockiert sehen. Sie fahren viel zu schnell. Die Grenadiere, die sie begleiten und sichern sollen, können im tiefen Schnee nicht folgen. Sie müssen sich nach hinten und nach den Seiten gegen die Russen wehren, die sich am Ortsrand verborgen hatten und nun in Scharen die Ebene überschwemmen. So nimmt die Katastrophe ihren Lauf. Eine Gruppe von Russen, die, mit Schneehemden getarnt, auf der Ebene im Schnee gelegen hat, schießt mit Leuchtspur in die Wagen hinein. Fast gleichzeitig gehen die Benzintanks und Reservekanister hoch. Stichflammen zucken nach allen Seiten. Aus den Feuerbällen und den schwarzen Schwaden gellen die Todesschreie der Verwundeten. Keiner der Grenadiere kann helfen. In Nahkämpfen eingekreist und vom Schnee festgehalten, ist jeder sich selbst der Nächste, und Leschi, unbeachtet, ist aus etwa hundert Meter Entfernung Augenzeuge der Tragödie.

»Aba nu, jottseidank, kommt Döhlker mit sein' Haufen. Hat jemerkt, da is wat faul. Der nu, jib ihm, wie aus't Lehrbuch rin in de Iwans. Die denkn jrade, se könn unsan Vaein komplett fertichmachen. Also, ick hab nich jewußt, ob ick soll ween oda lachn. Aba wenn de mia frachst: Ick hab jeheult, hab ick. Rotz und Wassa. Der Schmiedel. Vabrannt! Der Schmidtsberger. Vabrannt! Kutte. Vabrannt! Un Justav, un Willi, un … alle vabrannt!«

Leschi schluchzt laut auf. Quast steht vor ihm, erstarrt, gerührt, verzweifelt. »Aber, Leschi, du hättest doch gar nichts machen können!« sagt er. Leschi schüttelt den Kopf. »Doch«, sagt er. »Ick weeß, ick hätte müssen Leuchtzeichen jrün jem, jawoll. Aba ick konnte nich! Ick hätte müssen hoch abfeuern. Aba ick hab et nich jemacht, Mensch. Bloß wejen mia is de Nachhut zu spät jekomm'. Ick bin 'ne feije Sau, bin ick. Ick hab se alle uff mein Jewissen. Alle! Menschenskind, Kleena. Ick kann doch so janich weitalehm!? Ick kann doch nie wieda nach Hause komm! Nich ma' der liebe Jott kann mia noch helfn, Junge!«

Leschi ist mit den Nerven fertig. Er zittert, Tränen laufen über sein ausgemergeltes Gesicht. Worte des Trostes kann keiner der Umstehenden finden. Selbst wenn es sie gäbe – den erschöpften und entnervten Männern würden sie nicht einfallen.

Quast blickt sich fassungslos um: Dieser Haufen stumpfblickender Gestalten, das ist sein Bataillon?

Vom Hof her kommt die Stimme von Schwarz: »Fertigmachen!« Ein neuer Einsatz steht bevor.

16

Autor: Warum, um Himmels willen, macht ein Zwanzigjähriger so un-
         verdrossen so Schreckliches mit? Aus Treue zum Führer?

Quast: An den Führer – an den hat damals keiner gedacht. Er hat sich ja
         auch nie in Rußland bei der Truppe sehen lassen. Doch mit Treue
         hatte es zu tun. Treue ist heute verdächtig geworden, sie gilt als
         altmodisch. Damals spielte sie eine große Rolle, wenn das auch
         niemand von uns aussprach. Meine Kameraden im Stich zu las-
         sen, die auf mich ebenso angewiesen waren wie ich auf sie – das
         wäre undenkbar gewesen.

Das Dorf ist verlassen, die Türen unverschlossen, in den Räu-
men fehlt das karge Mobiliar. In einer Ecke findet sich mal eine
Bank oder eine Kiste, neben dem kalten Herd ein Eimer, eine
zerbrochene Schüssel. Auf einer Diele ein Faß mit *solonije
ogurzi*, Salzgurken. Über die verschneiten Gärten treibt der
Wind schwarzgelbes Stroh.
Die Grenadiere sind zwischen leeren Scheunen am Dorfrand in
Stellung gegangen. Der Kompaniegefechtsstand liegt in der
Dorfmitte, in einem Blockhaus, das halb in die Erde gesenkt ist.
Der Teich daneben ist zugefroren und blankgefegt vom Wind.
Quast lehnt an der Wand und sieht empört zu, wie sich ein
Funker, der nicht zum Bataillon gehört, mit der Taste abmüht.
Quast hat kein Funkgerät. Der Nachrichtenstaffelführer hat ihm
eine Mappe mit Funkunterlagen in die Hand gedrückt, hat ihn
ermahnt, die Sachen seien, weil streng geheim, nicht aus den
Augen zu lassen. Und hat ihn in das Dorf geschickt. »Wir treffen
uns dort. Gerät und zweiten Funker bringe ich mit!«
Doch weder Feldwebel noch zweiter Funker sind gekommen,
nur dieser Funktrupp von weiß der Teufel welchem Verein.

Zwei Stümper. Auch die Russen sind gekommen. Keiner hatte so schnell mit ihnen gerechnet. Der Dorfrand liegt unter Granatwerferfeuer. Ein Angriff in Kompaniestärke, wohl mehr eine bewaffnete Aufklärung, ist abgewehrt worden. Jetzt wird das Feuer stärker, und er, Quast, steht mit einer Aktentasche da und muß zusehen. Die Tür geht auf: »Schröder! Wo ist das Gerät?« fragt Quast anstelle einer Begrüßung. »Wieso?« antwortet Schröder, »das ist doch mit dem Muniwagen mitgekommen!« – »So? Denkste!« – »Verdammt!« Schröder schleudert die Kippe auf die Bretter. »Zwei Funker, kein Gerät und dazu dicke Luft.« Der Kompanieführer, ein junger, wieseliger Leutnant, brüllt den Funker an: »Können Sie nicht schneller machen?! Wir brauchen die Ari-Unterstützung sofort, Mensch! Sie wissen doch, daß es den VB erwischt hat …« – »Jawohl, Herr Leutnant, ich …« Sein Gestotter geht im Gedröhne eines Feuerschlages der russischen Granatwerfer unter. Der Leutnant flitzt aus der Tür.

Nach fünf Minuten steht er keuchend wieder da. »Was ist nun? Ich brauche die Sturmbatterie, sonst machen die Russen uns völlig zur Sau. Funker, geben Sie noch einmal durch: Erbitte dringend …« Quast unterbricht ihn: »Moment, Herr Leutnant. Wir können das besser.« – »Was?« – »Funk mit der Sturmbatterie. Wir kennen doch unsern Verein. Lassen Sie uns das machen!« – »Einverstanden! Aber schnell!«

Drei Minuten später hetzt Quast mit seiner Aktentasche durch das Granatwerferfeuer nach hinten. Es macht ihn nervös, auf die Papiere achten zu müssen. Er will sie los sein. Als er sie Schröder geben wollte, hatte der nur stumm an die Schläfe getippt. Hoffentlich ist das Dorf noch nicht abgeschnitten, denkt er. Quast versucht, locker zu laufen und ruhig zu atmen. Er hastet einen Knick entlang. Da kommt Gewehrfeuer von rechts. Äste und welkes Laub spritzen auf den gefrorenen Feldweg. Die Russen sind also schon hinter dem Dorf. Es wird höchste Zeit. Quast überlegt: Wenn die Iwans mich erwischen – soll ich dann die Akten alle auffressen? Und welche zuerst? Vorschriften sind ganz schön, bloß nicht für den Ernstfall, verdammt.

In einem Erker im Erdgeschoß des gelben Schlößchens findet

Quast die Funkstation. Daneben ein Unteroffizier in strammer Haltung. Und davor, vierschrötig, Hauptmann Karr, der Führer der Sturmbatterie. Er erklärt dem Unteroffizier soeben lautstark, was er von der Funkverbindung hält. Er sieht aus wie eine Bulldogge. Man könnte glauben, er kläfft. Als er Quast sieht, sagt er, plötzlich grimmig und freundlich zugleich: »Da sind Sie ja, Kleiner! Die vier wunderschönen Zehnfünfer da draußen warten schon auf Sie. Jetzt aber dalli!« Quast sagt zu dem Funker, der verstört vor dem Gerät sitzt: »Hau ab!« und zieht die Taste zu sich heran. Schon meldet sich Schröder und übermittelt die Beobachtungen des Leutnants von der Nachhutkompanie. Karr grölt seine Kommandos durch den Feldfernsprecher nach draußen, wo sich zwischen Strohballen die Zehnfünfer ducken. Ihre Feuerstrahlen zucken gegen den Nordhimmel, Kartuschen klirren auf den Stoppelacker. Die Feldbecher auf dem Funkgerät hüpfen, und die Scherben der Fensterscheiben auf dem verschmutzten Boden scheppern.

Das Feuer liegt im Ziel. Der Leutnant hat bei den VBs gut abgeguckt. Und Quast ahnt schon, wie die Schießkorrektur heißen soll, bevor Schröder sie auch nur halb abgesetzt hat.

Es dauert keine halbe Stunde, da meldet der Leutnant, die Russen zögen sich zurück, das Dorf sei wieder feindfrei.

Wertvolle Zeit ist gewonnen. Zeit, die Verwundeten zu versorgen und zu verladen – Zeit, schwere Waffen zurückzutransportieren; Zeit, Munitions- und Treibstoffkolonnen nach vorn zu jagen; Zeit, Verpflegungslager wenigstens teilweise zu räumen; Zeit auch, die Toten zu bergen und sie in Trichtern zu begraben.

Quast steht auf und drückt dem Unteroffizier von der Kampfgruppe die Kopfhörer in die Hand. Der Hauptmann klopft Quast auf die Schulter und grunzt zufrieden.

Quast hat endlich wieder ein Funkgerät, und er ist wieder bei der Nachhut. An einem Stapel von Großkampfpäckchen, die von einem Lkw mit gebrochener Achse heruntergerutscht sind, macht er Pause. Landser haben die Päckchen aufgerissen und die Zigaretten rausgeklaubt. Quast sammelt die Schokolade ein, wer weiß, wann es wieder Verpflegung gibt. In der Ferne links und

160

rechts heulen Motoren auf. Hört sich nach Iwan an, denkt Quast und schiebt sich Schokolade in den Mund. Wer wird zuerst im nächsten Dorf sein, er, der Iwan, oder sie, die Fritzen? So heißen sie bei den Russen.

Die Männer der Nachhut sind zuerst da. Sie bauen eine Verteidigungsstellung auf, wehren die Aufklärungstrupps der Russen ab, horchen ins Dunkel und warten. Quast sitzt in einem Erdloch, das Funkgerät vor sich. Leutnant März, der Bataillonsadjutant, springt zu ihm herein. Er nimmt den Helm ab, wischt sich ächzend die schweißnasse Stirn, setzt den Helm auf den Hinterkopf und schiebt ein neues Magazin in den Halter unter seiner MPi 40. Dann sagt er: »Mann, Quast. Los, zauber uns mal ein paar lockende Rhythmen her!« Und dann hocken sie beide nebeneinander auf einem Bündel feuchten Strohs, jeder eine Muschel vom Kopfhörer ans Ohr gepreßt. Quast dreht den Wellenschalter auf die Frequenz, die ihnen schon soviel Ablenkung verschafft hat: Radio London! MGs belfern über sie hinweg, Gewehrgranaten platzen, Wurfgeschosse flappen in den Schnee, die russische Ari schießt sich auf das Dorf ein. Aber die beiden kauern im Loch, traumverloren. Ihre Fußspitzen klopfen den Takt, und sie summen mit: »Where's the tiger? Where's the tiger?« Als in der Nähe nach März gerufen wird, drückt er Quast die Hörmuschel in die Hand, ruft zurück: »Here's the tiger!« und verschwindet im Dunkel.

Die zwei Dutzend Grenadiere in der Häusergruppe täuschen eine kriegsstarke Kompanie vor. Die MGs wechseln in unregelmäßigen Abständen die Stellung, die Schützen springen zwischen Katen und Scheunen hin und her, schießen mal da, mal dort. Quast sitzt in einem finsteren, eiskalten Raum, hat die zerknüllten und zerrissenen Schlüsselunterlagen unter einer klobigen Tischplatte zusammengeschoben. Es ist drei Uhr morgens, neblig, dunkel, sechs Grad unter Null. Quast zündet die Papiere an. Ihre Geltungsdauer ist abgelaufen. Aber wenn die Russen sie erbeuten, liefern sie vielleicht doch noch Informationen. Franz treibt ihn von der Flurtür her zur Eile. Quast tritt die Asche auseinander, packt Karabiner und Gerät und stapft über knir-

schenden Schutt durch den Gang ins Freie. Auf der Türschwelle
und an den Türpfosten schimmert Blut. Hier hat vor zwanzig
Minuten Oberleutnant Heide gestanden, als ihm ein Granatsplit-
ter das Schädeldach aufriß. Er war bei Bewußtsein gewesen, als
sie ihn wegtrugen. Aber würde er die schreckliche Verletzung
überstehen? Und würde er wieder gesund werden, dieser junge,
ruhige, harmlos und unscheinbar aussehende Mann, der immer
lächelte und aus dem doch ein völlig anderer, ein schrecklicher
Jäger werden konnte, sobald es hart auf hart ging?
Leise und mit behutsamen Bewegungen trotten die Männer auf
das offene Feld und bilden eine langgezogene Reihe. Quast, der
sich noch einmal umsehen muß und feststellt, daß er nun noch
immer nicht weiß, wie dieses Dorf, das sich Mal-Werewo nennt,
eigentlich aussieht, geht als letzter. Franz, vor ihm, wird plötzlich
langsamer, sagt flüsternd: »Nicht sprechen!« und dreht den
Kopf verstohlen nach links und rechts: Russen! Sie hacken und
graben Schützenlöcher. Ihre Gesichter, helle Flecken im bleier-
nen Grau, wenden sich uninteressiert von den Gestalten ab, die
da durch ihre Linien marschieren. Man erkennt sie nicht als
Deutsche. Da bemerkt Quast, daß sich hinter ihm jemand der
Reihe angeschlossen hat. Mit halbem Blick nimmt er Pelzmütze,
Pelzjacke, Kartentasche, weiche braune Stiefel wahr: ein Russe.
Quast rückt absichtlich dicht zu Franz auf, räuspert sich: »Hinter
uns 'n Iwan!« Dann tritt er zur Seite, nestelt an seiner Hose. Der
Russe läuft, den Kopf gesenkt und gähnend, an ihm vorbei. Da
dreht sich Franz um, den Karabiner schußbereit vor der Brust.
Der Russe will sich zur Flucht wenden. Da steht Quast hinter
ihm, zieht ihm die schwere Tokarew aus der Pistolentasche, sieht
ihn starr an und hält die Pistole wie einen Zeigefinger vor den
Mund. »Dershi jasik! Kein Wort!« Sie nehmen den Russen
schweigend in die Mitte, schließen sich den anderen an. Als sie
aus der Gefahrenzone heraus sind, stapfen sie alle um den Russen herum, fassen prüfend seinen Schafspelz an, nehmen ihm die
Kartentasche ab. Feldwebel Sperber sagt: »Mei, is der schee. Ja,
gibt's denn dees heit no?« Dem Russen, einem etwa fünfund-
zwanzigjährigen, gepflegten, guttrainierten Hauptmann, stehen

162

Tränen der Wut in den Augen wegen dieses unheldischen Irrtums, dem er die Gefangenschaft verdankt. Den Männern ist er schnell wieder gleichgültig. Er verkörpert für sie nichts weiter als den ausgeruhten, frischen und kampfkräftigen Gegner, der nun dabei ist, sie mit dem gleichen unbarmherzigen Schwung aus seinem Lande zu jagen, mit dem sie, die Deutschen, Rußland zweieinhalb Jahre zuvor überrannt hatten. Er führt ihnen vor Augen, wie abgerissen, erschöpft und schlecht ausgerüstet sie selbst heute sind. Er sitzt zwischen zwei leicht verwundeten Bewachern auf einem Panjewagen neben vier blutigen Toten und blickt voller Haß und Verachtung über die Gruppe hinweg. Sie sind froh, als der Wagen zwischen Ruinen verschwindet.

Die Häuser ducken sich in zwei Reihen an der Straße entlang. Zu beiden Seiten liegen die Reste des Bataillons auf freiem Feld hinter Büschen, Schuppen und Erdhaufen. Sie haben ein Abwehrsystem entwickelt, in dem die Funkverbindungen die Rolle eines Nervengeflechts spielen. Und zwar zwischen den Gruppen, die sich um einzelne oder mehrere Offiziere und Unteroffiziere aus den zerschlagenen Kompanien bilden. Wie Rudel sind sie, denkt Quast. Oder Einzellern ähnlich, die fortwährend ihre Gestalt ändern und, abgekapselt nach allen Seiten, mal als Kette, mal als Klumpen zusammenhängen. So fließt das zurück, was einst der geschlossene Verband eines Bataillons war. Kritisch wird es erst, wenn die Verständigung abreißt.

Quast und Gerhard sitzen mit ihrem Gerät in der Küche eines Hauses in der Mitte des Reihendorfes. Quast gibt einen Spruch durch, mit dem dringend Munition, Verbandzeug und Verpflegung angefordert wird. Dann ruft er Oberleutnant Schwarz, der draußen vorm Fenster entlanghastet, die Antwort des Kampfgruppenkommandeurs zu: »Mit eigenen Mitteln auskommen. Schicken leichte Flak.« Der Oberleutnant schüttelt den Kopf.

Das russische Feuer liegt jetzt genau auf der Ortsmitte. Die Küchentür kracht nach innen, vom Luftdruck aus den Angeln gerissen. Gerhard hockt hustend in der Ecke, Quast ist von der Bank gerutscht. Der Oberleutnant ruft durch das zersplitterte

Fenster: »Kommt raus, das Haus macht nicht mehr lange!« Sie rennen hinaus, blicken die Straße entlang. Ein Raupenfahrzeug, mit einer Vierlingsflak darauf, donnert an ihnen vorbei nach vorn. Die Drahtroste, die die Plattform um das Geschütz herum vergrößern, sind ausgeklappt, die Ketten scheppern und quietschen. Der Richtschütze winkt ihnen zu. Quast stürzt in einen Keller, baut das Gerät wieder auf. Keine Verbindung. »Das liegt an der Antenne!« sagt Gerhard. »Haben wir gleich!« Er rollt den Rest eines Feldkabels auf, das sich vor dem Keller entlangschlängelt, nimmt Papier und Bleistift, rechnet, murmelt: »Bei dieser Frequenz brauche ich acht Meter«, mißt ab, zieht das Kabel ins Freie, schließt es ans Gerät an. Die Verbindung ist da.

Draußen pfeifen MG-Garben die Straße entlang. Oberleutnant Schwarz schreit in den Keller hinein: »Fertigmachen zum Stellungswechsel!« Quast sagt zu Gerhard: »Wenn die Iwans uns mit dem grauen Kasten auf der engen Straße sehen, machen sie Scheibenschießen auf uns!« Gerhard ist der schlampigste aus der Nachrichtenstaffel, er wird bei jeder Besichtigung ins letzte Glied gestellt, weil immer die Mütze schief hängt, immer eine Tasche offen, immer das Koppel verrutscht ist. Jetzt grinst er und blickt Quast geistesabwesend an. Dann holt er eine verquetschte Tube Zahnpasta aus seinem Brotbeutel, drückt sich den Inhalt in die Hand und klatscht die weiße Masse gedankenverloren wie ein Kind in der Spielkiste auf Rückfront und Schmalseiten des Funktornisters. In den stechenden Pulvergeruch mischt sich Pfefferminzduft. »Fabelhaft, wenn ich das Ding schleppe, dann merkt kein Mensch mehr, wie ich stinke!« erklärt Gerhard. Am Kellereingang vorbei rattert langsam die Vierlingsflak zurück. Der Richtschütze und die beiden Ladeschützen liegen leblos neben den Maschinenkanonen, deren Schutzschild durchlöchert ist. Der Fahrer hat um den Kopf eine fleckige Mullbinde. Der Geschützführer kniet auf dem Beifahrersitz und schießt mit der MPi nach hinten. Quast und Gerhard stehen im Kellereingang und warten, bis das Raupenfahrzeug vorbei ist. Ein Grenadier poltert in den Schacht, stößt die beiden fast um.

»Gib mal Feuerschutz«, sagt Quast zu ihm. Dann hüpft er mit Gerhard auf die Straße. Links und rechts im Feuerschatten der Nischen, Ecken und Türen stehen, knien und liegen Grenadiere. Quast kennt ein paar von ihnen. Sie rufen: »Mensch, lauft, was ihr könnt, hier ist der Ofen gleich aus!« Gerhard rennt mit dem Gerät vor ihm. Die Straße steigt leicht an.

Ein Melder kommt ihnen entgegen, stößt keuchend hervor: »Hinterm Bahnübergang gleich links runter. Schwarz braucht euch!« Gerhard ruft lachend: »Wie die Verpflegung, so die Bewegung!« Dann fällt er aufs Gesicht, sein Stahlhelm kollert davon. Quast schreit: »Gerhard!« Als er ihn umdreht, sieht er, Gerhard hat gar kein Gesicht mehr. Ein Geschoß hat den Kopf von hinten aufgerissen. Quast kniet neben dem Toten. Mit nassen Augen nimmt er die Papiere an sich. Dann reißt er ihm das Gerät von den Schultern. »Gerhard muß mit!« schreit er verzweifelt. Garben fetzen die Straße entlang. Quast will den Grenadieren winken, mit anzufassen. Aber die drei, die er in der Nähe sieht, knien mit dem Rücken zu ihm. Sie springen auf und laufen an ihm vorbei. Einer von ihnen brüllt: »Zieh Leine, du Pimpf!«

Quast zerrt die leblose Gestalt an den Armen zum Straßenrand, Ziegelsplitter spritzen auf. Die Mauer hat plötzlich ein Lochmuster. Da läßt Quast die Arme des Toten fallen. Er sieht sich nicht mehr um, schleppt sich wie betäubt weiter. Der Bahnübergang ist vor ihm und der Waldrand. Oberleutnant Schwarz schreit: »Wo bleiben Sie denn? Nicht so lahmarschig, Menschenskind!«

17

Autor:	Jetzt ist doch vom Führer die Rede. Hatte sich da Haß angestaut, Verachtung?
Quast:	Wir dachten doch alle zuerst einmal an unser Land. Das Bild des Führers war verblaßt.
Autor:	So sehr verblaßt, daß Sie glaubten, einen fahnenflüchtigen Hiwi, einen Exbolschewisten, vor dem Erschießen retten zu müssen?
Quast:	Das hat doch damit nichts zu tun. Uns ging's gewiß nicht rosig. Aber dieser arme Hund saß nun wirklich zwischen allen Stühlen.

In der Dunkelheit sammeln sich die Reste des Bataillons an einer Kreuzung vor Gatschina. In der Nähe brennt prasselnd ein Schuppen. Die Flammen tauchen die Gruppe in zuckendes Licht. Im Tintenblau vor ihnen steigen im Halbkreis Leuchtkugeln auf: So weit sind die Russen schon vorgedrungen. Die Wolkendecke schimmert an einigen Stellen tiefrot, an anderen weißrot und rosa. Die dichten blauschwarzen Wälder verschlucken den Lärm der Handfeuerwaffen fast ganz. Von den schweren Waffen hört man ein an- und abschwellendes Rollen.
Schwarz läßt antreten. Mit lauter Stimme ruft er die Kompanien auf. Aber er wird immer leiser. »Erste Kompanie?« – »Ein Feldwebel, ein Unteroffizier, vierzehn Mann!« – »Zwote?« – »Ein Unteroffizier, elf Mann!« – »Dritte?« – »Ein Unteroffizier, sechs Mann!« – »Vierte« … »Fünfte« … Dann: »Pionierzug?« Eine Stimme sagt: »Keiner mehr da, Herr Oberleutnant!« Im Kindergesicht von Leutnant Habermann glänzen die Augen im Feuerschein. Verstohlene Tränen? Trauer, Erschöpfung, Verzweiflung?
Neben Quast steht Leutnant März. Er sagt leise: »Davon haben

uns die Studienräte in der Penne nichts erzählt, was, kleiner Preuße?« Und Quast sieht auf einmal den Chemielehrer vor sich, den sie immer dann, wenn peinliche Prüfungsaufgaben zu offenbaren drohten, wie ahnungslos sie waren, mit der Frage ablenken konnten: »Herr Doktor, wie war das damals mit dem Freikorps im Zeughaus in Berlin?« Und der dann mit leuchtenden Augen vor das Pult trat und sagte: »Ich springe auf die Freitreppe. Unter mir die Feldgrauen. Und ich rufe: ›Männer‹, rufe ich, ›Männer, wir sind noch immer unbesiegt ...!‹«

Schwarz sagt: »Wir müssen morgen durch Gatschina. Wenn's so weitergeht, sind wir nachmittags am Stadtrand. Wir müssen durch und zum Troß zurück. Wenn wir uns jetzt ganz verheizen lassen, ist das Bataillon bei der Armee von der Liste gestrichen, und das will wohl keiner von uns, oder? Also laßt euch nicht erwischen. Geht den Alarmeinheiten aus dem Wege und den Feldgendarmen! Aber das habt ihr nicht von mir, klar!«

Die Russen sind ihnen am nächsten Morgen wieder auf den Fersen. Die Funkstation bei der Kampfgruppe, ihre Gegenstelle, meldet sich nicht mehr. Quast ist froh. Befehle, die nicht ankommen, müssen auch nicht ausgeführt werden. Er ahnt, daß Schwarz ebenso denkt.

In der Nähe einer Kiesgrube fährt ein Lkw langsam an ihnen vorbei. Der Fahrer ruft: »Ich kann meine Einheit nicht finden. Hab' den ganzen Wagen voll Fressen. Wer Hunger hat, kann mitkommen!« Quast hat Hunger. Ihm stehen sogar, weil er unter zwanzig ist, laut Vorschrift Zusatzrationen zu. Er rennt hinter dem Lkw her. Der hält in der Kiesgrube. Schnell sind die Kochgeschirre randvoll. Fahrer und Furier sind wahrscheinlich heilfroh, wenn sie so schnell wie möglich und mit leeren Kanistern wieder nach hinten fahren können. Da hören sie die Stalinorgel aufbrüllen. Es scheint ihnen, als stünde sie am Rand der Grube. Der Furier hechtet von der Ladefläche zwischen die Männer mit den Kochgeschirren, die Kelle noch in der Hand. Die Einschläge liegen genau zwischen ihnen. Quast hat Angst, aber er denkt: Jetzt bloß den Eintopf retten! Als sich der Staub verzieht, richtet er sich auf. Einige Landser bleiben stumm liegen. Zwei sind verwundet, winden sich. Der Obergefreite neben ihm hält den Kopf starr. Von seinem Helm trieft Suppe, dazwischen das Blut des Furiers, der über ihm stöhnt.

Gatschina brennt. Sie haben die Stadt durch die Zarenpforte betreten. Nun beginnt es zu dunkeln. Die Schatten der Gebäude, in denen die Männer entlanglaufen, werden verstärkt durch pechschwarze Rauchschwaden. Aus den Dächern und oberen Stockwerken der Holzhäuser schlagen Flammen. Sie überschütten die Batterie, die durch die Straße zurückjagt, mit flackerndem Licht. Als sie für ein paar Sekunden die Fahrt verlangsamt, springt Quast auf eine Protze. Keiner nimmt Notiz von ihm. Die Männer vom Bataillon wollen sich in kleinen Gruppen am Ortsausgang Richtung Siwerskaja wiedertreffen. Gegen Abend drückt sich Quast mit einigen Männern, dem Rest der dritten Kompanie, an die Wand eines Hausflurs. Ein unbekannter Toter liegt auf dem Boden zwischen krümelig getrocknetem Schlamm und Lachen von Schneewasser. Man hat ihm die Hände gefaltet. Ihn zu begraben blieb keine Zeit.

Sie sondieren die Lage. Jetzt bloß nicht noch zu einem wildfremden Haufen eingeteilt werden, in dem jeder sich selbst der nächste, jeder dem anderen gleichgültig ist. Sie beobachten, wie vor einer Kurve Lkws halten. Die Straße ist verstopft. Einer von ihnen läuft zum Fahrer. »Nimmst du acht Mann mit?« – »Ich habe nichts gehört. Hast du Zigaretten?« Hundert Zigaretten fliegen auf den Beifahrersitz. »Vorn sind Kettenhunde!« sagt der Fahrer, »versteckt euch unter der Plane!« Sie kriechen zwischen leere Benzinfässer und Kanister unter die Abdeckplane, die der Fahrer festzurrt. Die zwei Verwundeten, die schon im Wagen gelegen haben, werden obendrauf gepackt. Der Fahrer gibt Gas. Der Wagen rollt auf die Straßensperre los, hält mit quietschenden Bremsen. Quast liegt im Dunkeln. Aber er sieht sie vor sich, die Kettenhunde, errät nach den Geräuschen, wie sie mißtrauisch, die Hände in die Hüften gestemmt, um den Wagen herumstolzieren. Die Männer unter der Plane hören, wie der Fahrer sagt: »Herr Oberfeldwebel, ich hab's verdammt eilig. Wenn ich nicht bald mit Benzin und Munition zurück bin, kneifen meine

Leute da vorn den Hintern zu!« Endlose Pause. Der Wagen kann passieren. An einer Kreuzung winden sie sich blinzelnd unter der Plane hervor. Der Fahrer sagt: »Mal ehrlich, ihr habt keine Lust mehr, was?« Schröder antwortet: »Du kennst doch die Parole: Führer befiehl, wir folgen!?« – »Ja, und?« – »Die heißt jetzt anders: Führer befiehl, wir tragen die Folgen! So heißt das, klar? Und was du hier siehst, das ist der Rest einer Kompanie. Und nun verschwinde, du Schnorrer!« Der Fahrer blickt ihnen kopfschüttelnd hinterher.

Es ist Anfang März. Vor einem Jahr, fast auf den Tag genau, ist Quast neugierig und tatendurstig auf den Bahnsteig des Warschauer Bahnhofs von Gatschina gesprungen. Es kommt ihm vor, als seien seitdem Jahre vergangen. Quast ist noch schmaler geworden. Er hat die Augen nicht mehr staunend aufgerissen. Gelassenheit, Argwohn und Müdigkeit liegen in seinem Blick. Er bewegt sich nicht mehr eckig, sondern sparsam und gezielt.

Er hat gelernt, in jeder Lage zu schlafen, und wenn es nur fünf Minuten sind. Er kann Brot kauen, gleichzeitig einen Funkspruch durchtasten und dabei nach draußen horchen, um am Kampflärm die Lage abzuschätzen, er kann stumpf und hellwach zugleich sein. Er hätte nie geglaubt, daß er jemals gefrorene Erdschollen, dürres Gras, Mauerbrocken und splittriges Holz so nah, so eindringlich, so gebannt betrachten würde wie in diesen endlosen Augenblicken, wenn der Feueratem ihn streift, wenn sich die Hölle auftut, wenn er sich an den Boden klammert und ihm alles gleich ist, Hauptsache, es erwischt ihn nicht.

Seit Mitte Januar 1944 sind sie auf dem Rückzug. Seit Mitte Januar hat das Bataillon seine volle Gefechtsstärke nicht mehr erreicht. Viele sind inzwischen aus dem Lazarett, aus dem Genesungsurlaub wieder zu ihnen gestoßen, gewiß. Es gibt jeden Tag lauten Begrüßungsjubel, wenn einer von den Alten wieder auftaucht. Sie haben auch immer wieder Ersatz bekommen, ganz junge, unerfahrene Leute, blaß und nervös. So, wie sie vom Lkw gesprungen waren, so wurden sie eingesetzt. Und manche von ihnen hatten schon bleich im Schnee gelegen, bevor sie auch nur einen einzigen Russen gesehen hatten.

Quast hat nun einiges von dem erfahren, was in Rußland geschieht. Aber er ist nicht klug daraus geworden. Viele verächtliche Vorstellungen, die er von den Russen gehabt hatte, hat er berichtigen müssen. Ebenso das schöne Bild von der immer siegreichen Großdeutschen Armee.

Quast hört den Tagesbefehl des Befehlshabers der achtzehnten Armee, in dem es heißt: »Kein Schritt zurück ist nunmehr unsere Losung! ...Wir stehen im Vorfeld der Heimat. Jeder Schritt zurück trüge den Krieg zur Luft und zur See nach Deutschland!«
Es mag sein, denkt er, daß es besser ist, die Heimat hier, weit von ihren Grenzen entfernt, zu verteidigen und ihr damit das gleiche Schicksal zu ersparen, das die Deutschen den Russen bereitet haben. Aber waren sie nicht einmal angetreten, um dem Reich wieder Geltung, um dem Volk Raum im Osten zu verschaffen? Diese gleißenden Ziele – und nun dieses verzweifelte Sichklammern an ein paar Bauernkaten, an einen Wald, ein Stück Moor. Dieses Verrecken. Dieses Leiden der Verstümmelten. Und überall die umgestürzten Fahrzeuge, die gesprengten Geschütze, die brennenden Verpflegungs- und Treibstofflager. Das paßt doch nicht zusammen.
Das Reich als Führungsmacht Europas? denkt Quast. Wir können froh sein, wenn es überlebt. Und daran klammert er sich schließlich. Deswegen, sagt er sich, mußt du hier deine Pflicht tun. Damit wir überleben.
Viel Zeit bleibt für solche Gedanken nicht. Die Russen lassen ihnen keine Ruhe. Und wer will schon nachdenken, wenn nur Bitternis und Zweifel dabei herauskommen?

So, wie man Divisionen, Batterien, Züge fremdem Befehl unterstellt, wenn sich damit eine Lücke auffüllen läßt, so werden auch Funktrupps, ja, einzelne Spezialisten ausgeliehen. Und so ist auch Quast wieder einmal ausgeliehen worden. »Ging nicht anders«, hatte März zu Quast gesagt, als der mit aufsässiger Miene dastand und sich vorkam wie ein Kind, das die Eltern zur ungeliebten Tante schicken. »Aber wir fordern dich schnell wieder an. Halt die Ohren steif!«

Quast findet Platz auf einem Nachschub-Lkw. Als er sich endlich beim Stab der Kampfgruppe melden kann, der er zugeteilt ist, noch klamm vom stundenlangen Hocken auf dem ratternden, zerbeulten Transporter während der nächtlichen Fahrt gegen den Strom der Kolonnen, da hört er, daß der Verband aufgerieben ist und herausgezogen wird. Kein Einsatz also, um so besser. Und so quetscht er sich auf den Bock eines Panjewagens, der hoch mit Kisten beladen ist und sich in die endlose Reihe der zurückflutenden Fahrzeuge einfädelt.

Alex, der Fahrer, ist ein Russe. Etwa dreißig Jahre alt, mit wäßrigen, flinken, blauen Augen und einem Leberfleck neben der kräftigen Nase. Einer der Hilfswilligen, die aus Angst vor unmenschlicher Behandlung und Hunger in den Lagern den Dienst für die deutschen Besatzer dem Gefangenendasein vorgezogen oder darauf vertraut haben, mit Hilfe der Deutschen ihre nationale Selbständigkeit als Bjelorussen, Ukrainer, Kosaken oder Tataren zu gewinnen.

Alex wirkt bedrückt. Der Führer der Kolonne, Feldwebel Behnke, ein aufgedunsener Mann, der sich Offizieren gegenüber kriecherisch verhält und bei den Mannschaften wegen seiner Gemeinheiten verrufen ist, schikaniert den Hiwi Alex, wie Quast empört beobachten kann, bei jeder Gelegenheit und nennt ihn Drecks-Iwan. Quast will sich mit Alex unterhalten, will ihm sein Mitgefühl zeigen. Aber er bekommt auf seine Fragen nur kurze, knurrige Antworten. So ruckeln sie dann, schweigend nebeneinander sitzend und von sacht fallendem dünnem Schnee bedeckt, die Rollbahn entlang. Alex beginnt leise zu singen, und Quast sieht sich auf einmal wieder in die Zeit zurückversetzt, als er vor dem Lagerfeuer im Kreis der Pimpfe saß, als die Lieder in den Abendhimmel stiegen und der Holzrauch in der Nase brannte. Alex muß ihm die Stimmung angesehen haben. Er blickt zu ihm herüber. Quast steckt eine Packung Zigaretten in die Tasche von Alex' Fahrermantel, plötzlich angerührt vom Schicksal dieses Mannes, den seine Landsleute erschießen würden, falls sie ihn erwischten, und der seine Heimat mit den Deutschen zusammen würde verlassen müssen.

Als sie in ein paar niedrigen Häusern abseits von der Rollbahn Quartier beziehen, schneit es noch immer. Es wird Abend. Die Männer drängen sich zwischen den Wagen zusammen. Die Glutpunkte ihrer Zigaretten schweben wie Glühwürmchen im Bleigrau der Dämmerung. Schnell sind sie auf die Gebäude verteilt. Jeder sieht zu, rasch ins Warme zu kommen. Quast stellt sein Gerät an die lehmverputzte Wand und preßt die Hände gegen den Ofen. Der Feldwebel steht breitbeinig neben ihm und trinkt aus einer Schnapsflasche. Er schlürft und stinkt nach Schweiß, Nikotin und Alkohol. Großspurig hält er Quast die Flasche hin. Quast lehnt ab. »Was, Sie wollen nicht mit mir trinken?« Drohung schwingt in der Stimme mit. »Ein besoffener Funker nützt Ihnen nichts, Herr Feldwebel!« Der Feldwebel antwortet nicht, er spürt, daß Quast seine Aufforderung mit einem Vorwand abgewiesen hat und sieht ihn lauernd an.

Da geht die Tür auf, eine Schneewolke stiebt auf. Ein Unteroffizier hält Alex am Kragen des langen Fahrermantels. Alex ist totenbleich. Der Unteroffizier sagt: »Hab' ihn gerade noch erwischt. Wollte abhauen. In die Wälder!« Feldwebel Behnke, schon angetrunken, genießt den Augenblick. »Na, was sagst du nun, Drecks-Iwan? Sogar zum Abhauen bist du zu blöd!« Alex schweigt. Behnke denkt nach, langsam und gehässig, man sieht es ihm an. Dann sagt er, befriedigt grinsend: »Der Hiwi Alex Lessjow wollte desertieren. Das is' ein typischer Fall für die Feldgendarmerie. Prima, prima!« Er dreht sich grinsend zu Quast um. »Und Sie, Funker, Sie bringen ihn hin! Sie gehen die Rollbahn lang, bis zum nächsten Posten. Da liefern Sie das Mistvieh ab. Mensch, der ist schon so gut wie hin. Den seh' ich baumeln!« Er hält plötzlich inne, sieht Quast mißtrauisch an. Dann sagt er zu dem Unteroffizier: »Gib den beiden noch einen Mann mit. Macht sich besser so!«

Der schmale Weg läuft parallel zur Rollbahn. Er steigt leicht an, ist holperig und mit Schnee bedeckt. Die Bäume ragen schwarzgrün zu beiden Seiten aus verfilztem Unterholz empor. Die Ge-

172

sichter sehen wie bleiche Monde aus. Alex geht mit schleppenden Schritten in der Mitte des Weges. Links hinter ihm ein junger Schütze, der immer wieder ratlos zu Quast hinüberblickt. Er ist vom Ersatz, zittert vor Kälte und Aufregung und hält sein Gewehr ungeschickt vom Körper weg. Rechts hinter Alex geht Quast, den entsicherten Karabiner quer vor sich. Sie sind zwanzig Minuten unterwegs.

Du mußt erst einmal Zeit gewinnen, sagt sich Quast. Er ist entschlossen, sich nicht zum Büttel machen zu lassen, und von diesem Feldwebel schon gar nicht. Dabei ist er sich völlig im klaren darüber, daß er Alex nicht entwischen lassen darf, denn dann sitzt der gehässige Feldwebel ihm, Quast, im Genick.

Quast denkt: Welchen Haß auf Behnke muß Alex haben, daß er es riskiert, zu den Partisanen zu gehen? Und: Die Kampfgruppe hat zu wenig Fahrer, er hat es vorhin den Feldwebel selbst sagen hören. Wären sie morgen früh nicht alle froh, wenn Alex wieder auf dem Bock säße?

Quast sagt: »Halt!« Alex bleibt stehen, ohne sich umzudrehen, den Kopf gesenkt. Quast sagt gepreßt und scharf artikuliert: »Alex, wenn du wegläufst, schießen wir. Lauf nicht weg, ponimajesch?! Dann kannst du auch morgen noch deine Lieder singen, charascho?« Alex sagt nichts, nickt matt. Hat er begriffen? Der Junge hat nichts begriffen. Zu ihm sagt Quast: »Ich gehe jetzt zur Rollbahn. Sehen, ob ich einen Posten entdecke. Du paßt scharf auf den hier auf, verstehst du? Wenn er wegläuft, schießt du!« Der Junge bewegt nervös die Gewehrmündung und starrt auf den Rücken von Alex.

Quast stapft los. Dreht sich um. Die beiden stehen regungslos. Von der Rollbahn dringt Dröhnen und Klappern herüber. Quast stellt sich hinter einen Baum, sieht auf die Uhr, denkt: »Alex, wehe, wenn du einen Fehler machst!« Die Minuten wollen und wollen nicht vergehen. Quast beobachtet auf der Rollbahn die Kette der Fahrzeuge, die nicht abreißt. Hört die Flüche der Fahrer, das Mahlen der Getriebe, das Schnauben der Pferde. Er beobachtet durchs Geäst die beiden auf dem Weg. Der Junge sagt ängstlich von Zeit zu Zeit: »Alex, bleib schön stehen, Alex, ich muß sonst schießen. Alex, bitte ...« Eine Viertelstunde ist vergangen. Quast bricht in wildem Spurt durchs Gestrüpp auf den Weg hinaus, atmet schwer: »Nichts zu machen! Kein Posten weit und breit! Wir müssen wieder zurück, gleich ist es stockfinster!« Alex sieht Quast mit zusammengekniffenen Augen an. Der Junge nickt eifrig. Dann trotten sie wieder den Weg entlang. So langsam sie auch dahinstapfen, schließlich sind sie wieder beim Quartier angelangt. Wüster Lärm dröhnt aus der Kate des Feldwebels. Der Posten, der im Schatten der Wagen steht, sagt leise: »Der blöde Hund ist voll bis über die Ohren!«

Quast betritt den niedrigen Raum. Der Feldwebel sitzt wankend auf dem Tisch und grölt. Die Schnapsflasche in seiner Hand ist leer. Mit glasigen Augen lehnen zwei Gestalten am Ofen. Auf dem Boden schnarchen vier Landser, in Decken eingerollt, die Köpfe zwischen dem Gepäck. Es stinkt. Quast macht eine Ehrenbezeigung. »Herr Feldwebel, ich melde, daß wir Alex nicht ... Sie brauchen doch Fahrer ...« – »Hör doch auf mit Alex, du Hampelmann. Was geht mich der Drecks-Iwan an. Der soll sich um seine Pferde kümmern. Und du, Brillenschlange, hau ab, geh mir aus der Sonne!« Quast tritt ab und atmet tief aus. So billig, denkt Quast, kannst du heute ein Menschenleben haben. Eine Flasche Schnaps genügt, und ein größenwahnsinniger Kleinbürger vergißt, daß er morden wollte.

Der Morgen graut. Quast sitzt auf einem Krad, hinter dem Fahrer. Im Beiwagen sind Funkgerät und Gepäck verstaut. Das Bataillon hat Quast zurückgefordert. Langsam knattern sie an der Kolonne der Panjewagen entlang, die sich ruckend in Marsch setzt. Alex hockt auf dem Bock. Seine Augen leuchten auf. Er hebt die Hand. Quast tippt an den Stahlhelmrand.

174

18

Autor: Haben Sie sich den Einsatz des Sturmbataillons so glanzlos vor-
         gestellt?

Quast: Nun, von Glanz konnte schon lange nicht mehr gesprochen wer-
         den. Wir waren schon froh, wenn die Kompanien nicht völlig
         zerschlagen wurden.

Autor: Hat das einen jungen Idealisten, wie Sie es damals waren, nicht
         niedergedrückt?

Quast: Deswegen nicht, weil ich für Emotionen viel zu müde war.

Autor: Seelisch müde …?

Quast: Nein, körperlich. Wir haben uns in diesen Jahren selten ausschla-
         fen können. Das stumpft ab. Da ist natürlich für große seelische
         Bewegung auch keine Kraft mehr da.

Kaum hat das Bataillon abends in einem Dorf am Südende des
Peipus-Sees Quartier bezogen, da heißt es: Alarm! Die Männer
bewegen sich wie Roboter. Sie drücken ihre Zigaretten aus, rollen ihre Decken zusammen, greifen nach Waffen und Gerät. Sie
steigen in die beengenden Winterkampfanzüge hinein und ziehen sich unbeholfen auf die Ladefläche der Anderthalbtonner
hinauf. Wenig später sind sie auf dem Weg nach vorn. Sie sind
todmüde, es fällt kaum ein Wort. Die Motoren dröhnen, und nur
wenn der Fahrer einem Schlagloch nicht ausweichen kann, ist ein
Knurren oder ein Fluchen zu hören.
Quast döst vor sich hin. Das Wort »Abischa« geht ihm durch
den Kopf. Klingt wie ein Mädchenname, denkt er, und ist ein
zerschossenes Dorf vor dem großen Verkehrsknotenpunkt Pleskau. Die Höhe fünfundfünfzigsechs erhebt sich neben Abischa.
Und von Werner weiß er, daß Pleskau »aufs äußerste« gefährdet
ist, wenn Fünfundfünfzigsechs nicht gehalten wird. Das hat der
OB selbst gesagt. Die Straße, auf der sie entlangrollen, führt
nach Abischa.
In weit auseinandergezogenen Reihen gehen die Männer nach

vorn. Quast hat sich an die Last des Gerätes gewöhnt, die Beine bewegen sich automatisch. Es ist bitterkalt, aber in dem plumpen Anzug staut sich die Wärme. Von Zeit zu Zeit schlägt eine russische Granate in die Ebene, wirft Schneewolken und gefrorene Erdklumpen hoch. Vor ihnen hebt eine Detonation das Dach einer Kate ab. Stroh und Balken segeln im Zeitlupentempo durch die Luft. Die Männer vorn in der Reihe verhalten den Schritt, sie gehen auf einmal alle dicht hintereinander, und Quast hört, wie Düsterhen sagt: »... sie hat wunderbare feste Brüste. Und heiß war sie wie ein Hochofen. Du glaubst ja gar nicht, wie schwer ich mich getrennt habe!« Und Quast denkt: Wenn sie aus der Heimat kommen, dann träumen sie, anstatt aufzupassen. Der soll nur sehen, daß er nichts abkriegt.

Die Reihen ziehen durch eine Häusergruppe hindurch wieder ins freie Feld hinein. Erst eine flache Ebene, dann leichte Bodenwellen. Als hinter ihnen Sturmgeschütze mit quietschenden Ketten heranbrummen, bestätigt sich das Gerücht, das vorhin die Reihen entlanggelaufen war: Gegenstoß!

Die Sturmgeschütze halten. Die Männer bekommen den Befehl »Hinlegen!« Eine Vorsichtsmaßnahme, denn sie können in der Geländefalte nicht gesehen werden. Granatwerfereinschläge liegen zwar auf dem Hügelkamm, aber nicht dahinter, MG- und Gewehrfeuer gehen hoch über sie hinweg. Quast legt sich in eine Schneekuhle neben einem Sturmgeschütz. Die Panzerschürzen, die an der Flanke aufgehängt sind, haben Dutzende von Beulen, Dellen und Furchen. Die Gummiauflage der Laufrollen, die in Kopfhöhe vor Quast auf der Kette lasten, ist narbig. Zwei Grenadiere werfen sich neben Quast in den Schnee und zünden sich im Windschatten des Stahlkolosses Zigaretten an. Quast achtet zunächst nicht auf das Gespräch der beiden. Aber dann glaubt er seinen Ohren nicht zu trauen. Von Geranien ist die Rede, von Phlox, von Malven, von Halbschatten, von Blumenkästen und Balkons. Wollen sie nun ihre Angst betäuben, denkt er, oder sind sie wirklich so gelassen?

Quast versucht abzuschätzen, was sie erwartet. Sie machen einen Gegenstoß in unbekanntes Schneegelände hinein. Nicht weit hinter dem Hügelkamm liegt Abischa, einen Daumensprung daneben Fünfundfünfzigsechs. Von ihr aus haben die Russen einen Angriff vorgetragen, dessen Schwung nun seine Kraft verloren hat. Vorläufig. Dichte Schleier von feinflockigem Schnee erschweren die Sicht von Minute zu Minute mehr. Es ist dunkel, fünf Uhr morgens, eine miese Zeit. Alle frösteln, schweigen mürrisch vor sich hin, sehnen sich nach Wärme und Ruhe. Das Bataillon ist seit acht Wochen gejagt, auseinandergerissen, durcheinandergewürfelt und zur Ader gelassen worden. Der neue Kommandeur ist erst seit wenigen Tagen bei ihnen. Sie wissen noch nicht, was sie von ihm halten sollen. Hinhaltenden Widerstand leisten oder einen Angriff ins Dunkel hinein führen – dazwischen ist ein himmelweiter Unterschied. Ist er dafür erfahren, kaltblütig, umsichtig genug, dieser junge, verschlossene Rittmeister mit der lässig zerknautschten Schirmmütze, der nervös auf einer kalten Zigarre herumkaut? Quast hat ein mulmiges Gefühl.

Die Motoren der Sturmgeschütze heulen auf. Als Quast sich mit ausgekühlten Gliedern hochstemmt, scheint es ihm, als sei das Funkgerät dreimal so schwer wie sonst. Sie setzen sich schräg über den Kamm hinweg in Bewegung. In einer Mulde, die ursprünglich einmal ein mannshoher, sorgfältig verschalter Graben gewesen ist, liegt der vorgeschobene Gefechtsstand. Eine enge, flache Kiste, deren Deckel mit dem eisharten Schneeboden auf gleicher Höhe liegt und in der die drei Funktrupps und die Melder mehr aufeinander als nebeneinander hocken. Davor eine halb eingegrabene, verlassene Vierlingsflak, umgeben von Toten und offenen Munikisten. Überhaupt, zum Dorf hin, Tote, wohin man auch blickt, Russen und Deutsche übereinander, zum Teil schon zugeschneit. Hinter der Mulde, in ihrem Rücken, fällt das Gelände ab, in eine weite, flache, deckungslose Ebene hinein, deren westliche Begrenzung durch das Ufer des Peipus-Sees und deren südliche durch eine Baumreihe man im Schneedunst nur ahnen kann.

Der Artilleriebeobachter schießt seine Batterie ein. Rrummms! Zehn Meter hinter dem Bunker steigen Erdbrocken hoch. Eine

177

der ausgeleierten Zehnfünfer schießt zu kurz. Der Kommandeur steht neben dem Bunkereinstieg und knurrt: »Funker: Durchgeben! Von Kommandeur an alle Kompanien: Unbedingt Anschluß halten!« Quast hört ihn leise fluchen: »Wenn der Iwan die Lücken entdeckt, macht er uns zur Sau!« Das geht ja fein los.

Der Zeiger der Dienstuhr rückt auf X-Zeit. Die Sturmgeschütze rucken an. Weit hinten blaffen Artillerie und schwere Granatwerfer. Die Sturmkompanien wuchten sich mit steifgefrorenen Gelenken aus dem Schnee hoch. Links und rechts vom Bunker steigt die Dritte über die schneebedeckten Toten am Muldenrand hinweg. Die Munitionsgurte in den Kästen scheppern. Aus dem Kopfhörer kommt heiser die Zweite: »Verbindung zur Ersten abgerissen. Schlechte Sicht. Schwacher Widerstand. Ende.«

Ein Sturmgeschütz rollt über die Mulde vor. Sein Führer ermuntert das Rudel Begleitinfanterie: »Dicht dranbleiben!« Einer der Grenadiere ruft zurück: »Ich bin doch nicht lebensmüde!«

Das Schneetreiben wird dichter. Die russischen MGs tacken schwerfällig, die MPis klackern. Die Explosivgeschosse platzen wie Knallerbsen. Jetzt mischt sich eine Ratsch-Bumm ein. Die ausgeleierte Zehnfünf schießt wieder auf den Hang hinter ihnen.

Sepp, der dem Kommandeur als Melder zugeteilt ist, poltert die Treppe hinunter: »Funker, Kompanien sollen Flanken beobachten und Anschluß halten. Dritte aufschließen! Der Iwan tritt am Westrand des Dorfes an!« Aha, denkt Quast, ein Gegen-Gegenstoß also.

Schon läßt der Iwan seine Feuerwalze los. Der Bunker beginnt zu schaukeln. Wie immer bei Trommelfeuer knackt es in den Ohren, und die Druckwellen reißen den Atem weg. Die Gegenstelle meldet sich: »Hier Zwote. Liegen fest. Verbindung zur Ersten abgerissen. Verständigung sehr schlecht. Gehe auf Tastverkehr!« Quast schaltet um. Da ist die Zwote wieder: »Iwan durchgebrochen, linker Flügel. qqq.« Es rauscht nur noch im Kopfhörer.

Die Luft dröhnt. Dazwischen Urrah-Geschrei, Kettengeklapper, Aufheulen von Motoren. Die Sturmgeschütze fahren mit Vollgas über die Mulde hinweg nach hinten. Sie haben sich verschossen. Quast schiebt Stahlhelm und Hörer zurück und wischt sich den Schweiß vom Gesicht. Jetzt klingt es auch von den Flanken herüber: Urrah, Urrah. Heinz sieht unter dem Stahlhelmrand zu Quast hinüber. Quast nimmt eine Stielhandgranate, schiebt sie ins Funkgerät, schraubt den Verschluß ab, schüttelt den Porzellanknopf an der Abreißschnur heraus. Auch Heinz fummelt jetzt. Quast zieht seinen Karabiner näher an sich heran, klopft auf die Taschen. Die Munition klappert.

Dann kommt der Panzer. Erst noch Schritte, Gekeuche, Flüche. Fritz rollt die Stufen herunter, schreit: »KW Eins von vorn!« Im Einstieg wird es dunkel. Da ist er. Mit brüllenden Motoren. Die Ketten quietschen wie Millionen Kreidestücke auf einer Schiefertafel. Der Panzer schiebt sich aufs Bunkerdach. Dreht. Links, rechts, links. Es knirscht, stöhnt in den Bohlen. Splittert. Hält. Quast schielt hinaus, nach oben. Nieten, Rollen, Federarme, dick wie Ofenrohre, Kettenstollen, klotzig wie Kommißbrote, Schrauben, öliges, verschrammtes, geschundenes Eisen. Genau über ihm. Er hat einmal einen Panzer knacken wollen. Jetzt hockt er da, zitternd, mit einem Karabinerchen und drei Handgranaten. Er läßt sich zurückfallen. Und ist plötzlich taub. Der KW Eins hat mit seiner Siebenzwoundsechziger-Kanone neben sich in die Mulde geschossen. Sand rieselt durch die Bunkerdecke. Alles ist voller Staub. Sie husten, wischen sich die Augen. Dann ist es wieder hell im Einstieg.

Das fahle Grau des Morgens geht ganz sacht in ein zartes Blau über, das Schneetreiben hat aufgehört. Wo ist der Iwan? Wo bleibt seine Infanterie? Der Gefechtslärm ist unverändert heftig. Die Zweite meldet sich: »Alle Offiziere gefallen. Iwan mit zweiter Welle durch, Richtung Bataillonsbunker!« Quast steckt den Kopf vorsichtig raus. Die Mulde ist voll mit Leuten der Dritten. Dazwischen Verwundete und Tote. Links neben dem Einstieg zwei Scharfschützen mit Zielfernrohren. »Nimm den linken mit der Pelzmütze!« – »Gut, du den rechten!« Die Abschüsse peitschen. »Treffer!« – »Treffer!« Aus dem Kopfhörer piepst es. »Hier Zwote. Brechen durch zur Ersten. Igeln uns ein!«

Der Panzer kommt mit Vollgas zurück, genau in seiner alten Spur. Quast sieht für einen Augenblick die rostigen Abschleppösen am Bug, die Furchen auf dem Panzerschild vor dem Fahrersitz, ein verknäueltes, hochgebogenes Schutzblech. Der Panzer hält knirschend über ihnen. Dreht. Schießt die Mulde entlang. Dreht wieder. Verschwindet mit blubbernden Auspuffen und scheppernden Ketten. Und dann ist die russische Infanterie da. Kehlige Schreie, Garben aus Maschinenpistolen, Stöhnen, Flüche in Russisch und Deutsch, Detonationen von Handgranaten. Die Hölle ist ausgebrochen. Quast steht mit Heinz im Einstieg, Kopfhörer heruntergezogen, Karabiner schußbereit, Geräte in Griffnähe.

Über ihnen russische Stimmen. Schnell Handgranate her. Abziehen, einundzwanzig, zweiundzwanzig, dreiundzwanzig und – wegen der Nähe – vierundzwanzig. Ein Schritt nach vorn, Wurf! Das Ding ist oben, auf dem Bunkerdach. Es kracht. Noch eins hinterher. Aus der Ferne ein heiserer Ruf: »Kommandeur gefallen!« Dann eine helle Stimme: »Alles hört auf mein Kommando!«

Über den Muldenrand rutscht eine Gestalt vor den Einstieg, Oberleutnant Wille, der Führer der Granatwerfer. Er ist blutüberströmt und wimmert: »Erschießt mich doch. Laßt mich nicht liegen! Bitte erschießt mich!« Karl, der plötzlich auf den Stufen steht, will den Sterbenden hineinschieben. Quast winkt ab. Wenn sie sich wehren müssen, können sie sich in der Enge nicht bewegen, denkt er. Aber der Melder vom Granatwerferzug schiebt seinen Oberleutnant hinein, reißt ihm die Uniform auf. Schon sind die Arme des Melders blutbeschmiert bis zu den Ellenbogen. Das Wimmern und Stöhnen bricht ab. Der Oberleutnant ist tot. Der Melder zieht ihm die Jacke übers Gesicht.

Fritz ruft, die Augen angstgeweitet: »Wir lassen die Geräte hochgehen, und dann raus!« Heinz sagt: »Warte noch. Erst, wenn der Iwan in der Tür steht!« Aus dem Kopfhörer piepst es: die Zwote. Quast gibt »eb, eb«, bitte warten! Er steigt mit entsi-

180

chertem Karabiner den Einstieg hoch. Eine MPi-Garbe fetzt in den Balken über ihm. Er zieht den Kopf ein. Plötzlich ist es draußen ganz still. Quast blickt sich zu Heinz um. Sie schieben sich aus der Deckung.

Der Himmel ist jetzt wunderschön, ein sanftes, sattes Blau. Ein paar Wolkentupfer fliegen wie Schwäne dahin. Davor steht, schräg nach oben, der Bataillonsstander aus Blech. Daneben sitzt, an die Muldenwand gelehnt, ein Unteroffizier. Ein Loch in der Stirn, in der erstarrten Faust die Pistole. Der Schnee ist zerstampft zu Matsch in allen Schattierungen von mattrosa bis blutigschwarz. Quer vor dem Einstieg ein Russe. Die erloschenen Augen zum Himmel gerichtet. Ein Kindergesicht. Quer darüber Herbert von der Dritten. Den Arm abgewinkelt. Im Handteller hellrotes Blut. Tote, ineinander verkrallt oder wie schlafend. Dazwischen, halb von einer Zeltbahn bedeckt, die Leiche des Kommandeurs. Waffen liegen herum, in den Matsch hineingetreten, Munikisten. Helme, deutsche, russische. Koppelzeug. Neben dem Einstieg ein Karabiner mit fleckigem Bajonett, sorgfältig angelehnt. Vom Bunkerdach tropft es rot.

Hinter dem Muldenrand duckt sich in zerfetzten, verdreckten Tarnanzügen eine Handvoll Leute von der Dritten. Einer dreht sich um. Augenhöhlen und Bartstoppeln blauschwarz im Weißgelb des Gesichtes. Er macht ein Zeichen, Quast soll sich dukken, hält einen Finger vor den Mund und deutet mit dem Kopf dorthin, wo die Mulde eine Kurve macht. Quast kriecht zu ihm hinüber. Der MG-Schütze sagt: »Der Iwan ist gleich nebenan!« – »Und vor uns?« fragt Quast. – »Auch!« – »Und rechts runter?« – »Zwanzig Meter gehören uns!« – »Ist ja prima.« – »Ja, zum Totlachen!« Der Angriff ist liegengeblieben. Quast hatte gleich so ein mulmiges Gefühl gehabt.

Der Ari-Beobachter, der neben dem Einstieg mit seinem Scherenfernrohr steht, gibt monoton an die Batterie durch: »Zwo feindliche Panzer Westrand Abischa.« Heißt das, daß der Iwan noch einmal angreift? Es wird allerhöchste Zeit, die Division, der sie zugeteilt sind, genauer ins Bild zu setzen. Aus eigener Kraft werden sie die Umklammerung nicht aufbrechen können.

Aber sooft Heinz das Rufzeichen in den Äther jagt: keine Antwort! Die Gesichter werden lang. Über sie hinweg schlurren die Geschosse der Zehnfünfer nach Abischa hinein.

Sie hocken da, entmutigt. In die Stille danach sagt Heinz: »Warum kommen eigentlich nie diese blöden Stukas? Ich fordere jetzt Stuka-unterstützung an!« Aber die Gegenstelle meldet sich nicht. Paul sagt: »Jetzt fängt der auch noch an zu spinnen ...« Doch Heinz setzt den Spruch blind ab. Wiederholt ihn. Schildert die Lage, fordert dringend Stukas an. »Mensch, Heinz, Stukas gibt's doch nur noch in der Wochenschau! Wenn die den Spruch wirklich kriegen, dann halten sie uns für wahnsinnig!« – »Sind wir es nicht?« knurrt Heinz. Sie schweigen. Der Ari-Beobachter kommt herein, sagt zu seinem Funker: »An Batterie: Ein Panzer brennt. Der andere ist liegengeblieben. Besatzung steigt aus.« Aber auch die Batteriefunkstelle meldet sich nicht. Keiner sagt etwas. Ein russischer Panzer mehr oder weniger, was spielt das jetzt noch für eine Rolle? Und dann hören sie das ferne Dröhnen: Flugzeuge. Sie drängen sich in die Mulde hinein. Da, hoch oben im Blau, Stukas, Ju Siebenundachtzig! Drei, sechs, neun, zwölf – schräg über ihnen kippen sie ab. Steil über die rechte Tragfläche. Wie Spielkarten, die man aus der Hand fallen läßt. Aufheulend jagen die wuchtigen Maschinen mit den Knickflügeln, den dünnen Rümpfen und den Kühlern, die wie aufgerissene Mäuler aussehen, fast senkrecht in die Tiefe. Bei Abischa drüben beginnt Flak zu rattern. Dann kommt eine Reihe gewaltiger Donnerschläge. Die Erde bebt. Schwarze, fette Qualmwolken steigen drüben auf, darin zuckender Feuerschein. Die Stukas streichen mit brüllenden Motoren flach über sie hinweg, etwa fünf Meter hoch. Ein Pilot winkt ihnen zu. Ein Bordschütze stößt die Faust in die Luft. Es ist totenstill. Erst nach zehn Minuten setzt das russische Feuer zögernd wieder ein.

Die Männer drängen sich in den Bunker zurück. Sie sind durch den Stukaangriff erleichtert. Aber sie machen sich nichts vor. Die Kompanien sind durch das russische Feuer immer noch festgenagelt. Sie haben sich eingeigelt und schwimmen wie Inseln im russischen Meer.

Hans, der still und graugesichtig zwischen ihnen hockt, sagt plötzlich mit zitternder Stimme: »Laßt uns aufhören. Die machen uns ja doch fertig. Rausgehen, Hände hoch, dann haben wir noch 'ne kleine Chance!«

Sie sehen ihn schweigend an. Mit schneeweißem Gesicht, zukkenden Lippen und aufgerissenen Augen sitzt er da. Sie kennen ihn, sie wissen, wie stur er sonst in derartigen Lagen sein kann. »Mensch, Hans, die holen uns doch hier raus! Die Stukas waren doch schon da. Die lassen doch das Bataillon nicht im Stich!« Hans schluchzt: »Wer soll denn da noch kommen?« Sie antworten nicht. Sie wissen auch keine Antwort.

Es bleibt noch etwa eine Viertelstunde lang ganz ruhig. Wie an einem normalen Nachmittag in einem normalen Stellungskrieg. Schon beginnt Hoffnung in ihnen zu keimen. Doch dann kommt die Ernüchterung. Ein gewaltiger Feuerschlag, genau in die Mulde. Im Bunker liegen die Verwundeten übereinander. Die Männer hocken so beengt an den Geräten, daß Quast kaum den Mikrofonschalter drücken kann. Ein Treffer aufs Bunkerdach preßt ihnen die Luft ab. Die Trommelfelle schmerzen. Dann springt das Feuer plötzlich nach hinten. Heinz sieht aus dem Einstieg, dreht sich mit bleichem Gesicht um und sagt gepreßt: »Jetzt kommt der Iwan über die freie Pläne!«

Sie stürzen mit Waffen und Handgranaten hinaus. Über die endlos erscheinende Ebene hinter ihnen kommen dunkle Gestalten in Tarnanzügen. Eine Schützenlinie nach der andern. Abstand von Mann zu Mann etwa fünf Meter. Die Gestalten davor, die mit den Armen Zeichen machen, das müssen die Unterführer sein. Aber was ist mit dem russischen Feuer? Es rollt in die Ebene hinein! Rauchkegel, Schneewolken, Erdfontänen steigen zwischen den Gestalten hoch. Doch wenn auch nach jedem Einschlag einige liegenbleiben – sie behalten die Ordnung bei. Sie rücken in die Lücken nach, die das Feuer reißt. Himmel, das sind ja die unseren! Die Männer in der Mulde stehen ganz still. Paul sagt: »Wie im Kino. Jetzt fehlt bloß noch Otto Gebühr und der Choral von Leuthen!« Ja, so ähnlich muß es beim Alten Fritzen gewesen sein.

183

Da stapfen mehrere hundert Mann unter schwerem Beschuß über eine kilometerweite, tellerflache Ebene, deren kniehoher Schnee jeden Schritt zur Qual werden läßt und es unmöglich macht, sich in Sprüngen vorzuarbeiten und sich zwischendurch an die Erde zu schmiegen. Sie wissen nicht, ob der Rand der Ebene überhaupt noch von eigenen Kräften gehalten wird. Sie müssen vor dem letzten Licht ihr Ziel erreicht haben, wenn sie nicht im unbekannten, deckungslosen Gelände festgenagelt werden wollen. Sie haben den Befehl, ihre Verwundeten liegenzulassen und den wenigen Sanitätern anzuvertrauen, die weit hinter den Schützenlinien hin und her springen und mit Verbandzeug hantieren. Sie sollen nur eins: innerhalb kurzer Zeit die Frontlücke vor Abischa wieder schließen und die Männer befreien, die vom Sturmbataillon noch übrig sind. Und dabei haben sie den Dreck, die Läuse, die Wunden vom letzten Einsatz noch am Leibe.

Jetzt beginnen sie zu laufen. Die ersten keuchen die Schräge hoch, erreichen taumelnd die Mulde mit den Männern der Dritten. Einige steigen in den Gefechtsstand hinunter. Die anderen stürmen schweratmend über die Stellung hinweg. Vor Quast taucht ein ausgemergeltes Gesicht unter dem Stahlhelm mit aufgerissenem Tarnbezug auf: »Wir übernehmen die Stellung. Waffen-SS, Polizeidivision! Wo ist der Kommandeur?« Quast deutet auf die blutige Zeltbahn neben dem Einstieg und sagt: »Gefallen, Herr ...« – »... Hauptsturmführer«, wird Quast belehrt. »... Hauptsturmführer! Unsere erste Kompanie liegt dort vorn, rechts vor der Rauchsäule. Die Zwote gleich links daneben. Die Dritte hier am Bunker ...«

»Schon gut!« Aus dem Kopfhörer kommt die Erste: »Der Entsatz ist da. Das wurde aber Zeit, verdammt. Wir hatten schon die letzte Zigarette geraucht. Erste und Zwote gehen zurück zum vorgeschobenen Gefechtsstand.« Heinz nimmt den Kopfhörer ab und erklärt heiser: »Die Schlitten für die Toten sind hier, wenn's dunkel ist, sagt die Division. Wir gehen mit ihnen zurück.«

Es schneit wieder, alle Konturen verschwimmen in grauem

Licht. Es fällt kein Schuß. In Abischa drüben schnauben Panje-
pferde, Gerät poltert, und Stimmen klingen herüber. Sie gehen
schweigend zurück, die Köpfe gesenkt. Auf die Troßschlitten
haben sie die Toten gestapelt. Dahinter schlurfen die Reste der
Kompanien, mit schweren, müden Schritten. Um Mitternacht
beziehen sie wieder die Quartiere. Es wird noch Essen ausgegeben. Auf jeden Mann kommen zwei Portionen, denn die Kü-
chenbullen haben nichts von den schweren Verlusten gewußt.
Quast hatte von Anfang an ein mulmiges Gefühl gehabt. Aber es
ist noch einmal gutgegangen. Für ihn und Heinz und Karl und
Paul und ein paar andere. Diesmal wenigstens. Sie haben keinen
Hunger. Sie hocken um den Tisch mit den Hindenburglichtern
und den Flecken von Margarine und Waffenöl. Heinz holt eine
Flasche aus der Gerätekiste. Die Beutegläser klicken aneinander. Sie denken an den jungen, ehrgeizigen Kommandeur, an die
Grenadiere vom Alten Fritzen, an die Toten, die als zerrissene
Klumpen oder friedlich und scheinbar unberührt wie Schlafende
draußen im Schuppen liegen. Sie alle wissen: Bodo Düsterhen ist
gefallen. Der Panzer hat auf ihn, einen einzelnen Mann, geschossen. Der russische Richtschütze hat auf ihn, wahrscheinlich voller Angst, Wut und wildem Haß, seine Kanone abgefeuert. Aber
keiner hat mehr die Kraft, es Sepp zu sagen, der draußen vor der
Kate steht und in die Finsternis starrt, weil er meint, sein Freund
Bodo sei nur versprengt und käme gleich zum Dorf herein.

19

Autor: Haben Sie denn nicht gespürt, wie sehr die Menschen in diesen
            Jahren verroht sind?

Quast: Aber die Menschen sind doch roh von Natur aus. In solchen
            Zeiten platzt der Lack weg. Was man dann sieht, ist nicht immer
            schön!

Autor: Und was haben Sie in sich selbst entdeckt?

Quast: Hündische Angst. Mit der traumtänzerischen Sicherheit war es
            vorbei. Erst jetzt begann ich zu begreifen, was es wirklich heißt,
            sich zusammenzureißen.

Am nächsten Morgen begraben sie ihre Toten. Sie haben es dem
Sepp schließlich doch sagen müssen, daß sein Freund in der
Reihe der Gefallenen liegt. Sepp will es nicht glauben. »Als der
Panzer kam, ist er ins Deckungsloch gesprungen. Ich habe ihn
doch kurz zuvor noch gesehen!« – »Sepp, er ist nicht hineinge-
kommen. Da saß schon einer drin!« – »Glaub' ich nicht!« –
»Sepp, reiß dich zusammen, wir zeigen dir Bodo!«
Da liegt der Rest eines Menschen. Der Kopf ist nicht mehr erkennbar. Der Brustkorb aufgerissen. Ein Bein aus der Hüfte
herausgetrennt. Ein Arm fehlt. »Das soll Bodo sein. Ihr spinnt
ja!« Aber Sepp geht doch mit verzerrtem Gesicht auf das zu, was
einmal ein junger Mensch war, zupft an der Hüfte, bis der Schlitz
der Hosentasche freiliegt. Faßt hinein. Als er die Hand heraus-
zieht, hält sie ein Zigarettenetui. Das Etui von Bodo Düsterhen.
Sie tragen die Leiche eines etwa dreißigjährigen Sanitätsunterof-
fiziers einer Luftwaffen-Felddivision ans Licht. Sein Körper ist
von Schüssen durchsiebt. Dreiundzwanzig zählen sie. In seiner
Tasche ein Brief. Die Schrift einer Frau, unausgeglichen, die

Zeilen nach unten absackend: »… glaube ich, daß Du recht hast. Wir haben uns nichts mehr zu sagen. Und die Kinder haben ihren Vater sowieso nie gesehen. Du hast es Dir fein ausgesucht, als Sanitäter. Die Krankenschwestern sollen ja sehr entgegenkommend sein. Aber ich, Deine Frau, sitze hier, und Mutter hat wieder ihren Husten.« Quast betrachtet den Toten lange und eindringlich. Er wirkt friedlich, seine Miene gelöst. Er wird seiner Frau nie wieder etwas erklären müssen. Wegen seiner Kinder wird er kein schlechtes Gewissen mehr haben. Und Mutter wird husten und husten.

Sie wollen seiner Frau den Ehering schicken. Nachdem sie den Brief gelesen haben, ist ihnen das wichtig. Er geht nicht vom Finger. Gottfried sagt: »Mit dem Ring kommt er nicht unter die Erde!« Und sieht Dribaschewski, genannt Driba, den Stauer aus dem Hamburger Hafen, bedeutungsvoll an. Driba nickt und greift in die Tasche, in der sein Klappmesser steckt. Sie drehen sich um. Einen Augenblick später sagt Driba: »So, dat Ding könnt ji hebben!«

Hat Quast eigentlich Angst gehabt? Er sitzt in der Banja. Die anderen sind schon draußen, im Schnee. Quast genießt das Alleinsein in der Hitze. Er zieht den Holzrauch, den Harzgeruch in die Lungen hinein und starrt an die Wand. Ja, wie ist das nun mit der Angst? Natürlich hat er Angst gehabt, Todesangst. Aber sie hat ihn nicht gelähmt, immer hat Hoffnung dahintergestanden, eine durch nichts begründete Gewißheit, ihm werde nichts geschehen. Wird das immer so weitergehen? Quast spuckt auf die heißen Steine. Es zischt. Er rennt hinaus, wirft sich in den tiefen Schnee. Sein Körper dampft. Er fühlt sich so lebendig, er könnte schreien: Vera, Tonia, Lena, wo seid ihr? Jetzt kommt der kleine Quast! An diesem Abend betrinkt er sich.

Gleißendes Sonnenlicht strahlt von der blauen Himmelskuppel. Die Anderthalbtonner haben sie auf glatter Straße und in zügigem Tempo ans Ziel gebracht. Vorbei an einem Schild »Feldlazarett Irboska«. »Jetzt ein hübscher Schuß«, hat Heinz nachdenklich gesagt, »und du liegst im weißen Bett.« – »Ja«, hat Quast geantwortet, »und tausend nackte Frauen warten auf dich. Und dreimal am Tag gibt's warmes Essen! Mensch, Heinz, du hast wohl zuviel russische Propaganda gehört, was?« Alle haben gelacht, und Heinz hat grinsend gesagt: »Dir fehlt einfach der sittliche Ernst für diesen Krieg!«

Sie haben sich auf die Häuser verteilt, die um eine Straßenkreuzung herum verstreut liegen. Das eine Asphaltband läuft oben am Hochufer des Flusses entlang, der Welikaja heißt. Das andere kreuzt die Uferstraße und führt auf eine Behelfsbrücke über die Welikaja zu, ein hohes, filigranes Bauwerk aus Holz. Neben ihm sind Stapel von Brückenstreben und -trägern aufgereiht. Auf der anderen Flußseite läuft diese Verkehrsader auf eine Waldkulisse zu, die sich flußauf- und flußabwärts im Dunst verliert. Nach dem Gefechtslärm weit drüben im Wald zu schließen, werden die Russen alles tun, um diesen Knotenpunkt, diesen Flußübergang zu erobern und einen Brückenkopf zu bilden.

Acht Mann von der Nachrichtenstaffel stehen an zwei schmalen Fenstern im Innern eines Hauses und blicken hinüber zur Brücke, über die sich Nachschubverkehr wälzt. Plötzlich jaulen hinterm Wald Flugzeugmotoren auf. Alle stürzen zur Tür, alle wollen zur Rückseite des Hauses, in Deckung. Quast sieht, wie die Menschentraube sich im engen Durchlaß drängt und wirft sich unter die Fensterbank. Seine Neugier ist größer als die Angst, und so schiebt er den Kopf über das Fensterbrett hoch. Eins, zwei, drei, vier Schlachtflugzeuge mit dem roten Stern wippen über den Waldrand, senken die Nasen auf die Brücke zu. An den Vorderkanten der Tragflächen blitzt es auf, Bomben lösen sich, Leuchtspurfäden der Flak neben der Brücke weben zarte Muster ins Blau und laufen auf die Flugzeuge zu. Gebückte Gestalten springen von den Lastwagen, aus der Ladefläche eines Wagens steigt Rauch auf. Teile des Brückenbelages wirbeln in die Luft. Staub- und Rauchschwaden verschleiern das Bild. Einschläge aus einer Bordkanone stanzen am Haus vorbei. Ein Bombeneinschlag läßt es erzittern. Kalk rieselt von der Decke. Die IL 2 ziehen hoch. In der Steilkurve glitzern Tragflächen und Rümpfe im Sonnenlicht. Die Lkws auf der Brücke jagen mit Vollgas die Rampe hinauf, einer von ihnen in Feuer gehüllt. Der

Fahrer springt heraus. Der Wagen explodiert mit dumpfem Geräusch. In Sekundenschnelle ist der Spuk vorbei. Zwei Körper liegen auf dem durchlöcherten Brückenbelag. Sanitäter und Pioniere mit Brettern und Werkzeug laufen auf die Brücke zu, eine Rauchwolke plustert sich auf und segelt langsam davon.

Die Funker kommen hinter Quast keuchend durch die Tür, klopfen ihre Uniformen ab. Quast sitzt hinter der Fensterbank, plötzlich elend vor Angst. Zum ersten Mal hat ihn die Einbildung verlassen, es könne ihm nichts passieren. Du liegst da unten, denkt er, und von oben saust ein riesiger Hammer auf dich herunter. »Nun seht euch an, wie der dasitzt«, sagt Heinz hinter ihm, »Mensch, Herbert, du bist hier nicht im Kino!« – »Ich weiß, ich weiß …«, sagt Quast und steht auf.

Rauch, Pulverdunst und Feuer. Riesige, weite Schneeflächen, gesprenkelt von Trichtern. Gehöfte in hohen Baumgruppen, in ihrem Schatten Panzerkolosse mit erhobenen Geschützen. Glühendes Abendrot. Eine blaugrün-violette Wolkenscheibe mit gelbroten Rändern über dem Horizont. Winzig in diesem Panorama die Grenadiere, Pünktchen, einzeln und in Gruppen. Es riecht nach Pulver und Auspuffgasen. Ein Obergefreiter der Kampfgruppe, der sie zugeteilt sind, soll sie nach vorn bringen, wo sich Reste einer Nachhut sammeln, um eine Widerstandslinie zu bilden. Ein Offizier mit wippender Kartentasche läuft vorbei, dreht sich zu ihrem Einweiser um: »Wo stecken Sie denn? Kommen Sie mit!« Und zu Quast und Brinkmann gewandt: »Sie finden auch so weiter!« Sekunden später stehen Quast und Brinkmann allein da.

Dunkelheit fällt rasch ein. Das Abendrot wird fahl, die Schatten tiefblau. Außer unregelmäßigem Gewehr- und MG-Feuer ist es ruhig. Der Donner ist verebbt. Sie gehen vorsichtig zwischen einer zusammengebrochenen Kate und einer Scheune hindurch. Unter Quast sagt eine Stimme: »Tritt mir nicht auf die Birne, Menschenskind!« Eine Zeltbahn, die über ein strohgepolstertes Loch gezogen ist, klappt hoch. Ein Landser wird sichtbar. Er macht Kampfpause mit einem Kanten Kommißbrot und einem Schluck aus der Feldflasche. Es hat fast etwas Gemütliches. Sie fragen: »Bist du von der zwölften Luftwaffen-Felddivision?« – »Ja!« – »Wir müssen zur Kampfgruppe Balthasar!« – »Was davon noch da ist, sitzt gleich da vorn neben der Banja.« – »Danke!« – »Gute Nacht, Marie!« Die Zeltbahn schließt sich, Stroh raschelt. Sie hören lautes Schmatzen. Brinkmann, ein hagerer Berliner mit krausen Haaren und weichen braunen Augen, sagt: »Beinah wie beim Souper im Adlon!«

Da ist die Banja. Daneben eine Zwo-Zentimeter-Flak, das Rohr steil nach oben gerichtet. Vor ihnen eine weite Schneefläche. Berge von Toten darauf. Die Grabenbrüstung wirkt seltsam unregelmäßig. Als Quast näher hinsieht, bemerkt er es: Tote. Deutsche Grenadiere. Alle mit dem Rücken zum Feind. »Das hat wohl 'ne Panik gegeben?« sagt Quast. Aber der Kompanieführer, ein kleiner, hohlgesichtiger Mann mit Stoppelbart, der eine russische MPi und im Koppel eine P-Achtunddreißig trägt, antwortet nicht. Das Loch, das er ihnen zuweist, muß erst von Toten geräumt werden. Zwei Grenadiere sind ihnen als Sicherung zugeteilt, weil die Russen nachts mit Stoßtrupps in den Graben einbrechen, wie die vergangenen Rückzugskämpfe gezeigt haben. Die Posten, stille, graue, übermüdete Gestalten, lassen die Toten einfach über die Leichenhaufen aufs Stoppelfeld kollern.

Brinkmann und Quast ziehen eine Zeltbahn über die Grabenausbuchtung. Zwei Meter dahinter hocken die beiden Posten. Einer schläft, der andere starrt ins Vorfeld. Granatwerfer flappen von drüben. Störungsfeuer. Die Russen streuen den Graben ab. Die Funkverbindung ist klar und einwandfrei. Quast geht zu den Posten, um Einzelheiten zu erfahren. Beide schlafen. Quast rüttelt einen wach. »Du pennst hier, und dann wundert ihr euch, wenn der Funktrupp geklaut wird!« Aber der Posten klappert nur mit den Lidern und grunzt. Er ist zu Tode erschöpft.

Eine Wurfgranate fetzt in den Graben, fünf Meter entfernt. Das kann ja morgen heiter werden, denkt Quast. Er legt sich vors Gerät, zu Brinkmann. Da gibt es einen Donnerschlag. Quast bleibt der Atem weg. Die Zeltbahn über ihnen ist zerfetzt. Die Skalenzeiger des Funkgerätes stehen auf Null. An der Rückseite des Kastens klafft ein gezacktes Loch. Brinkmann sagt ruhig: »Das war's dann!«

Quast fragt sich zum Kompanieführer durch, sagt: »Das Gerät ist betriebsunfähig geschossen. Ich gehe zurück zum Bataillon, ein neues besorgen. Gefreiter Brinkmann bleibt da!« Der Kompanieführer flucht, ermahnt Quast, vor Tagesanbruch wieder zurück zu sein. Quast läuft los, atmet ruhig, teilt seine Kräfte ein. Du bist wie ein Hund, denkt er, der macht auch jeden Weg doppelt und dreifach. In seinem schmutzigweißen Kampfanzug hebt er sich vom tiefdunklen Hintergrund ab, und von drüben kleckert ein MG zu ihm herüber. Schieß nur, denkt Quast, bei dem Licht hast du eine Chance von eins zu hunderttausend. Aber er legt doch Tempo zu.

Vor dem Blockhaus ein auseinandergerissener Heuhaufen. Darin eine olivbraune Gestalt, in beschmierte Decken gehüllt. Sie wimmert leise. Quast betritt das Haus, duckt sich. Ein quadratischer Raum, die Fenster dicht vernagelt. Auf dem Dielenboden eine Gruppe Landser, um ein Feuer herumliegend, das sie in einem Blechgefäß auf dem Boden entzündet haben. Der Rauch füllt, von der Decke herunter, die halbe Höhe des Raumes, streicht langsam zur Tür hinaus. Den Ofen können sie nicht benutzen. Würden die Russen Rauch aus dem Schornstein steigen sehen, dann stünde das Haus nicht mehr lange.

Quast hustet, fragt nach dem Weg zum Bataillon, fragt nach dem Bündel da draußen. »Ein Iwan, von einem Stoßtrupp liegengelassen. Bauchschuß.« – »Und ihr bringt ihn nicht nach hinten?« – »Das lohnt nicht, der macht nur noch ein paar Minuten!« Quast geht hinaus. Er bückt sich zu dem Sterbenden hinunter, dessen Gesicht aus den Decken schimmert. Er berührt die naßkalte Stirn. Der Russe flüstert etwas, aber Quast versteht es nicht. Quast hockt sich nieder und sagt: »Da, da« und »charascho.« Über ihnen wölbt sich der Nachthimmel. Ein Flugzeug summt in großer Höhe dahin. Quast fühlt sich einsam und so verzweifelt, daß es ihn im Hals würgt und er schlucken muß.

Als Quast beim Bataillon eintrifft, steht die Sonne schon über dem Wald. Er soll nicht wieder nach vorn gehen, hört er, das

Bataillon wird verlegt. Brinkmann wird mit dem Melder zurückkommen, der schon nach vorn unterwegs ist. Heinz hat ein Stück
Räucherfleisch für Quast aufgehoben, und aus einem Kanister
löffelt er eiskalte Bohnensuppe in sein Kochgeschirr. Er hockt
sich in einen Deckungsgraben. Kaut zu Suppe und Fleisch eine
Scheibe Kommißbrot. Quast merkt jetzt erst, daß er seit gestern
abend nichts gegessen hat. Alle zehn Minuten fährt eine Granate
in die Bäume, aber das Feuer scheint nicht gezielt zu sein. Der
Iwan meint den Waldrand, nicht den Gefechtsstand.
Quast setzt sich auf den Grabenrand. Schräg über der Bunker-
gruppe kurbeln deutsche und russische Jäger. Quast stochert
träge in seinem Kochgeschirr herum. Er stellt das verschrammte
Gefäß zur Seite. Die Sonne wärmt ihn durch die gefütterte Jacke
hindurch. Die Hände sind nicht mehr blaugefroren, sondern rot.
Endlich peinigt ihn die eisige Kälte nicht mehr. Quast legt sich
hin, starrt in den Himmel. Ein Jagdflugzeug streicht wie eine
Hornisse quer durch sein Blickfeld, hinter sich eine weiße
Rauchfahne. Ein Russe, ein Deutscher? Ihm ist es gleich. Sollen
die sich anstrengen, er braucht jetzt eine Pause. Allerdings,
wenn er russischer Beobachter wäre … Er stellt sich die Situation von oben vor. Ein Waldrand, davor eine ausgedehnte
Schneefläche. Auf eine Stelle des Saumes führen über den
Schnee Spuren hin: Kettenspuren, Wagenspuren, Fußspuren.
Wenn ich Russe wäre, denkt Quast, dann würde ich diese Stelle
beharken. Ich würde denken: Da muß ein Gefechtsstand sein.
Oder eine Verkehrsader zu einem Befehlsstand.
Um ihn herum entsteht Unruhe. Das Vorkommando der Ablösung ist da. Achtzehnjährige, mit Gepäck beladen, Munitionsgurte um den Hals, Handgranaten in Stiefeln und Koppeln. Einer fragt Quast: »Kann ich mich da nalege?« Quast antwortet
grinsend: »Du kannscht.« Der Junge wirft sich hin, andere legen
sich daneben. Gasmaskenbüchsen und Seitengewehre klappern,
das Lederzeug knirscht, sie atmen schwer. Quast ist todmüde. Er
dreht sich auf die Seite, damit auch der Rücken gewärmt wird,
schließt die Augen. Das Bild von Vera taucht vor ihm auf. Oder
ist es Tonia? Oder Lena? Quast schläft.

20

Autor: Sie haben nun die Konsequenzen Ihrer Vaterlandsliebe zu spüren bekommen …

Quast: Ich spüre sie heute noch, bei jedem Wetterwechsel.

Autor: Haben Sie eine Lehre daraus gezogen?

Quast: Erfahrungen schmerzen oft. Doch mit Vaterlandsliebe hat das nichts zu tun. Sie ist ja nicht schimpflich. Der kleinbürgerliche Machtrausch, der sich ihrer bediente, der uns bedenkenlos in die Hölle schickte – der ist das Furchtbare dabei.

Autor: War Ihnen das damals klar?

Quast: Nein, ich war nur erstaunt darüber, was Menschen alles ertragen.

Kann man wirklich so erwachen? Die Augen öffnen und dabei seinem Tod ins Gesicht sehen? Können Schmerzen so peinigend sein, daß man sie nicht irgendwie und irgendwo spürt, sondern daß man vom Kopf bis zum Fuß ein einziges Bündel Schmerz ist?

Quast liegt auf dem Rücken, in einem Graben. Auf ihn herunter prasseln Erdbrocken, regnet Sand, senken sich schwarze Staubkaskaden. Die Trommelfelle vibrieren vom Geheul der Flugzeugmotoren und dem Gebrüll der Bombendetonationen. Er meint, eine Bestie hackt in seinen Ellenbogen, sein Handgelenk, sein Schienbein, als die Einschläge der Bord-MGs an ihm entlanghageln. Er kann sich nicht bewegen, ist im Schock wie gelähmt. Glut, Kälte, Schläge, Stiche, klebrige Nässe auf dem Leib, ein pappig trockener Gaumen, würgende Übelkeit – alle Empfindungen mischen sich. Quast denkt nicht. Er ist nur noch Schmerz.

Über ihm erscheint das Gesicht von Heinz, grauweiß und verzerrt. Er zeigt auf seinen Helm, der oben, in der Mitte, zu einem zackigen Scheitel aufgerissen ist, zeigt auf seinen Kopf mit dem aufgeschlitzten grünen Kopfschützer und den Haaren, die wie zwei Hahnenkämme nach oben stehen. Heinz hat Glück gehabt, als die Schlachtflieger angegriffen haben.

»Ich hab' dich gesucht«, stößt Heinz hervor. »Auf der Deckung sind alle hin. Nur noch Fetzen sind da. Wie kommst du hierher? Das sind doch glatt zehn Meter von da hinten? Ich dachte, dich gibt's nicht mehr, ich dachte ...« Heinz stockt, ist plötzlich ganz ernst. Er hält einen vorbeihastenden Landser am Arm fest, sagt: »Faß mit an. Schnell!« Sie tragen Quast weg. Er versucht, im Gesicht von Heinz zu lesen. Aber Heinz meidet seinen Blick. Sie legen Quast auf den Knüppeldamm, öffnen ihm die Uniform. Er schielt an sich entlang. Er sieht nur Blut.

Der Hüftknochen liegt frei. Die Hüfte sieht aus wie rohes Steak. Es sprudelt rot. Ein junger Arzt kommt. Heinz fragt ihn etwas. Der Arzt schüttelt den Kopf, die Mundwinkel heruntergezogen. Heinz hat Tränen in den Augen. Sie stopfen Mullbinden in Quast hinein. Geben ihm eine Spritze. Heften ihm einen Zettel an die offene Jacke. »Bauch!« steht in großen Buchstaben darauf. Quast kann es genau lesen. Er sieht den Russen im Heuhaufen vor sich. Zwölf Stunden ist es her, da hat der Landser durch den Rauch hindurch gesagt: »Der macht nur noch ein paar Minuten!« Aber Quast weiß: Er will leben. Und nicht nur ein paar Minuten.

Heinz hat ihm zum Abschied die Hand auf die Stirn gelegt, als er in den Sanka geschoben wurde. Jetzt schaukeln sie über den Knüppeldamm. Sie müssen über die Welikaja-Brücke. Aber Quast merkt es nicht. Einer von den beiden, die unten in dem engen Wagen liegen, jammert die ganze Zeit. Oben neben Quast liegt ein Oberst, der Führer der Truppe, die das Bataillon ablöst. Er ist blaß, blickt unentwegt an die Wagendecke, beißt die Zähne zusammen. Ein Splitter hat ihm den Magen aufgerissen.

Quast hat eine Morphiumspritze bekommen. Er kommt sich vor wie mit Sägemehl gefüllt, aber er versucht verzweifelt, sich über seine Lage klarzuwerden. Doch er kann nicht denken. Er hat kurz vor der Verwundung Fleisch gegessen, Suppe und Brot, das ist schlecht. Er ist gleich verbunden worden. Das ist gut. Und wenn er sofort ins Lazarett kommt, dann ist das noch besser. Und wenn nicht …? Dann ist es schlecht. Wenn sie ihn gleich operieren, dann ist das gut. Aber er ist ja noch unterwegs. Und die Schlachtflieger, die ihn erwischt haben, werden sie ihm den Rest geben? Quast dämmert vor sich hin, während neben der Straße Bomben hochgehen und der Wagen im Luftdruck schaukelt. Die Schmerzen sind gleichmäßig stark.

Jetzt sind sie mindestens schon drei Stunden unterwegs. Der Wagen hält. Die Türen klappen auf. Zwei blasse Männer sehen herein. Quast kneift die Augen zusammen. Das Licht blendet ihn. »Na, der lebt noch«, sagt eine Stimme. Und dann: »Aber der hier nicht, der kann raus.« Die Trage unter ihm wird herausgezogen. Holz schrammt an Blech. Eine andere Stimme sagt: »Gleich weiter, hopphopp, wir bauen hier ab.« Sie bringen eine Trage heran. Der Mensch darauf hat dick verbundene Arme und einen hohen Stehkragen aus Mullbinden. Er schnauft. Die Trage wird hereingeschoben, es quietscht. Eine Stimme sagt neben dem Wagen: »… als die Bomber kamen, einfach in den Backofen gehechtet.« Brüllendes Lachen. »Hast du 'ne Zigarette?« Die Türen scheppern zu. Schritte verklingen. Dann knirschender Laufschritt. Die Fahrerhaustür fällt ins Schloß. Der Wagen ruckt an. Quast merkt, daß die Schmerzen heftiger werden.

Es ist dunkel, als sie Quast aus dem Sanka herausziehen. Flache Strohkaten, eine im Nachtfrost erstarrte, aufgewühlte Dorfstraße, frische Trichter. Sie laden Quast auf einen zweirädrigen Karren und schieben ihn die Holperstraße entlang. Plötzlich ein schnatterndes Motorengeräusch über ihnen, Fahrtwind, der in Verstrebungen pfeift. Einer der Krankenträger flucht: »Da ist die Sau schon wieder!« Sie lassen die Karre mit Quast darauf los und werfen sich hin. Die Trage klappt nach unten, Quast hängt mit dem Kopf auf der Erde, die Beine stehen schräg nach oben. Bomben schlagen ein, Splitter surren, es prasselt und zischt. Dann schieben sie Quast vor ein Haus, zerren die Trage drei Stufen hinauf. Jetzt stehen sie in einer Lichtschleuse. Einer der Träger fummelt an der Wolldecke vor der Tür.

Quast hört ein Geräusch. Laubsäge, denkt er, nein, etwas stärker. Die Tür zum Innenraum schlägt auf. Quast sieht in den Querschnitt eines Oberschenkels. Der Knochen in der Mitte, die Gefäße, aus denen das Blut hervordringt. Der Arzt legt die blitzende Säge zur Seite. Ein Helfer mit langer, blutiger Schürze trägt das abgetrennte Glied in den Hintergrund. Es ist feuchtwarm, es riecht nach Medikamenten. Instrumente klappern. Quast hört halblaute Worte, die er nicht versteht. Es herrscht eine Atmosphäre äußerster Anspannung. Sie legen Quast auf einen Holztisch. Ein Arzt mit müden, harten Augen betrachtet ihn prüfend, studiert die Verletzungen, fühlt den Puls. »Laßt die anderen Sachen«, sagt er, »wir kümmern uns nur um den Bauch. Der Bauch ist das wichtigste!« Quast nickt heftig, obwohl er gar nicht gemeint ist. »Wir machen einen Katheter. Ich will wissen, ob's die Blase auch erwischt hat!« Quast läßt alles über sich ergehen. Dann beugt der Arzt sich über ihn: »Wir können hier nichts weiter machen. Die da hinten müssen das tun. Du bist zäh genug, mein Freund. Du hältst das durch!« Ist das nun sein Freund? Quast ist sofort davon überzeugt, so zerrissen vor Schmerzen, so ohnmächtig fühlt er sich. Sie bringen ihn hinaus.

Er liegt auf einer Trage, auf dem Dielenboden eines Bauernhauses. Jetzt hat er zwei Zettel auf seiner Uniformjacke. Er knirscht mit den Zähnen und denkt: Jede Minute ist kostbar, und die lassen dich hier einfach liegen. Ein Sanitätsfeldwebel kommt herein, zwei Sanis hinter ihm. Sie sehen auf die Zettel, die wie Preisschilder an den Gestalten hängen. Der Feldwebel deutet auf Quast und noch drei andere: »Die kommen in den ersten Wagen!« Quast wird aufgehoben, hinausgetragen, in einen Sanka geschoben. Wieder wird er durchgerüttelt, wieder Gestöhne, Motorengebrumm, mahlendes Getriebe, unentwirrbare Geräusche. Es ist tiefe Nacht, als Quast ausgeladen wird. Wieder ein leerer Raum. Wieder wird die Trage auf einen Boden aus breiten, groben Dielen geschoben. Quast wirft den Kopf hin und her, so sehr quälen ihn jetzt die Schmerzen.

Es brennt nur eine matte Notbeleuchtung, und Quast glaubt sich allein. Da vernimmt er schräg hinter sich einen rasselnden Atemzug. Dann sagt eine hohle Stimme: »He, du!« Quast dreht sich nach hinten. Er sieht einen von Mullbinden vermummten Kopf mit großen dunklen Flecken. Er kann keine Augen entdecken. Quast sagt: »Ja.« – »Wo hat's dich erwischt?« fragt die Stimme. »Bauch. Und dich?« – »Genickschuß.« – »Was?« Monoton kommt die Stimme aus dem Mullknäuel: »Sie sind in die Stellung eingebrochen. Ich lag unter einem Toten eingeklemmt. Als ich mich rausgewühlt hatte, stand der Iwan vor mir. Idi sjuda, komm her! Sie haben mich über die Deckung hochgerissen. Erst ist einer vor mir gegangen und der andere hinter mir. Dann beide hinter mir. Ich mußte die Hände auf dem Kopf falten. Sie haben sich dann verlaufen und sind wütend geworden. Dann haben sie ganz leise gesprochen. Die Sonne stand schon hoch.« Der Atem in der Mullbinde rasselt. »Und dann hat mir einer die Pistole in den Nacken gesetzt und abgedrückt!« – »Und jetzt bist du hier …« sagt Quast. Wieder die monotone, hohle Stimme: »Ja, ich habe dagelegen. Ich habe gedacht, ich bin tot. Dann habe ich Stimmen gehört. Ich habe die Sonne auf meinem Gesicht gespürt. Ich habe die Augen weit aufgemacht. Aber ich habe nichts gesehen. Alles schwarz. Plötzlich hat eine Stimme auf deutsch gesagt: ›Da liegt einer, der lebt noch. Los, den nehmen wir mit.‹ Das war ein deutscher Spähtrupp. Der hat mich gefunden.« Der Atem rasselt. »Aber ich kann nichts sehen. Nichts!« Quast antwortet nicht. Was soll er sagen? Schweigend liegen sie da, und die Schmerzen höhlen sie aus.

Die Wände sind gekachelt und haben ein Mäanderband in Augenhöhe. Das Licht ist weiß, aber es blendet nicht. Quast bekommt Blutplasma. Der Sanitäter, der ihm die Infusion gibt, ist ein Russe, etwa vierzig Jahre alt, dunkel, mit vielen Falten. Quast fühlt sich ganz leicht. Er fragt, in einer Art von Ausgelassenheit: »Du hilfst einem verdammten Faschisten, Iwan?« – »Ich heiße Andrej«, antwortet der Russe mit kehligem Ton. »Und du bist ein Lehrling, ein Faschistenlehrling. Ein ganz kleiner, mehr nicht.« Andrej sagt Läährling, und er sagt: »Hast Glück. OP war schon zu. Aber für dich, kleine Gefreite, alle

Lampen an. Bist du in Wahrheit General?« Andrej zieht ihn mit
ruhigen, geschickten Händen aus und betrachtet unbeeindruckt
die Verletzungen, während Quast nicht glauben kann, daß es
sein eigener Körper ist, der da so abstoßend klafft. Dann sagt er:
»So, jetzt wirst du rasiert. Mal sehn, ob du auf deinem Bauch ein
paar Haare mehr hast als im Gesicht, molodjez!«
Auf dem Operationstisch drehen sie ihn hin und her wie einen
Brotlaib, sie diskutieren über Schußkanäle, Stecksplitter, Darm-
nähte. »So, jetzt müssen Sie zählen!« – »Sofort, Herr Stabsarzt!
Einundzwanzig, zweiundzwanzig, dreiundzwanzig …« Quast
denkt, er muß die Handgranate endlich werfen! Aber da ist er
schon eingeschlafen.

Das Bett ist weiß bezogen. Das Feldlazarett heißt Irboska, und
sie sind drei Tage zuvor am Wegweiser dorthin vorbeigefahren.
Aber Quast kann sich jetzt nicht daran erinnern. Er liegt da, vom
Fieber geschüttelt. Unterleib, Hüfte, Oberschenkel, alles dick
verbunden. Eine Mullbinde um den Kopf, ein Arm geschient.
Auch den Streifschuß am Unterschenkel haben sie zugeklebt.
Quast hat rasenden Durst. Er stellt sich einen der Holzeimer vor,
die über den russischen Dorfbrunnen hängen. Er sieht das kristallklare, eiskalte Wasser darin, sieht es überschwappen, sieht
die langen, glitzernden Schleppen. Er leidet Höllenqualen.
Im Bett nebenan liegt ein Mann mit bleichem, starkem Schädel,
dunklem Bartgewirr und freundlichen Augen. Er flüstert: »Du
hascht Durscht, gell? Aber du darfscht net trinke. Dann stirbscht
du!« Dann taucht er ein Mulläppchen in sein Trinkglas, das er
einfühlsam aus Quasts Gesichtsfeld herausrückt, und streicht das
Läppchen über Quasts aufgerissene Lippen. Quast schnappt danach, und der Bärtige sagt: »Net beiße, Büble!« Der Bärtige
kann sich selbst kaum rühren. Er hat eine schreckliche Verletzung. »D'Arsch hend se mir weggeschosse!« erklärt er. Auf dem
Bauch hat er einen künstlichen Darmausgang. Es stinkt, wenn
die Sanis die Decke anheben. Aber es stinkt ohnehin in diesem
Raum mit den gekalkten Wänden. Kot, Eiter, Desinfektionsmit-
tel – schon mit Gestank kann man Menschen erniedrigen. Doch,

das lernt Quast nun, auch in einer solchen Umgebung blüht Barmherzigkeit. Der Bärtige beobachtet Quast unablässig. Rutscht die Decke weg von Quasts geschundenem Körper, dann ruft der Bärtige den Sanitäter. Bäumt Quast sich vor Schmerz auf, dann drückt er ihn vorsichtig zurück. Schnappt Quast mit den borkigen Lippen wie ein Fisch auf dem Trockenen, dann greift er zum Läpple.

In der Nacht stirbt der Oberst. Sie haben ihn zweimal operiert. Quer vor Quasts Bett, drüben an der Wand, hat er gelegen, regungslos. Quast hat sein Profil sehen können. Seine Ohren waren immer weißlicher geworden, die Wangen eingefallen, die Augen tiefer gesunken, die Lippen schmal und wächsern.

Quast schwebt zwischen Halbschlaf und Bewußtlosigkeit. Im Nebenzimmer ist Unruhe. Er hört russische Laute. Dann eine deutsche Stimme: »Du kaputt! Nix woda!« Ein bauchverletzter Russe hat aus einer Waschschüssel getrunken. Er stirbt gegen Morgen.

Quast wird in ein anderes Zimmer getragen. Als sie ihn aufheben, blickt er zurück zu dem Bärtigen und versucht, ein ermunterndes Gesicht zu machen. Der Bärtige sagt leise: »Büble, werd du gesund!« Dann blickt er an sich herunter und hebt hoffnungslos die Schultern. Seine Augen glänzen fiebrig, die Lippen sind weiß.

Quast liegt an einer gekalkten Bretterwand. Aus einer Ritze kriecht eine Wanze hervor. Voller Ekel drückt er sie tot. »Du, Wanzentöter!« sagt eine Stimme aus dem Bett gegenüber. »Wie heißt du eigentlich?« Quast hat eine Spritze bekommen, die Schmerzen haben nachgelassen. So antwortet er, plötzlich übermütig: »Theophil heiß' ich. Das präg dir mal ein, wenn du kannst!« Alle lachen durcheinander. Ein schauriges Gelächter, keuchend, stotternd, in Stöhnen übergehend. Sie sind sechs Mann in der kahlen Stube, keiner von ihnen ist transportfähig, sonst wären sie längst auf dem Weg in die Heimat. Sie dürfen nicht lachen, die kunstvollen Nähte könnten reißen, Gefäße platzen. Aber sie lachen hemmungslos.

Die Ärzte kommen, decken Quast auf. Blicken auf die Hüfte,

auf die frische Narbe, die sich nun auch noch die Bauchdecke hinunterzieht. Sie sehen Quast prüfend ins Gesicht, studieren die Kurven von Fieber und Puls, gehen wieder mit ausdruckslosen Mienen. Einer der Gehilfen aus dem Operationsraum bleibt bei ihm, wechselt die Verbände, sagt: »Jetzt hast du einen Meter Darm weniger. Der Stabsarzt hat dir eine Naht gemacht, Mensch, wie aus dem Lehrbuch. Für das, was noch fehlt, ist ein anderer zuständig!« Und er deutet mit dem Daumen nach oben. Dann hebt er grüßend die Hand. Die Tür klappt.

Alle sind versorgt, schweigend liegen sie da. Quast sagt leise: »Kinder, ich habe meinem Führer einen Darm geschenkt ...« Und sein Gegenüber kichert: »Was wird der sich freuen. Wo doch alles immer knapper wird ...« Das Lachen will nicht aufhören. In die Stille der Erschöpfung hinein, die danach einsetzt, hören sie es tropfen: Tap, tap, tap: Blut. Drei Minuten später wird Willi hinausgefahren, in den OP. »Hoffentlich hat er sich nicht kaputtgelacht«, sagt Franz.

Jeden Tag kommt der Koch ans Bett von Quast und fragt nach seinem Appetit und seinen Wünschen. Die anderen fragt er nicht. Quast denkt, der Koch meint es besonders gut mit ihm, doch er weiß nicht, warum. Quast ist nicht verwöhnt, ihm fallen nicht viel raffinierte Gerichte ein. Aber es macht doch Spaß, etwas auszuwählen. Nach einer Woche guckt das Mondgesicht des Kochs freundlich ins Zimmer. Quast will etwas sagen, aber der dicke Sachse winkt ab: »Kannst dir gratuliern. Nu biste ke Schbezialist mehr!« Und als Quast verständnislos hochblickt: »Wer bei Freund Hein auf dr Schibbe sitzt, so wie du in den letzten Taachen, der gricht vorher noch was Guuts. Aber du bist nu duurch!«

Vier Wochen später fährt Quast im Lazarettzug in die Heimat. In Insterburg werden die schweren Fälle ins Durchgangslazarett gebracht. Verbandwechsel. Als er auf dem OP-Tisch liegt, sagt eine runde, blonde Schwester: »Näin, da ham wir ja janz was Hübsches!« Plötzlich ist er von drei jungen Frauen umgeben, die sich teilnahmsvoll seinen Unterleib betrachten.

Er sieht vergnügte Augen, glänzende Lippen, Grübchen, Haarkringel, Blusen, die sich spannen, Hüften unter gestreiftem Stoff. Er sieht zarte Ohren, Hälse mit feinem Haarflaum, schlanke Hände, blonden Schimmer auf runden Unterarmen. Er verfolgt gebannt die geschmeidigen, sicheren Bewegungen.

Er ahnt die gesunden Körper unter Kleidern und raschelnden Schürzen, spürt förmlich die glatte Haut, das Spiel der Muskeln, hört warme Stimmen, die ihn einhüllen, Wortmelodien, an die er nicht mehr gewöhnt ist. Alles, was in ihm steckt an Begierde, an Sehnsucht nach Nähe, will sich ausdrücken. Kurz: Dort, wo die Schwestern so liebevoll freilegen, säubern, bedecken, verkleben, verbinden, geschieht eine körperliche Veränderung, deren anatomische Bedeutung ihm damals mit Lena in der Kartoffelbaracke erst richtig eingeleuchtet hatte. Aber hier, in diesem Augenblick?

Ihm wird heiß, und er wird feuerrot. Doch die Mädchen schmunzeln, und dann lacht eine von den dreien hell und sagt in breitem Ostpreußisch: »Na, siehste, Jungchen, immä nur den Kopp richtich hoch, dann sieht das Leben jleich ganz andäs aus!«

Autor: Viel Erfahrungen mit Mädchen hatten Sie nicht?

Quast: Nein, ich war einfach zu abgelenkt. Frauen waren für mich Wesen aus einer anderen Welt.

Autor: Sie hatten kein Empfinden …

Quast: Aber ja. Es muß doch, stellte ich mir vor, auch einen Bezirk geben, in dem Übereinstimmung, Verständnis, Gefühl gelten. Das war die Welt der Frauen, die mir so fern war. Liebe? Was wußte ich schon davon?

Autor: Haben Sie nicht den Eroberer spielen können? Den Schürzenjäger?

Quast: Ich hatte doch viel zuviel Angst, weh zu tun.

Es ist Hochsommer, als Quast wieder bei seiner Mutter ist. Er muß noch täglich ins Lazarett zum Verbinden, aber er kann zu Hause wohnen. Er ist ein Ambulanter. Sie haben ihm wieder einmal einen Splitter aus der Bauchdecke herausoperiert, von einer der Handgranaten, die der Junge, der damals neben ihm zerrissen worden war, am Leibe getragen hat. Der Oberschenkel heilt nicht zu. Quast humpelt, aber die Krücken hat er abgeben können. Er bekommt eine Bescheinigung, daß er kein Koppel tragen muß.

Er geht ungern nach draußen. Es ist ihm peinlich, wenn die Leute in der Straßenbahn vor ihm aufstehen und ihm ihren Platz anbieten. So geht er lieber zu Fuß, aber das bereitet ihm Schmerzen. Als er doch einmal loshumpelt, trifft er Hotte Scholz, einen Schulkameraden aus Berlin.

Er hat Genesungsurlaub und will jetzt zu einem HJ-Sportfest, bei dem er als Schiedsrichter mitmachen soll. Quast begleitet ihn in das Rund des Stadions hinein. Er beneidet die Sprinter und Springer, die sich in der weiten Sportanlage tummeln. Er fühlt sich zurückversetzt in die Schulzeit. Die HJ-Führer allerdings wissen ebensowenig mit ihm anzufangen wie er mit ihnen. Wie kann man nur, fragt sich Quast, als er die Ansprachen hört, in so kurzer Zeit soviel Phrasen aneinanderreihen? Das ist doch alles fauler Zauber, was die hier machen.

Einer der Funktionäre im braunem Hemd, ein etwa Fünfundzwanzigjähriger mit nacktem Gesicht, aus dem der Geltungsdrang leuchtet, will Quast auf die Tribüne schicken, weil er sich in einen Streit einmischt, bei dem es darum geht, ob ein Weitspringer übergetreten ist. »Der Militärheini da! Scheren Sie sich weg!« Quast sieht in der zu weiten Uniform wie ein Rekrut aus. Und als es zu nieseln begann, hat er sich eine Wolldecke umgehängt. Aber Quast, dem schon die ganze Zeit nach Streit zumute ist, will nicht verstehen, daß er nach seinem Äußeren eingeschätzt wird, er sieht rot. Er sagt: »Kommst du dir mit dem Maßband da nicht komisch vor, in Deutschlands größter Zeit? So willst du den Krieg gewinnen? Was machst du denn hier noch im Warthegau, ich denke, ihr habt jetzt alle wieder im Reich zu tun?« Der andere schnappt nach Luft, und es gibt Unruhe. Hotte sagt zu Quast: »Halt bloß das Maul!«, nimmt den andern bei der Schulter. Quast hört: »Kopfschuß, Rücksicht nehmen.« Quast denkt: Gefolgschaftsführer Arschloch. Du triffst sie überall. Ihm wird übel.

Hotte überredet ihn, in ein Café zu gehen. »Nette Weiber da!« Aber dort kommt sich Quast erst recht überflüssig vor. Das blöde Gerede widert ihn an. Der Mief macht ihn heiser. Eine schrille Blondine mit fettiger Außenrolle und ohne Hinterkopf sitzt neben ihm. Sie will Feuer haben und faßt ihm dabei an die Hose. Quast sagt: »Nimm die Pfoten weg!« Er steht auf, er muß an die frische Luft. Ohne sich von Hotte zu verabschieden, humpelt er davon.

Quast denkt: Hier kannst du noch monatelang den Krüppel spielen und dabei ein paar hübsche Marotten entwickeln. Aber dazu bist du dir zu schade. Also sieh lieber zu, daß du wieder einigermaßen normal wirst. Beweg dich, trainiere, werd nicht lahmarschig!

Jeden Tag, wenn er zum Verbinden im Lazarett ist, geht er hinterher in den Keller. Dort gibt es, am Ende eines Flures, an dessen Decke sich Heiz- und Wasserrohre entlangziehen, einen großen, kühlen Raum mit Linoleumboden. In seiner Mitte steht eine Tennisplatte. Fast immer trifft Quast dort Genesende, die sich, ebenso wie er, Bewegung machen wollen.

Heute ist nur einer da, ein Standartenführer der Waffen-SS. Seine mürrische Miene hellt sich auf, als er Quast sieht. »Na, endlich!« bellt er. »Dachte schon, jetzt kommt von den schlappen Hunden überhaupt keiner mehr!« Er humpelt auf die Platte zu. Quast denkt, der hat's nötig, der wackelt doch sogar im Stehen. Der Standartenführer hat ein schmales, unter der Bräune elendes Gesicht und helle, kalte Augen. Am Mund hat er einen Schmiß. Es sieht aus, als ob er dauernd verächtlich grinst. Wie ein barmherziger Samariter wirkt der nicht gerade, denkt Quast. Mit dem möcht' ich nicht aneinandergeraten.

Sie spannen das Netz, wiegen die abgegriffenen Schläger in den Händen, prüfen die Bälle.

Der Standartenführer hat Aufschlag. Aber er legt den Schläger auf die Platte: »Sagen Sie mal, Gefreiter, was halten Sie denn von diesem Attentat?« Heute ist der dreißigste Juli. Zehn Tage vorher hat der Oberst Claus von Stauffenberg versucht, Hitler in seinem Hauptquartier in die Luft zu sprengen. Quast antwortet ausweichend: »Na ja, das hat 'ne weltanschauliche und 'ne technische Seite.« – »Das Weltanschauliche können wir beiseite lassen, Gefreiter. Verrat bleibt Verrat. Wenn's nicht klappt, jedenfalls!« Quast antwortet nicht. Die Beweggründe der Verschwörer sind ihm keinesfalls klar. Um schieren Machtwillen kann es sich nicht gehandelt haben. Die meisten Verschwörer waren hochdekoriert, alle intelligent, alle hätten ihrem Ehrgeiz leicht frönen können. Da steckt mehr dahinter. Aber was? Der Standartenführer läßt nicht locker: »Also, Gefreiter, wie ist das mit der technischen Seite?« – »Technisch gesehen«, antwortet Quast, »war das unheimlich schwach!« – »Richtig. Das hätten die uns von der Waffen-SS mal machen lassen sollen. Mensch, wie wir damals in Österreich geputscht haben ...« – »Hm.« –

»'ne Revolution, bei der sich keiner die Hände schmutzig machen will, das funktioniert einfach nicht! Da schicken die doch tatsächlich einen mit einem Arm und einem Auge ins Führerhauptquartier. Und das war noch der schneidigste von allen. Die anderen – pah. Sie haben ja nicht mal dem Volk erklären können, um was es eigentlich ging. Mit der Wehrmacht ist eben nichts mehr los!« Quast wirft, zornig über die unsinnige Verallgemeinerung, den Schläger hin. Soll doch der anmaßende Kerl seine Reden bei der NS-Frauenschaft loswerden. »Na, bloß keine Aufregung, Gefreiter. Aber sehen Sie sich doch mal die Generäle an. Erst haben sie den Führer unterschätzt, haben gedacht, sie können ihn wieder abservieren. Dann sind sie ihm gefolgt und haben sich dabei auf ihren Fahneneid berufen – als Entschuldigung. Und inzwischen merkt man, daß sie von ihrem Handwerk auch nicht viel verstehen.« – »Na, na. So leicht können Sie sich das nun nicht machen«, unterbricht ihn Quast. Doch der Standartenführer ist in Fahrt. »Passen Sie mal auf, Gefreiter: Wenn der Winter kommt, dann kleidet doch sogar der dämlichste Familienvater seine Kinder warm ein, stimmt's?« – »Ja.« – »Sehen Sie! Und nicht mal das können die Generäle. Wie war das denn vor Moskau und bei Tichwin, einundvierzig. Oder im Kessel von Demjansk. Oder in Welikije Lukí, zweiundvierzig. Oder, oder, oder …? Die Russen haben die Pelze gehabt und die Filzstiefel, nicht wir! Es waren unsere MGs, die versagt haben, nicht die vom Iwan! Die Generäle haben die Russen unterschätzt. Sie haben ja nicht mal die Wetterkarten lesen können, die Herren!« Quast sagt entrüstet: »Das ist doch nicht Ihr Ernst! Von wegen keine Pelze! Die gibt's schon. Aber: Wer hat die denn bei uns? Die Wehrmacht oder die SS? Und seit wann macht sich die Waffen-SS Sorgen um die Wehrmacht?«

Der Standartenführer kneift die Augen zusammen und schlägt auf. Quast bekommt den Ball mit Mühe. Er schneidet die Rückgabe scharf an. Der Standartenführer schlägt daneben. Der Ball rollt unter die Platte, Quast vor die Füße. Er holt ihn herauf. Der Standartenführer sagt: »Seit dem zwanzigsten Juli neunzehnhundertvierundvierzig machen wir uns Sorgen. Da sind nämlich

ein paar von der Wehrmacht gekommen und haben den Führer in die Luft sprengen wollen. Sie haben wohl 'n schlechtes Gedächtnis, was?«

Quast sagt: »Wieso ich? Ich erinnere mich genau. Die Generäle haben alle das Ritterkreuz bekommen und das Eichenlaub, und Marschallstäbe, und so weiter ... Und der Führer hat ihnen dankbar die Hand gedrückt! Ich hab' immer gedacht, das war ernst gemeint!« – »Ach, das verstehen Sie nicht. Jeder Gaul braucht sein Stück Zucker! Los, schlagen Sie endlich auf!« Doch Quast fährt fort: »Und den Befehl, nach Tichwin, auf die Waldai-Höhen, nach Stalingrad und in den Kaukasus zu marschieren, den hat doch der Führer gegeben?! Der Oberste Kriegsherr.« Der Standartenführer hat plötzlich ein gefährliches Glitzern in den Augen. Er bellt: »Der Führer war falsch beraten, er kann nicht alles selbst machen!« – »Aber er will es doch selbst machen. Und er hat immer gesagt, die Bolschewisten taugen nichts. Ich hab' doch in der Schule schon gelernt, die germanische Rasse ist der slawischen überlegen ...« – »Das stimmt auch. Gucken Sie sich die Russen doch an!« – »Oh, das habe ich! Ich sehe wenig Unterschiede, wenn Sie die russische Garde oder die Sibiriaken meinen. Oder die Kosaken oder die Georgier!« – »Elite gibt's überall, Gefreiter!« – »Das sage ich ja!«

Der Standartenführer fetzt einen Schmetterball rüber. Aber er verfehlt die Platte. Quast lacht auf und sagt: »Aber wir sind ein Volk ohne Raum, und wir brauchen den Osten, hat der Führer gesagt ...« – »Ja, und?« – »Das muß der Führer doch schon vorher gewußt haben, daß er sich auf die Generäle nicht verlassen kann. Warum ist er denn trotzdem nach Rußland marschiert? War das nicht ein bißchen gewagt?« Der Standartenführer sieht Quast prüfend an: »Sagen Sie mal, Gefreiter, ist nicht vielmehr das gewagt, was Sie hier loslassen?« Quast versteht die Warnung. Er antwortet: »Ich meine, ich frage ja bloß. Die Antworten geben doch Sie, Standartenführer!« – »Glauben Sie, damit kommen Sie überall durch?« – »Bei allen, die in Rußland gewesen sind, schon!« Der Standartenführer lacht, es sieht aus, als wolle er beißen. Quast nutzt die Entspannung und sagt: »Sie müssen das verstehen. Ich meine, nun sind wir im Osten. Und jetzt können wir noch nicht einmal die Graupen für den Eintopf nach vorn fahren. Wegen der Partisanen. Und weil die Autos im Schlamm festsitzen. Und weil die Lokomotiven einfrieren. Und mit der Stalinorgel, mit den Schlachtfliegern, mit dem T-34 haben wir auch nicht gerechnet. Und daß die Russen an ihrem Vaterland hängen ...« – »Mensch, das hab' ich Ihnen doch erklärt. Die Generäle sind schuld!«

Der Ball flitzt noch ein paar Mal übers Netz. Aber sie haben beide keine Lust mehr zum Spiel und verabschieden sich frostig. Als Quast auf die Straße humpelt, denkt er: Der Standartenführer macht es sich verdammt einfach. Wenn was klappt, hat's der Führer geschafft. Und wenn was schiefgeht, dann sind die Generäle schuld, weil sie gehorcht haben. Und wenn sie nicht mehr gehorchen, dann sind sie erst recht schuld. Was ist denn nun die Wahrheit? Gilt der Fahneneid, oder gilt er nicht? Soll man unbedingt gehorchen, oder soll man nicht? Was ist nun preußisch, und was ist idiotisch?

Nach dem Attentat auf Hitler wird in der Wehrmacht der deutsche Gruß eingeführt. Mit dem Anlegen der rechten Hand an die Kopfbedeckung ist es vorbei. Die Ambulanten müssen wieder in die Kaserne. Quast nimmt sein Bündel. Er ist nach Gnesen kommandiert. Boleslaw I., König von Polen, denkt Quast. Krönung tausendfünfundzwanzig in Gnesen. War triumphierend aus dem polnischen Kiew gekommen. Und die Kathedrale, vor fast tausend Jahren gegründet. Und heute reden die Parteiheinis dauernd von den minderwertigen Polen. Von Geschichte scheinen sie wirklich nicht viel Ahnung zu haben.

Die Kompanie ist in einem Barackenlager untergebracht. Die Pritschen sind hart, das Essen ist fast ungenießbar, die Stimmung schlecht. Quast ist abends mit einigen anderen gelangweilt durch das ländliche Städtchen geschlendert. Jetzt kommen sie ans Lagertor. Alle dürfen passieren. Von Quast will der Posten die Papiere sehen. Befohlene Stichprobe oder Schikane? Quast ist das gleich. Er sagt: »Leck mich ...« und geht weiter. Der Posten, ein älterer Mensch mit engstehenden Augen, nimmt den Karabiner runter, legt auf Quast an. Quast sagt, obwohl ihm der Mann unbekannt ist: »Du kannst das Ding doch kaum halten. Und wenn es losgeht, dann fällst du hintenüber, du Drecksack!« Der Wachunteroffizier stürzt aus dem Wachhäuschen. Quast sagt: »Nehmen Sie mal dem Herrenmenschen sein Feuerzeug weg: Der glaubt, die Russen sind da!« Der Unteroffizier brüllt Quast an. Der sagt leise: »Herr Unteroffizier. Wenn Sie so schreien, bringt mich das durcheinander. Ich habe immer gedacht, die Posten schießen nur, wenn einer von uns aus dieser Anstalt raus will. Aber ich will rein!« Der Unteroffizier notiert Quasts Namen und Einheit. Quast antwortet höflich.

Nachts, als er auf seiner Pritsche liegt, wird es ihm klar: Er muß hier weg. Was hat dieser Zirkus mit Heimat oder mit Vaterland zu tun, fragt er sich. Hier ist doch alles faul. Die Russen stehen wieder tief in den baltischen Ländern, direkt vor Warschau, schon fast an den Grenzen Ostpreußens und der Slowakei. Im Warthegau werden schon überall vor den Häusern der Parteifunktionäre die Möbelwagen beladen. Was ein richtiges Arschloch ist, denkt Quast, das dreht sich immer rechtzeitig nach hinten. Hau ab, sagt er sich. Geh dahin, wo die Preußen sind, wo man sich noch aufeinander verlassen kann, wo man sich nichts vormacht.

Am nächsten Tag bittet ihn der Kompanieführer, nicht unangenehm aufzufallen. »Das gibt nur Papierkrieg«, sagt er. »Und ich kann den Mist nicht leiden. Und im übrigen kotzt mich das alles hier genauso an wie Sie!«

Quast ist jung, er ist einfältig, und er kann sich nicht nur maßlos ärgern, sondern auch maßlos begeistern, vor allem, wenn er Mädchen sieht. Aber dieses Mädchen ist wirklich wunderschön. Es liegt auf einer Parkbank und schläft. Sein Haar ist blauschwarz, die Wimpern werfen Schatten auf die sommersprossigen Wangen. Der Mund ist verwegen, rot und voll und etwas geöffnet. Das Mädchen trägt einfache, grobe Sachen. Eine kräftige, braune Hand hält eine Strohtasche fest. Ein Bein hat es leicht angewinkelt. Die Fesseln sind schlank und fest. Quast steht da und ist entflammt. Wie im Märchen, denkt er. Ich glaube, ich träume. Eine Biene summt. In den Blättern der Linden rauscht der Sommerwind und duftet süß und schwer.

Das Mädchen öffnet die Augen. Dunkel und ruhig sieht es Quast an. Quast setzt sich zu seinen Füßen auf die Bank, sagt: »Du mußt einen schönen Traum gehabt haben.« Das Mädchen bewegt ein paarmal die Augenlider und sagt: »Ich habe von einem Prinzen geträumt. Aber du warst es nicht … in dieser Uniform. Was machst du denn hier?« – »Ich bin der Froschkönig und warte auf eine Prinzessin. Und ich habe eine gefunden. Schlafend, auf einer Bank, wie vom Himmel gefallen.« Das Mädchen sieht ihn belustigt an. Dann setzt es sich auf, streicht eine Strähne aus der Stirn. »Wie heißt du?« – »Herbert. Und du?« – »Irina.« – »Wo kommst du her?« – »Ich bin mit dem Umsiedlerzug gekommen, aus Odessa. Willst du mal unseren Hof sehen?« Das Mädchen nimmt eine abgegriffene Brieftasche aus dem Strohbeutel, zieht ein Foto hervor: Eine Allee mit hohen, starken Linden. Am Ende ein weißes Haus. »Ein Schloß?« fragt Quast. Irina lacht. »Es gibt große Höfe dort. Die Ukraine ist ein schönes, reiches Land.« – »Du hast Heimweh?« – »Ja.« – »Und wo sind deine Eltern?« – »Mutter ist tot. Vater haben sie 1939 abgeholt. Wir haben nichts mehr von ihm gehört. Auch mein Bruder Valerian ist deportiert, schon 1937.« – »Warum?« Sie zuckt mit den Schultern, starrt in die Bäume. »Mein Bruder Juri ist jetzt Soldat, in Deutschland. Morgen früh fahre ich weiter, ins Reich!« Quast sagt: »Irina, ich muß jetzt in die Kaserne. Aber ich will dich wiedersehen. Bitte …« Sie antwortet, ganz selbstverständlich: »Ich will dich auch wiedersehen. Heute abend, am Bahnhof. Dann geht unser Transport weiter. Um sieben, ja?« Quast sagt: »Ja.« Dann beugt er sich zu Irina hinunter, küßt sie auf die Nase. Sie sitzt ganz still. Blickt zu ihm hoch: »Du bist keck, Froschkönig!« – »Und du bist süß wie ein Honigtöpfchen!« Quast wendet sich schnell ab. Er muß in die Kaserne, zu einem Hauptmann Scherbaum.

Quast steht im Zimmer des Hauptmanns. Der ist ein hagerer, blasser Mann mit kleinem Kopf und Hornbrille. Er hat einen künstlichen Arm. Die Prothese endet in einer Krallenhand, die

in einem schwarzen Handschuh steckt und aus dem Uniformär-
mel drohend herausragt. Das Telefon surrt, der Hauptmann hebt
den Hörer von dem braungefleckten Bakelitkasten des Feldfern-
sprechers. Quast sieht aus dem Fenster. Unten, auf dem Hof der
gelben Backsteinkaserne, wird exerziert. Vierzig- bis fünfzigjährige Männer lernen Stillgestanden, Linksum, Rechtsum. Die
Männer sind zu dick, zu lahm, zu steif, zu unbeholfen, zu krank.
Sie sind gutwillig und ernst. Sie quälen sich damit, daß die Füße
nicht ganz einen rechten Winkel bilden sollen. Quast beißt sich
auf die Lippen, wendet sich ab. Der Hauptmann legt den Hörer
hin. »Gefreiter Quast«, sagt er, »Sie treten als Ausbilder bei uns
ein!« Quast fragt ungläubig: »Für die da unten?« Der Hauptmann sagt scharf: »Für die da unten!« – »Ab wann, Herr Hauptmann?« – »Sie sind ab morgen früh dabei.« – »Nein, Herr
Hauptmann!« – »Wollen Sie einen Befehl verweigern? Mann,
Sie wissen, was das bedeutet!« Quast weist zum Fenster hinaus.
»Herr Hauptmann, sehen Sie sich das bitte an. Linksum, Augen
rechts, die Augen links – ach du lieber Gott! Damit wollen wir
den Krieg gewinnen? Mit den Alten und Kranken?« – »Erlauben Sie mal, ich bin selbst fünfundvierzig!« – »Aber Sie sind ein
erfahrener Soldat! Doch die da?« – »Worauf wollen Sie hinaus?« – »Herr Hauptmann, stellen Sie sich mal diese Leute
draußen vor. Es greifen Suworow-Schüler an, alle über Eins-
achtzig groß, oder eine Gardedivison. Die hantieren mit Spaten
und Pistole so selbstverständlich wie die Maurer mit der Kelle.
Und da stehen die armen Teufel dann. Von wegen Königin der
Waffen. Und die Füße bilden nicht ganz einen rechten Winkel …« – »Gefreiter Quast, nehmen Sie Haltung an!« Quast
steht still. Die Knie sind durchgedrückt. Brust raus, Bauch rein,
so gut es geht, Schultern fallengelassen, eine gerade Linie bil-
dend. Der Hauptmann sagt: »Sie sind hiermit kommandiert.
Dienstbeginn: morgen früh, acht Uhr!« Quast antwortet: »Nein,
Herr Hauptmann. Ich melde mich hiermit freiwillig zurück zum
Sturmbataillon, in den Nordabschnitt!«
Stille. Vom Hof schallen Kommandos herauf. Ein Ausbilder
brüllt: »Ich spitze Sie an und ramme Sie in den Boden, Sie

küßt sie, sagt: »Geh hinein, es ist kalt. Und mach dir keine Sorgen!« Doch als er sich umsieht, um der kleinen fröstelnden Gestalt noch einmal zuzuwinken, da fühlt er: Er wird nicht mehr zurückkommen. Er sieht das alles zum letzten Mal.

Seine Schritte hallen in der nächtlichen Stille. Er ist ausgeschlafen, heiter, gespannt auf die Fahrt und darauf, wen er beim Bataillon antreffen wird. Das hier, das läßt er alles hinter sich. Es geht ihn nichts mehr an. Er empfindet keine Trauer bei diesem Gedanken, keinen Schmerz. Er pfeift vor sich hin.

Der Fronturlauberzug hält in Memel. Endstation. Quast denkt, man muß nur warten, dann kommt der Krieg einem entgegen. Von der Frontleitstelle bekommt er einen Marschbefehl nach Libau. Auf dem Bahnsteig ein Haufen frierender, mißmutiger Landser und Offiziere. Sie steigen auf einen Güterzug, der Munition und Nachschub geladen hat. Der Bahnhofsoffizier fordert alle auf, wachsam zu sein. Die Russen seien durchgebrochen. Ob die Bahnlinie noch feindfrei ist, sei unbekannt. Aber sie erreichen ohne Unterbrechung ihr Ziel. Wenig später stoßen die Russen zwischen Memel und Libau an die Ostsee durch. Dann sind die Deutschen abgeschnitten. Im Kurlandkessel, der offiziell Brückenkopf Kurland heißt.

Quast hat Schmerzen. Die Wunde im Oberschenkel hat sich noch immer nicht geschlossen. Der Verband ist feucht. Quast fragt sich zum Lazarett durch. Im Verbandsraum muß er warten, bis eine Lunge punktiert ist. Quast sieht nicht hin. Er kann blitzendes Metall, das in Menschenfleisch eindringt, nicht mehr sehen. Dann steht er halbnackt vor Schwester Elisabeth, einer großen schlanken Frau mit langem Hals, rosa Ohren und weichem Haar, die sich geschmeidig bewegt. Als sie Quasts Verletzungen sieht, sagt sie erschrocken: »Willst du nach vorn, oder willst du nach Hause?« – »Ich will zu meinem Bataillon!« Ihre grauen Augen sind voller Wärme. »Weißt du nicht, daß jeder von euch hier in Kurland höchstens vier Wochen hat? Dann ist er tot, verwundet, vermißt oder gefangen! Und du willst wirklich nach vorn?« Quast zuckt die Achseln, fragt dagegen: »Und du, was machst du hier noch?« Draußen schießt die Flak, Motoren heulen auf, die Fenster klirren unter Bombendetonationen. Elisabeth sagt: »Wer soll sich denn um euch arme Kerle kümmern?« – »Aber wartet denn niemand auf dich?« – »Er ist gefallen«, und, nach einer Pause: »Er sah aus wie du.« Quast sieht sie an, bemerkt Niedergeschlagenheit und Sehnsucht in ihren Augen. Sie sagt: »Du, bleib doch bis morgen, bitte!« – »Ich kann doch nicht ...« – »Ich spreche mit dem Arzt, das geht schon in Ordnung!«

So kommt es, daß Quast am Abend in einem kahlen Raum, in dem Wolldecken gestapelt sind, sein Gepäck unter ein eisernes Bettgestell schiebt, sich tief atmend ausstreckt und auf Elisabeth wartet. Quast schließt die Augen. »Es schlug mein Herz; geschwind zu Pferde. / Es war getan fast, eh gedacht. / Der Abend wiegte schon die Erde, / und an den Bergen hing die Nacht.« Leise spricht Quast die Worte vor sich hin und denkt: Goethe in Libau. Du bist ganz schön verrückt.

Die Geräusche auf dem Flur draußen, Türenklappen, Geklirr, Schritte, das Quietschen eines Verbandwagens, mischen sich mit dem Gebrumm der Transportkolonnen und Panzer auf der Straße zu einem seltsamen Gedröhn. Plötzlich steht Elisabeth neben ihm, beugt sich herunter. Quast greift nach ihr, spürt Wärme unter dem Schürzenstoff. Seine Hände sind neugierig. Während er einen Oberschenkel emporfährt, flüstert sie: »Herbert, bitte nicht!« Aber sie setzt ein Bein einen Viertelschritt nach außen, und Quast berührt ihren Schoß. Sie atmet tief und küßt ihn. Doch dann tritt sie mit einem heftigen Ruck zurück, im Dämmerlicht sieht Quast ihre großen Pupillen, den halb geöffneten Mund, die Haarsträhne über dem geröteten Gesicht. Sie lacht: »Ich wollte nur schnell nach dir sehen. In einer Stunde bin ich bei dir.« Sacht zieht sie die Tür ins Schloß. Quast sitzt auf dem harten Bett und hört seinem aufgeregten Pulsschlag zu. Dann läßt er sich zurücksinken und schließt die Augen. Trotz seiner Erregung schläft er ein.

Als er hochschreckt, ist es zehn Uhr abends. Er ist benommen. Draußen herrscht Unruhe. Stimmengewirr und Gepolter dringen in seine Klause. Er zwängt sich in die Stiefel, wirft den

Mantel über. Auf dem Gang werden Tragen mit Stöhnenden, Wimmernden vorübergeschleppt. Quast geht zum Eingang. Da sieht er Elisabeth. Die Lippen angestrengt zusammengepreßt, eine lange Gummischürze umgeschnallt, eine Liste in der Hand, auf der sie Namen abhakt und Vermerke macht. Neben ihr Sanitäter mit aufgekrempelten Ärmeln, Ärzte in strengen weißen Kitteln, Zigaretten im Mundwinkel. Sie beachten Quast nicht, der an der Wand steht, mit hochgeschlagenem Kragen. Die Sankas am Portal halten quietschend, Türen knarren, klappen zu, mit unterdrückten Rufen verständigen sich die Träger untereinander, Motoren rattern, Ganghebel rasten ein, Schwaden von Auspuffgasen ziehen herauf. Die Verwundeten haben durchblutete Kopfverbände, unter denen keine Gesichtskonturen zu erkennen sind.

Elisabeth blickt hoch, sieht Quast. Nur einen Lidschlag lang werden ihre Züge weich. Sie ruft: »Gesichtsverletzte. Ein ganzer Transport. Wir operieren die Nacht durch!« Sie hebt die Schultern, sagt kaum hörbar: »Schade!« Quast winkt ihr zu. »Leb wohl, Elisabeth!«

Drei Stunden später sitzt Quast mit einigen Landsern auf der Ladefläche eines Lastwagens und rumpelt nach Riga. Der Marktplatz von Frauenburg ist wie ausgestorben, die Fenster sind verrammelt. Quast fallen die Baltendeutschen ein, mit denen er im Warthegau auf der Schulbank gesessen hat. Er hört sie mit ihren singenden Stimmen die Schönheit ihrer Heimat preisen.

Der Lkw setzte sie in der Nähe des Bahnhofs in Riga ab. Auf den Gleisen des hochliegenden Bahnkörpers rührt sich nichts. Zwei schmutzigrote Waggons stehen vor einem Prellbock. Über einen Hof mit schwarzer Backsteinmauer geht es zur Frontleitstelle. »Sie werden aufgerufen!« sagt der Unteroffizier zu Quast. »Gehen Sie solange in die Halle rüber!« Die Halle ist eine Turnhalle, in der es nach Schule riecht, nach Linoleum, nach dem Leder der Matten, Böcke und Pferde, nach dem Schweiß der Turner. Dazwischen mischt sich der Geruch von Waffenöl und Dauerwurst.

Auf dem Hallenboden Reihen von Gepäckbündeln und Karabinern. Dazwischen schlafende, essende, gestikulierende Soldaten. Quast entdeckt bekannte Gesichter, die sich aufhellen, als er winkt, entdeckt die Abzeichen des Sturmbataillons auf den Schulterklappen. Sie tragen ihre Packtaschen zusammen, bilden eine Gruppe. Das Gespräch schleppt sich dahin. Von Durchbruch nach Ostpreußen ist die Rede. Doch es klingt nicht überzeugend. Als der Wagen da ist, der sie zum Bataillon bringen soll, ergreifen sie schweigend ihr Gepäck und steigen ein. Quast freut sich, zum Bataillon zurückzukommen. Aber er ist nicht sicher, ob die anderen sich auch freuen, wenn er ihre beklommenen Gesichter sieht.

Das Bataillon liegt in Ruhe. Heinz ist nicht mehr da. Vor vierzehn Tagen verwundet, Splitter in beiden Fußsohlen, die Granate war genau hinter ihm detoniert, als er sich hingeworfen hatte. Quast sieht viele neue Gesichter. Allzu oft, wenn er fragend einen Namen nennt, lautet die Antwort: gefallen, verwundet, vermißt. Der Führer der Nachrichtenstaffel ist froh, ihn wiederzusehen: »Endlich wieder einer von den Alten!« ruft er aus. Er meint tatsächlich Quast. Dann meldet Quast sich bei Major Jewers, dem Kommandeur. Der ist hochaufgeschossen, hat weißblonde Haare, ein rötliches Gesicht mit hellblauen Augen und einer Hakennase. Unter dem Kinn, mit einem Grübchen darin, baumelt das Ritterkreuz. Auf der Brust erkennt Quast die Nahkampfspange. Und er denkt: Na, wenigstens einer vom Fach. Der Major sagt, er also sei der Quast. Er habe schon einiges von ihm gehört. Und warum er immer noch Gefreiter sei. Quast hebt die Schultern und sagt: »Wir hatten bisher andere Sorgen beim Bataillon, Herr Major! Und wohl keine Zeit für so was!« – »Na gut, weil wir gerade Zeit haben, werden Sie Obergefreiter!« – »Das war immer mein Traum, Herr Major!« – »Wieso?« – »Obergefreite sind das Rückgrat der Armee, sagt man. Rückgrat ohne Kopf, das geht. Aber Kopf ohne Rückgrat, das geht nicht, kann sich einfach nicht halten!« Der Major sagt schmunzelnd: »Das ist mir zu einseitig. Sollten wir nicht besser sagen, beide sind aufeinander angewiesen?« – »Jawohl, Herr

Major!« – »Also, herzlichen Glückwunsch zum Obergefreiten!«
– »Danke, Herr Major!«

Quast gehört nun zu den Alten. Der Arzt hat ihn kopfschüttelnd untersucht und angeordnet, er dürfe den nächsten Einsatz noch nicht mitmachen.

Abends sitzen etwa zwanzig Mann in einer winzigen Stube und betrinken sich. Viele prosten Quast zu, aber er nimmt kleine Schlucke. Der Alkohol höhlt ihn aus, das hat er früher nicht gekannt. Neben ihm sitzt der Obergefreite Wellmann, der auch in der brenzligsten Lage nie schneller funkt als Tempo sechzig. Er trägt das EK Eins. Abgeschnitten, allein und unbemerkt hat er aus einem schon verlassenen Kampfstand, neben dem die Russen ein MG aufgebaut hatten, Feuer auf den eigenen Standort angefordert und damit einen Einbruch verhindert. Quast gegenüber lümmelt der maulfaule, brummige Gefreite Dremel sich auf die Tischplatte. Beide sind betrunken.

Dremel sagt, gar nicht mehr maulfaul: »Na, du Hitlerjunge!« Quast spürt Geringschätzigkeit darin und Streitlust. »Wie meinst du das?« fragt er. Wellmann antwortet: »Du bist doch blind vor lauter Glauben an deinen Führer!« Es wird so lärmend um sie herum, daß sie die Köpfe zusammenstecken müssen, um sich hören zu können. Quast fragt: »Ja, an was glaubt ihr denn?« Dremel: »Wir glauben nicht, wir wissen?« – »Ihr wißt?« Wellmann: »Ja, wir wissen, daß wir hier erst mal rauskommen müssen. Wir brauchen unsere Waffen für später!« Dremel: »Wir wissen, daß wir mit der braunen Scheiße aufräumen müssen, zu Hause!« Wellmann: »Die Angeber mit der Latrinenuniform, die braunen Spießer, die müssen weg. Die Goldfasanen mit ihrer Anmaßung ...« Dremel: »Und die Rasseheinis und die Kreisleiter und die Ortsgruppenidioten ...« Wellmann: »... die jetzt von Haus zu Haus gehen, mit leuchtenden Augen und mit den braunen Riemen über ihren Schmerbäuchen, und die dann klingeln, und wenn die Frau in der Tür steht, den Arm hochreißen und brüllen: ›Heil Hitler, Frau Wellmann, Ihr Mann ist für den Führer gefallen. Sie können stolz auf ihn sein!‹«

Quast ist wie vor den Kopf geschlagen. »Ja, aber, aber Deutschland ...« Wellmann sagt: »Du Pimpf, du ...« Er zieht aus seiner Jacke ein Pistolenmagazin. »Damit«, sagt er, »damit machen wir das sauber, was du Deutschland nennst. Glaubst du etwa, die NS-Scheiße hat was mit Deutschland zu tun? Oder mit Preußen vielleicht?« Dremel: »Wir brauchen erst mal einen anständigen Rückzug, damit wir überhaupt nach Hause kommen. Und damit noch was übrig bleibt von unserm Land.« Quast fragt: »Und darum kämpft ihr?« Wellmann sagt: »Ja, mein Kleiner, darum kämpfen wir. Für ein vernünftiges, anständiges Deutschland. Dafür hat mein Vater schon gekämpft, als Gewerkschaftler!« – »Als Gewerkschaftler?« – »Ja, er war Gewerkschaftler, er war Sozi, und er hatte das EK Eins.« Wellmann tippt sich an die Brust: »Aus dem Ersten Weltkrieg! Aber die Gestapo hat ihn zum Krüppel geschlagen und rote Sau und Verräter zu ihm gesagt.« Dremel nimmt seinen Feldbecher, sagt: »Ja, Quast, davon hast du nichts gehört auf deiner HJ-Führerschule, was? Du hast noch 'ne ganze Menge nachzuholen! Prost!«

Quast prostet zurück, verwirrt und betroffen. Er sieht sich zwischen den vernagelten Buden eines Vergnügungsparks im Norden Berlins sitzen, 1932. Es ist ein warmer Herbstnachmittag, und Quast hat sich versteckt, um die SA zu beobachten. Sie üben Straßen- und Häuserkampf. Ihre Bewaffnung: Gewehr 98. »Räuchert sie aus, die roten Ratten«, schreien die Scharführer. Und als die Übung beendet ist und die Gewehre unter den Sitzbänken der wackligen Lastwagen in Zeltplanen versteckt werden, da versammeln sich die SA-Leute mit verschwitzten Gesichtern und brüllen im Chor: »Wer hat uns verraten? Sozialdemokraten! Wer macht uns frei! Die Hitlerpartei!« Und der kleine Quast sitzt in einer riesigen Abfallkiste, hat den Deckel ein wenig angehoben und reißt vor Staunen den Mund auf.

Und jetzt hört er von einem Sozi, der an seinem Vaterland hängt, das EK Eins von Wilhelm II. hat und von der Gestapo zusammengeschlagen worden ist. Und sieht dessen Sohn vor sich, dem man für seine Unerschrockenheit auch schon das EK Eins angeheftet hat. Und der den »Führer« haßt bis aufs Blut. Quast trinkt seinen Steinhäger in einem Zug runter.

Der Lärm ist gewaltig. Alles schreit durcheinander. Quast drängt sich hinaus, steht in der kalten Nachtluft, starrt in den Wald. Vorhin, beim Major, da hat er noch gehört, wie die Offiziere sich über die Lage unterhalten haben. »Beschissen, ja, meine Herren. Noch!« hatte der Major gesagt. »Aber ich habe es im Führerhauptquartier mit eigenen Ohren gehört: Es werden jetzt Waffen eingesetzt – Wunderwaffen! Unsere Gegner werden noch staunen. Glauben Sie denn, man lügt den deutschen Soldaten an?« Quast ist verwirrt. Es ist ihm, als beginne der Boden unter ihm zu schwanken. Nichts ist mehr so wie früher. Wer, um Himmels willen, sind denn nun wirklich die Guten, wer die Schlechten?

Ein Unteroffizier mit Tarnjacke, Stahlhelm, Pistole umgeschnallt, läuft an ihm vorbei, reißt die Tür auf, schreit hinein: »Alarm! Fertigmachen zum Einsatz! Der Iwan ist durchgebrochen!«

Quast hilft, so gut er kann, die Betrunkenen wieder zu sich zu bringen. Schon fahren auch die Anderthalbtonner auf. Kommandos, Flüche, Waffengeklapper, Stiefel knirschen im Kies der Straße. Die Männer werfen sich mit alkoholschweren Bewegungen in die Wagen hinein. Motoren heulen auf. Quast steht da und sieht der Kolonne nach. Wie ein Spuk ist sie verschwunden. Er geht langsam ins Dorf zurück. Beim nächsten Einsatz bist du wieder dabei, denkt er; beim Troß zurückbleiben, das hält man nicht aus. Ein Fensterladen klappert. Mitten auf einem Pfad steht eine Wodkaflasche. Es riecht nach Alkohol und Erbrochenem.

Zwei Tage später haben sie das Dorf verlassen. Ihre Kolonne rollt dem grummelnden Horizont entgegen. Die zurückfahrenden Trosse, Pferdewagen, Kübel und Lkws, schlampig beladen, müssen ihnen ausweichen. Soldaten hängen in Trauben an den Fahrzeugen. Gruppen von Zivilisten mit Handwagen und Fahrrädern trotten nebenher. Die Häuser am Wegrand sind verlassen.

Auf einer Anhöhe ein ausgedehnter Gutshof. Die Dächer gepflegt, die Zufahrtsstraße sorgfältig gepflastert, an den Gattern und Zäunen fehlt keine Latte. Der Blick fliegt weit über sanft geschwungene Hügel in die Ebene hinein. In eine paradiesische Parklandschaft mit Alleen, Baumgruppen, Hecken, blinkenden Flüßchen und schmalen, weißgrauen, spielerisch gekurvten Straßenbändern. Tiefes Grün, Schwarzbraun, mattes Rot, Ocker spielen ineinander. Schwere, graublaue, zerrissene Wolken eilen darüber hin.

»Raus aus dem Wagen, runter mit den Klamotten! Funkstation wird im Schlafzimmer eingerichtet, Gefechtsstand ist im Salon!« Schon sitzt Quast vor dem Gerät an einem zierlichen Tisch, der quer vor die eichenen Ehebetten geschoben ist. Das Bettzeug fehlt, aber feste Matratzen mit geblümtem grauem Drell laden zum Ausruhen ein. Schränke und Kommoden sind leer. Fritz liegt quer über beiden Betten und raucht eine riesige Zigarre. Ihr durchdringender Geruch mischt sich mit dem Dunst von gebratenem Fett, der durchs ganze Haus zieht. Es soll Kartoffelpuffer geben, denn die Melder haben pralle, gelbe Kartoffeln entdeckt und reiben um die Wette. Draußen ruft einer: »Achtung, gleich gibt's Schweinebraten!« Schüsse aus einer Maschinenpistole knattern. Ein Schwein hat dran glauben müssen.

Im Kopfhörer meldet sich eine schwere Batterie: »Unser vorgeschobener Beobachter und die Funker sind auf dem Anmarsch hängengeblieben. Können wir uns mit Ihrer Hilfe einschießen?« Quast verständigt sich mit Karl, der seine Station vorn, beim vorgeschobenen Zug, in der Ebene am Straßenkreuz aufgebaut hat. »Geht in Ordnung!« antwortet Karl und erklärt: »Unteroffizier Wegener beobachtet. Wo sollen denn die Dinger hingehen?« Quast gibt Karls Frage nach hinten und die Auskunft des Batteriefunkers nach vorn weiter: »Brücke vor Straßenkreuz.« Karl antwortet: »Na los, laß sie ballern!«

Ein ferner Abschuß. Stille. Dann ein Gurgeln und Schleifen über ihnen. Und plötzlich steht da vorn neben der Brücke ein großer grauschwarzer Pilz im Gelände. »Für's erste Mal ganz schön schon!« ertönt es aus dem Kopfhörer. »Hundert Meter abbrechen, dann seid ihr voll im Ziel!« Die Zerstörung des Paradieses hat begonnen.

23

Autor: Sagen Sie mal, ist das wirklich Notwehr gewesen?

Quast: Nur das.

Autor: Für eine gerechte Sache, nicht wahr, aber war sie das denn noch immer für Sie? Was wollten Sie denn noch dort im Baltikum?

Quast: Überleben.

Autor: Ehrlich? Hat da nicht ein schneidiger Sturmbatailloner es einem Iwan mal so richtig zeigen wollen?

Quast: Nennen Sie es, wie Sie wollen. Hätte ich nicht zugeschlagen, dann könnte ich Ihnen jetzt nicht auf Ihre Fragen antworten.

»Mensch, Quast, du bist ja ooch wiedr da!« – »Tja, Steckel, du Übersachse, alte Liebe rostet eben nicht! Und wie geht's dir?« »Ach weeste, nu machen wir immr noch hier oben rum, in Kurland. Mir sind äben eegal die Dummn!« Steckel ist in Form. Das merkt man an seinem Gemecker. Das Rufzeichen, die Verpflegung, die Offiziere, das Wetter – Steckel hat ständig Grund, zu meckern. Erst wenn er ruhig ist, dann ist etwas faul. Aber Quast kann nicht lachen. Steckel kommt ihm seltsam durchsichtig vor, unwirklich. Sie stehen an einer Scheune, vor einem Waldrand. Steckel soll Fritz ablösen, in der Riegelstellung im Wäldchen. Aber er kann sich nicht trennen. Er öffnet eine billige Brieftasche, blättert, sagt: »Ich bin verloobt!« und hält Quast stolz ein Foto vor die Nase. Steckel ist darauf zu sehen, unnatürlich steif und komisch aufgerichtet. Die borstigen Haare sind an den Kopf geklatscht. Man spürt, Steckel weiß nicht recht, wohin mit den klobigen Händen. Neben ihm eine junge Frau mit zementharten Locken und Flecken im Gesicht. Aber dem Fotografen ist es wenigstens nicht gelungen, die rührende Unschuld der beiden zu unterdrücken. Steckel sagt stolz: »Sie heeßt Mathilde, aber ich

221

saache Hilde.« Quast sieht das Bild an, sieht Steckel an. Ihm ist plötzlich schwach und elend zumute. Er blickt wieder wie gebannt auf das Foto, um Steckel nicht ansehen zu müssen. Seine Hände zittern. Er weiß mit schmerzhafter Gewißheit, Steckel wird den Tag nicht überleben. Er sagt: »Laß doch Fritz warten. Es eilt doch nicht. Komm, wir reden noch ein bißchen.« Aber Steckel ist nicht zu halten: »Dienst ist Dienst. Un' Schnaps is Schnaps! Ich mach nu nach vorne!« Quast verabschiedet sich voller Verzweiflung.

Zwei Stunden später ordnet Quast sein Gepäck. Sie sollen am nächsten Morgen angreifen, nur das Allernötigste darf mitgenommen werden. Quast hat sich rasiert, nun legt er ein Paar Socken zurecht, Seife, Margarinedose, ein Stück Kommißbrot, eine Handvoll gerösteter Brotwürfel. Kurze Bleistifte, Spruchformulare. Da hört er draußen eine Stimme: »Gefreiter Steckel soeben gefallen, Ari-Überfall auf Waldstellung!« Quast muß sich hinsetzen.

Keiner von ihnen kann schlafen. Sie hocken in Gruppen zusammen und pokern. Sie rauchen lange, stinkende Zigarren, die sie mit zusammengedrehten Rubelscheinen anzünden. Die Fenster sind verhängt, die Kerzen blaken. Als das Morgenlicht das Land mit rosigem Schimmer überzieht, legen sie die Karten weg. Wer hat gewonnen, wer verloren? Unwichtig!

Verständigungsprobe mit den Sturmkompanien: Alles in Ordnung. Der Osthorizont wird tiefrosa und gelb. Sie treten ins Freie. Stahlhelm auf, Sturmriemen runter. Links und rechts von ihnen, soweit das Auge reicht, aus dem Waldschatten heraus, hinter Scheunen und Heuhaufen, Erdwällen und Hecken hervor, treten die Männer ins Licht und setzen sich im langsamen Laufschritt in Bewegung. Jetzt erst brüllt das Feuer der eigenen schweren Waffen auf: Überraschungsangriff.

Das Gelände fällt leicht nach vorn ab, nach Osten, und ist hier und da von Gebüschgruppen bedeckt. Die Luft ist gläsern, die Schatten der Morgensonne sind lang und tintig. Major Jewers geht mit ausgreifenden Schritten fünf Meter links vor Quast, zeigt auf sein Ohr. Quast nickt, hebt die Hand: Verbindung ist dem letzten MG so lange den Rückzug der Reste des Bataillons decken, bis eine Pakgranate ihn zerfetzt.

Das Feuer läßt plötzlich nach. Die Kompanien haben sich eingegraben. Der Angriff ist am russischen Widerstand gescheitert.

Ein Funkgerät ist ausgefallen. Quast ist mit einem Ersatzgerät unterwegs nach vorn. Er robbt eine Erdfurche entlang, durch Gebüsch und junge Birken hindurch. Der graue Tornister kommt ihm schwerer vor als sonst, die Hüfte schmerzt. Der Karabiner verhakt sich an Wurzeln und Ästen. Im Stahlhelm rauscht der Wind. Quast hält den Kopf tief. Das MG-Feuer, das über ihm ins Gebüsch prasselt, ist nicht gezielt. Es kommt von weit her, nicht von da vorn, wo in einer Senke der Rest der zwoten Kompanie liegen muß und von wo er Gewehrschüsse hört. Die Erde ist klebrig und riecht nach Moder. Quast keucht. Er bleibt für einen Augenblick liegen. Als er hochblickt, glaubt er, das Herz bleibe ihm stehen. Vor ihm, in derselben Erdfurche, kriecht ein Russe auf ihn zu, den Kopf gesenkt. Der Helm ist verkratzt, die Uniform dreckverschmiert, eine Faust um das Gewehr gekrampft, das Bajonett hochgeklappt. Der Russe bleibt liegen, hebt den Kopf. Ein Bauerngesicht mit kleinen Augen, einer breiten Nase und aufgesprungenen Lippen. Eine Schweißspur läuft an der Schläfe entlang. Die Augen werden starr, blikken in die starren Augen von Quast.

Beide springen auf. Der Russe ist schneller. Quast, durch das Gerät behindert, ist noch in halber Höhe, da macht der Russe einen Schritt nach vorn, das Gewehr vorgestreckt. Das Bajonett sticht auf Quast zu. Aber Quast ist noch immer nicht oben, und der blaue Stahl geht an seinem linken Ohr vorbei. Quast denkt nicht, er reagiert automatisch. Quast ist nicht kühl und berechnend, er will nur noch die Gefahr abwehren, die ihn bedroht. Quast will nicht siegen, er will leben. Der Russe, der mit geöffnetem Mund auf ihn zustürzt, vom eigenen Schwung weitergerissen, ist jetzt mit seinem Kopf in der Höhe von Quasts Brust. Quast dreht den Kolben seines Karabiners mit der Kolbenplatte nach vorn und stößt ihn mit aller Kraft, verzweifelt, in das Gesicht des Angreifers. Es knirscht entsetzlich. Der Russe kracht mit dem Kopf zwischen Quasts Stiefel und bleibt regungslos liegen. Nur seine Finger krallen sich in den Boden, als wollten sie das Gras herausreißen, sind plötzlich ruhig. Quast fällt auf die Knie, totenblaß und zitternd. Voller Grauen nimmt er das breite, rote Rinnsal wahr, das unter dem Helm des Gegners hervorkriecht. Er sieht an sich hinunter, sieht die roten Pünktchen auf seiner Jacke, die rotverschmierte Kolbenplatte des Karabiners. Er nimmt, sinnlos, das fremde Gewehr mit dem Klappbajonett und schleudert es mit einem plötzlichen Aufschluchzen ins Gebüsch.

Eine Gruppe von Einschlägen zwingt ihn zu Boden. Schwer atmend liegt er da, mit weichen Knien, in der Nase den Geruch des Russen, dieses Gemisch aus Schweiß und Lysol. Dann kriecht er weiter, kann sich nicht umsehen. Sein Gesicht ist naß, seine Brille beschlagen. Wäre er doch nur ein Traum gewesen, dieser Augenblick, in dem er erfahren hat, wie hauchdünn der Unterschied zwischen Mut, Verzweiflung, Lebenswille und Zufall ist!

Quast rafft sich auf, hastet durch kniehohes, braunes Gras. Dreißig Meter weiter taucht vor ihm, auf dem Kamm einer Bodenwelle, zwischen jungen Kiefern ein Melder auf. Ein schmaler Mann, der geduckt läuft, den Kopf nach beiden Seiten dreht und den Karabiner im Hüftanschlag hat. »Mensch, Quast, paß bloß auf. Der Iwan ist durchgesickert! Kann sein, daß dir gleich einer guten Tag sagt …« Quast nickt nur, bleibt stehen. Auch der Melder bleibt stehen, sieht Quast plötzlich mit zusammengezogenen Augenbrauen an, sieht das kalkweiße Gesicht, sieht die Panik in den Augen, sieht die Blutspuren auf der Uniform, pfeift durch die Zähne. »Schon passiert?« Quast nickt fast unmerklich. »Und?« Quast antwortet: »Eins zu null!« und deutet mit dem Daumen über die Schulter in die Richtung, aus der er gekommen ist. Der Melder sagt: »Verdammt!« und hetzt in großen Sprüngen weiter.

Einen Tag später läuft Quast mit seinem Funkgerät an dem Gutshof vorbei, in dem sie sich an Kartoffelpuffern und Schweinebraten sattgegessen haben. Er ist der Nachhut zugeteilt. Die

Jetzt marschiert die Erste vor ihnen, und sie von der Dritten sind Nachhut. Die Füße beginnen zu schmerzen. Quast hat das Gerät seinem Funker aufgepackt, einem schmalen Jungen vom Ersatz, der voller Vertrauen auf Quast blickt und sich dicht bei ihm hält. Sie sind jetzt vier Stunden unterwegs. Die Gruppe, die die Straße in ihrem Rücken sichert, meldet keine Feindberührung mehr.

In einem Gehöft erwartet sie der Wagen der Waffenmeisterei. Quast blickt zum Waffenunteroffizier hinauf, der auf dem Gerätewagen steht und Munition ausgibt. »Ich hab' kein Schloß im Gewehr«, sagt Quast. »Sag das noch mal!« – »Ich hab' kein Schloß, und ich brauche einen neuen Karabiner!« – »Der Kerl hat nicht mal 'n Schloß im Gewehr ...« – »Mensch, nu' quatsch nicht rum! Raus mit 'ner Knarre!« Der Unteroffizier pumpt sich auf: »Ob hier ein Karabiner ausgegeben wird, das hängt von mir ab!« – »Und ob du hier wegkommst, bevor der Iwan hier ist, das hängt von mir ab!« sagt Quast und faßt nach dem Mantel des Unteroffiziers. »Ich mache Meldung!« – »Ja«, sagt Quast. »Mit Durchschlag an den Führer!« Quast hat schlechte Nerven.

Er bekommt seinen Karabiner. Er nimmt ihn so liebevoll entgegen wie eine Mutter ihr Kind. Er öffnet das Schloß. Er setzt den Ladestreifen in die Hülsenbrücke, drückt die Patronen dicht am Ladestreifen entlang in den Kasten hinein. Schloß nach vorn, der Ladestreifen springt weg, die erste Patrone gleitet ins Patronenlager. Kammerstengel nach unten, Sicherungshebel nach rechts: geladen und gesichert! Quast ist wieder zufrieden.

Die Nachhut hat einen neuen Führer bekommen, einen zappeligen Leutnant von der Nachrichtentruppe, der zum ersten Mal eine Nachhut führt und sich nicht zurechtfindet. Als er an Quast vorbeihastet, nervös die kleine Gruppe entlangblickt, denkt Quast: ... und dann stehe ich da, Herr Oberleutnant Ellberg, und dann weiß ich nicht, was ich befehlen soll, weil ich es nicht gelernt habe. Erinnern Sie sich, Herr Oberleutnant Ellberg? Wie lange ist das jetzt her, zehn Jahre, zwanzig Jahre? – Es sind nur zweieinhalb Jahre, aber sie kommen Quast vor wie eine Ewigkeit.

Es geht bergan. Das Gelände ist unübersichtlich. Überall Baumgruppen, Erdfalten. Oben liegt ein großes Gehöft. Die schmale Straße führt hindurch. Sie machen Rast. Unteroffizier Wegener und fünfzehn Mann sollen weitermarschieren ins Dorf, das etwa zwei Kilometer entfernt ist und in dem sich Major Jewers mit dem Bataillonsstab einrichtet. Der Rest bleibt im Gehöft als vorgeschobene Sicherung. Quast geht mit Wegener zur Kurve, wo sich die Straße zwischen zwei Waldstücken hindurchschwingt. Sie studieren die Karte, horchen in die Ferne. Von der russischen Seite ist leises Motorengebrumm zu hören. »Die sind gar nicht so weit weg«, sagt Wegener. »Der Leutnant meint, bis morgen früh haben wir Ruhe«, antwortet Quast. Sie sehen sich zweifelnd an, heben die Schultern. Quast prägt sich den Weg zum Bataillon ein. Er will sich nicht auf den Leutnant verlassen.

24

Autor: Nun sieht es aber doch so aus, als hätten Sie den Helden spielen
           wollen, in dieser Nacht.

Quast: Wenn ich nicht wüßte, daß Sie mich absichtlich provozieren, dann
           würde ich sagen, Sie reden wie einer von denen, die Futter für
           ihre Vorurteile suchen.

Autor: Aber Sie sind den Russen entgegengelaufen ...

Quast: Wenn Sie todmüde sind und überreizt und wenn Sie immer wie-
           der aufgestöbert werden und man Ihnen immer wieder ans Leben
           will – dann sind Sie schließlich froh, wenn Sie böse und gewalttä-
           tig werden können. Heldentum ist ein Wort, mit dem man sehr
           sparsam umgehen sollte.

Das niedrige, gekalkte Haus liegt an der Straße. Vier Stufen
führen in einen schmalen Gang. Hinter der ersten Tür rechts ein
kleines quadratisches Zimmer, in einer Ecke ein deckenhoher
Kachelofen. Er ist noch warm, aber die Glut ist erloschen. »Kein
Feuer machen!« schärft Quast dem Funker ein. »Der Rauch ist
meilenweit zu sehen!« Sie haben das Gerät auf den Fußboden
gestellt und liegen beide daneben. Das Licht des Vollmondes
fällt durch das Fenster herein. Der Leutnant liegt auf einem
eisernen Bett an der Wand und atmet pfeifend. Er hat erklärt,
die Straße sei bewacht, es könne nichts passieren. Quast hat
gefragt: »Und das glauben Sie wirklich?« Aber der Leutnant war
schon eingeschlafen.
Quast geht hinaus, stellt sich an die Hauswand, öffnet die Hose,
macht eine häßliche Spur in den Kalkputz. Da hört er Stimmen
auf der Straße. Zwei deutsche Landser kommen ihm entgegen,
in zerrisssenen Uniformen, die Füße mit Stroh umwickelt. Sie
sind einen halben Tag lang in russischer Gefangenschaft gewesen. Die Russen haben ihnen die Stiefel ausgezogen, damit sie
nicht weglaufen. Dann sind sie auf den Dachboden der Scheune

geschickt worden, in der die Russen unten zu saufen begonnen hatten. Sie haben sich die Füße mit Stroh eingepackt, behutsam ein Brett aus der Wand gelöst und sich, als die Russen volltrunken waren, außen am Giebel hinuntergelassen. Sie sind froh, wieder einen Deutschen zu sehen.

»Bin ich der erste, den ihr seht?« fragt Quast ungläubig. »Ja, wieso?« – »Haben euch vorn, neben der Straße, keine Posten angerufen?« – »Nein!« Quast ist unbehaglich zumute. Was ist mit den Posten los? Er weckt den Leutnant. Der ist ärgerlich über die Störung, er fordert die beiden Flüchtlinge verschlafen auf, bei der Nachhut zu bleiben. Aber sie murmeln aufsässig, zeigen auf ihre Füße und humpeln weiter. Der Leutnant zuckt mit den Schultern. Zu Quast sagt er: »Wecken Sie mich in einer Stunde. Dann geh' ich mal die Posten ab.«

Quast legt sich auf den Fußboden. Prüft die Verbindung zum Bataillon, sagt zu seinem Funker: »Nicht abschalten, alle zehn Minuten durchrufen! Weck mich sofort, wenn dir etwas verdächtig vorkommt, sonst in einer halben Stunde. Und, hörst du, nicht einschlafen!« Quast denkt: Eine halbe Stunde Ruhe wird der Iwan uns wohl noch gönnen; es ist kurz nach drei. Um diese Zeit hat er noch nie angefangen. Quast legt den Kopf auf den angewinkelten Arm, atmet tief und ruhig. Was auch kommt, er kann es nicht ändern.

Urrah, urrah! Es klingt, als stünden die Russen im Hauseingang. MPi-Garben prasseln ins Dach. Quast springt auf, ihm ist übel vor Schreck. Der Funker schläft tief, der Leutnant richtet sich langsam auf dem Bett auf. »Schnell, raus!« schreit Quast. »Immer mit der Ruhe!« sagt der Leutnant. Quast hämmert das Rufzeichen, gibt das Kurzzeichen für »Feind greift an« durch: »fga, fga, fga.« Dann: »qqq.« Er drückt dem vor Müdigkeit torkelnden Funker das Gerät in die Hand, sagt: »Bleib dicht hinter mir!« Mit entsichertem Karabiner stürzen sie hinaus. »Herr Leutnant, schnell!« Der Leutnant, nun endlich wachgeworden, springt hinterher und versucht, sich mit bebenden Händen die Jacke zuzuknöpfen. Draußen pfeifen Schüsse die Straße entlang. Kaum sind sie hinter der Hausecke, kracht es drinnen: Handgranaten! Quast sieht den Leutnant an, der in Staunen und Panik um sich blickt.

Quast raunt seinem Funker zu: »Wenn ich sage: Hau ab, dann nimmst du das Gerät und läufst zum Bataillon. Hier brauchen wir gleich keinen Funk mehr!«

Die Landser stehen in Gruppen hinter der Scheune, sie erwarten Befehle. Die Gesichter sind verkniffen, die Hände umkrampfen die Waffen. Unter dem Gartenzaun des Hauses, in dem Quast, der Funker und der Leutnant eben noch gelegen haben, blitzen Mündungsfeuer. Quast sagt: »Herr Leutnant, los, Gegenangriff! Die da drüben haben genausoviel Schiß wie wir!« Aber der Leutnant sieht ihn schräg aus verquollenen Augen an, schüttelt den Kopf und nestelt an seiner Pistole. Quast flucht. Alle schießen auf die Mündungsfeuer am Zaun. Der Funker kniet neben Quast, das Gerät auf dem Rücken, und guckt zu ihm hoch wie ein Hund. Quast denkt: Wenn ich Russe wäre, dann würde ich da vorn Rabatz machen. Aber wirklich kommen würde ich von links. Er blickt nach links hinüber, über das Stoppelfeld, das zum Waldrand hin ansteigt.

Und da sind sie. Etwa dreißig dunkle Gestalten, in vollem Lauf. Immer mehr tauchen dahinter im Dunst auf. Quast ruft dem Funker zu: »Hau ab. Du mußt das Gerät retten. Schnell!« Der Funker springt auf. Quast brüllt: »Achtung, Iwan von links!« und läuft, froh, endlich handeln zu können, den Russen entgegen. Sie sehen unwirklich und unheimlich aus. So wie Menschen in einer Bahnunterführung. Gestalten, die auf und ab wippen, als ob sie an Drähten hängen. Quast reißt den Karabiner hoch. Der da vorn ist bestimmt der Offizier, denkt er, du mußt tief rechts halten. Wenn du den Offizier triffst, kaufst du ihnen den Schneid ab. Da zucken vor dem Offizier Flämmchen auf: das Mündungsfeuer seiner Maschinenpistole.

Es ist, als ob eine glühende Lanze durch Quast hindurchfährt. Er wird zu Boden geschleudert. Als er auf dem Rücken liegt und nach Atem ringt, als sich sein Mund mit Blut füllt und die Russen mit heiserem Geschrei über ihn hinwegstampfen, da blickt Quast in den Mond, der über ihm in Nebelschleiern steht, und denkt mit milder Verwunderung: Das ist es nun. Du hast es gewußt, als du durch die Gartenpforte gegangen bist. Es ist leichter, als du befürchtet hast.

Die Grenadiere kämpfen um ihr Leben. Die Unteroffiziere und Obergefreiten haben sich von der Überraschung erholt. Sie reißen die angstgelähmten Jungen vom Ersatz mit, den Russen entgegen. Heisere Kommandos, wütendes Stöhnen, entfesseltes Gebrüll, gepreßte Flüche, Klirren von Metall auf Metall, ratternde MPi-Garben, Wimmern, peitschende Schüsse, Gestampfe, der dumpfe Laut stürzender Leiber – alles mischt sich zu einem schrecklichen Getöse. Das Handgemenge verlagert sich zwischen die Scheunen und Ställe. Es bilden sich einzelne Gruppen. Zweikämpfe entwickeln sich; Menschen, die einander nie gesehen haben und sich auch jetzt kaum erkennen können, verbeißen sich ineinander, allein erfüllt vom verzweifelten Rausch der Vernichtung. Das Gewoge ineinander verkrallter Männer rollt davon und läßt hinter sich eine Spur von Toten und Verwundeten.

Quast liegt dazwischen, ruhig und gefaßt. Er hat keinen Wunsch mehr, keine Not. Er wartet auf das Unabänderliche. Da hört er, dicht an seinem Ohr, eine Stimme: »Lebst du noch?« Quast nickt schwach, verwirrt. Er fühlt sich gestört, er will nun seinen Frieden haben. Wer aus dem Leichenhaufen faselt da? Warum spricht er gerade ihn an? »Ich bring' dich hier weg!« flüstert es. Quast bewegt verneinend den Kopf. Warum läßt ihn der Kerl nicht zufrieden? Quast stirbt. Ihm ist federleicht zumute, in ihm ist es heiter und still, es gibt nichts, was ihn noch etwas angeht. »Ich hol' dich raus. Bleib ganz ruhig!« Quast kann sich nicht wehren. Der andere packt ihn am Kragen, zieht ihn auf dem Rücken über die Stoppeln, macht sich selbst ganz flach, ächzt, bleibt minutenlang liegen. Quast hat die Augen geschlossen. Der andere packt ihn bei den Schultern, dreht ihn auf den Bauch. Quast erbricht Blut. »Du mußt jetzt kriechen!« Quast schüttelt den Kopf. Der andere zieht ihn am Ärmel, sagt: »Bitte. Kriech doch!« Quast kriecht. Er merkt es selbst nicht, aber der andere sagt: »Gut so!« Sie liegen unter einem Gebüsch. Quast will, daß die Qual aufhört. Er stöhnt: »Hau doch endlich ab. Nimm mein Soldbuch mit. Hau ab!« Sie liegen keuchend nebeneinander. Quast kann das Gesicht des anderen nicht erkennen. »Geh doch!« sagt er flehend zu seinem Quäler. Oder ist es sein Retter? Aber der andere stößt hervor: »Wohin denn? Ich weiß den Weg nicht. Du weißt ihn, mußt ihn mir zeigen!« Quast sucht die Augen des anderen, aber es ist zu dunkel. Quast nickt. Der andere zerrt ihn auf die Beine. Quast sackt zusammen. Der andere lädt sich Quast auf den Rücken. Quast lallt: »Den Knick entlang bis zu einem Graben!« Der andere stolpert los. Quast verliert das Bewußtsein. Als er zu sich kommt, hört er die Stimme des anderen: »Du, he. Wohin jetzt?« Quast sagt: »Laß mich doch liegen. Bitte.« Er sackt wieder weg. Der andere schüttelt ihn: »Komm!« Quast sagt: »Jetzt den Waldrand entlang. Über die Gleise. Da muß eine Bahn sein. Hundert Meter weiter kommt die Straße nach ... ach, ich weiß nicht, wie das Nest heißt.« Quast hört seine Stimme wie aus der Ferne. Hört nichts mehr.

Sie sind auf einer Dorfstraße. Der andere schwankt unter der Last. Da, in der Kate, ist der Gefechtsstand. Quast sagt: »Laß mich runter!« Die Beine rutschen ihm weg. Der andere zieht ihn hoch, führt ihn. In der Bauernstube steht der Kommandeur. Quast versucht sich aufzurichten und eine Meldung zu machen. Aber die Dressur kann nichts mehr bewirken, er fällt um. Sie legen ihn ins Stroh, der Kommandeur sagt: »Mensch, Quast, schon wieder?« März, der Adjutant, sagt: »Dich kriegen wir hier schon raus, Kleiner. Und das Gerät ist auch da. Bald hören wir wieder Radio London!«

Quast hat einen MPi-Durchschuß. Unter dem Herzen rein, neben der Wirbelsäule raus. Sie pappen ihm Leukoplast auf die Öffnungen. Draußen pfeifen Schüsse die Straße entlang. März sagt zu zwei Landsern, die Kisten mit Handgranaten raustragen: »Davon steckt euch ein paar ins Koppel. Und dann bringt ihr den Obergefreiten Quast zurück. Ihr kennt die Auffangstellung. Traut euch bloß nicht, dort ohne den Quast anzukommen!« Und schon ist er aus der Tür. Die beiden fluchen. Einer geht raus, will eine Stange suchen, an die sie Quast in einer Zeltbahn anhängen wollen. Landser laufen am Fenster vorbei. Das Feuer auf der Straße wird heftiger.

Sie finden keine Stange. Sie zerren ihn auf eine Dreieckzeltbahn. Sie sehen feindselig auf Quast herab. Der eine sagt: »Der ist doch schon hinüber. Wir lassen ihn liegen!« Quast, den Mund voll Blut, schüttelt den Kopf. Der andere sagt: »Wir tragen ihn erst mal so raus!« Sie heben die Zeltbahn an, in der Quast mit herabhängenden Beinen halb sitzt, halb liegt, und springen auf die Dorfstraße. Gewehrfeuer spritzt ihnen um die Ohren. Querschläger sirren. Die beiden laufen, so schnell sie können. Hinter dem letzten Haus macht die Straße einen Knick, senkt sich in einen Hohlweg. Granatwerferfeuer schlägt hinein. Die beiden werfen sich hin. Quast liegt da, Blut rinnt ihm in den Kragen. Die Trommelfelle dröhnen. Er kann nur stoßweise atmen. Der eine sagt: »Komm, laß uns abhauen!« Quast stößt hervor: »Wenn ihr hier liegen würdet. Ich … ich …« Sie sehen mit herabgezogenen Mundwinkeln auf ihn hinunter, packen widerwillig die Zeltbahn mit dieser stammelnden Last, die sie ihr Leben kosten kann. Quast verliert das Bewußtsein.

Als er erwacht, stehen sie an einem breiten Bach. Die Brücke hängt im Wasser: gesprengt. Auf der anderen Seite steht März, sieht auf die Uhr, brüllt: »Von Spazierengehen hatte ich nichts gesagt, ihr lahmen Hunde. Hopp, hopp, das Wasser wird euch aufwecken!« Die beiden stemmen Quast in Schulterhöhe, steigen fluchend ins Wasser, bringen das blutige Bündel hinüber.

Die Männer stehen am Waldrand. In Reihe. Quast wird an ihnen entlanggetragen. Er sieht über sich Baumwipfel und Astgeflecht und einen Streifen schwarzgrauen Regenhimmel. Dann ziehen die Gesichter an ihm vorüber. Weißgelb, zerfurcht, rot-, schwarz-, blondstoppelig. Die Augen liegen tief, sind stumpf oder unnatürlich glänzend, vor Übermüdung rotgerändert. Die Kragen sind aufgerissen, die Kopfschützer auf die Hälse heruntergezogen. Einigen hängt eine Zigarette an der Unterlippe. Sie grinsen unter dem dunklen Rund des Stahlhelms, sie machen Scherze: »Mensch, du willst schon wieder nach Hause? – Hast du ein Schwein! – Die Funker sind immer zu faul zum Laufen! –

236

25

Autor: Wenn man so etwas übersteht, muß man da nicht an einen barmherzigen Gott glauben?

Quast: Das ist meine Sache. Aber wenn Sie schon fragen: Natürlich sieht man die Welt dann anders. Und sein eigenes kleines Dasein. Man gewinnt ein, ich will mal sagen, ein ganz persönliches Verhältnis zu ... zu ... also nennen wir es Gott. Nur – mit diesem christlichen Hochmut hat das nichts zu tun. Wer beschenkt wird, braucht sich nichts darauf einzubilden. Und ich habe noch ein ganzes Leben geschenkt bekommen.

Quast zittert, er friert, ist elend und schwach. Er kann sich seine Lage nicht erklären. Er würgt. Seine Gedanken verwirren sich. Er denkt, zu einem Soldaten gehört eine Mütze. Er tastet im Stroh herum: Liegt hier seine Mütze? Seine Augen haben sich an die Dunkelheit gewöhnt. Und obwohl er es sieht, ist er zu schwach, als daß er erschrecken, als daß er sich empören könnte. Neben ihm liegt ein Mensch. Er hat einen Mantel an, der nicht zugeknöpft ist. Er hat den Kopf in den Nacken gezogen. Er ist tot. Quast kann sich vor Schwäche kaum rühren. Phantasiert er? Nein, da liegt dieser Mensch. Er kann seine Zähne sehen. Quast denkt nicht mehr klar. Erst hat er eine Mütze gesucht, wozu eigentlich? Jetzt mischen sich Traumbilder mit dem, was er sieht. Er ist auf einmal in der Schule. Die Platte der Bank ist mit Kerben, mit Löchern, Flecken und unbeholfenen Zeichnungen bedeckt. Das Tintenfaß ist leer und hat eine schwarze Kruste. Sie sollen einen Stammbaum zeichnen. Ach, das ist ja Zeichenlehrer Möller in der beklecksten Samtjacke. Nein, es ist der alte Blaschke mit dem goldenen Kneifer, oder ist es Oberleutnant Ellberg, der mit Oberst Geierschnabel das Kanonenfutter vom

Stammbaum pflücken will? Aber den Baum muß Quast erst einmal zeichnen, und wenn er die rechte Hand zum deutschen Gruß vorstreckt, dann geht es nicht. Er nimmt sie herunter. Der General nickt ihm zu, winkt ihm mit gefesselten Händen. Malen, Quast, malen! Die Frauen sollen durch Kreise dargestellt werden, die Männer durch Rechtecke. Quast will Rechtecke malen, aber er malt nur Kreise, Kreise, Kreise.

Der Raum ist hoch, weiß gestrichen. An einer Schmalwand, oben unter der Decke, ist eine Reihe kleiner Fenster. Es ist stürmisch draußen, und ein kahler Ast klopft gegen die Scheibe. Graues Licht fällt herein, auf die Flügeltür an der anderen Schmalseite, auf das Seitengewehr, das in der Wand steckt, auf das erloschene Hindenburglicht.

Quast öffnet weit die Augen, er erinnert sich, er blickt nach rechts, richtig, da liegt der Tote. Er blickt nach links: erstarrte Profile, herabgesackte Kinnladen, eine hochgereckte, gelbe Hand – Tote. Rechts von Quast stützt sich einer, der blutige Haare hat, auf den Ellenbogen und sagt keuchend, mit einem Blick, der nichts mehr sieht: »Eine Tasse Bohnenkaffee, eine Tasse Bohnen ...«, und sackt zusammen. Das Keuchen hat aufgehört. Quast liegt ganz still. Entsetzen kriecht ihm den Rücken hoch. Wo bin ich, denkt er, ist das so, wenn man tot ist? Oder haben sie dich vergessen? Er horcht. Aber er hört nichts außer dem Klopfen an der Scheibe, an der nun Regentropfen herunterrinnen. Er guckt zwischen seinen Stiefeln hindurch. Gegenüber, auf einer dünnen Strohschütte, Tote. Einige so dicht an der Wand, daß der Kopf auf die Brust gedrückt ist. Quasts Augen gehen von einem zum andern.

Einer zwinkert ihm zu. Was? Quast sieht noch einmal hin. Doch, er zwinkert, öffnet den Mund, sagt leise: »Lebst du auch noch?« Und Quast flüstert: »Ich glaube, ja!«

Um Haaresbreite wäre Quast verschwunden. In einem der Massengräber, die überall neben den Lazaretten ausgehoben werden. Sie hatten ihn schon zu den Toten gelegt, er war schon abgehakt gewesen. Aber der kleine Quast ist noch da.

»Sie können mich gleich operieren«, sagt er zu dem Arzt, der ihm erklären will, warum man Fälle wie ihn gleich zu den Toten legt. Und daß es wichtiger ist, zehn Verwundete zu retten, als stundenlang um einen hoffnungslosen Fall zu ringen. Der Arzt sagt, operieren habe keinen Zweck. Das Loch, das man ihm durch den Bauch geschossen habe, sei sowieso schon groß genug. Wozu noch schneiden? Quasts Verletzungen werden zugeklebt.

Er hat Glück, es ist gerade einer gestorben. So kriegt er dessen Bett in einem kleinen Raum im ersten Stock. An der Wand eine Tafel, darauf steht: »Tausche EK gegen Laufschuhe!« Die anderen liegen matt und still in ihren Betten. Ein Arzt kommt, will Quast eine Spritze geben. Er kann die Vene nicht finden und stochert, es schmerzt. Quast sagt: »Haben Sie denn hier keinen, der richtig gucken kann?«

Der Sanitäter, der hinter dem Arzt steht, sagt: »Erlauben Sie mal, das ist der Oberstabsarzt selbst!« Quast sagt: »Ich bin es auch selbst. Und das ist mein Arm!« Der Arzt lacht und sagt: »Du bist wohl nicht totzukriegen?« Aber Quast ist nicht sicher, schon lange nicht mehr.

Es wird wieder dunkel. Quast spürt, wie ihm jemand die Armbanduhr abstreifen will, er wehrt sich. Als er nachts aufwacht, entdeckt er, daß seine Schafwollstrümpfe gestohlen sind, die ihm eine lettische Bäuerin geschenkt hat. Siehst du, denkt er, nun bist du wieder unter den Lebenden.

Am nächsten Tag, nachmittags, liegt er unter freiem Himmel, auf einem Hafenkai in Libau. Er hört Bombendetonationen, hört, wie zwei Matrosen, die neben ihm ihre Zigarette rauchen, sagen, auch das Lazarett sei getroffen worden. Ach, Elisabeth, denkt Quast.

Schräg gegenüber stellen zwei Hiwis eine Trage auf das Pflaster, ein bleicher Mann mit weißblonden Haaren liegt darauf, er hat ein kleines Gesicht. Quast kennt das Gesicht. Als er in einem Schützenloch gesessen hatte, war ein Tiger dicht herangerollt, hatte gehalten. Die Luke vorn vor dem Turm, unter der das Funker-MG herausstach, hatte sich geöffnet, und der Weißblonde hatte herausgelugt. »Fahrt mir nicht die Antenne ab!« hatte Quast gegen die donnernden Motoren angeschrien. Und der Weißblonde hatte hinuntergebrüllt: »Hörst du denn überhaupt was, du Maulwurf?« Darauf Quast: »Komm doch raus aus deiner Dose, du Hering! Kannst mithören!« Beide hatten sich angegrinst, dann hatte es plötzlich gekracht, Kaskaden von Erde waren um den Tiger herum hochgestiegen. Das Gesicht war verschwunden, die Klappe hatte sich geschlossen, der Tiger war angeruckt und auf kreischenden Ketten hinter einer Bodenwelle verschwunden.

Der Weißblonde lächelt schwach, hebt zum Gruß die Finger der Hand, die aus dem speckigen Ärmel herauskriecht und auf der Decke liegt, weiß und durchsichtig. Quast fragt: »Wo ist dein Panzer?« Der durchsichtige Daumen zeigt nach oben: »Geplatzt!« – »Nun mußt du wieder laufen lernen, was?« Der andere antwortet nicht, bewegt den Kopf verneinend. Und Quast sieht, daß dort, wo die Decke sich über den Beinen hätte bauschen müssen, eine Packtasche steht und die Decke flach aufliegt. Quast sagt: »Ab? Beide?« Der Weißblonde dreht mit einem tiefen Atemzug den Kopf weg. Dann sieht er Quast an und sagt: »Nee, ich laß mir 'n paar neue machen. Die alten war'n mir zu krumm …« Zwei Träger kommen und heben die Trage mit dem Weißblonden mühelos an. Sie werden verladen, Richtung Heimat.

Der Laderaum des Küstenfrachters ist dicht vollgepackt mit Verwundeten. Quast hat gehört, daß ein Schiff, das zwei Stunden vor ihnen abgefahren ist, nach einem Minentreffer gesunken ist. Er sieht sich um. Wenn etwas passiert, dauert es keine drei Minuten, denkt er, und der Kahn ist unten. Quast läßt sich in die Mitte legen, denn er vermutet, daß dort die Bewegungen schwächer sind, wenn das Schiff stampft und schlingert. Er hebt den Kopf, sucht den Weißblonden, kann ihn aber im schwachen Licht nicht entdecken. Er zieht sich die Decke über die Augen. Nicht lange, nachdem sie ausgelaufen sind und das Schiff auf der Dünung zu reiten beginnt, fangen die ersten an zu stöhnen. Es riecht säuerlich.

Vierzig Stunden später wird Quast in München aus einem Lazarettzug ausgeladen. Sie nehmen ihm sein verlaustes Hemd mit den beiden blutverkrusteten Löchern, vorn und hinten, weg. Er wird geduscht. Sie schieben ihn, der nackt auf einer Trage liegt, in einen gekachelten Keller mit kalkweißem Licht, unter eine Brause. Ein Schwall heißes Wasser stürzt auf ihn herab. Ein Sanitäter wischt ihm flüchtig übers Gesicht und fragt: »Hast du Zigaretten?« Quast sagt: »Hau ab, du kotzt mich an!« Er steht auf, er will nicht mehr getragen werden, will nicht mehr die monotonen Fragen nach Zigaretten hören. Er sehnt sich nach Ruhe.

Morgens um vier weist ihm eine breite Matrone in Schwesterntracht endlich sein Bett zu, ein richtiges, schönes Bett mit verstellbarem Kopf- und Fußteil, mit festen Matratzen und frischduftendem weißem Zeug. Quast schläft ein, tief und fest. Er schläft den Schlaf eines ausgebluteten und im wahrsten Sinne zu Tode erschöpften Menschen, bereit, erst drei Tage später wieder zu erwachen.

Aber es vergeht keine Stunde, da rüttelt ihn eine Schwester an der Schulter: »Aufwachen! Los, ich brauche Ihre Personalien! Sie können hier noch genug schlafen! Wir haben noch mehr zu tun!« Quast holt tief Luft. Dann schreit er. Er schreit hinaus, er wolle in Ruhe gelassen werden, endlich. Er schreit hinaus, was er von kuhgesichtigen Schwestern mit plumpen Weißwurstpfoten hält, die es wagen, ihn, Quast, zu berühren. Die Schwester begreift nichts, sie droht mit einer Beschwerde beim Herrn Stabsarzt. Quast schreit hinaus, die Schwester solle gleich den Generalarzt holen. Er wolle seine Personalien dem Herrn Generalarzt persönlich dorthinein schieben, wo die Schwester schon drinsäße. Er schreit alles an Zorn und Ratlosigkeit hinaus, was ihn bedrängt. Seine Zimmergenossen haben sich aufgesetzt. Die Schwester heult und bekommt ein verquollenes Gesicht. Sanitäter drücken Quast in die Kissen zurück.

Quast hat Ruhe. Die Männer in der Krankenstube sehen scheu an ihm vorbei und wagen es nicht, ihn anzusprechen. Untersuchung, Fiebermessen, Puls, alles geht schweigend vor sich. Der

Alte neben ihm, ein Mann von der Ersatzreserve, der sich einen eingewachsenen Zehennagel auf Staatskosten hat entfernen lassen, bekommt Besuch, eine junge und eine alte Frau. Die drei tuscheln, dann sehen sie erschauernd, angewidert und mitleidig zugleich zu Quast hinüber.

Jeden Vormittag um elf summen die amerikanischen Fernaufklärer im föhnigen Blau. Sie kommen aus Italien. Eine halbe Stunde später sind die Bomber da. Quast hockt im Keller, hört im Volksempfänger die Meldungen über den Anflug starker Feindverbände auf den Raum München und denkt: So wirst du nie gesund. Er hat Fieber, kann nachts nicht schlafen.

Er hat einen Bescheid vom Bataillon bekommen: »Befördert zum Unteroffizier wegen Tapferkeit vor dem Feinde.« Quast knöpft sich die Schulterklappen mit den hellgrauen Litzen auf die Feldbluse und denkt: Vor dem Feinde, das klingt gut. Wo bist du eigentlich, bei Hohenfriedberg, 1745? Oder in München, 1944? Er muß an den ahnungslosen, verschlafenen Leutnant denken, den vielleicht schon das EK Erster Klasse schmückt, weil seine Nachhut sich so fabelhaft geschlagen hat, nachts im Nahkampf vor dem Gehöft; er muß an den Unbekannten denken, der bei dem nächtlichen Überfall, vielleicht aus Angst, zwischen den Hingemähten liegengeblieben ist und der ihn, Quast, dann doch zurückgeschleppt und gerettet hat. Er muß an die beiden denken, die ihn zähneknirschend durchs Feuer getragen haben, obwohl ihnen ihr Leben lieber war als seines. Er muß an den Feldwebel denken, der mit Quast bis in die Hölle gefahren wäre, wenn's hätte sein müssen, weil Quast einer von seinem Bataillon war. Angst, Mut – zwei Seiten der gleichen Medaille. Wer kann schon behaupten, immer tapfer gewesen zu sein? Wirklich schlimm, denkt er, und ihm wird heiß vor Zorn und Haß, wirklich schlimm sind die Herren Arschlöcher. Die so mutig sind, wenn eingebrockt wird, aber zu feige zum Auslöffeln.

»Sie bleiben am besten gleich hier zur Operation!« sagt der Arzt, als Quast sich nach langer Reise im Lazarett in Posen zum Verbinden meldet. Quast nickt ergeben, und nach einer Stunde liegt er wieder in einem Krankensaal. Alle vierzig Betten sind belegt. Quast muß wieder operiert werden, denn Oberschenkel und Hüfte sind seit einem halben Jahr nicht verheilt. Aus München haben sie ihn gern gehen lassen. »Nein, Sie werden hier nicht gesund«, hatte der Arzt bestätigt. In Wahrheit war er froh, den Querulanten los zu sein, der über jede Anordnung lachte und die Schwestern erschreckte.

Quast hat Schmerzen. Er hat es satt zu liegen. Er weiß, er muß so bald wie möglich raus aus dem Lazarett, in dem sich alle gegenseitig belästigen, behindern und schon durch ihre Gegenwart auf die Nerven fallen. Neben ihm liegt ein stiller, knochiger Gefreiter, zweiundvierzig Jahre alt, im Zivilberuf Bauer. Beide Füße waren von den Zehen bis zum Spann blauschwarz gewesen, erfroren. Jetzt haben sie die Füße amputiert. Der Operierte wirft den Kopf unruhig hin und her. Er spricht, noch in Narkose, undeutlich vor sich hin. Dann ruft er plötzlich: »Hitler ist ein Schwein!« Quast sagt: »Schnell, die Tür zu!« Der Operierte schreit: »Er soll mir meine Füße wiedergeben! Ich kann nie wieder aufs Feld gehen. Ich bin ein Krüppel!« Quast sagt: »Mensch, halt doch das Maul!« Der andere brabbelt: »Wir haben alle das Maul gehalten. Und jetzt sind meine Füße ab!« – »Sei ruhig!« – »Erst, wenn ich meine Füße wiederhabe! Von der Hitler-Sau!« Quast denkt: Hoffentlich hat das kein Hundertfünfzigprozentiger mitgekriegt. Er erklärt den anderen: »Der phantasiert. Er weiß nicht, was er sagt. Keiner hat was gehört, verstanden!« Die anderen nicken. Der Bauer erwacht langsam. Er wimmert die ganze Nacht. Quast füllt ihm das Wasserglas auf, schiebt ihm das Kopfkissen zurecht, erzählt ihm von wunderbaren Prothesen. Und daß er nun zu Hause bleiben könne, auf seinem Hof. Aber der Bauer sagt verächtlich: »Ach, du Hitlerjunge. Warum mußtet ihr bloß marschieren?« Und Quast denkt: Sieh an, da steigt einer aus dem Dritten Reich aus. So einfach geht das. Kann sich nicht mehr richtig erinnern und hat sogar schon seinen Sündenbock. Wann hat er wohl das erste Mal für

245

den »Führer« gestimmt? Dreiunddreißig? Vielleicht ist er in der Reiter-SA. Oder Ortsbauernführer?

Weihnachten 1944. An der Lazarettmauer werden Schützenlöcher ausgehoben. Manes, der Panzerfahrer aus Köln, der Quast gegenüber liegt und schon spazierengehen darf, berichtet es. Sie sehen sich stumm an. Dann sagt Quast: »Die sind für die Fahnenmasten. Wenn wir den Endsieg feiern.«

Nachmittagas stopfen sie einen der blaugestreiften Krankenanzüge aus und legen ihn mit Stiefeln auf das Bett von Kalle. Der versteckt sich hinter der Tür. Dann rufen sie Schwester Tula. Sie ist über sechzig, kurzsichtig und geht schwerfällig. Als sie die Gestalt auf dem Bett sieht, holt sie tief Luft und watschelt energisch auf den vermeintlichen Sünder los: »Das ist wirklich die Höhe! Dieser ungezogene Bengel! Mit Stiefeln!« Sie holt aus, um Kalle von der Matratze zu ziehen, doch der zerfällt in Einzelteile – schaurige Symbolik für das, was allenthalben geschieht. Tula hält einen Augenblick die Luft an. Dann dreht sie sich um, guckt drohend die Bettreihen entlang und sagt plötzlich breit lachend: »Der reinste Kindergarten. Können kaum kriechen. Aber Unsinn im Kopp!« Noch auf dem Gang draußen lacht sie: »Meine Jungens. Ach, meine Jungens.« Es hört sich ein bißchen wehmütig an.

Abends werden auf dem großen Tisch im Mittelgang Tannenzweige ausgebreitet und Kerzen angezündet. Dann kommt der General. Ein dicklicher Herr, dem das Koppel wie ein Faßreifen um den Bauch liegt. Der General hält eine Ansprache. Er meint es gut, aber er trifft den richtigen Ton nicht. Vielleicht glaubt er sogar, was er sagt. Als das Wort »Endsieg« kommt, wirft sich Manes plötzlich in Krämpfen hin und her und wimmert: »Mein Kopf, mein Kopf!« Der General ist irritiert. Tula begreift, ihre Jungens wollen den Schwätzer lossein. »Ein schwerer Fall, Herr General. Besser abbrechen. Fast alles kritische Fälle ...« Der Stabsarzt runzelt verblüfft die Stirn. Er weiß es anders. Aber ehe er etwas sagen kann, hört der General auf zu reden und murmelt: »Nächsten Saal reinschauen«, und geht. Vielleicht ist er froh, nicht weitersprechen zu müssen. Tula watschelt hinterher.

In der Tür droht sie mit ihrer runzeligen Hand. Doch dabei grinst sie breit, und ihre falschen Zähne blitzen.

Quast hat Schmerzen. Es ist zwei Uhr morgens. Er kann nicht schlafen und starrt an die Decke. Neben ihm zündet Kalle sich eine Zigarette an und bemerkt, daß Quast mit geöffneten Augen daliegt. Durch den Rauch hindurch sagt Kalle: »So'n General ist doch'n blöder Hund, genau wie wir.« – »Schon«, murmelt Quast. »Aber er hat wenigstens länger gelebt!«

Anna hat Nachtdienst. Sie ist Mitte Zwanzig, mittelgroß, hat einen vollen Mund, runde Hüften und intelligente Beine. Vier harte Krankenschwesterjahre haben ihrem Gesicht einen herben Zug verliehen. Wenn sie Quast sieht, dann blitzen ihre schwarzen Augen, und ihre Stimme bekommt einen seltsamen Unterton. Quast fühlt sich ebenso zu ihr hingezogen wie sie sich zu ihm. Sie war mit ihrer Tablettenrunde fertig gewesen, und in der Tür hatte sie sich zu Quast umgedreht und die Brauen gehoben. Dann war sie verschwunden, und ihre gekreuzten Schürzenbänder hatten unter der bläulichen Notbeleuchtung weiß geschimmert.

Es ist Mitternacht. Quast erhebt sich leise, schlüpft in die Anstaltskluft und humpelt hinaus. Er kann wieder gehen, hat endlich die Zeit hinter sich, da vierzig Mann Anteil nehmen mußten an seinen Verdauungsvorgängen, so, wie er an ihren. Er hat es kaum erwarten können, wieder auf die Beine zu kommen und damit ein Stück Eigenleben wiederzugewinnen, mochte er noch so schwach sein.

Aber daran denkt er jetzt nicht. Auf dem Flur raschelt Anna an ihm vorbei, in der Hand ein Nierenschälchen mit Tupfern und einer Injektionsspritze. Sie flüstert: »Bis gleich. In der Wäschekammer!« Quast kennt die Kammer. Sie hat noch einen winzigen Nebenraum, und darin steht eine Liege.

Quast schlurft auf die Kammer zu, als ginge er in eine schwere Prüfung. Würde sich jetzt bestätigen, bangt er, was er seit der Operation befürchtet hatte und was ihn schon wochenlang elend vor Angst machte: Daß er kein Mann mehr ist, daß er für Frauen nicht mehr in Frage kommt? Oder würde sich zeigen, daß er sich unnötig gegrämt hatte?

So sitzt er voller Lampenfieber, wie ein Examenskandidat, mit gesenktem Kopf und Leidensmiene auf der Liege, als Anna mit glühenden Augen, schnurrend und überquellend vor Zärtlichkeit, in die Kammer schlüpft und mit zielstrebigen Griffen hinderliche Textilien entfernt.

Anna ist ein Naturereignis. Quast möchte mit ihr über sein Problem sprechen. Aber Anna hört nicht zu. Sie denkt, er sei beklommen wegen der Narben, sei behindert durch die Verbände, sei einfach gehemmt. Sie verschlingt Quast wie eine Verdurstende. Sie reißt ihn mit. Er kann sich mit seinen Zweifeln nicht mehr aufhalten und bemerkt selig, daß er keinen Grund dazu hat. Und was er nicht tut, das besorgt Anna, einfallsreich und ganz bei der Sache. Sie weiß Quasts Unbeholfenheit zu artistischen Raffinessen auszunutzen und schluchzt, während ihre Spannung sich löst. Dann liegt sie mit nassen Augen neben ihm, der blöde vor Glück lächelt, und sagt: »Ach, mein Wunderknabe, du bist viel zu schade für den Krieg!«

Als sie hastig ihre Kleider ordnet, sieht Quast die Pistole. »Anna, was soll das?« – »Fünf Schuß für die Iwans, einer für mich!« – »Aber wir kommen doch bestimmt hier raus!« – »Du ja. Doch was mich angeht, da mach' ich mir nichts vor. Ich komme aus Wolhynien. Da haben die Roten mich einmal eingesperrt. Eine Woche lang, aber es hat mir gereicht. Nie wieder hinter Gitter, nie wieder Verhöre, das sage ich dir! Weder bei den Roten noch bei den Braunen, noch bei dem, was sonst noch kommt!« – »Aber du willst dich selbst ...« – »Na und? Ich hab' immer nur mit denen geschlafen, die ich mochte. Diese Gewohnheit will ich der Russen wegen nicht aufgeben. Du weißt doch: Die sind als Befreier genauso zum Kotzen wie die Deutschen. Außerdem haben sie so'ne appetitliche Art, Frauen vom Kommunismus zu überzeugen. Also: Aus der Traum!« – »Ach, Anna, hau doch einfach ab ...« Sie sieht ihn nachsichtig an. »Euch im Stich lassen? Dir ist wohl unser Kammerspiel nicht bekommen, was?« Sie bindet ihre Schürze zu. »Ich hab' ehrlich gelebt, ich will ehrlich verrecken, verstehst du? Ich hätt' mir auch was Besseres vorstellen können. 'n brauchbaren Kerl zum Beispiel und Kinder. Nicht immer nur tote Augen zudrücken, nicht nur Eiter und Scheiße und Geflachse mit Krüppeln, die noch gar nicht wissen, wie schlecht sie dran sind, wenn sie mal ohne Uniform und Orden dastehen. Nicht mehr Samariterin sein, sondern Frau … Aber wir leben in einer großen Zeit. Und die ist einfach zu groß für mich.«

Quast sieht Anna erschrocken an. Aber die lacht, streicht ihm übers Haar und sagt: »Und nun verschwinde, mein Kleiner!« Dann zieht sie seinen Kopf zu sich herauf und küßt ihn. Fünf Minuten später liegt Quast wieder in seinem Bett, erschöpft, zufrieden, aber tief unglücklich über Annas Worte.

Quast sitzt auf einem Lkw, wie die anderen Insassen ein Kopfkissen unterm Arm. Sie sollen es im nächsten Lazarett abliefern. Die Straßen sind menschenleer. In der Ferne peitschen Schüsse. Partisanen haben uns noch gefehlt, denkt Quast. Aber sie erreichen den Transportzug ungefährdet.

Die Bodenplanken des Güterwagens sind bedeckt mit schmutzigem Stroh. Quast liest beim Hineinklettern: »Acht Pferde oder dreißig Mann«. Er wirft sich auf den Boden, starrt nach draußen in den Nieselregen. Die Pumpe der Lokomotive tackt, zischend entweichen weiße Wolken aus den Kolbenventilen. Motoren heulen auf, Karosserien quietschen. Rufe, Kommandos, Flüche schallen durcheinander. Dann ruckt der Zug an. Wagenkupplungen straffen sich klirrend. Eine Zigarettenkippe fällt als glühendes Pünktchen in die Schlacke.

Der kleine Quast rollt langsam nach Westen. Zunächst einmal aus unserem Blickfeld hinaus. So, wie wir ihn damals nach Osten haben aufbrechen sehen: im zugigen Güterwagen hockend und ein Stück Kommißbrot in der Tasche.

26

Autor: Durften Sie denn das, die Leute wegschicken?

Quast: Ich hatte das Kommando.

Autor: Ja, aber zum Einsatz. Als kämpfende Truppe!

Quast: (zuckt die Schultern)

Autor: Sie hätten doch in Gefangenschaft gehen können ...

Quast: Wir hatten genug Erfahrung darin, geschunden zu werden.
            Lieber hungrig und frei als satt hinter Stacheldraht.

Sie schicken Quast noch eine Weile durch die Trümmer des
Reiches, das so groß und stolz werden sollte und das nun so
qualvoll an seiner Maßlosigkeit und an der Mordlust eines »Führers« zugrunde geht.
Dann befehlen sie ihm, einen Zug Landser gegen die Amerikaner zu führen. Er sieht sich die Karte an, hört auf den Kanonen-
donner ringsum, blickt in die mürrischen Gesichter der dreißig
Männer, die ihm nun anvertraut sind. Ein wirklich verlorener
Haufen, denkt er. Flaksoldaten, die ihre Kanonen gesprengt haben, ausgestiegene Panzerbesatzungen, krummgeschuftete Pioniere, gehetzte Grenadiere. Einer hat das silbern umrandete
Scharfschützenabzeichen auf dem rechten Unterarm, für mindestens vierzig Abschüsse. »Hast du deine Knarre noch?« fragt
Quast. »Wozu denn dat woll noch?« lautet die Gegenfrage des
mecklenburgischen Obergefreiten, der Jan genannt wird.
Wenn du jetzt nicht klug bist, denkt Quast, dann hast du sie auf
dem Gewissen, die Jungen, die noch nicht ahnen, was gespielt
wird, und die Alten, die es allzu genau wissen, aber keinen Aus-
weg sehen. Wie hatte der General damals, in der Bauernstube

250

am Ladogasee, zu ihm gesagt? Seien Sie so mutig, Gefreiter Quast, sich ein Gewissen zu leisten!

Der Befehl, den Quast vor dem Gefechtsstand im Hof einer Dorfschule entgegennimmt, lautet: »Klären sie gegen Megerbach auf und bringen sie Gefangene ein! Die Amis sind leichtsinnig. Manche haben gewaltige Angst!« Kein Wunder, denkt Quast, wo sie ihren Krieg doch schon gewonnen haben.

Quast führt seine Leute an den Rand einer Schneise, die im spitzen Winkel in eine Landstraße mündet. Das Sträßchen quält sich brav über jeden Geländebuckel und senkt sich in das regennasse Tal hinab, in dem das Dorf Megerbach liegt.

»Laßt euch nicht auf der Lichtung sehen«, sagt Quast, »dann habt ihr die Chance, den Endsieg noch zu erleben!« Die Männer lassen sich ins Moos fallen, wo sie stehen, hungrig, mißmutig und kampfmüde.

Dann winkt Quast dem Scharfschützen: »Komm mit, ins Dorf!« Der rotblonde, unscheinbare Dreißiger nickt. Als sie ein paar Minuten durch den Wald gestapft sind, fragt er: »Du, Korporal, du wullt doch woll nich wirklich daun, wat de Vomag seggt hett?« Vomag bedeutet »Volksoffizier mit Arbeitergesicht«. Jan meint den Leutnant, der ihnen den Auftrag erteilt hat. Wie dieser, so sind wegen der großen Verluste des Offizierskorps viele Unteroffiziere zu Offizieren getrimmt worden. Die Soldaten haben mit treffsicherem Spott darauf reagiert.

Quast sagt: »Ach was, laß uns nur mal reingucken!« Sie blicken ins Tal. Das Dorf wimmelt von khakifarbenen Gestalten. In jedem Hof stehen Panzer, Transporter und Jeeps mit knallroten Fliegerkennzeichen auf Türmen und Hauben. Die beiden schleichen, durch Hecken gedeckt, zur Rückseite des nächstgelegenen Hauses. Ein Sprung, und sie sind an der Hintertür des Gebäudes, das sich an den Hang duckt. Zwei Schritte, und sie sind in der Stube mit der niedrigen Decke. Am Tisch sitzen eine Greisin mit dünnem, strähnigem weißem Haar, ein junges Mädchen mit Kopftuch und Blumenschürze und zwei ältere Männer. Auf dem Hof quäken aus einem graugrünen Lkw, dessen Flanke eines der kleinen Fenster versperrt, gurgelnde Geräusche. Sie haben mit dem Englisch, das Quast gelernt hat, wenig Ähnlichkeit. Auf dem Tisch sind ein angeschnittenes schneeweißes Brot, eine Dose Bacon, eine Dose Peanut-Butter und eine Stange Camel-Zigaretten aufgebaut.

Die Männer und das Mädchen springen erschrocken auf, die Alte bleibt sitzen und blinzelt. Alle heben die Arme hoch über den Kopf. Einer der Bauern wird totenblaß und zittert. Quast denkt: Ob er wohl seine Wehrmachtuniform in der Jauchegrube versenkt hat? »Aber, aber«, sagt Quast, »habt ihr schon vergessen, wie Deutsche aussehen?« und guckt an dem Blassen vorbei.

Sie lassen die Arme sinken. Einer der Bauern sagt: »Um Gottes willen, vor der Tür sind die Amerikaner! Seid ihr Werwölfe? Nicht schießen!«

»Nun hört bloß auf, Blödsinn zu reden! Schnell: Seit wann sind die Amis hier? Und wie viele? Und wie heißt der Verein?« Die Greisin fängt zu zetern an: Verbrecher, Nazis, genug geschossen, Hitler-Lümmels! Quast glaubt seinen Ohren nicht zu trauen. Jan sagt: »Ach, soau is dat nu?!«, greift sich eine Packung Camel und steckt ein Stück Weißbrot in den Mund.

Sie erfahren, wann die Amerikaner gekommen und wieviel es etwa sind. Das junge Mädchen schiebt ihnen das Brot und den Speck zu. Die Alte knurrt dazu. Die vier können es kaum erwarten, sie wieder loszuwerden. Als sie im Wald sind und sich angrinsen, sagt Quast: »Jetzt schicken wir einen Melder zum Leutnant. Nutzt zwar nichts, aber er wird sich freuen!«

Kaum sind sie bei den Männern eingetroffen, die fröstelnd auf der Schneise herumstehen, da hören sie plötzlich das Summen eines amerikanischen Artillerieflugzeuges. Quast brüllt: »In den Wald! Und daß sich keiner rührt!« Sie springen unter die Bäume.

Der Hochdecker taucht über den Wipfeln auf, in sanfter Kurve über eine Tragfläche abgekippt. Quast erkennt deutlich die große Brille des Beobachters, der nach unten starrt. Quast schreit gegen das Motorengebrumm: »Wißt ihr, wie Ari-Feuer im Wald ist?« Ein paar nicken. Die meisten sehen ihn mit gefurchten Stirnen an. »Scheiße ist das, jawohl! Die Dinger platzen in den Ästen. Und dann kommt der ganze Dreck von oben! Da könnt ihr auf dem Bauch kriechen wie die Mäuse. Hilft gar nichts! Also keinen Mucks!«

Der Ari-Beobachter macht die nächste Runde. Die Männer ziehen die Köpfe in die Schultern, rühren sich nicht. Dann streicht das Flugzeug ins Tal. Sie sehen sich an. Quast schreit: »Um Himmels willen, tut jetzt, was ich sage. Keiner schießt! Hört ihr, keiner! Wenn die Amis kommen, laßt sie durch! Verstanden?« Erlöst antworten die Männer: »Jawohl, Herr Unteroffizier!«

Auf der anderen Seite der Schneise entdeckt Quast einige Männer von seinem Zug. Er läuft über den breiten Waldeinschnitt. Da sieht er, wie sich die Mündung einer Panzerkanone über den Hang hochschiebt, hört das vertraute Motorengedröhn und das widerliche Mahlen der Ketten. Er erreicht den Wald, als sich die Kanone langsam in die Schneise senkt und der Panzerbug sich über den Kamm schiebt. Brüllt: »Jetzt nicht schießen!« Wühlt sich tief in Unterholz und Brombeerbüsche. Der Koloß rollt vorbei. Dann folgt Infanterie. Die Männer mit den kleinen Gewehren tun keinen Schritt in den Wald hinein und sehen sich lauernd um. Dann kommen Jeeps mit aufmontierten Maschinengewehren. Vorn, an der Spitze der Kolonne, gibt es einen Halt, die Jeep-Besatzungen steigen ab. Ein GI schlendert mit khakifarbenem Krepp-Papier auf den Waldrand zu, läßt vor Quast, der schräg nach oben schielt, die Hose herunter. Ein anderer hockt sich daneben. So ist der erste enge Kontakt, den Quast mit den Amerikanern hat, ein Blick in einen Hintern. Immer noch besser, denkt er, als mit dem Iwan Auge in Auge.

Die Kolonne rückt weiter. Plötzlich ist es still. Quast kriecht aus dem Unterholz, richtet sich auf, ruft seine Männer zusammen. Sie sind noch achtzehn. Die anderen haben sich selbständig gemacht. Einige, um auf eigene Faust nach Hause zu kommen, andere, um sich gefangenzugeben.

Quast sagt: »So, meine Herren, das war unser Einsatz. Wir sind nun hinter den amerikanischen Linien. Wollt ihr Partisan spielen?« Sie sehen ihn mit zusammengekniffenen Augen an: Dreht der Korporal durch? Quast sagt: »Also, wir haben weder Munition noch Ausrüstung, noch einen Befehl. Und Lust haben wir auch nicht. Schön. Ich entbinde euch hiermit von eurem Fahneneid. Basta. Geht nach Hause. Adieu. Grüß Gott. Leckt mich … macht, was ihr wollt!«

Sie trollen sich, erleichtert, nicht mehr gegen einen Feind geschickt zu werden. Unsicher, weil sie nun, nach Jahren, nicht mehr an Befehle gebunden sind und weil keiner mehr an ihr Wohl und Wehe denkt.

Acht Männer bleiben, stehen um Quast herum. Der Scharfschütze sagt: »Du, Unneroffizier, dat war ja nu nich' schlecht. Un du hest ja ok 'ne Karte. Du wullt ja woll nach Norden tau, no Hus. Un wi wullt ok no Hus. Nimmst uns mit, Herbert?« Sie sehen Quast an. Er denkt: Ein paar wollen mit, weil ihnen auch jetzt noch der Anblick der Unteroffizierslitzen Halt gibt, die anderen, weil sie ihn mögen oder weil sie meinen, sie hätten es mit ihrem Korporal auch schlimmer treffen können.

Quast sagt: »Gut. Aber wir nehmen unsere Waffen mit. Viel Freunde haben wir jetzt nicht mehr in Deutschland. Los denn!«

Acht Tage lang streifen sie durchs Bergland. Fast alle Straßen, die meisten Dörfer beherrschen die Amerikaner. In den Wäldern irren versprengte Deutsche umher. Einige Orte, in denen reguläre deutsche Einheiten sitzen, werden hart umkämpft. Quast und seine Leute weichen allem aus. Es regnet endlos. Das Wasser, mit dem sich das Moos vollgesogen hat, dringt von oben in die Schnürstiefel. Sie lagern eines Nachts im Unterholz oberhalb einer amerikanischen Ari-Stellung, die alle fünf Minuten über sie hinwegfeuert. An Schlaf ist nicht zu denken. Als der Morgen dämmert, fehlen zwei von ihnen, zwei Ältere, die zuletzt immer brummiger geworden waren und schließlich kein Wort mehr gesagt hatten.

Von einem Hochsitz her, der in dichtem Geäst hängt, werden sie angerufen: »He, ist der Krieg aus?« Ein pfiffiges Landsergesicht schiebt sich aus dem Tannengrün. Jan ruft: »Wat makst denn du hier?« – »Ich warte, bis der Mist vorbei ist. Zu fressen und zu saufen hab' ich genug. Und die Leiter ist hochgezogen. Mehr kann ich nicht tun!« Quast denkt: ein Lebenskünstler, der auf seine Art den Frieden an sich herankommen läßt. Er ruft: »Na, alles Gute. Bis nach dem Krieg denn!«

Sie nähern sich einem Waldweg, an dem amerikanische Fernsprechleitungen entlanglaufen. Von beiden Seiten hören sie Motorengebrumm. Zuerst schiebt sich langsam ein deutscher Schützenpanzer heran. Von der anderen Seite taucht eine amerikanische Sanitätskolonne auf. Schließlich stehen sich der SPW und der vorderste Jeep mit der Rot-Kreuz-Flagge gegenüber. Im SPW steht ein grinsender, quadratschädeliger Unteroffizier. Im Jeep ein hagerer Arzt mit goldgeränderter Brille, der sich an der Windschutzscheibe festhält.

»Ihr seid gefangen!« sagt der Unteroffizier. »Oh, no, Krieg ist aus für dich!« sagt der Arzt, »und wir sind Sanitätspersonal! Komm mit. Umsteigen!« – »Scheiße«, sagt der Unteroffizier. »Ich geh' nicht in Gefangenschaft!« Er schwenkt ein MG Zweiundvierzig über den vorderen Rand des SPW. »Deutschland ist kaputt«, sagt der Arzt. »Aus. Vorbei. Komm raus!«

Quast sagt leise zu Jan: »Schnell, geh schräg hinter den SPW. Schieß den Spinner lahm, falls er auf die Sanis ballert!« Den anderen macht er ein Zeichen, sich in den Waldrand in Deckung zu stellen. Dann springt er zwischen die beiden Streitenden, den Karabiner im Hüftanschlag. Der Arzt erschrickt. Der Unteroffizier ruft: »Na, prima. Du kannst mit einsteigen, Kumpel!« Der Arzt ruft: »Genfer Konvention! Nix fighting!«

Quast sagt zu dem Quadratschädel: »Wenn du schießt, bist du ein toter Mann. Hinter dir steht ein Scharfschütze!« Der Unteroffizier blickt sich um, bekommt große Augen, läßt das MG los. Quast fragt: »Wo willst du hin?« – »Ich will mit der Kiste nach Hause!« – »Na«, sagt Quast, »deine Frau wird sich freuen!« Er ruft zum Waldrand: »Laßt die Kiste durch!« Fünf Gewehrmündungen, die plötzlich aus dem Gebüsch ragen, nicken als Antwort. »So, dann hau ab. Aber schnell!« Der Unteroffizier läßt sich verblüfft auf den Fahrersitz fallen, schiebt den Gang rein.

Quast winkt dem Arzt: »Zur Seite mit den Wagen!« Die Fahrer kurbeln hastig, die Jeeps drehen ins Gebüsch. Da sieht Quast gegenüber im Waldrand fünf Männer. Tarnjacken. Offene Kragen. Schwarze Kragenspiegel mit weißen Runen, Stahlhelme mit Tarnbezügen. Quast denkt: Jetzt nicht verrückt machen lassen. Er winkt dem Quadratschädel, der nun, schon wieder grinsend, mit seinem Eisensarg vorbeidröhnt. Die fünf von der Waffen-SS beachtet er nicht, sondern geht auf den Arzt zu, der blaß geworden ist und dessen Hände plötzlich zittern. Neben Quast steht nun einer von den Tarnjackenträgern. Er hat den Kopf verbunden. Quast sieht: Ein Stern, Unterscharführer. Also Unteroffizier, schon besser, denkt er. Der Unterscharführer sagt: »Was ist hier los?« Quast sieht sich nicht um, sagt zu dem Arzt: »Wohin?« Der sagt: »Wir haben Verwundete! Vorn!« und deutet in die Richtung, aus der Kampflärm zu hören ist. »Versorgen Sie auch die Deutschen?« – »Natürlich. Ärzte sind für jeden da! Der Eid des Hippokrates, you know? Ich habe in Göttingen studiert.« – »Kann ich Ihre Leute fragen, ob das stimmt mit Ihrem Hippokrates, Doktor?« – »Bitte. Alle!«

Quast verzichtet darauf. Er sagt laut: »Diese Sanitätseinheit fährt nach vorn. Sie versorgt Amis und Deutsche. Sanis dürfen nicht angegriffen werden. Verstanden?« Die fünf im Gebüsch am Waldrand rufen: »Jawohl, Herr Unteroffizier!«

Der SS-Unterscharführer ruft: »Halt, das geht doch nicht so einfach!« Quast winkt dem Arzt: »Geben Sie Befehl zum Weiterfahren. Schnell!« Der Arzt ruft: »Go on!« und winkt seinen Leuten. Die Jeeps rucken an. Die verstörten Sanitäter haben begriffen. Sie werfen Zigaretten und Kaugummi zu den Männern ins Gebüsch. Ein Schwarzer läßt eine Kiste mit K-Rations auf den Weg kollern. Sie pfeifen, lachen. Der Arzt hebt die Hand, ruft: »Kommen Sie mit! Der Krieg ist vorbei! Sie sind doch intelligent!« Quast winkt ab: »Uns gefällt's so besser! Wir haben keine Lust auf Stacheldraht!« Der Arzt zuckt mit den Schultern. Die Kolonne rollt vorbei. Benzingeruch hängt in den Bäumen. Dann ist es auf einmal ruhig. Der Regen tropft von den Zweigen. Durch die Täler rollt der Donner der Geschütze.

Der Unterscharführer sieht Quast zornig an. »Aber wieso?« schreit er. »Vielleicht hätten wir die Jeeps …« Quast sagt ruhig:

»Hält die Waffen-SS sich nicht an die Kriegsregeln? Mensch, wenn du mal auf der Schnauze liegst, dann bist du verdammt dankbar, wenn dir einer 'ne Spritze gibt. Auch wenn's 'n Ami ist. Begriffen?« Der Unterscharführer beißt sich auf die Lippen, nickt, halb überzeugt.

Quast ruft: »Noch keine Entwarnung! Bleibt im Wald!« Und zu Jan: »Alles klar?« Jan antwortet: »Jau! Lat den Klaugschieter man loopen!« Der Unterscharführer sagt: »Was soll das?« Quast fragt dagegen: »Wer seid ihr?« – »Wir sind der Rest einer Unterführerschule. Die anderen sind gefallen. Wir wissen nicht, wo wir hinsollen. Mann, laß uns zusammengehen!«

Quast betrachtet das zuckende Gesicht. Sieht die anderen SS-Soldaten, die ratlos, mit hängenden Armen und gesenkten Waffen im Unterholz stehen und sich nicht zu rühren wagen. Löwen ohne Zähne, denkt er. Die sind fertig, die armen Hunde.

Quast ruft seinen Männern zu: »Ihr könnt sichern! Und kommt raus!« Alle treten auf den Weg, auch die SS-Männer. Dann sagt Quast: »Wir gehen nicht zusammen. Wir haben unsere eigenen Pläne! Außerdem ist der Haufen dann viel zu groß!« Der Unterscharführer seufzt: »Hast ja recht.« Quast sagt: »Wir teilen jetzt den Fraß, und dann ab in die Wälder! Und steckt besser nichts von dem Amizeug ein. Wenn sie uns schnappen, dann nehmen sie uns das vielleicht übel. Wer weiß, was hier im Wald für Schweinereien passieren!« Der Unterscharführer sagt: »Na ja.« Alle nicken, kauen, machen tiefe Lungenzüge. Quast läßt Dosenreste und Kartonschnitzel eingraben. Dann stapfen sie weiter und lassen die sechs von der Waffen-SS, die am Wegrand hokken und die Köpfe hängen lassen, hinter sich.

Nach vier Tagen stoßen sie auf ein einzelstehendes Haus. Sie beobachten lange, schleichen sich dann vorsichtig heran. Feiner Rauch steigt aus dem Schornstein. Sie sind naß bis aufs Hemd, zittern vor Kälte und Hunger. Als sie klopfen, rührt sich nichts. Sie donnern mit den Gewehrkolben gegen die Tür. Da öffnet sie sich. Eine etwa fünfzigjährige Frau steht im Rahmen. »Verschwinden Sie, aber sofort! Die Amerikaner müssen gleich hier sein. Direktor Pingel will bis dahin nicht gestört werden! Und überhaupt – wie Sie aussehen ...!« Quast bekommt kleine Augen vor Zorn. »Ach, das ist mir aber peinlich! Mein dunkler Anzug ist beim Schneider, verstehen Sie!?« Er drückt der Frau die Gewehrmündung in die Nabelgegend. »So, und nun sagen Sie Ihrem Direktor, wir wärmen uns im Salon auf. Ob er uns empfängt oder nicht. Und gucken Sie mal in Ihre Vorratskammer. Brot und Fett genügen. Den Beutechampagner können Sie behalten!« Sie schnaubt vor Abscheu und Angst. Die Landser lachen, aber es ist ein böses Lachen.

Schwere Möbel im Reichskanzleistil. Dicke Teppiche. Stiche an den Wänden. Silberleuchter. Pingel hat aus seinem Jagdhaus eine feine Fluchtburg gemacht. Er läßt sich nicht sehen. Sie wechseln ihre dampfenden Socken, zerren sich die feuchte Unterwäsche vom Leibe. Jan sagt: »Wenn de Ollsch nich' wedderkömmt, dann knall ick dem Pingel sin Kronleuchter von de Deck'!« Doch sie erscheint. Stellt widerwillig einen Laib Brot und eine Dose Butter auf den Tisch. Auf einem Silbertablett. »Machen Sie sich bloß keine Umstände!« sagt Quast. Sie kauen das Brot, fingerdick mit Butter bestrichen, schmatzen wie die Ferkel, stellen ihre Gewehre an die Seidentapete, stecken ihre verschmierten Stiefel unter den Tisch, echt Chippendale. Der Hausdrachen steht in der Tür, angewidert. »So«, sagt Quast, als sie sich fertigmachen, um weiterzuziehen, »einen schönen Gruß an Herrn Pingel. Und wir danken für die überaus freundliche Bewirtung. Bestellen Sie ihm: Heil Hitler! Er wird sich bestimmt noch erinnern!«

258

27

Autor: Haben Sie nun mit all dem abgeschlossen?

Quast: Das kann man nicht.

Autor: Sie tun sich leid?

Quast: So wichtig nehme ich mich nicht.

Autor: Aber in Ihrer Geschichte wird wenig gelacht ...

Quast: Gab's denn was zu lachen, damals?

Vier Tage später gehen sie in Gefangenschaft. Sie bemerken nicht, daß Amerikaner sie einkreisen, während sie in der Abenddämmerung eine Rollbahn überspringen wollen und im Gras kauern, um eine Lücke in den amerikanischen Lkw- und Panzerkolonnen abzuwarten. Sie werfen die Gewehre weg. Die Amis sind grob zu ihnen, aber nicht gehässig. Quast denkt: Erstaunlich, wie fließend man Englisch spricht, wie viele Vokabeln einem einfallen, wenn man eine Pistolenmündung an der Schläfe hat. Einer nimmt Quast seine billige Uhr weg. Quast hält alle Amerikaner für reich und fair. Darum beschwert er sich bei einem jungen Leutnant. »Die Genfer Konvention?« sagt der. »Kennen wir. Die Uhr ist nur beschlagnahmt!« – »Quittung!« sagt Quast. »Später!« sagt der Leutnant.
Sie werden zu einer Befehlsstelle gefahren. Quast wird von den anderen getrennt, weil er Unteroffizier ist. Er muß zum Verhör. An einem Tisch am Rand eines Hofplatzes sitzt ein rotbackiger Leutnant. Links und rechts stehen zwei GIs mit Brille, die berlinern. Quast denkt: Der eine sieht aus wie Warschauer aus der Quarta in Charlottenburg, der Jude, der damals ausgewandert

ist. Quast muß fünf Meter vor dem Tisch warten. Der Feldwebel, der vor ihm verhört wird, scheint es auf Streit anzulegen. »Name, Dienstgrad und Anschrift, mehr hören Sie von mir nicht!« Der Leutnant murmelt etwas, der Verhörte schüttelt heftig den Kopf. Der Leutnant macht eine Handbewegung. Einer der beiden Berliner GIs tritt dem Störrischen von hinten in die Kniekehlen. Der strauchelt. Der andere schlägt ihm mit der Faust in die Nieren. Der Störrische stöhnt auf, stürzt in den Schlamm, der den Hofplatz bedeckt, windet sich. Zwei andere GIs springen hinzu, bringen ihn hinter die Scheune.

Der Leutnant winkt Quast heran. Quast denkt: Der will Geschichten hören. Kann er haben. Einheit und Auftrag zu verschweigen ist sinnlos. Aber der Leutnant ist darauf gar nicht so neugierig. »Was haben Sie gesehen, da oben?« Er deutet auf die blauschwarzen, regenverhangenen Berge. Quast sagt: »Waffen-SS. Zwei Kompanien. Ziemlich frisch. Drei Panther, nagelneu. Einen Funkwagen, beschädigt!« – »What?!« sagt der Leutnant und springt auf. Er schiebt eine Karte über den Tisch, knurrt lauernd: »Wo genau?« Quast guckt auf die Karte. Die Panther hat er tatsächlich gesehen. Sie standen auf einer Schneise, verlassen. Der Funkwagen nicht weit davon, mit zerstörten Geräten. Er zeigt einfach einen Fleck auf der Karte, weit weg von den fünf verzweifelten SS-Männern, weit weg von dem Unteroffizier mit seinem SPW. Der Leutnant schiebt seinen Kaugummi in die andere Backe und schreit etwas. GIs stürzen aus der Scheune. Die Motoren von Halbkettenfahrzeugen und Jeeps werden angelassen. Der Leutnant läuft zu einem Wagen mit langen Antennen. Keiner kümmert sich um Quast. Hinter der Scheune kommt ein GI hervor, winkt ihn heran, zeigt über die Schulter: »Come on, fuckin' Nazi!«

Quast wird durch ein Gatter getrieben, steht plötzlich mit hundert anderen Gefangenen knöcheltief im Morast. Er ist im ersten der vielen Käfige, durch die man ihn treiben wird. Jan watet auf ihn zu, schlägt ihm auf die Schulter.

Sie werden auf Lkws verladen. Um Mitternacht liest Quast an einer Reihe von Güterwagen: »Acht Pferde oder dreißig

Mann«. Eine Stunde später sind sie unterwegs nach Frankreich.

Quast erfährt von Greueln und von eiskaltem Sadismus. Er sieht in den Zeitungen die Gesichter derer, die im Namen der braunen Pseudoreligion Wehrlose entwürdigt und vernichtet haben. Und in diesen Gesichtern erkennt er sie alle wieder: die Schapers, die Herbsts, die Ellbergs, die Geierschnabels, die Schacks, die Briegels und die Behnkes. Immer wieder wird er »Fucking Nazi« genannt. Er liest, was man unter einem Nazi versteht, und fragt sich entrüstet: Das soll ich sein? Er hört das Wort »Kollektivschuld« und ahnt, wie schnell die Quäler aus der braunen Zeit sich unter diesen Schirm stellen und sich die Hände reiben, weil die Verantwortung so schön verteilt wird. Er läuft in einem grauen Overall herum, mit den Buchstaben PW (Prisoner of War) auf dem Rücken, und hört, daß die Uniform, die er jahrelang geschleppt hat, ein Mörderkittel war. Dabei ist sie nichts weiter als unbequem und unpraktisch gewesen, denkt er. Alle Mörder sind nun an feldgrauen Uniformen zu erkennen – ist das tatsächlich so einfach?

Er staunt, als er hört, daß die Alliierten Preußen abschaffen wollen. Als er nachts auf zwei Lagen Pappe und in eine Decke eingerollt im Zelt liegt und draußen am Drahtzaun die Schritte des Postens vorbeiquietschen, da denkt er: Preußen abschaffen? Sie werden die preußischen Behörden abschaffen, die Verordnungen. Aber das Preußen, an das du geglaubt hast, das hat mit Bürokratie am wenigsten zu tun. Schafft man etwas ab, nur weil ein paar Wahnsinnige daraus eine Karikatur gemacht haben?

Eines Morgens, bei der Einteilung der Arbeitskommandos, guckt Quast dem Führer der Gefangenenkompanie, einem alten Zwölfender, über die Schulter. »20 Mann«, liest er. »94. Signal Corps. Mess.« Quast sagt: »Du, laß mich das machen. Signal Corps – das sind Nachrichtenleute. Ich war Funker!« Er nimmt dem Zwölfender den Einsatzbogen aus der Hand, ehe der richtig draufschauen kann. Das »Mess« erwähnt er nicht.

Er sucht sich seine Leute aus. Die eine Hälfte jung, zappelig, bissig wie junge Hunde. Die andere Hälfte bedächtige, gestandene Obergefreite. Erst als sie auf dem riesigen Sattelschlepper durchs Lagertor gerollt sind, weiht er sie ein und erklärt ihnen, daß er sie für den heißbegehrten Küchendienst ausgesucht hat: »Wenn ihr euch zusammenreißt, können wir uns alle sattessen. Aber seid zackig! Die Amis schaffen die Preußen zwar ab, aber nichts imponiert ihnen mehr!«

Der Wagen hält. Der Posten klappt die Rückfront herunter. Sie springen auf einen schlackenbedeckten Kasernenhof. Das Küchengebäude ist fünfzig Meter entfernt, ein Backsteinbau aus der Jahrhundertwende. Anstaltsarchitektur, wie gehabt.

Aus der Tür tritt ein riesiger, fetter Sergeant mit blauschwarzen Locken, einem Grinsen überm Doppelkinn und freundlichen Italieneraugen. Quast läßt antreten, sagt leise: »Nun zeigt, was ihr gelernt habt!« Er läßt ausrichten. Die Richtung stimmt wie mit dem Lineal gezogen.

Der Sergeant stemmt die Hände in die Seiten, bekommt Kulleraugen. Quast läßt abzählen. Laut, deutlich, schmetternd kommen die Zahlen. »Augen geratte – aus! Zur Meldung an den Sergeanten: Die Augen links!«

Quast unterdrückt sein Hinken, stiefelt auf den Sergeanten zu, der verblüfft auf der Treppe steht und nicht weiß, was er denken soll. »Sergeant! Ich melde Ihnen das Küchenkommando mit einem Unteroffizier und zwanzig Mann zum Dienst angetreten, Sir!«

Ein Grunzen entringt sich der Sergeantenbrust. Der Dicke geht auf die Gruppe zu, die ihn mit erprobt dienstfreudigem Blick ansieht, sagt: »Won-der-ful! Won-der-ful, my boys!« Ruft begeistert: »Good morning, boys!« Quast, der hinter dem Dicken steht, macht ein Zeichen und gibt den Takt. Sie brüllen: »Good-mor-ning-Sir!« Ein paar GIs, die das Schauspiel angezogen hat, klatschen und pfeifen Beifall.

Quast erklärt dem Sergeanten, die Leute seien ziemlich hungrig. Er möge doch sagen, was nicht angerührt werden dürfe. »Oh, yeah. No oranges. No bananas!« Quast sagt: »Ihr habt's gehört. Und wer sich überfrißt, wer kotzt, ist morgen nicht mehr dabei. Klar?«

Sie enttäuschen ihn nicht. Die Küche blitzt in kurzer Zeit. Sie arbeiten wie die Roboter. Das amerikanische Küchenpersonal beobachtet sie kritisch. Dann sagt einer: »Clean up here!« und deutet auf einen Tisch. Dabei zündet er eine Zigarette an und legt sie auf die Ecke.

Die Amerikaner dürfen ihnen keine Zigaretten anbieten. Aber nun haben sie auf diese Weise doch einen Weg gefunden und zeigen ihnen ihre Sympathie.

Am Abend dieses Tages wird Quast mit starken Gehbeschwerden ins Lazarett eingeliefert. Sie machen große Röntgenaufnahmen von seiner geschundenen Hüfte und untersuchen ihn fast eine Stunde lang. Operieren wollen sie ihn nicht. So ist er eine Woche später auf dem Weg nach Deutschland.

Der Transport ist einundachtzig Mann stark. Der einundachtzigste ist Quast. Zwei gewaltige Sattelschlepper rollen vor das Tor des Gefangenenlazaretts. Achtzig Mann und ein Bewacher pferchen sich, streng nach Vorschrift, auf die Ladefläche des ersten Schleppers. Der Fahrer klappt die Rückwand nach oben. Marschiert zum Fahrerhaus, an Quast vorbei. Der steht auf dem Pflaster, irritiert. Er denkt, die Kommißköppe bleiben sich überall gleich. Da taucht ein zweiter Bewacher auf. Stößt Quast in die Rippen. Grinst. Zeigt auf den zweiten Sattelschlepper. Quast wirft sein Bündel auf die Ladefläche. Zieht sich hoch. Der Bewacher hockt sich neben ihn. Der Fahrer schmeißt die Rückwand hoch. Schlendert kauend zum Fahrerhaus. Der Motor orgelt, der Schlepper ruckt an. Quast und sein Bewacher sitzen allein in der riesenhaften leeren Kiste, lehnen sich an die Seitenwand und pfeifen gemeinsam vor sich hin.

Sie erreichen Paris. Es ist ein warmer Sommerabend. Alle Fenster sind geöffnet, viele erleuchtet. Am Seine-Ufer und unter den Brücken stehen die Pärchen eng umschlungen. Immer das gleiche Muster: der Mann in Khaki, die Frau im bunten Sommerfähnchen. Unter dem Eiffelturm ist eine »Flying Fortress« aufgebaut, einer der waffenstarrenden Bomber der US-Luftwaffe. Scheinwerfer strahlen die silbergraue Maschine an. Stars and Stripes und Trikoloren bauschen sich. Lautsprecher dröhnen. Die Menschen sitzen vor den Bistros dichtgedrängt an kleinen Tischen, plaudern und lachen. Sieger und Befreite. Der Auspuff des Schleppers mit den großen weißen US-Sternen röhrt. Die Reifen schnurren über den Asphalt. Der PW Herbert Quast winkt huldvoll hinunter in die Menge und lacht. Friede ist einfach schöner als Krieg, denkt er.

Auf deutschem Boden. Quast steht mit Hunderten von Gefangenen im Käfig sechs. Das riesige Flugfeld, an dessen Rand zerstörte deutsche Jäger stehen, ist in Pferche eingeteilt, wie auf einer Farm für Nutzvieh. Hinter dem Wald sieht man die Dächer der kleinen Stadt. Am Horizont wuchten weißhäuptige Alpengipfel in den gläsernen Föhnhimmel.
Das Gatter zum »Cage 7« ist offen. Links und rechts im Durchlaß ist je ein Amerikaner postiert. Die beiden wälzen Kaugummis im Mund. Sie sehen aus wie dicke Ochsen auf der Weide und gucken schläfrig.
Immer zwei von den Gefangenen müssen den Oberkörper freimachen und nebeneinander mit hochgehobenen Armen an den Posten vorbeilaufen. Die Amerikaner gucken auf die Innenseite der Oberarme, dorthin, wo die Männer von der Waffen-SS ihre Blutgruppentätowierung haben. Wieder einmal wird das Lager nach SS durchgekämmt, nach den allerletzten dieser Verfemten.
Quast steht mitten im Haufen und sieht sich gelangweilt die Kontrolle an. Das kann glatt noch 'ne Stunde dauern, bis du dran bist, denkt er. Da fällt sein Blick auf ein Gesicht, das ängstlich gespannt ist und blaß: der Unterscharführer aus dem Wald! Jetzt hat er Quast entdeckt. »Du mußt mir helfen!« raunt er.
Quast sagt leise: »Wenn du einer von denen bist, die sich an Juden oder Gefangenen vergriffen haben, dann schlepp' ich dich eigenhändig zum Posten. Damit du gleich weißt, woran du bist. Viel Zeit hast du nicht, mir was zu erklären!«
Der andere sagt: »Mensch. Es gab bestimmt über eine Million Mann in der Waffen-SS. Und noch nicht mal fünf Prozent davon waren Lagerpersonal und Einsatzkommandos!« Quast sagt:

»Das waren immer noch fünf Prozent zuviel!« Darauf der andere: »Ja doch. Wir haben auf der Unterführerschule oft genug davon geredet. Aber ich war bei 'ner ganz regulären Einheit. Bis Ende 44 Luftwaffe, Bordschütze und Funker. Dann hat Hermann die Flügel hängenlassen. Und ich, ehe ich's recht begriffen hatte, ab an die Front. Da hieß es, ich hätte die falsche Uniform an. Ich bekam 'ne neue, mit schwarzen Spiegeln. So einfach war das. Ich war nicht schlecht als SS-Panzergrenadier. Darum haben sie mich ja auch auf die Schule geschickt. Und hier stehe ich nun!« Quast beißt sich auf die Lippen. Der andere spricht hastig weiter. »Du, es ist doch lange genug alles über einen Kamm geschoren worden: die Juden, die Kommunisten, die Slawen, jetzt die Nazis und die SS. Willst du denn den Mist wieder mitmachen?« – »Wieso ich? Wir reden von dir, du Heini!« Warum ist Quast ärgerlich? Weil ihm der andere die Rolle eines Richters zuschiebt? Wegen des Risikos, das er ihm zumutet? Oder weil er sich dabei ertappt, wie er dem andern eine schreckliche Schuld zumessen will, nur weil der ein blau tätowiertes »A« am Oberarm trägt?

Der andere zieht ihn am Ellbogen. »Na ja, ich meine, du bist doch klug genug, einer wie du kann doch nicht wollen, daß dieser Mist immer so weitergeht. Mit dieser Scheiß-Sippenhaft!«

»Aber wieso soll ausgerechnet ich …?« Quast entzieht sich dem Griff des andern.

»Mann, ich hab' schon lange keine Nacht mehr ruhig geschlafen. Und seit ich hinter Stacheldraht bin, schon gar nicht. Ich hab' gegrübelt und gegrübelt. Ich bin schon fast verrückt davon!«

Quast sagt nichts. Er sieht nachdenklich zu Boden. Der andere sagt mit gepreßter Stimme: »Ich hab' Schiß, verstehst du? Bei den Amis kloppen die Sadisten doch genauso gern wie bei uns … Ich schwöre dir, ich bin anständig geblieben. Ich wär' doch nicht in Uniform im Wald rumgelaufen, wenn ich Dreck am Stecken hätte! Ich hätte doch dem nächsten Bauern sein Hemd ausgezogen!«

Der junge PW ist verzweifelt. Quast sieht ihn sich genau an. Wenn man's doch am Gesicht merken könnte, denkt er, ob einer eine Drecksau ist oder nicht. Aber er sieht einen jungen, nervösen Mann mit einem verrutschten Kopfverband, der aufgeregt atmet und von einem Bein aufs andere tritt. Quast sagt sich: Du eignest dich weder zum Polizisten noch zum Racheengel, mein lieber Quast. Außerdem hast du doch nur Schwein gehabt, daß du nicht selbst bei der SS warst. Und er seufzt: »Gut. Ich helfe dir! Wie heißt du eigentlich?« – »Karl Thormann!« Quast steht neben einem klobigen PW, dicht hinter ihm Karl Thormann. Die beiden Gefangenen vor Quast und seinem Nebenmann sind schon an dem Posten vorbei. Quasts Nebenmann läuft los. Da läßt Quast sein Hemd fallen. Der Posten schreit kehlig: »Mack snell, mack snell!« und winkt mit seinem kurzen Gewehr. Quast hebt umständlich sein Hemd auf, zischt: »Jetzt!« und läuft los. Wie erwartet, ist das System in Unordnung geraten. Quasts Nebenmann ist vier Schritt voraus. Karl Thormann läuft einen halben Schritt hinter Quast. Die Posten fluchen: »Fuckin' Nazis!«

Quast und Thormann sprinten. Sie kleben aneinander wie siamesische Zwillinge. Reißen kurz vor ihrem Posten die Arme hoch, keuchen: »Sorry, Sir!« Der Posten will mit dem Gewehrkolben auf Quast losgehen. Aber er ist schon wieder abgelenkt, denn jetzt zögern irritiert die beiden PW hinter Quast und Thormann. Der Posten spuckt vor Zorn seinen Kaugummi aus, winkt aufgeregt. Er soll noch mindestens hundertzwanzig PW prüfen und hat keine Lust, den ganzen Tag in Nazi-Achselhöhlen zu starren.

So kommt Thormann unentdeckt durch. Er hat vor Aufregung Flecken im Gesicht und drückt Quast verstohlen die Hand. Eine Stunde später werden die beiden wegen ihrer nicht ausgeheilten Verletzungen als »nicht arbeitsfähig« eingestuft und in die Britische Zone abgeschoben.

Die Nacht ist kalt. Sie frösteln. Einige der anderen, mit denen sie wieder einmal in ein Gatter gesperrt sind, legen sich todmüde auf die zertrampelte Grasnarbe. Quast und Karl halten sich wach und hocken sich auf einen umgestürzten Viehtrog. Sie sind froh, so bald schon, nach sechs Monaten hinter Stacheldraht, freigelassen zu werden. Aber sie fragen sich, ob die Besatzer sie nicht doch noch zur Zwangsarbeit wegschicken. So, wie die Arbeitsfähigen vom Lager am Alpenrand, die vor ihren Augen in stacheldrahtbenagelte Waggons getrieben und in die Bergwerke nach Frankreich abtransportiert worden sind.

Sie denken nicht zurück, sondern erwarten das Kommende. Aber sie sind nicht froh dabei. Die Städte, durch die sie gefahren sind, liegen in Trümmern. Graue, in Lumpen gekleidete Menschen kriechen dazwischen herum. Sie haben vom Morgenthau-Plan erfahren, nach dem die deutsche Industrie geschleift und das ganze Land in ein Agrargebiet verwandelt werden soll. Aber selbst wenn der Plan nicht verwirklicht wird – wie lange wird es dauern, bis die zerstörten Städte, die gesprengten Brücken und Verkehrswege wiederaufgebaut und geflickt sind, bis jeder einzelne aus den Menschenrudeln, die mit Bündeln, Koffern und Karren durch Deutschland ziehen, wieder ein Zuhause hat?

Nach einer Jugend in Uniform sollen sie nun zum ersten Mal zivile Bürger werden. Sie machen Pläne, aber dann verstummen sie, nachdenklich und fröstelnd. Karl sagt in die Nachtstille hinein, die nur ab und zu von schmatzenden Schritten unterbrochen wird, wenn einer der anderen vorbeitrottet: »Auswandern?« Aber dann sind sie sich einig. Jetzt, wo ihr Land so erbärmlich im Dreck steckt, jetzt wollen sie es nicht im Stich lassen.

Quast sagt: »Damals, nach neunzehnhundertachtzehn, konnten die noch von einer ›verlorenen Generation‹ reden. Aber heute? Nicht mal das werden wir uns leisten können. Die lassen uns bestimmt nicht mal unsere Wunden lecken!« Er hackt mit der Stiefelspitze in das taufrische Gras. »Wetten, daß wieder wir es sind, die die Scheiße karren müssen! Was haben wir denn gelernt? Und die Absahner werden die große Schnauze haben. Unsere vielen kleinen ›Führer‹, du weißt schon!«

Karl nickt und sagt: »An den Gröfaz, den größten Feldherrn aller Zeiten, darf ich schon gar nicht denken. Mensch, auf meinem Koppelschloß hat gestanden ›Meine Ehre heißt Treue‹. Und der? Davongemacht hat er sich. Einfach selbst erschossen. Von wegen bis zum Letzten kämpfen, wie er's von uns verlangt hat.« Quast grinst böse: »Und vorher hat er noch gegeifert, das deutsche Volk sei nicht wert, weiterzuleben.« Sie gähnen sich an. Sie haben nun aufgehört, an die Worte des »Führers« zu glauben.

Am nächsten Morgen werden sie auf einen »Lorry«, wie die Engländer sagen, zusammengepfercht. Drei Stunden später hält der Lkw vor dem Dammtor-Bahnhof in Hamburg. Der Bewacher läßt die Heckklappe herunter und brüllt heiser: »Raus! Come on, get off! Get going!« Sie springen auf den zernarbten Fahrdamm, starren auf das Gitterwerk der Bahnhofshalle, in dem auch nicht die winzigste Glasscheibe mehr zu sehen ist, starren auf Brand- und Splitterspuren. Der Lkw rollt davon. Die Gruppe zerstreut sich. Karl sagt: »Ich seh' zu, daß ich gleich irgendwie nach Norden weiterkomme!« Sie geben sich die Hand. Quast feixt und sagt: »Auf Wiedersehen, Herr Thormann!« Und der antwortet: »Ich würde mich freuen, von Ihnen zu hören, Herr Quast!« Sie lachen sich an. Dann wenden sie sich voneinander ab, mit einem seltsamen Gefühl. Hoffnung ist darin, Verlassenheit, Neugier, Abenteuerlust und Argwohn, nun wieder für dumm verkauft zu werden.

Quast geht ein paar Schritte. Bleibt plötzlich stehen. Starrt in den Schutt. Hockt sich auf sein Bündel. Ein Bibelvers fährt ihm durch den Kopf: »Er sitze einsam und schweige, wenn Gott es ihm auferlegt. Und stecke seinen Mund in den Staub. Vielleicht ist noch Hoffnung.«

Er ist benommen. Aber es ist nicht die brütende Mittagshitze, die ihn lähmt. Es ist … Ja, was ist es?

Befehlsausgabe. Waffenappell. Jawoll, Herr Wachtmeister! Trinazat, gowarit berjosa! Jawoll, Herr Major! Saani! Ehrenbezeigungen durch Anlegen der rechten Hand an die Kopfbedeckung. Der zweite folgt, wenn der erste vorbei ist! Ein Daumensprung rechts vom Waldrand. Panzer von vorn! Saani! Kommandeur gefallen! Feuer frei! Jawoll, Herr Leutnant! Hier Kesselpauke, Bienenkorb besetzt, bitte später rufen. Saani! Visier einhundert! Kaffeeholer raustreten! Jawoll, Herr Hauptmann! Auszieher mit Auszieherkralle. Keine besonderen Vorkommnisse. Stoßtrupp.

268

Meldeabschnitt achtundsiebzig. Wnimannje, ogon! Ich höre sie mit Lautstärke vier. Saani! Tiefflieger von links! Erschießt mich, bitte. Mutter Maria. Jawohl, Herr Oberst! Schußbruch rechter Unterarm. Seitengewehr pflanzt auf! Stoßen, drehen, ziehen! Achtung, Scharfschützen! Mit mir hat der Führer einen guten Fang gemacht. Feind eingebrochen! Feuerschlag. Hinhaltender Widerstand. Saani. Überschlagende Sicherung. qww? – ist beiderseitiger Wellenwechsel möglich? Bitte vorbeigehen zu dürfen! Jawohl, Herr General! Jawohl! Jawohl! Jawohl …

Und nun: Vorbei! Aus! Schluß! Ende! Quast kann es noch nicht fassen. Aber es ist wirklich so.

Der Krieg entläßt seine Kinder.

Quast lernt es nun, zu leben. Es fällt ihm leicht, denn selbst dem ödesten und grauesten Alltag kann er etwas Gutes abgewinnen: Keiner schießt auf ihn, und keinem tut er Gewalt an.

Nachts aber ist es nicht so einfach. Da rüttelt der Panzer über ihm. Da hört er diese Mischung aus Stöhnen und Geschrei, als der Russe mit dem Bauerngesicht ihn anspringt. Da sieht er das Bajonett aufblitzen. Da leuchten die scharlachroten Spritzer auf seinen Händen, seiner Uniformjacke. Da ist dieses Knirschen, als die Stirn des andern unter dem Kolbenstoß nachgibt wie eine Eierschale.

Da wippen Schatten auf ihn zu, Fledermäusen gleich, vor denen Flämmchen aufzucken. Da will er den Karabiner hochreißen, aber er kann sich nicht bewegen – und dann dringt es unwirsch in seinen Halbschlaf: »Hör auf zu brüllen, du weckst mich ja auf.«

Und er macht Licht, mit zitternden Händen. Sieht neben sich ein plötzlich ganz fremdes, mürrisches Frauengesicht und sehnt sich danach, allein zu sein. Und denkt, daß es gar nicht viele Frauen gibt, bei denen man vergessen kann. So, wie er das mal ersehnt hat.

Er fürchtet sich vor dem Frühstück, vor dem schmatzenden: »War denn los mit dir, heute nacht? Du bist aber ein nervöser Heini!« Er weiß, er wird die Erklärung schuldig bleiben. Wie komm' ich dazu, denkt er, jeder Frau, mit der ich schlafe, auch noch Geschichten zu erzählen, die sie in Wirklichkeit einen Schmarrn interessieren. Und am Morgen, kaum ist die intime Unbekannte nach einem letzten unendlich verständnislosen Blick auf Nimmerwiedersehen ins Büro unterwegs, reißt er die Fenster auf, zerrt das Bettzeug vom Lager, stopft die Handtücher in die Wäschekiste, als könne er damit auch die nächtlichen Gespenster auslöschen, und beseitigt jedes Zeichen des weiblichen Eindringlings, den er ein paar Stunden zuvor gar nicht schnell und innig genug an seinem Körper hatte spüren können.

Aber irgendwann einmal in diesen Jahren, als er wieder von quälenden Bildern heimgesucht wird, spürt er die Hand der Frau neben sich auf seinem nassen Gesicht. »Sei ganz ruhig«, sagt sie, »ich bin ja bei dir!« Und er rückt zu ihr hin und legt den Kopf an ihre bettwarme Brust. Sie streichelt schlaftrunken seine Stirn, und er denkt: Das ist es. Nur die Liebe kann uns erlösen.

Dem Bundesarchiv – Militärarchiv danke ich für die prompte und umsichtige Unterstützung. H. G. S.